MANESSE BIBLIOTHEK DER WELTLITERATU

Beerbohm · Der unvergleichliche Max

Der unvergleichliche Max

Essays und Erzählungen
von Max Beerbohm

Übersetzung aus dem Englischen und
Nachwort von Fritz Güttinger

Manesse Verlag

ISBN 3-7175-1490-3 (Leinen)
ISBN 3-7175-1491-1 (Leder)

 · Druck: Conzett + Huber AG, Zürich

Imprimé en Suisse · Printed in Switzerland

Der Geist der Karikatur

Letzte Nacht hatte ich einen lebhaften und höchst widersinnigen Traum.

Beim Einschlafen war mir noch die leidige alte Frage durch den Kopf gegangen: Warum ist wahre Karikatur in England so selten und so unbeliebt? Die ergötzliche Kunst, die körperlichen Eigenheiten dieses oder jenes Menschen ohne Scheu und Schonung zu übertreiben, aus blosser Lust am Übertreiben - warum hat sie sich bei uns nie eingebürgert? Zwar meldete sich gegen Ende der sechziger Jahre ein italienischer Künstler und suchte sie uns aufzudrängen. Von ihm bekamen wir eine Zeitlang richtige Karikaturen zu sehen, waren aber keineswegs davon erbaut. Wir fanden sie kränkend und «gar nicht ähnlich». Gegen den Druck der englischen Umwelt kam der kühn-verwegene Ausländer nicht auf. Im Laufe der siebziger Jahre wurden seine Karikaturen allmählich zahm und rücksichtsvoll, der Empfindsamkeit eines zahmen und rücksichtsvollen Volkes angepasst. Auf ihn folgte einer, der kein Hehl daraus macht, dass er von wahrer Karikatur nichts wissen will, und zur allgemeinen Genugtuung immer ein reizendes Porträt liefert, mit einem etwas verspielten Zug, falls der Betreffende weder sehr prominent noch sehr hässlich oder von vornehmer Abkunft ist. Daneben gibt es welche - geistreiche, tüchtige Leute -, die sinnbildliche Witzzeichnungen anfertigen, um Mitglieder einer der beiden grossen politischen Parteien ins Lächerliche zu ziehen. Bei ihnen entspringt die Karikatur einem moralischen Motiv; es ist nicht die völlig verantwortungslose Lust an der Verzerrung um ihrer selbst willen; als Karikaturen lassen diese Zeichnungen deshalb zu wünschen übrig, ja es sind eigentlich gar keine. Das Publikum hält sie zwar dafür und nimmt sie den Urhebern nicht übel, weil es sich bei diesen offensichtlich um eifrige Parteigänger handelt - *quia multum amaverunt.* Gibt es noch andere, die sich anheischig machen, Karikaturisten zu sein? Kann man auf irgendeinen hinweisen, der kühn genug ist... Findet sich vielleicht... Doch es nickte der Mohn, und der Schlaf übermannte mich.

Ich wusste nicht, wie es zu der allgemeinen Gesinnungsänderung gekommen war. Es litt jedoch keinen Zweifel, dass auf einmal weitherum eine Nachfrage nach wahrer Karikatur bestand. Versammlungen waren in allen grösseren Städten abgehalten worden. Selbst in ländlichen Bezirken erhob sich der Ruf danach. Die Regierung fügte sich dem stürmischen Verlangen, liess Carlo Pellegrini in Stein hauen und auf dem Trafalgar Square aufstellen, gewissermassen zur Wiedergutmachung dessen, was England ihm angetan. Ausserdem war im

Ödland von South Kensington eine gross angelegte «Akademie der nationalen Karikatur» errichtet worden. Das Gebäude war jetzt vollendet. Es war ein Traum (im Traum) von elektrischer Beleuchtung, Oberlicht, Heizkörpern, Kokosmatten und was alles dazugehört, um die künstlerischen Fähigkeiten der Jugend zu wekken und zu fördern. Die Eröffnung der Akademie hatte im Beisein von Mitgliedern des Königshauses stattgefunden. Sie war vom Erzbischof eingeweiht worden. Hunderte von jungen Leuten hatten sich als Studenten eingeschrieben. Nur etwas fehlte noch. Es war kein Professor da. Das ganze Land wurde nach einem passenden Mann abgesucht, doch hatte sich bisher noch niemand gefunden, der vom wahren Geist der Karikatur besessen gewesen wäre, niemand, der die von Pellegrini eingeführte und dann im Stich gelassene Tradition hätte weiterführen können. Mit der Zeit wurde mir mulmig zumute. Ich ahnte, dass man letzten Endes an mich «herantreten» werde, um mir den Posten anzutragen. Und richtig, da trat schon das graubärtige Komitee an mich heran. Wie es im Traum oft geschieht, war ich wie gelähmt und völlig ausserstande zu flüchten. Vergeblich bemühte ich mich, es ihnen auszureden. Vergeblich wies ich darauf hin, Pellegrini sei ein grosser Künstler, meine eigene Technik dagegen sei so unbestimmt, dass ich für die mir zugedachte Ehrung nicht in Frage käme. Man hielt mir entgegen, nur auf den Geist des

Karikaturisten komme es an, und nur in meinen Werken sei dieser lebendig. Mit einem Anflug von Röte wandte ich ein, der schaffende Künstler sei der letzte, dem man einen Lehrauftrag erteilen sollte. Er verspüre keine Lust, etwas, worauf er sich verstehe, rührenderweise auch andern beizubringen. «Keine Hexerei, alles nur Geschwindigkeit» - diese stehende Redensart der Zauberkünstler sei alles, was man von ihm verlangen könne. Als Lehrer zu wirken, liege ihm völlig fern. Die - selber unfruchtbaren - Kunstliebhaber, das seien die eigentlichen Lehrer; nur sie wüssten, wie's gemacht wird, und könnten es andern beibringen. «Der schaffende Künstler», setzte ich hinzu, «arbeitet nach dem Gefühl; er weiss gar nicht, durch welch geheimnisvolles Zusammenspiel von Herz und Hand die Arbeit zustande kommt. Er will es auch gar nicht wissen. Er hält sich nicht an Theorien. Er kann keine Regeln aufstellen. Der Zauberkünstler, der könnte sein Vorgehen entschleiern, wenn er wollte; der Künstler nie. Zeigen, wie etwas gemacht wird, kann nur, wer es selber nicht machen kann.» Der Wortführer entgegnete, es sei nun aber einmal der Brauch, Künstler, die etwas geleistet haben, zu Lehrern zu ernennen; es flösse Vertrauen ein, falsches Vertrauen, klar, aber immerhin Vertrauen. «Dann sind unsere Kunstakademien ein Unfug», rief ich, «und ich für mein Teil begehre keine Nutzniessung daran.» Der Unfug diene in diesem Fall zum Besten aller, bedeutete man mir. «Im Vertrauen gesagt, das Ziel unserer Kunstakademien ist nicht, Künstler auszubilden. Künstler müssen sich selber ausbilden. Akademien dienen lediglich dazu, junge Leute auf harmlose Art beschäftigt zu erhalten; sie sind für das Gemeinwohl unentbehrlich. Diese neumodische Begeisterung für die Kunst der Karikatur ist eine Gelegenheit, die wir nicht verpassen durften. Wir sind entschlossen, daraus den grösstmöglichen Nutzen zu ziehen. Ohne einen Professor sind wir aber machtlos. Junge Leute lassen sich nicht mit einem blossen Strohmann abspeisen. Sie brauchen unbedingt eine Zierde, zu der sie aufschauen können. Wir appellieren an Ihr staatsbürgerliches Pflichtgefühl. South Kensington harrt Ihrer, wie überhaupt ganz England, ja, vielleicht hängt die Zukunft der Menschheit von Ihrer Antwort ab. Ermannen Sie sich!»

Nachgerade zermürbt, gab ich meine Zustimmung. Das Komitee empfahl sich lächelnd. Am nächsten Vormittag um neun Uhr sollte ich die Antrittsvorlesung halten. Was sollte ich bloss sagen? Gab es überhaupt etwas zu sagen? Ich nahm mir eine Mappe eigener Zeichnungen vor, wobei ich mich fragte, wie sie wohl entstanden seien oder welche Regeln sich aus ihnen ableiten liessen. (Es war ein bedrückender Traum.) Schliesslich rang ich mir notgedrungen ein paar Richtlinien ab, ein paar Hinweise... Der Schauplatz wechselte, ging in Kokosmatten und Heizkörper über. Ich schickte mich an, zu den Studenten zu sprechen. Sie machten grosse Augen, was mich ganz aus dem Konzept brachte. Ich räusperte mich laut, so laut, dass ich erwachte.

Zuerst verspürte ich nur eine ungeheure Erleichterung. Diese wich allmählich einem gewissen Ärger, dass nun alle meine mühsamen Vorbereitungen für die Antrittsvorlesung umsonst gewesen waren. Ich entsann mich noch ungefähr der Notizen, die ich gemacht hatte. Konnte ich sie nicht nutzbringend verwerten, indem ich sie für eine Zeitschrift ausarbeitete? Nachstehend folgt also in Kürze, was ich den schemenhaften Studenten zu sagen gedachte. Besonders aufschlussreich wird es wohl nicht sein. Wenn ich dem schemenhaften Komitee erklärte, es sei sinnlos, den Unterricht durch schaffende Künstler erteilen zu lassen, so trifft das nämlich durchaus zu. Doch die Entgegnung (solcher Unterricht erfreue sich grosser Beliebtheit) trifft ebenfalls zu. Ich brauche mich deshalb bei niemandem zu entschuldigen.

Da die Leute manchmal leidenschaftlich etwas fordern, ohne im geringsten zu wissen, was es damit auf sich hat, gedachte ich bei meinen Schülern keinerlei Vorkenntnisse vorauszusetzen. Ich wollte meine Begriffsbestimmung der Karikatur an den Anfang stellen: die Kunst, ohne Scheu und Schonung die körperlichen Eigenheiten eines Menschen zu übertreiben, aus blosser Lust am Übertreiben. Hierauf gedachte ich auf die beiden Gründe einzugehen, warum solche Porträts unbeliebt sind – a) weil sie angeblich Respektlosigkeit und Grausamkeit verraten, b) weil sie angeblich wenig oder keine Ähnlichkeit mit dem Original aufweisen. Dieser zweite Einwand lässt sich kaum widerlegen, er entstammt einem angeborenen Mangel an Phantasie. Karikaturen zu betrachten erfordert nämlich Phantasie. Der erste Einwand lässt sich ohne weiteres entkräften. Ein bekannter Kunstkritiker warf mir einst in einer Besprechung vor, ich trüge niemals Bedenken, «einen guten Mann lächerlich zu machen». Warum sollte ich Bedenken tragen? Die Karikatur fällt kein moralisches Urteil über ihren Gegenstand. Sie ist kein Bilderrätsel, erzählt keine Geschichte, handelt von nichts anderem als dem Aussehen ihres Gegenstandes. Der Karikaturist mag für einen Menschen die tiefste Verehrung empfinden, er wird ihn deswegen kein bisschen weniger lächerlich darstellen als einen andern, den er verachtet. Den letzteren lächerlich zu machen, bereitet ihm keine moralische Genugtuung; warum sollte es ihm also moralisch Unbehagen bereiten, einen verehrten Menschen lächerlich zu machen? In beiden Fällen stellt er das Äussere des Menschen genau so dar, wie es die Zerrlinse seines Auges erfasst. «Aus blosser Lust am Übertreiben», habe ich gesagt. Dabei hat es der Karikaturist nicht einmal bewusst auf Übertreibung abgesehen. Er sagt sich nicht, «ich will diesen oder jenen Zug hervorheben». Wer so redet, ist kein Karikaturist. Dieser übertreibt gefühlsmässig, unbewusst. «Wenn er nun aber feststellen muss», wird man vielleicht einwerfen, «dass das Ergebnis die Freunde des Betreffenden schmerzlich berührt und dessen Feinde freut, sollte er da nicht von seinem Tun ablassen?» Nur, wenn die Lust- oder Unlustgefühle berechtigt wären. Das sind sie aber nicht. Beide sind sie albern. Vom schaffenden Künstler kann man höchstens erwarten, dass er von Zeit zu Zeit ihre Albernheit nachweist. Selbst das ist noch eine Zumutung für einen, der ganz in seiner eigenen Arbeit aufgeht.

Von der Karikatur eines Menschen sind seine Freunde peinlich berührt, weil sie glauben, er werde andern dadurch verächtlich; und seine Feinde sind aus demselben Grunde erfreut. Das ist eine ganz verfehlte Meinung. Was eine Karikatur an Gelächter auslöst, ist rein ästhetischer Natur. Es entspricht den Tränen, die der Anblick einer überaus schönen Statue auslöst. Wenn ich die Venus im Louvre sehe, erregt sie nicht Mitleid in mir, und doch ist da ein feuchter Schimmer in meinen Augen. Ich verachte Disraeli nicht, wenn ich Pellegrinis Bildnis von ihm sehe, und doch muss ich lachen. Jedem, der für Schönheit und für höheren Unsinn empfänglich ist, geht es so. Falls die Karikatur etwas an unserer Einstellung dem betreffenden Menschen gegenüber änderte, könnte es höchstens in einem für ihn vorteilhaften Sinne sein. Nach Aristoteles befreit die Tragödie den

Zuschauer vom hervorgerufenen Affekt überschüssiger Ehrfurcht, und gleicherweise befreit die Komödie den Zuschauer von überschüssiger Geringschätzung. Ebenso könnte die idealisierte Darstellung eines Menschen uns von überschüssiger Ehrfurcht befreien und die Karikatur von überschüssiger Geringschätzung. Falls der Anblick von Phidias' Meisterwerk unserer Verehrung für Venus dienlich wäre, geriete sie uns aus dem Sinn, sobald sie uns aus den Augen gerät. Falls der Anblick von Pellegrinis Disraeli uns in einer feindseligen Einstellung Disraeli gegenüber bestärkte, würden wir ihm alles verzeihen. Und kommt wirklich nichts dergleichen vor? Diese Idee der Katharsis hat einen gefährlichen Reiz für mich. Ich war schon oft versucht, den Verfall des Glaubens bei den Römern den schönen Statuen von Göttern und Göttinnen zuzuschreiben, die von siegreichen Generälen aus Griechenland nach Hause gebracht wurden. Dass diejenigen, die den Verlauf der Weltgeschichte bestimmt haben, vorwiegend von grosser Hässlichkeit waren, geht das etwa darauf zurück, dass sie den zeitgenössischen Karikaturisten reichlich Angriffsflächen boten? Nein, nein; seien wir vernünftig. Die Karikatur hat noch nie irgendeine moralische Wirkung ausgeübt.

Hässlichkeit als Angriffsfläche? Man verstehe mich nicht falsch. Ich will damit keineswegs behaupten, dass es für den Karikaturisten so etwas wie dankbare und undankbare Modelle gebe. Naheliegende und weniger naheliegende Modelle, die gibt es. Ein kurz geratener Mensch ist ein naheliegendes Modell, ein Mensch von grosser Gestalt weniger, weil die kurze Gestalt an sich schon als lächerlich gilt, so dass sich der einfallsarme Karikaturist lieber an die Kurzgeratenen hält. Da die meisten Karikaturisten einfallsarm sind, wählen sie diesen Weg des geringsten Widerstandes. Infolgedessen ist es leider üblich geworden, den Kopf unweigerlich grösser zu zeichnen als den Körper. Für den Mann aus dem Volke besteht das Wesen der Karikatur wahrscheinlich darin, einen grossen Kopf auf einen kleinen Körper zu setzen. Dies hat sich in einem Masse eingebürgert, dass man es selbst bei Meistern wie Pellegrini, Daumier und andern findet. Den kritischen Leser brauche ich wohl nicht darauf aufmerksam zu machen, dass bei der Karikatur einer grossen Gestalt der Kopf nicht vergrössert, sondern verkleinert werden sollte. Der übliche grosse Kopf wäre nur angebracht, wenn die Karikatur nichts weiter wäre als *μίμησις τῶν φαυλοτέρων*. Das wahre Wesen der Karikatur geht aber weit darüber hinaus. Wer diese Kunst beherrscht, dem gelten alle Modelle gleich. Er fragt ebensowenig danach, ob einer gross oder klein, grotesk oder wohlgestalt ist, wie es ihn kümmert, ob er einen guten oder einen schlechten Menschen vor sich hat. Er vermag einem schönen Gesicht und einer schönen Gestalt durch Übertreibung eine ebenso lachhafte Wirkung abzugewinnen wie dem überbetonten Hinterteil eines Gassenjungen. Hermes oder Caliban - ihm gilt es gleich. Zwar könnte man meinen, Hermes würde ihm weniger Mühe bereiten als Caliban. Von Sir Willoughby Patterne sagte der, der ihn erschuf, er sei «von so ebenmässiger Gestalt, dass die geringste Abweichung davon ihn sogleich zur Karikatur werden liesse». Gewiss, je erhabener eine Gestalt, um so leichter lässt sie sich ins Lächerliche ziehen. Aber zwischen dem bloss Lächerlichen und der Karikatur besteht ein himmelweiter Unterschied. Meredith hat da zwei Dinge verwechselt. Ins Lächerliche ziehen kann man zum Beispiel eine Hermesstatue schon dadurch, dass man ihr einen Zylinder auf den Kopf stülpt, das heisst, indem man etwas, das nicht zu ihr gehört, von aussen an die Gestalt heranträgt. Karikieren heisst übertreiben, heisst von innen heraus arbeiten, jeden Wesenszug einer Gestalt überhöhen. Nur ein Meister seines Fachs hätte Sir Willoughby Patterne zu karikieren vermocht. Ihm eine komische Wirkung abzugewinnen, wäre viel schwieriger gewesen, als das bei einem an sich schon lachhaft aussehenden Menschen der Fall ist. Das ist es, was ich meine, wenn ich von naheliegenden und weniger naheliegenden Modellen spreche. Gegen die Auffassung, es gebe dankbare und undankbare Modelle, verwahre ich mich, weil ein wohlgestalter Mensch genausogut karikiert werden kann wie ein hässlicher. Wenn nun aber jemand weder wohlgestalt noch hässlich ist? In einem solchen Fall muss lediglich das Fehlen ausgeprägter Wesenszüge betont werden. Durch die Betonung seiner Wesenlosigkeit kann ein solcher Mensch ebenso komisch werden wie irgend jemand.

Zur vollkommenen Karikatur gehört mehr als nur eine Zutat, sie muss eine Übertreibung der ganzen Gestalt vom Scheitel bis zur Sohle sein. Das Hervorspringende daran muss vergrössert, alles Untergeordnete entsprechend zurückgedrängt werden. Der ganze Mensch muss gewissermassen wie in einem Tiegel eingeschmolzen werden. Er muss aus diesem Verfahren hervorgehen, ohne dass auch nur das geringste Teilchen von ihm fehlt, und doch darf kein Teilchen so sein wie zuvor. Nicht nur muss jede Linie seiner Körpergestalt verunstaltet worden sein, auch der Schnitt seiner Bekleidung muss ihm neu angepasst werden. Die Farbe von Gesicht und Haar muss ebenfalls verschlimmert werden. Völlig verwandelt steht er dann da, dem Künstler und dem Kunstverständigen eine Freude. Uneingeweihte werden ihn nicht wiedererkennen. Da die Karikatur so krass verfährt, erfordert sie vom Betrachter, wie bereits bemerkt, eine lebhafte Phantasie.

Die vollkommene Karikatur ist keine blosse Augenblicksaufnahme. Sie ist das Ergebnis einer eingehenden Beschäftigung mit dem Gegenstand, der Inbegriff seines Äussern, die endgültige Darstellung des für ihn kennzeichnenden Auftretens. Ich würde deshalb einem jungen Karikaturisten (trotz guter Auffassungsgabe) nicht raten, sich auf den einmaligen Anblick seines Gegenstandes zu verlassen. Anderseits darf er aber auch nicht allzu lange zaudern, weil gründliche Vertrautheit den Eindruck abstumpft. Und dann ist da noch eine Regel, die er, falls er überhaupt etwas taugt, ohnehin befolgen wird: er darf nie nach dem Modell zeichnen. Solange er es vor Augen hat, ist er an die Wirklichkeit gebunden. Er sieht alles, wie es ist, und bringt seinen Bleistift nicht dazu, die Grössenverhältnisse zu verändern und Dinge hinzuzufügen oder wegzulassen. Kurz, er kommt überhaupt nicht zum Karikieren. Nur in der Erinnerung an seinen Gegenstand setzt der unbewusste Vorgang der Überhöhung ein. Man muss diesem Vorgang seinen Lauf lassen, ohne Eile, bis in die Fingerspitzen hinein. Erst dann darf man zum Bleistift greifen.

Die wahre Karikatur ist kühn in der Ausführung und wirkt auf den Betrachter einfach und selbstverständlich wie eine Feldblume. Natürlich spielen Weglassen und Vereinfachen bei jedem Kunstwerk eine wesentliche Rolle. Bei der Karikatur sind sie doppelt wichtig, ist diese doch eine Art Witz, und nichts erstickt das Lachen so unweigerlich wie eine Ahnung von Mühe und Arbeit. Und wie beim Witz die Würze in der Kürze liegt, so gehört das kleine Format nicht weniger notwendig zur Karikatur als der Anschein der unwillkürlichen Entstehung.

Auf einer grossen Fläche vermag sich der Geist der Karikatur nicht zu halten. Wer Pellegrinis grosse, gemalte Karikatur von Whistler gesehen hat, oder Whistlers Karikatur eines gewissen Mäzens, wird mir ohne weiteres beipflichten. Eine grosse Leinwand und Ölfarben taugen nur für die «ernsthaft ernste» Kunst. Für eine ernste Kunst, die sich frivol gibt, sind ein Bogen Papier, eine Feder oder ein Bleistift und etwas Wasserfarben das Richtige.

Die vollkommene Karikatur ist an sich etwas Schönes; auch für sie, wie für jede andere Kunst, ist Schönheit Vorbedingung. Die Schönheit eines Kunstwerks liegt nämlich nicht in der Auffassung, die der Künstler von seinem Gegenstand hat, sondern in der Art, wie er diese Auffassung darstellt. Wenn die Schönheiten auf Pralineschachteln Gestalt annähmen, würde ihnen die Welt zu Füssen liegen. Nähmen Daumiers Senatoren und Abgeordnete Gestalt an, wäre das Leben unerträglich. Und doch sammelt kein Kunstkenner Pralineschachteln; Daumiers Zeichnungen dagegen gehören zu den schönsten und kostbarsten Dingen der Welt.

Die vollkommenste Karikatur ist diejenige, die auf einer kleinen Fläche mit den einfachsten Mitteln am genauesten die Eigenheiten eines Menschen überhöht wiedergibt, in einem für diesen äusserst kennzeichnenden Augenblick, auf die gefälligste Art und Weise.

Beim Rückblick auf das Geschriebene finde

ich nachträglich, meine geträumte Antrittsvorlesung wäre möglicherweise doch recht aufschlussreich ausgefallen. Fast bedaure ich, sie hier festgehalten zu haben. Die Gabe der Darstellung und Schlussfolgerung, die sich darin verrät, lässt mich daran zweifeln, ob meine Gestaltungskraft auf dem Gebiet der Karikatur wirklich so gewaltig ist, wie ich glaubte. Immerhin…

Fremdling in Venedig

Vielleicht war es die Sonne, die mich geweckt hatte; ich glaube aber, es war die Stille. In London rattern und hupen die Busse vergeblich - gegen diesen Lärm bin ich gefeit. Auf dem Land wecken mich die Vögel mit grosser Pünktlichkeit. Doch im meerumschlungenen Venedig gibt es keine Singvögel und keinen Strassenverkehr, der mit seinem gewohnten Getöse den Londoner in den Schlaf knattert. Es gibt da überhaupt keine Geräusche, abgesehen vom Wasser, das gegen Mauern schwappt; und um diesen *susurrus* zu vernehmen, muss man wach sein und genau hinhören. So stört einen im Schlaf allmählich die ungewohnte Lautlosigkeit, und schliesslich macht man die Augen auf, um zu sehen, was denn los sei. Es ist alles zum besten bestellt.

Auf dem Land sind es die Vögel, in jeder andern Stadt der Verkehr, was einen dazu anhält, aufzustehen und sich in den Kampf ums Dasein zu stürzen, sich unter den Tauglichsten zu behaupten. Doch die Stille, an der man in Venedig erwacht, rappelt einen nicht auf. Ganz gleich, wie weit der Vormittag schon vorgerückt ist, man hat ebensowenig Anlass, sich zu erheben, wie mitten in totenstiller Nacht. Hier ist es auch am Tag totenstill. Die Sonne verbreitet goldgelben Mondschein. Wäre man nicht so hellwach, man käme sich als Endymion vor...

Reglos wie dieser lag ich da und fragte mich träge, wie es wohl die Venezianer einst zu ihrem Reich brachten. Um ein Reich zusammenzukriegen, muss man doch sicher früh aufstehen? Und ich, der ich im Laufe der Nacht angekommen war, lag hier, so jedes Tätigkeitsdranges bar, dass ich Hemmungen hatte, zum Bett hinauszulangen und auf den Klingelknopf an der Wand zu drücken. Falls ich es täte, würde bestimmt nichts weiter erfolgen; ich konnte mir nicht vorstellen, dass es am andern Ende des Drahtes klingeln würde. Und falls es doch klingelte, welch panischen Schrecken würde das in ganz Venedig auslösen!

Nach einer Weile merkte ich, dass ich Hunger hatte, und ermannte mich so weit, dass ich auf den Knopf drückte. Da ich kein fernes Klingelzeichen und keine Entsetzensschreie hörte, nahm ich an, mit meiner Vermutung, der Knopf diene lediglich als Zimmerschmuck, recht gehabt zu haben. Indessen trat bald darauf ein Kammerkätzchen herein, das sich auf französisch lebhaft nach meinen Wünschen erkundigte. Wie seltsam klang das hier in der hallenden Weiträumigkeit dieses Cinquecento-Gemachs mit der gewölbten Decke und den Mosaikfliesen, viel zu hoch und zu geräumig, um von der venezianischen Sonne erwärmt zu werden! Und wie seltsam schmeckten dann Kaffee und Brötchen! Der Gaumen verlangte für das Ohr das Rattern von Rädern über französisches Strassenpflaster mitsamt dem Fluchen und Peitschenknallen französischer Kutscher.

Stille, andauernde Stille; und hernach in der Badewanne, ach, bestimmt die Wasser der Lethe...

Als ich mich schliesslich im Vestibül einfand, harrte meiner eine grosse Überraschung. Ich hatte nicht gewusst, dass man in Venedig auch zu Fuss gehen kann. Soviel mir bekannt war, musste man doch in eine Gondel steigen und dahingleiten. Dass ich zum Markusplatz eine Gondel nehmen wollte, schien den Hoteldirektor zu belustigen. Er geleitete mich zu einem Ausgang, durch den ich ganz wider Erwarten auf festen Boden hinaustrat. Es sei nur drei Minuten zu Fuss dorthin, bedeutete er mir, und seine Beschreibung des einzuschlagenden Weges war äusserst klar. Nicht so der Weg selber. Ich glaube, in Venedig, diesem Gewirr geheimnisvoller Gässchen, muss auch der älteste Einwohner oft nach dem Weg fragen oder es aufs Geratewohl versuchen. Da ich meinem Italienisch nicht traute, versuchte ich es aufs Geratewohl. Das Ergebnis war, dass ich plötzlich wieder vor dem Hoteleingang stand. Nicht weniger plötzlich stand ich dann ein paar Minuten später der Markuskirche gegenüber. Doch diesmal verklemmte ich es mir, etwas zu sagen. Ich möchte nicht in der Haut des Menschen stecken, der beim ersten Anblick solch eigenartiger Schönheit etwas zu sagen findet.

Grossartig ist, was Ruskin darüber schrieb – grossartig in seinem Rhythmus und Gefühlswert, und weil es selber viel von der Eigenart dieses byzantinischen Bauwerks hat. Doch selbst seine Beschreibung, so glanzvoll sie ist, geht am Wesentlichen vorbei. Liest man sie, bevor man die Markuskirche gesehen hat, kann man Ruskins Sprache nur bewundern. Liest man sie hinterher, empfindet man ein Ungenügen. Ruskin selber muss die Unzulänglichkeit seiner Worte empfunden haben, niemand schmerzlicher als dieser bescheidene grosse Geist. Doch zum mindesten eines hat Ruskin vollbracht – etwas, das einem, der über den Gegenstand seiner Liebe schreibt, sehr am Herzen liegt: den Beweis seiner Liebe hat er erbracht. Wie kann ich, der ich kein Dichter bin, die meine beweisen? Der Leser wird mir wohl aufs Wort glauben müssen. Ich liebte die Markuskirche. Genau dasselbe behauptete Hamlet von sich mit Bezug auf Ophelia, und bis auf den heutigen Tag streiten sich die Gelehrten darüber, ob er die Wahrheit sagte. In einer zweifelsüchtigen Welt muss man den Liebesbeweis antreten... Meinetwegen. Auf mich machte die Markuskirche also kaum den Eindruck eines Bauwerks, eher den eines Gartens, eines orientalischen Gartens, der durch ein christliches Wunder genau in dem Augenblick, als die Blumen zu welken begannen, versteinert wurde, auf dass seine Schönheit zum Ruhme Christi und des heiligen Markus verewigt werde. Doch Mohammed hatte sich darin ergangen, und sein Geist geht immer noch darin um, von Kuppel zu Kuppel, von Karnies zu Karnies, ohne sich an den Löwen des Heiligen zu kehren, der mittendrin auf bestirntem blauem Hintergrund goldene Wache hält; man wundert sich beinahe, dass unter diesen Sternen kein Halbmond leuchtet. Und auch die ganze Vielfalt der Heiligen und Engel in den Wölbungen der Arkaden konnte nie den Geist Allahs austreiben. So lassen sie sich denn seine Allgegenwart gefallen, haben sich mit ihr abgefunden, ja sie beanspruchen ihn als einen der ihren, wie er sie als zugehörig beansprucht. Östliche und westliche Welt sind hier miteinander verquickt, herrschen vereint in doppelter Pracht. Hier ist nichts von der Strenge einer Kathedrale und nichts von der Üppigkeit einer Moschee zu bemerken. Das Kitschige ist mitsamt dem Asketischen verschwunden. Doch alles Edle und Einfache hat sich in diesem Empordrängen von Grau und Weiss behauptet, und ein Überschwang an Lebensfreude tobt sich in Formen und Farben aus. Doch nein, das hätte ich nicht sagen dürfen. Beim Anblick der Markuskirche ist man sich keiner Abgrenzungen bewusst. Die Farben verlieren an der Sonne ihr Eigenleben, und die Pfeiler schiessen wie Springbrunnen empor, während die Kurven sich gewissermassen voller Ehrfurcht neigen. Und auch das stimmt nicht ganz. Gegensätzliches ist an der Fassade der Markuskirche überhaupt nicht wahrzunehmen. Ein zwiefacher Geist belebt sie treu vereint.

Gewiss, ein Schriftsteller kann etwas von dem Eindruck vermitteln, den ein Bauwerk auf ihn macht. Was er aber in Worte fassen möchte, ist nicht dieser Eindruck, es ist die Sache selber. Wäre ich Maler - ach, auch dann wäre mein Bemühen wohl vergeblich. Schon viele Maler, von Walter Sickert zurück zu Gentile Bellini, haben redlich versucht, den Zauber der Markuskirche auf Holz oder Leinwand zu bannen. In der Kunstakademie von Venedig hängt das Bild von Bellini, auf welchem die Markuskirche den Hintergrund einer «Prozession mit der Reliquie» bildet. Es ist seltsam rührend, diese längst nicht mehr auf Erden wandelnden jungen Leute in ihrer phantastischen Tracht vor der Markuskirche zu sehen, genau wie sie sich heute noch darbietet; und man denkt an die Generationen von Menschen, die seither eine nach der andern über die Piazza fluteten, und an die noch ungeborenen Generationen, auf die dieselben Bilder von den Wölbungen der Arkaden herabblicken werden... «Genau wie sie sich heute noch darbietet?» Heute hat doch die Markuskirche eine dunkelschöne Grösse, die wir an Bellinis Darstellung vermissen. Man glitt damals noch mehr auf dem Wasser dahin, und die Zeit hatte eben erst angefangen, die Farbe des Steins zu dämpfen. Doch auch damals kann die Markuskirche nicht bloss freudig beschwingt gewesen sein, wie wir es hier sehen. Feierlich erhaben war das Bauwerk sicher von allem Anfang an. Und auch von einer zarten Beschwingtheit wird es bis ans Ende aller Zeiten sein. Es ist diese Verquikkung, die meines Wissens bisher kein Maler je ganz erfasst hat. Walter Sickert zeigt uns dunkel das Tiefernste und Grossartige, gleichsam in einem Traum - einem Traum von der Art, wie er Sir Christopher Wren oft heimgesucht haben mag. Man kann sich des Verdachts nicht erwehren, Sickert habe Londoner Luft mitgebracht, und als einem modernen Maler ist ihm weniger am Gegenstand gelegen, den er vor sich hat, als an der Luft dazwischen. Doch mag man den Markusplatz noch so sehr mit Londoner Luft erfüllen, sie kann der freudigen Beschwingtheit dieses Bauwerks nichts anhaben, geschweige denn blosses venezianisches Dämmerlicht. Und keine strahlende Sonne, wie sie bei Bellini scheint, kann die Markuskirche um ihre geheimnisvolle Feierlichkeit bringen.

Vielleicht wird eines Tages ein Maler diese doppelte Aufgabe bewältigen. Dem Liebhaber dieser Fassade wird er es dennoch nicht recht machen. Genau wie der Maler sich eine bestimmte Beleuchtung aussuchen muss, so muss er auch seine Staffelei an einem bestimmten Punkt aufstellen. Wir dagegen, die wir keine derartige Verantwortung auf uns laden, stehen nicht still; wir verändern unsern Standpunkt, und bei jedem Schritt, den wir tun, ändert sich die Fassade - sie ist voller Leben. Auch die Sonne verschiebt sich, was noch mehr Abwechslung mit sich bringt. Wie sollte die Darstellung von einem bestimmten Punkt aus, in einem bestimmten Licht, uns jemals genügen? Ich schwanke - wie am Rand eines Abgrunds - vor der sich aufdrängenden «Befürwortung des Kinematographen» und weiche sogleich erschreckt zurück. Haben denn nicht Maler, sage ich mir, des öfteren nahezu befriedigende Bildnisse von Menschen zustande gebracht? Genau wie ein Mensch die ihm eigentümliche Miene und Haltung hat, die ein Maler herausfinden und wiedergeben kann, so gibt es auch für ein Bauwerk den ihm eigentümlichen Gesichtswinkel. Bellini, Sickert und alle andern haben ihre Staffelei genau gegenüber der Kirche aufgestellt. Doch die unmittelbare Vorderansicht ist für uns nicht der für dieses Bauwerk eigentümliche Gesichtswinkel - erfreulicherweise ist nämlich die Piazza nicht rechtwinklig. Meistens ist es wohl so, dass man die Markuskirche zuerst vom Südende der Arkade von Napoleons Palast aus zu Gesicht bekommt. Dort stehen wir aber nicht unmittelbar davor. Wir rücken zur Mitte der Arkade vor und von dort zur äussersten Ecke, und immer noch sehen wir die Fassade der Markuskirche von der Seite her. Erst wenn wir ein gutes Stück in die Arkade der Alten Prokurazien vorgedrungen sind, stehen wir der Kirche genau gegenüber. Zweifellos enthüllt sich uns erst dann ihre volle Schönheit. Doch bleibt uns sicher der erste Anblick immer der liebste. Wenn wir an die Markuskirche denken, stellen wir sie uns so vor, wie wir sie zuallererst sahen - schräg von vorne, über das graue Pflaster hinweg, etwas von uns abgewandt, gleichsam als scheue sie sich vor Fremden, als gebe sie sich vorerst zurückhaltend in ihrer freudigen Beschwingtheit, stolz in ihrer Grösse.

Vielleicht weil es in Venedig keine andern Pferde gibt, kommen die vier aus grüner Bronze so stark zur Geltung, die über dem Hauptportal der Kirche in der Luft scharren. Von ferne gesehen, fallen sie nicht besonders auf. Tritt man näher heran, indem man sich zwischen den behäbigen grauen Tauben durchschlängelt, machen sich diese Pferde selbständig und nehmen unsere ganze Aufmerksamkeit in Anspruch. Beiderseits des Rundbogens stehen deren zwei, jedes neigt den Kopf etwas gegen das andere, wie Komparsen, die auf der Bühne beim Auftritt oder Abgang lautlos Konversation machen - so scharren sie zierlich und hochmütig in der Luft, ihrer Kraft und Schönheit voll bewusst. Bei ihrem Anblick kommt man sich sehr klein und gewöhnlich vor; selbst die Sonne wirkt ängstlich und unterwürfig, wenn sie das, was von der Vergoldung an Brust und Flanken noch übrig ist, zum Erschimmern bringt. Es ist unverkennbar, dass die Pferde mit den Malereien um sie herum keinen Umgang pflegen. Sie leben für sich, wie man so sagt, und sind dem heiligen Markus nicht untertan. Im Gegenteil, sie sind so grossartig heidnisch wie an dem Tag, da sie die griechische Werkstätte verliessen, in der sie geschaffen worden waren, bevor sie dann im kaiserlichen Rom auf einem Triumphbogen aufgestellt wurden.

Nero hat eine Ode auf sie verfasst. Doch Oden vergehen, und Weltreiche vergehen; im Laufe der Zeit kam das prachtvolle Gespann nach Konstantinopel, von Theodosius gerufen, und dort blieb es acht Jahrhunderte lang. Enrico Dandolo entführte es als Kriegsbeute nach Venedig. Es ist solch schönen Dingen beschieden, verschleppt zu werden, wenn das Perihelion sich verschiebt. Kein Wunder, dass solche Wesen eitel und herzlos werden. Die Sonne ging über der Venezianischen Republik auf und wieder unter, und diese Pferde warteten im Dämmerlicht auf den Eroberer, der von neuem Anspruch auf sie erhebe. Er kam. Sie sahen ihn. Keck scharrten sie in der Luft und taten, als sähen sie ihn nicht, den kleinen, untersetzten Mann, der mit den Händen auf dem Rücken breitspurig dastand, zu ihnen aufschaute und, einem Millionär vergleichbar, der in einem berühmten Restaurant eine Mahlzeit bestellt, lediglich sagte: *«Je les prends.»* Ein Gerüst wurde errichtet, sie wurden heruntergeholt und zu ihrer grossen Freude über die Alpen nach Versailles verfrachtet, um dort von neuem zu prangen. Doch bald verschwand ihr untersetzter Gönner in der Versenkung. «Piccadilly», raunten sich die Pferde zu und warteten ab. Ein Gerüst wurde errichtet, sie wurden heruntergeholt, und zu ihrer abermaligen Freude ging es erneut auf die Reise. «Dieser Wellengang!» dachten sie bei sich. «Der Ärmelkanal ist doch genau wie die Alpen.» Man stelle sich ihre Ungehaltenheit vor, als sie, von der Verschalung befreit, feststellen mussten, dass sie sich wieder auf der Piazza San Marco befanden.

Rings um den Architrav unter ihnen steht in goldenen Lettern auf lateinisch zu lesen, wie sie, die «von den Venezianern erbeutet» worden waren, einst «durch die schnöde Habgier eines Feindes» aus Venedig entführt wurden – eine Inschrift, die bestimmt ein britischer Staatsmann den Venezianern aufgesetzt hat. Doch keine Huldigung schafft die Tatsache aus der Welt, dass wir sie wieder nach Venedig ziehen liessen, dem kärglich zusammengeschrumpften Venedig, damals an Österreich gefallen, jetzt mit Italien vereinigt! Sie schmollen. Was gibt diesem elenden Winkel der Welt das Recht, sich ihren strahlenden Glanz zu borgen? Natürlich ist dieser Rückschlag nicht endgültig. Und da sie aus dauerhaftem Erz bestehen, messen sie Jahrzehnte nicht mit demselben Massstab wie wir vergänglichen Wesen aus Fleisch und Blut. Sie schmollen, sind jedoch zuversichtlich, dass ihr Schicksal noch einiges mit ihnen vorhat. Schon mehr als ein amerikanischer Schlotbaron hat ein Auge auf sie geworfen. Vorläufig hält sie das Gesetz, das die Ausfuhr von Kunstwerken verbietet, noch in Gefangenschaft. Doch das heutige Italien denkt kaufmännisch, und sobald es auf das Geld, das von Touristen ins Land gebracht wird, verzichten kann, wird es seine Meisterwerke gern an den Meistbietenden verschachern. Zwei oder drei Generationen amerikanischer Schlotbarone mögen dahingegangen sein, bevor es soweit ist. Mit erzenem Massstab gemessen, nicht mehr als zwei oder drei Minuten. Und so sind sie bereits vom Reisefieber gepackt, diese scharrenden Pferde; sie wittern den Atlantik und sehen sich schon hoch oben auf dem Capitol in Washington. Gewiss, dort werden sie wieder Staat machen – eine Zeitlang. Und später, wo? Inmitten eines gelben Menschenschlags, wer weiss. Weltreiche vergehen. Vielleicht hält aber unser Planet lange genug vor, dass einige der untergegangenen wieder auferstehen. Ist es undenkbar, dass diese Pferde dereinst, wenn die Zeit erfüllt ist, von neuem einen Ausblick auf Rom, ihren Ursprungsort, haben werden?

Nachdem ich diesen Pferden gehuldigt hatte, begab ich mich jeweils auf die seitwärts davon befindliche kleine Marmor-Estrade, deren Stufen von zwei Löwen bewacht werden. Diese hatte ich in mein Herz geschlossen. Zwar sind sie weder gross noch schön, und niemand weiss, aus welcher Zeit sie stammen. Es scheint überhaupt niemanden zu kümmern. Abgesehen von kleinen Jungen, die ihnen manchmal auf den Rücken klettern und ihnen in die Flanken treten, bleiben sie völlig unbeachtet. Ich wette, Napoleon hat sie keines Blickes gewürdigt. Und welchen Seufzer der Erleichterung müssen sie ausgestossen haben, als er an ihnen vorüberging! Sie sind nämlich höchst venezianisch, diese beiden, durch und durch venezianisch. Deshalb suchte ich sie jeweils nach den Pferden auf. Mir war, als hätten sie ein Herz. Sie erinnerten sich Venedigs, wie es auf dem Höhepunkt seiner Macht gewesen war, und hatten seinen Niedergang miterlebt, ohne sich in ihrer Anhänglichkeit an diese Stadt je beirren zu lassen. Generationen von venezianischen Gassenjungen haben sie herzhaft mit Füssen getreten, so dass ihr lohfarbenes Marmorfell abgewetzt wurde und nur noch teilweise vorhanden ist; im übrigen sind sie von einem körnigen Weiss. Von weitem könnte man sie für Steingut halten. Und doch murren sie nie. Von den andern Löwen in Venedig haben die meisten einen erhöhten, geschützten Standort, sie weisen hinter ihren Mähnen einen Heiligenschein auf, entfalten Schwingen, und zwischen den Pfoten halten sie eine Pergamentrolle, mit dem Segen darauf, den Christus ihrem Herrn, Markus, erteilte. Manche haben sogar Dogen, die ihnen auf den Knien huldigen, um durch sie die Gunst ihres Herrn zu erlangen.

Keiner von diesen Löwen ist je von Gassenjungen getreten worden. Doch den altersschwachen Löwen auf der Estrade ist deswegen keine Bitterkeit anzumerken. Übrigens haben sie miteinander nur drei Augen; einem von ihnen ist das linke ausgeschlagen worden. Mit der Zeit werden vielleicht beide noch erblinden. Aber ich bin überzeugt, sie werden auch dann getreu auf ihrem Posten ausharren, weil er ihnen nun einmal zugewiesen wurde; ohne mit dem Schicksal zu hadern, werden sie noch dort kauern und blindlings Wache halten, wenn ringsum alles in Trümmern liegt. Und der heilige Markus wird ihnen wohl dereinst unter seinen Löwen im Himmel einen Ehrenplatz anweisen.

Einst gab es in Venedig einen lebendigen Löwen. Das war in den grossen Tagen der Republik. Man weihte ihn dem heiligen Markus und gab ihm einen vergoldeten Käfig auf der Piazza. Er leckte die Vergoldung ab und ging ein. Man hielt dafür, dass der heilige Markus, hätte er an dem Löwen Gefallen gefunden, ihm dieses traurige Ende erspart haben würde. Der Senat erliess deshalb eine Verfügung, inskünftig dürfe kein lebendiger Löwe mehr in die Stadt gebracht werden. Der Käfig wurde entfernt und in der Adria versenkt, wo er wohl immer noch ruht... Dieser Meeresgrund der Adria! Eigentlich erstaunlich, dass noch kein Altertumsforscher je darauf verfiel, von Tauchern nach den Ringen suchen zu lassen, die von Bord des Buzentauren ins Meer geworfen wurden – *in signum veri perpetuique dominii.* Napoleon liess die letzte dieser Prunkgaleeren abtakeln, als er kam, um Venedig noch des Wenigen, was ihm an Herrschaftsanspruch geblieben war, zu entkleiden; das alte Schiff verrottete dann und zerfiel. Doch da und dort im Treibsand um den Lido müssen noch die Ringe stecken, die die Dogen einst versenkten...

Nach jener Verfügung des Senats wurde in Venedig nie wieder ein lebendiger Löwe zur Schau gestellt. Ein Möchtegernlöwe hingegen, ja, ein solcher war dort im 15. Jahrhundert an einem gewissen Michaelistag zu sehen, und zwar am Campo San Zaccaria; und von da an gab es immer am selben Tag und am selben Ort solche Löwen in Hülle und Fülle; und zum mindesten einer davon liess sich an dem betreffenden Tag im Jahre 1906 dort blicken.

Nirgends in Venedig gibt es etwas Venezianischeres als diesen trübseligen kleinen Campo – ein Werk gar vieler Zeitalter, wie ein Kleid, an dem viele gearbeitet und das dann viele getragen haben, bis es, abgenutzt und immer wieder geflickt, schliesslich unbrauchbar wurde. Nur noch wenige wohnen heute dort, und diese gehören zu den Ärmsten unter den Armen. Es hält schwer, sich vorzustellen, dass der Ziehbrunnen je im Gebrauch war, ein Sammelpunkt der Klatschbasen. Fensterläden, in zierlich-gotischem Rahmen, vermodern dort an den Angeln und wirken kaum noch unangebracht, nachdem sie nach so manchen Jahren jetzt verwittert und verblasst und hoffnungslos schief sind. Abgezehrt und jammervoll wirkt auch die Fassade der Kirche. Das alte niedrige Gebäude neben dem Turm, vom Gehsteig durch eine Schranke getrennt, war einst ein Nonnenkloster, das reichste aller Nonnenklöster in Venedig. Eine Schildwache steht jetzt davor, und gelegentlich gehen Soldaten missmutig ein oder aus. Hier spielen keine Kinder mehr, höchstens dass da ein paar Katzen liegen, wenn die Sonne scheint. Und je heller sie scheint, um so betrüblicher wirkt der Campo San Zaccaria, als scheue er das helle Licht, wie eine Frau, die einst schön war, oder wie eine Frau, die krank ist.

Und doch glaube ich, in seinen grossen Tagen hätte der Platz mich nicht dermassen in seinen Bann geschlagen. Es gab eine Zeit, wo die bedeutendsten Diener des Staates hier zur ewigen Ruhe getragen wurden. Immer am Ostersonntag kam der Doge hierher, im Gedenken an einen Dienst, den die Nonnen des Zacharias-Klosters der Republik Venedig erwiesen hatten. Mit grossem Gepränge und Gefolge zog er hier machtvoll auf; alle Fenster dienten vornehmen Venezianerinnen als Rahmen, und auf dem Campo herrschte ein Gedränge, weil jeder sehen wollte, wie der Doge zwischen den ihn erwartenden Priestern hindurch zur Kirche schritt. Pietro Tradonico wurde auf dem Weg hierher ermordet - bei dem kleinen Bogengang, durch den man zur Riva degli Schiavoni hinausgelangt. Doch seine Nachfolger liessen sich nicht abschrecken. Auch die grossen Trauungen fanden hier statt. Und dabei geschah es nun, dass an dem betreffenden Michaelistag ein Teufel in Gestalt eines schönen Jünglings auftauchte, die Braut des Sebastiano Morosini lächelnd am Ärmel zupfte und ihr Dinge zuflüsterte, so betörend, dass sie den Arm des Bräutigams losliess und ihre Hand dem Fremdling reichte. Sebastiano hätte den Degen ziehen müssen, liess es aber bleiben, vom Teufel verzaubert. Einem verzweifelten Einfall folgend, liess er sich auf die Knie nieder und begann auf allen vieren so gewaltig zu brüllen, dass der Teufel (einfältig, wie die Teufel damals waren) ihn für den Löwen des heiligen Markus hielt und sich alsogleich verflüchtigte. Auch liess er sich, soweit bekannt ist, nie wieder blicken. Doch Sebastianos List, ein Wunder des heiligen Markus, war den Venezianern so zu Herzen gegangen, dass lange Zeit jeder, der im Begriff war zu heiraten, an Michaelis zum Zacharias-Platz kam und einmal laut brüllend um das Brunnenhäuschen kroch. Dadurch sicherte er sich, wie man wähnte, eine glückliche Ehe - seine Frau würde ihm nie auch nur in Gedanken untreu sein. Sie, die Braut, begleitete ihn mit ihren und seinen Eltern, um dem frommen kleinen Ritual beizuwohnen. An Michaelis drängten sich auf dem Zacharias-Platz den ganzen Vormittag hindurch die Leute. Carpaccio hat ein Bild dieses Ereignisses gemalt, ein Bild, das man sich gut vorstellen kann, entsprach es doch ganz seiner Art: die engelgleiche kleine Braut, den Blick züchtig niedergeschlagen, und der engelgleiche Bräutigam, den Blick verzückt nach oben gerichtet und den Mund weit aufgesperrt, auf allen vieren, und ringsum dichtgedrängt die Menschenmenge. Man kann sich das Bild vorstellen, sehen kann man es leider nicht. Es wurde aus der Zacharias-Kirche gestohlen und ist, wie der Teufel, der Sebastianos Braut in Versuchung führte, nie wieder aufgetaucht.

Zwischen unserem und dem 15. Jahrhundert besteht ein himmelweiter Unterschied. Nicht so in Venedig. Zwar ist die Zeit nicht spurlos an der Stadt vorübergegangen, und böse Feinde haben auch Veränderungen bewirkt. Venedig hat es über sich ergehen lassen, doch was nicht weggeschafft wurde, hat es in aller Stille bewahrt. In seiner Blütezeit hat es orientalisches Blut aufgenommen und ist beschaulicher geworden. Etwas von der Unwandelbarkeit orientalischen Wesens ist Venedig eigen, ungeachtet dessen, was die Zeit und böse Feinde der Stadt angetan haben. Es kam mir nicht besonders merkwürdig vor, an Michaelis im Laufe des Vormittags die Handlung Sebastiano Morosinis in aller Unschuld nachvollzogen zu sehen.

Meine venezianischen Freunde hatten nur

gelacht und erklärt, es bestehe nicht die geringste Aussicht, dergleichen zu erleben. Doch mit einer Hartnäckigkeit, die mir sonst fremd ist, stand ich am Michaelistag früh auf und begab mich zu meinem geliebten Campo. Falls irgendein Bräutigam hierherkam, legte er wohl keinen Wert darauf, von Touristen beobachtet zu werden; ich verzog mich deshalb ins Dämmerlicht des Torbogens, wo der Doge ermordet worden war... Verlorene Liebesmüh, schien es mir, nachdem ich etwa eine halbe Stunde gewartet hatte. Entschlossen, meinen venezianischen Freunden nichts davon zu erzählen, war ich drauf und dran, mich zu entfernen, als durch den andern Torbogen eine Anzahl Bauersleute im Sonntagsstaat kamen. Es waren ihrer sechs - zwei Männer mittleren Alters, zwei Frauen mittleren Alters, ein junger Mann und ein Mädchen. Eine Weile blieben sie im Gespräch stehen. Dann löste sich der junge Mann von der Gruppe, warf den Hut einem der Männer zu und trat zu dem Brunnenhäuschen hinüber. Nachdem er sich dort bekreuzigt hatte, liess er sich auf die Knie nieder und begann auf allen vieren es Sebastiano nachzutun, und wenn auch sein Gebrüll keineswegs das eines Löwen war, vermochte ich doch auf dem Heimweg die Riva degli Schiavoni entlang nicht zu lächeln, nicht ein einziges Mal.

Immer wenn ich dieses Ufer entlangging, suchte ich mir Venedig in der Fülle seiner Macht und Herrlichkeit vorzustellen. Von hier, genau hier, sagte ich mir jeweils, liefen jene gewaltigen Flotten aus, die den angstvoll sich duckenden Völkern nah und fern den Willen der Republik Venedig aufzwangen. Ich suchte mir das Ufergelände vorzustellen, belebt von den bitterernsten Bürgern eines Staates, dessen Politik streng auf Eigennutz ausgerichtet war. Doch das Bild wollte nie zustande kommen. Es war ein leichtes, die Riva mit einem bunten Gewimmel fröhlicher Gestalten aus den Bildern Carpaccios und Bellinis zu bevölkern, und ich sah Flotten vor mir, die auf die Suche nach der blauen Blume ausgeschickt wurden, mit Seekarten, entworfen von Träumern. Doch ein nüchternes Venedig, ein herrschsüchtiges, hoheitsvolles Venedig - das wollte mir einfach nicht in den Kopf. Nirgends in seinem Schwächezustand findet sich ein Anzeichen, dass es einst stark war wie andere Städte, wo Überbleibsel von Festungswerken an vergangene Geltung erinnern. Dagegen finden sich in seiner Melancholie überall Anzeichen früherer Lebensfreude. Fröhliche Beschwingtheit kommt zum Vorschein, wo immer wir in seiner Vergangenheit Nachschau halten. Und dafür, sagte ich mir, tauchte es aus den Wassern auf und erblühte zu solcher Lieblichkeit. Macht fiel dem Staatswesen nebenbei zu. Ein Zufall! Die Macht fiel wieder von ihm ab. Was verschlug's? Die Rose hatte lediglich ihre Dornen eingebüsst.

Der Abschnitt in der Geschichte Venedigs, den man den Niedergang nennt, hat für mich nichts Betrübliches - diese Zeit, über die zu schreiben Ruskin sich nicht getraute, so gross war sein Kummer, sein Entsetzen. Für ihn war der «Niedergang» nicht unvermeidlich: hätte sich Venedig nicht der Todsünde des Hochmuts ergeben und hätte es an seiner schlichten Frömmigkeit festgehalten, wäre es seiner Machtstellung nicht verlustig gegangen. Ruskin war überzeugt, dass er, wäre er ein Zeitgenosse gewesen, Venedig hätte retten können. Und sein flammender Zorn war so gewaltig, als hätte er rund fünf Jahrhunderte vor Erscheinen seines Buches «Die Steine Venedigs» auf dem Markusplatz gepredigt. Es war der sittliche Eifer in Ruskin, der seiner Sprache Dringlichkeit verlieh. Kraft dieses Eifers ist er als Schriftsteller hundertmal soviel wert wie blosse Menschheitsbetrachter, mit andern Worten, wie unsersgleichen. Als Denker waren ihm infolgedessen Grenzen gesteckt, so dass er sich immer wieder irrte. Doch wie glorreich war er noch in seinen Irrtümern, in seiner Begrenztheit! Ich wollte, ich wäre mehr wie Ruskin. Für uns, die wir die Menschheit nur als Schauspiel betrachten, war der «Niedergang» Venedigs unvermeidlich. Ein Staatswesen ist wie ein Menschenwesen: früher oder später nehmen seine Kräfte ab; kein Elixir vermag es jung zu erhalten. Und auf den sogenannten Niedergang können wir seelenruhig zurückblicken, voller Verständnis für das, was an ihm liebenswürdig und erfreulich war.

Für mich lag, wie bereits angedeutet, der Niedergang Venedigs nicht im Verlust seiner Macht, vielmehr darin, dass ihm die überschäumende Lebensfreude abhanden kam. Seine eigentliche Bestimmung schien es in den Tagen zu erfüllen, als es seine Aufgabe darin sah, den Mummenschanz Italiens zu verkörpern. Für mich ist das 18. Jahrhundert die hohe Zeit Venedigs. Es ist die Zeit, die sich am selbstverständlichsten heraufbeschwören lässt. Die Gestalten eines Carpaccio, eines Bellini braucht man nur zu rufen. Und diejenigen eines Guardi, eines Longhi muss man gar nicht erst einladen. Vermummt und maskiert waren sie da und steckten die Köpfe zusammen, mit leisem Gelächter, in jeder Gondel, die nachts an mir vorüberglitt. Ja, auch am hellichten Tag. Selbst unter der Mittagssonne wirkt die Gondel immer wie ein Ableger der Nacht und bringt eine nächtliche Stimmung mit sich. Nicht davon wegzudenken ist das ausgelassene Treiben jener Gestalten, die auf der Piazzetta an der prallen Sonne den Tag zur Nacht und in den Gassen ringsum die Nacht zum Tag machten.

Nicht die grosse bunte Piazza, sondern diese Piazzetta mit ihrer sorglosen Fröhlichkeit war für mich der Inbegriff dessen, was mir von Venedigs Vergangenheit am lebendigsten schien. Hier gaben sich die Erscheinungen des

18. Jahrhunderts ein Stelldichein und fühlten sich wie zuhause. Hier war für sie, als sie noch lebten, der eigentliche Schauplatz ihres Übermuts gewesen. Die beiden Granitsäulen, die dort stehen, mit ihrem breit geratenen Abschluss und dem winzig geratenen heiligen Theodor in Gesellschaft seines Krokodils auf der einen, und dem grossen, sich von ihm abwendenden Löwen auf der andern, die beiden Säulen wirken ganz wie ein Witz - ein Witz, der noch immer unwiderstehlich zum Lachen reizt. Und der Palazzo Ducale mit seiner rautenförmig gemusterten Fassade über den beiden schmächtigen weissen Kolonnaden - hat er nicht, so wunderschön er ist, etwas ganz und gar Unwirkliches? Ich suchte mir zu vergegenwärtigen, dass hier einmal beängstigende Konklaven abgehalten und beängstigende Edikte ausgegeben wurden. Hier, vor diesem Tor, verkündete einst ein Herold der Volksmenge, Marino Falieri habe... Nein! Ich vermochte mir den Ort nie anders denn als Schauplatz eines Maskentreibens vorzustellen. Und nachts, von Scheinwerfern angestrahlt, kam er mir stets wie eine Theaterkulisse vor.

«Theatralisch!» Ich habe Spiesser diese Bezeichnung auf ganz Venedig anwenden hören. Zweifellos würden sie auch die ganze Märchenwelt so bezeichnen, überzeugt, das richtige Wort gefunden zu haben. Gewiss, Venedig kommt uns unwirklich vor. Doch seine Unwirklichkeit ist die einer Traumwelt, nicht die irgendeines Schaugepränges, wie es von einem Bühnenbildner entworfen werden könnte. Oft beschlich mich die Angst, ich träumte tatsächlich. Man kennt das aufregende Gefühl, das man oft beim Erwachen hat, wenn man wähnt, soeben einem bedeutenden Gedanken auf die Spur gekommen zu sein. Man sucht seiner wieder habhaft zu werden, und siehe da, es ist alles barer Unsinn! Oft befürchtete ich in Venedig eine solche Ernüchterung. Venedig - ungreifbar, ein Traumgesicht! Stand mir nicht ein unliebsames Erwachen bevor? Hatte ich geträumt - am Ende gar von Brighton? War das ganze feine Geflecht der Gässchen, waren all diese *campi* und *campanili* im Begriff, sich mitsamt der Inselwelt, aus der sie heraufbeschworen worden waren, in Luft und Wasser aufzulösen?

Dass Venedig «völlig verunstaltet» sei, hatte man mir oft genug versichert. Und wer es nach Verlauf einiger Jahre von neuem besucht, dem stehen wohl unliebsame Überraschungen bevor. Auf dem Canal Grande verkehren Dampfer. Es gibt kinematographische Vorführungen. Schaut man von der Lagune aus zurück, gewahrt man mehr Fabrikschlote als früher. Gewiss, die alten Freunde Venedigs finden mancherlei zu beanstanden. Und in zwanzig Jahren werde ich zweifellos mit ihnen um die Wette schimpfen und mich über die ahnungslose Begeisterung irgendeines Anfängers wundern.

Wer einen Ort seit langem kennt und liebt, den stören selbst Verbesserungen. Nicht dass noch mehr Dampfer und noch mehr Fabrikschlote eine Verbesserung darstellen würden. Grundsätzlich bedaure ich die bereits vorhandenen. Ich bestreite bloss, dass sie ausschlaggebend sind. Die Schönheit Venedigs ist so beschaffen, dass hässliche Dinge nicht hervorstechen, sie gehen im glanzvollen Ganzen auf. Wenn die Dämmerung sich auf Chelsea herniedersenkt, «werden die Fabrikschlote zu *campanili*». Weil aber in Venedig die Sonne das Geheimnis dieser Stadt nicht lichten kann, wirken die Schornsteine immer als *campanili*. Und die Dampfboote immer als Gondeln. Niemand braucht sich über sie aufzuhalten. Sie haben sich den lichtscheuen Charakter angeeignet, den die Gondeln schon immer hatten. Auf ihre Geräusche würde ich natürlich gerne verzichten. Es sind die einzigen in Venedig, dieser Stadt der Stille. Doch Elektrizität wird sie bald dämpfen. Dann werde ich wohl darüber Klage führen, dass ich das altväterisch-romantische Zischen des ausströmenden Dampfes vermisse.

Bis dahin kann man dem Geräusch unschwer entgehen. Das eigentliche Venedig findet man nicht längs des Canal Grande, so grossartig dieser ist. In der versteckten, nicht in der zur Schau gestellten Schönheit liegt das Wesen dieser Stadt. Das Panorama des Canal Grande lässt das Herz höher schlagen, und der Herzschlag beruhigt sich wieder. Es ist weiter nichts mehr darüber zu sagen, nichts weiter zu sehen, und man lässt diese etwas aufdringliche Schönheit links liegen, um in die Seitenkanäle oder in die Gässchen abzuschweifen. Diese verlieren ihren Reiz niemals. Es gibt ihrer so viele, und sie sehen einander ungeachtet aller Abwechslung so ähnlich, dass man sich ihre Besonderheiten nie merken kann. Sie wirken immer neu, immer geheimnisvoll, halten immer irgendeine unvermutete Offenbarung für einen bereit.

Wenn man auf dieser oder jener kleinen Brücke aus arg mitgenommenem Marmor stehen bleibt, kann man das Aussehen eines Kanals besser erfassen als von einer Gondel aus. Die baufälligen Paläste, die so wehmütig ihr Spiegelbild betrachten, als fragten sie sich, ob sie wirklich so aussähen, wissen nicht, dass sie so viel schöner sind als je - diese aneinandergereihten, spukhaft-fahlen Paläste, von denen der Gips abblättert, so dass stückweise der Backstein zum Vorschein kommt, vom klaren grünen Wasser bespült, das an ihren Fundamenten nagt. Sieh doch, wie Zeit und Rost die eisernen Fenstergitter verschmächtigt haben, wie dick voller Staub die Spinngewebe hängen! Bald wird es schwierig sein, Gitter und Gewebe auseinanderzuhalten... Hier, in diesem Palast, hat wohl das alte Fräulein Bordereau mit ihrer Nichte gewohnt, dieses seltsame Paar. Vielleicht lebt die Nichte noch immer da. Nein, hinter diesen Fensterläden können höchstens Geister spuken. Sieh nur, auf den Mauern dort, diese schwache Spur früherer Farbe - gelb und blaurot. War das am Ende ein Fresko? Lieblicher kann es nie gewirkt haben. Und dort, sieh doch, wie inmitten all des Zerfalls die Reben unbekümmert grünen! Doch wer wird die Trauben pflücken? Gespenster essen keine Trauben.

Mit solchen Gedanken wandte ich mich jeweils vom Geländer und der Betrachtung taghellen Todes ab und ging weiter über die Brükke und in das Dunkel hinein, wo Leben herrschte. Es sind Schluchten, diese Gässchen. Der blaue Streifen weit droben könnte ein Schutzdach sein, so schwach ist das Licht hier unten. Tritt man aus der hellen Sonne unmittelbar in eine solche Gasse, kann man kaum etwas sehen, was leicht zu Zusammenstössen führt. *«Piano, Signore»,* sagte ein alter Wanderkrämer, mit dem ich zusammengeprallt war. «Mensch, haste denn keine Augen im Kopf?» ist natürlich, was er hätte sagen sollen, und was er auch gesagt hätte, wäre es ihm vergönnt gewesen, anderswo als in Venedig zu seiner Bildung zu kommen. Doch diese armen Venezianer sind stille Leute und einen leisen Ton gewohnt. Selbst wenn sie streiten - was sie oft und sehr heftig tun -, kann man von ihnen Manieren lernen, sofern man sich nicht scheut, stehen zu bleiben und ihnen unmanierlicherweise dabei zuzuhören. Keiner der beiden Streitenden spricht deswegen lauter; und keiner unterbricht den andern; sie wechseln mit Schimpfen und Zuhören ab. Äusserst schnell und mit äusserst reichhaltigem Mienen- und Gebärdenspiel stösst nun der eine ein Gesprudel von Worten hervor, deren offensichtliche Schärfe in einem seltsamen Gegensatz zu dem leisen Ton seiner Äusserung steht. Ohne eine Miene zu verziehen, wartet der andere, bis der Wortschwall versiegt, und dann, *presto,* legt er selber los und findet so geduldig Gehör, wie ein Volksredner es sich nur wünschen kann. Zwischen dem Ende seiner Redeflut und dem Augenblick, wo der andere wieder das Wort ergreift, findet nicht die geringste Pause statt, doch jeder lässt den andern ausreden. Wenn Frauen sich streiten, geschieht es auf dieselbe vorbildliche Art, nur weniger lebhaft. Ein Mann und eine Frau, die miteinander streiten, das ist eine Sehenswürdigkeit, die Touristen vorenthalten bleibt. Überhaupt habe ich selten einen Mann mit einer Frau sprechen sehen. Mit dem Einschlag orientalischen Blutes geht eine entsprechende Einstellung zur Frau einher. Frauen und Männer halten sich streng voneinander getrennt. Verwunderlich, dass die Frauen sich überhaupt in der Öffentlichkeit zeigen dürfen. Indessen zeigt sich eine Frau nie allein. Immer hat sie - oder ist - eine Dueña. Ich hatte erwartet, Exemplare der jungen Venezianerin vorzufinden, wie sie früher jedes Jahr in der Königlichen Kunstakademie in London ausgestellt war - eine üppige junge Person mit Tizianhaar, malerisch zerlumpt, ein keckes Lächeln auf den Lippen, während sie lässig an eine Mauer lehnt, den angebissenen Granatapfel in der Hand. Die Venezianerin, wie sie wirklich ist - klein, unansehnlich, ein schwarzes Tuch um die Schultern -, würde sich in den Gemälden nicht wiedererkennen, und ihre Dueña wäre bestimmt empört. Abgesehen von den schönen Augen und den gepuderten Wangen könnte man diese Frauen in jeder englischen Kirche treffen. Und weder die Augen noch der Puder beeinträchtigen den Eindruck der Wohlanständigkeit. Nie funkelt etwas in diesen Augen, und der Puder ist wohl bloss ein herkömmlicher Ersatz für den Schleier. Unterwerfung, orientalische Unterwerfung ist kennzeichnend für diese Frauen. Die Männer sind orientalisch vorherrschend. Sie kommen mit einem ernsthaften Stolz einher, ganz im Gegensatz zu der ernsthaften Sanftmut der Frauen.

Ich will damit nicht behaupten, dass die Venezianer einen weniger glücklichen Eindruck machen als die Leute, die man auf den Strassen Londons sieht. Im Gegenteil, obwohl sie nicht mehr Herr der Meere sind und sich im Mittelpunkt eines gewaltigen, seelenerhebenden Reiches tummeln, bringen sie es irgendwie fertig, glücklicher auszusehen als wir, die wir noch im Schwang sind. Auf meinen Rundgängen durch London habe ich mich oft gefragt, wie die Leute wohl aussähen, wenn sie den Gedanken an ihre Weltherrschaft nicht hätten, der ihnen seelischen Halt verleiht. Vielleicht hängt das Glück des einzelnen eher mit dem Klima als mit der allgemeinen Weltgeltung zusammen. Von den übrigen Italienern werden die Venezianer verachtet. Sie haben keine Industrie. In Murano werden Glaswaren hergestellt, in Burano Textilien, doch in Venedig selber wird überhaupt nichts hergestellt, und niemand scheint zu wissen, wozu die Fabrikschornsteine da sind. Abgesehen von den Einnahmen aus dem Fremdenverkehr leben die Venezianer davon, dass sie sich gegenseitig die Wäsche besorgen und auf den heiligen Markus bauen. «Schmarotzer» werden sie im übrigen Italien genannt. Und doch scheint es ihnen nicht an Selbstachtung zu fehlen, und auf ihre bescheidene Art scheinen sie in diesen stillen, dunkeln, peinlich sauberen Gassen eher ein beneidenswerter als ein verächtlicher Menschenschlag. Ich habe mich immer sehr gern unter ihnen bewegt, um dann wieder an die grelle Sonne hinauszutreten, mich von neuem verzaubern zu lassen und über eine andere Brücke wieder in den Schatten anderer Gassen zu gelangen oder in das noch kühlere Dunkel irgendeiner der vielen Kirchen.

In Venedig kommt einem jeder Sinn für Zeit abhanden, und ich könnte nicht angeben, wieviel verzauberte Tage ich schon vertrödelt hatte, als mir eines Abends auf der Hotelterrasse der Gedanke kam, ich könnte mich möglicherweise bald an allem satt gesehen haben. Bekanntlich soll man vom Tisch aufstehen, bevor man genug hat. Ärzte empfehlen es, und viele Köchinnen sorgen dafür, dass man sich unwillkürlich daran hält. Sich satt essen ist die kleine Schwester der Völlerei. Ich sagte mir, in geistigen Dingen sei diese Theorie sicher beherzigenswert. Es wäre frevelhaft, in Venedig zu bleiben, bis ich mich an allem satt gesehen hatte. Ich musste weg, solange die Verzauberung noch vorhielt. Das war ich dieser Stadt schuldig.

Freilich, wenn ich mich innerlich prüfte, konnte ich keine Anzeichen der Ernüchterung feststellen. Und doch... kam mir Venedig wirklich noch ganz so wundersam vor wie zu Anfang? In seinem Buch «Venezianisches Leben» behauptet William D. Howells, er habe in den ganzen drei Jahren seines Aufenthalts nie über den Markusplatz gehen können, ohne das Wundersame daran genauso innig zu empfinden wie beim erstenmal. Ich hingegen - war ich nicht nachgerade etwas abgestumpft? War ich diesen Vormittag dort wirklich noch ebenso erstaunt, so hingerissen gewesen wie damals, als mir der Anblick zum erstenmal beschieden war? Natürlich nicht. Die Gassen, die Hinterkanäle - gewiss, diese wirkten immer noch gleich frisch auf mich. Vielleicht kam aber einmal eine Zeit, wo auch sie... Unsicher geworden, stand ich auf, warf die Zigarette ins Wasser und lehnte mich an die Balustrade.

Lautlos kam eine Gondel aus dem Dunkel und steuerte auf die Treppe zu. Gepäck war vorne drin aufgestapelt, englisches Gepäck; und verzückt schaute eine Anzahl Engländer und Engländerinnen zur Terrasse hinauf... Wie lange war es her, seit ich um genau dieselbe Stunde hier ankam? Jahre, schien es mir. Und ich wusste, dass ich bestimmt mit demselben verzückten Blick von der Gondel zur Terrasse hinaufgeschaut hatte, innerlich mit der Frage beschäftigt, ob Venedig bei Tag wohl halten werde, was Venedig bei Nacht versprach, und wer wohl dieser romantische Venezianer sei, der da an die Balustrade lehnte. Für diese Neuankömmlinge war ich der romantische Venezianer und gehörte zum zauberhaften Ganzen, und sie waren für mich gewöhnliche englische Touristen, die zum erstenmal nach Venedig kamen und in ihrem Blick noch etwas hatten, das mir abhanden gekommen war... «Doch», sagte ich mir, «ich reise morgen ab; ich fahre nach Padua.» Und am nächsten Vormittag reiste ich ab.

Als ich in Padua aus dem Bahnhof hinaustrat, sah ich mich drei sonderbaren und schrecklichen Ungetümen gegenüber, die den Rachen aufsperrten. Um sie zu besänftigen, liess ich einem derselben mein Gepäck vorwerfen, lehnte es jedoch ab, mich persönlich verschlingen zu lassen. Es waren bloss Hotelomnibusse. Aber in Venedig hatte ich vergessen, dass es dergleichen gab. Ich hatte mir das Fahren abgewöhnt. Lieber ging ich zu Fuss.

Der Weg in die Stadt führte eine breite Strasse mit Strassenbahngeleisen entlang – durch eine flache und unerspriessliche Landschaft. Der Boden unter den Füssen schien bei jedem Schritt nachzugeben, so sehr war ich es bereits gewohnt, auf Marmor zu gehen.

Was war dieses grosse, viereckige, braune Gebäude dort? Vermutlich eine Fabrik. Warum aber dann diese grosse Maueröffnung darin, von unten bis oben? Und warum stand das Gebäude mitten auf der Strasse? Weil es, wie mir bald klar wurde, ein Stadttor war. Wann immer ich künftig ausserhalb Londons zum Fenster eines Eisenbahnwagens hinausschaute, konnte ich mir nun vorstellen, die Fabriken längs der Strecke seien romanische Stadttore und nicht bloss Sammelbecken zweibeiniger Arbeitstiere.

Rasch ging ich weiter. Was war das hier? Noch ein Torbogen? Nein, diesmal musste es eine Fabrik sein. Es war eine Kirche. Wie bedrückend wirkte die grosse, rechtwinklige Aussenfläche aus unverkleidetem Backstein, seit Jahrhunderten unvollendet, eine gestaltlose, tote Masse! Rasch ging ich weiter. Als ich zu einer Brücke kam, blieb ich gewohnheitshalber stehen, um vom Geländer hinabzuspähen. War das wirklich Wasser? Dieses träge, zähflüssige Zeug? Es war von einem so unwahrscheinlichen Blau, dass es chemisch verfärbt sein musste. Ich dachte an die klaren, chrysoprasfarbenen Wasser, von denen ich herkam. Rasch ging ich weiter - «so sehr verlangte mich nach dem schönen Padua».

«Schön!» Ich durfte weder nach rechts noch nach links schauen. Es war nicht richtig, eine Stadt nach ihren Aussenquartieren zu beurteilen. Man stelle sich vor, ein Fremder, der Oxford nach seinen Aussenquartieren beurteilt! Einst pilgerten Scholaren von Padua nach Oxford, von Oxford nach Padua. Auch ich gedachte hier Studien zu treiben. In Venedig hatte ich mich gehenlassen. Hier gedachte ich ernsthaft etwas für meine Fortbildung zu tun. An Venedig wollte ich nicht mehr denken.

Doch hier stiess ich auf ein körperliches Hindernis. Man weiss, wie man nach einer Seefahrt manchmal noch tagelang das Stampfen und Schlingern des Schiffes spürt. Nun, eine Gondel schaukelt zwar nur sanft, aber man wird das Gefühl des Schaukelns ebensowenig los wie das eines Dampfers oder Segelboots. Während ich die Strasse entlangging, spürte ich bei jedem Schritt den Boden unter mir schwanken. Es war ein unablässiges Vibrato, wie das Venusbergmotiv im «Pilgerchor». Ich wollte mich davon lospilgern. Petrarca hatte Padua geliebt. Tasso auch. Cavour, in einem gutsitzenden Gehrock aus weissem Marmor und entsprechender Beinbekleidung, strahlte ein weltliches Willkomm auf mich herab. Er schien sich hier auf diesem Platz, der nach ihm benannt ist, wohl zu fühlen. Auch in Venedig hatte ich ihn irgendwo gesehen, aber da wirkte er trotz seiner Erhöhung als heimlicher und belangloser Eindringling. Hier dagegen spielte er gewissermassen den Gastgeber. *«Siete il benvenuto»,* schien er zu murmeln, sich innerlich die Marmorhände reibend. Ich flüchtete in mein Hotel, zu Speis und Trank.

Nachher erkundigte ich mich nach dem Weg zur Universität und wurde zur Via otto Febbraio gewiesen. Eine merkwürdige Fassung für ein altes Juwel - diese Geschäftsstrasse mit ihren marktschreierischen Schaufenstern! (In Venedig waren alle Läden so klein und zurückhaltend gewesen.) Nach einer Weile fiel mir eine Unterbrechung in der Schaufensterfront auf; es schien sich um ein kleines Tingeltangel zu handeln, das neu aussah und offenbar gut ging. Vielleicht konnte ich da am Abend hin... Es war die Universität.

Ich schwenkte in eine Seitenstrasse ab, unter einen Bogengang. Alle Seitenstrassen schienen solche Arkaden zu sein, und, gewiss, sie wirken malerisch, aber wie plump und schwerfällig im Vergleich mit - nein, es war ungerecht, einen solchen Vergleich zu ziehen. Ich rief mir die letzten beiden Zeilen eines Sonetts, «Venezia», in Erinnerung, die ich einst in einer amerikanischen Zeitschrift gelesen hatte:

Lass andre Städte um den Rang sich streiten;
Venezia ist *sui generis.*

Doch man entsinnt sich wohl des kleinen Jungen, der eine Zeitlang in der Märchenwelt leben durfte, und wie vergeblich er sich nach seiner Heimkehr bemühte, sie zu vergessen. Auch ich hatte in einer Märchenwelt gelebt.

Ich suchte die Zeit totzuschlagen. Doch die Zeit ist wie eine Hydra. Für jede Viertelstunde, die man totschlägt, wachsen mehrere andere nach. Wollte denn die Sonne nie untergehen? War es denn noch immer nicht Zeit zum Abendessen?

Zu guter Letzt speiste ich in einem farbenpatzigen Restaurant, dessen Decke mit Gestalten im Jugendstil bemalt war, die die zwölf Monate darstellten. Zwölf Monate in Padua! Schon der Gedanke an den nächsten Tag war bitter. Der Kellner empfahl mir, das Teatro Garibaldi zu besuchen, dort werde ein neues Stück von Signor Borsetti gegeben. In einer Stimmung wie der meinen klammert man sich an einen Strohhalm.

Der Vorhang war noch nicht aufgegangen. Jedoch wurde bereits eine Art Vorspiel geboten, an dem die Paduaner offenbar Gefallen fanden. Eine Schwalbe hatte sich in den Zuschauerraum verirrt und schoss wie wild umher, viel zu verängstigt, um sich irgendwo niederzulassen. Dauernd flog sie ringsum, und das Publikum blieb nicht still. Ich schaute bald auf es, bald auf die Schwalbe, und fragte mich nachgerade, ob der Mensch wirklich die Krone der Schöpfung sei. Das Orchester setzte ein und verwirrte den Vogel noch mehr; er zitterte, als stürze er gleich zu Boden. Dann flog er immer schneller ringsum. Auf der obersten Galerie sah ich ein offenes Fenster. Warum konnte der Vogel es nicht auch sehen und dieser Hölle entfliehen? Das arme unvernünftige Geschöpf!

Wovon das Stück handelte, kann ich nicht sagen. Nie kam der Vogel zur Ruhe, immer weiter kreiste er im grellen Licht des Kronleuchters. Und die ganze Zeit über war dort oben dieses offene Fenster - ein Weg in Nacht und Freiheit. Das Ganze kam mir nachgerade wie ein Gleichnis vor. Doch was bedeutete es?... Und ich, ausgerechnet ich, hatte mich bemüssigt gefühlt, den Vogel seiner Unvernunft wegen zu bemitleiden!

Der Hotelbesitzer bedauerte, dass ich schon abreisen musste; gewiss, es fahre ein Zug nach Venedig; es reiche gerade noch, um zu packen; er werde die Rechnung gleich bereitmachen lassen.

Es war ein ausgesprochener Bummelzug. Meine Seele eilte ihm unterwegs tausendmal voraus. Kein Liebender war je ungeduldiger als ich. Nie war ein Mensch so verliebt gewesen wie ich. Wenn ich bedachte, dass es Leute gab, die Venedig noch nie erlebt hatten - Leute, die überhaupt nicht wussten, was leben heisst. Und diejenigen, die Venedig kannten - kannten sie es so wie ich? Nein, mir allein hatte es sein Geheimnis anvertraut. Es wartete auf mich. Ich war auf dem Weg zu ihm.

Selbstsüchtig, wie Liebende sind, hatte ich den Vogel ganz und gar vergessen - den Gefangenen, dem ich meine Freiheit verdankte.

Ich lachte laut vor mich hin, als mir meine akademisch-humorlose Theorie in den Sinn kam, wie gefährlich es sei, sich an etwas satt zu sehen. Es kam mir lachhaft vor, dass ich mich allen Ernstes an diese Theorie gehalten hatte - Narr, der ich gewesen war! Nun, ich war wieder zur Vernunft gekommen. Ich konnte es mir gestatten, über mich selber zu lachen. Aber musste denn dieser Zug unbedingt so langsam fahren?

Endlich überquerten wir die Lagune. Und bald darauf hatte ich den Bahnhof hinter mir und war auf dem Kanal draussen. Wolken strähnten vor dem Mond vorbei, und Venedig wirkte in dem fahlen Dämmerlicht traumhafter denn je. Ich hatte nicht das Gefühl, die Stadt im Schlaf überrascht zu haben, im Gegenteil, sie war mir gewissermassen im Schlaf als Traumgesicht erschienen. Sie war der *revenant,* nicht ich. War ich wirklich wach? Doch, es war Venedig, das schlief. Und *«piano, gondoliere»,* sagte ich, *«lentamente... piano...».*

Bahnsteigabschiede

Mir fehlt jedes Talent dafür. Sich hier zu bewähren, scheint mir etwas vom Schwierigsten, das es gibt, und ich glaube damit nicht allein zu stehen.

Einen Bekannten, der innerhalb Londons ein paar Stationen weit fährt, zur Bahn zu bringen, das wäre zu schaffen. Aber auf diese kleine Bewährungsprobe stellt man uns nie. Nur wenn ein Freund für längere Zeit verreist, finden wir uns auf dem Bahnsteig ein. Je lieber der Freund und je länger die Reise, die er antritt, um so früher stellen wir uns ein und um so schmählicher versagen wir. Die Höhe unseres Versagens richtet sich nach der Tiefe unseres Gefühls.

In einem Zimmer, ja selbst unter der Tür, bringen wir einen leidlichen Abschied zustande. Wir können den Kummer, den wir tatsächlich empfinden, mit dem Gesicht ausdrücken. Auch lässt uns die Sprache nicht im Stich. Beiderseits nichts von Befangenheit und Zurückhaltung. Nichts tritt zwischen uns, um das traute Einvernehmen zu stören. Der Abschied wickelt sich ab, wie es sich gehört. Warum lässt man es denn nicht dabei bewenden? Immer werden wir dringend gebeten, doch am nächsten Morgen nicht zur Bahn zu kommen. Immer sind wir für diese Bitten taub, da wir wissen, dass sie nicht ganz ernst gemeint sind. Die Freunde, die abreisen, wären sehr verwundert, wenn wir sie beim Wort nähmen. Ausserdem wollen sie uns ja wirklich nochmals sehen, und dieser Wunsch ist gegenseitig. Wir finden uns also ein. Und dann, ja, welch ein Abgrund tut sich dann auf! Vergeblich strecken wir die Arme aus, wir haben keinen Kontakt mehr. Es fällt uns überhaupt nichts ein, was wir sagen könnten. Wie die stumme Kreatur den Menschen, schauen wir einander an. Wir machen Konversation - und was für Konversation! Gewiss, es sind immer noch dieselben Freunde wie am Abend zuvor, und auch sie wissen, dass wir uns nicht verändert haben. Und doch ist äusserlich alles ganz anders, und das Verhältnis ist so gespannt, dass wir die Abfahrt des Zuges herbeisehnen, die allein dem traurigen Unsinn ein Ende bereiten kann.

Letzte Woche stellte ich mich an einem trostlosen Morgen im Euston-Bahnhof ein, um mich von einem Freund zu verabschieden, der nach Amerika fuhr.

Am Abend zuvor hatten wir ihm ein Abschiedsessen gegeben, bei dem Betrübnis und Festfreude sich vermischten. Wir wussten, es konnte Jahre dauern bis zu seiner Heimkehr, manche würden ihn vielleicht überhaupt nie wieder sehen. Ohne den Schatten der Zukunft ganz ausser acht zu lassen, feierten wir übermütig die Vergangenheit. Wir waren dankbar, unseren Gast gekannt zu haben, und betrübt, ihn zu verlieren, beides in gleichem Masse, und beides kam gebührend zum Ausdruck. Es war ein wohlgeratener Abschied.

Und da standen wir nun auf dem Bahnsteig, steif und verlegen, und eingerahmt im Fenster des Eisenbahnwagens war das Gesicht unseres Bekannten, aber es war wie das Gesicht eines Unbekannten - eines fremden Menschen, der sich angenehm machen will und nicht recht weiss wie. «Hast du nichts vergessen?» fragte einer von uns, um das Stillschweigen zu unterbrechen. «Nein, ich habe nichts vergessen», erwiderte unser Freund. «Nichts», wiederholte er nachdrücklich, weil ihm nichts anderes einfiel. «Du kannst dann im Speisewagen essen», stellte ich fest, obwohl diese Feststellung schon mehr als einmal gemacht worden war. «O ja», sagte er mit Überzeugung, und er setzte hinzu, der Zug fahre durch bis Liverpool. Dieser Sachverhalt schien Verwunderung auszulösen. «Ohne Halt in Crewe?» fragte einer von uns. «Gewiss», erwiderte unser Freund etwas unwirsch. Es entstand eine lange Pause. Schliesslich sagte einer von uns «na ja!», wobei er dem Abreisenden mit einem gezwungenen Lächeln zunickte. Das Nicken, das Lächeln und die beiden sinnlosen Worte wurden gewissenhaft erwidert. Eine weitere Pause wurde von einem von uns mit einem Hustenanfall unterbrochen. Der Anfall war unverkennbar gespielt, erfüllte aber seinen Zweck, nämlich die Zeit hinzubringen. Auf dem Bahnsteig herrschte immer noch derselbe rege Betrieb. Nichts deutete auf die baldige Abfahrt des Zuges. Die Erlösung – die unsere, wie auch die unseres Freundes – liess auf sich warten.

Mein umherschweifender Blick fiel auf einen etwas beleibten Mann mittleren Alters, der sich vom Bahnsteig aus angelegentlich mit einer jungen Dame am übernächsten Wagenfenster unterhielt. Sein edles Profil kam mir bekannt vor. Die junge Dame war offenbar Amerikanerin, und er war offenbar Engländer, sonst hätte ich ihn seinem gewichtigen Auftreten nach für ihren Vater gehalten. Gar zu gern hätte ich gehört, was er zu ihr sagte. Ich war überzeugt, er erteile ihr gute Ratschläge, und es war herzerfreuend, wie fest und doch zärtlich er sie dabei ins Auge fasste. Er hatte etwas Unwiderstehliches, während er in sie drang. Noch von der Stelle aus, wo ich stand, verspürte ich etwas von seiner Anziehungskraft. Dieses Unwiderstehliche kam mir, wie schon sein Profil, irgendwie bekannt vor. Wo hatte ich es nur erlebt?

Auf einmal wusste ich es. Der Mann war Hubert le Ros. Doch wie verändert, seit ich ihn das letztemal getroffen hatte! Vor sieben oder acht Jahren war das gewesen, in London, auf der Strasse. Er war damals (wie meistens) ohne Engagement und pumpte mich an. Man hatte bei ihm das Gefühl, es sei eine Vergünstigung, ihm zweieinhalb Shilling leihen zu dürfen - so unwiderstehlich war er. Wieso ihm diese Eigenschaft nicht zum Bühnenerfolg verhalf, war mir schon immer ein Rätsel gewesen. Er war ein ausgezeichneter Schauspieler und lebte mässig. Doch Hubert le Ros (in Wirklichkeit hiess er natürlich anders) entschwand, wie viele seinesgleichen, in die Provinz und galt für mich, wie für jedermann, als verschollen.

Es war seltsam, ihn nach all den Jahren hier auf dem Bahnsteig zu sehen, so stattlich und offenbar ohne Nahrungssorgen. Es lag nicht nur daran, dass er behäbig geworden war; auch die Kleidung machte, dass ich ihn nicht sofort erkannt hatte. Früher hatte ein unechter Pelzmantel ebenso zu ihm gehört wie seine eingefallenen Wangen. Doch jetzt war das, was er trug, äusserst gediegen und fiel höchstens durch seine Unauffälligkeit auf. Wie ein Bankdirektor sah er aus. Jedermann konnte stolz sein, von ihm zur Bahn gebracht zu werden.

«Zurücktreten!» Der Zug wollte abfahren, und ich winkte meinem Freund ein letztes Lebewohl zu. Le Ros trat nicht zurück. Er blieb stehen, beide Hände der jungen Amerikanerin in den seinen. «Zurücktreten gefälligst!» Er kam der Aufforderung nach, trat jedoch rasch nochmal vor, um ihr ein letztes Wort zuzuflüstern. Ich glaube, sie hatte Tränen in den Augen. Er jedenfalls hatte feuchte Augen, als er sich schliesslich umwandte, nachdem er dem Zug solange als möglich nachgeschaut hatte.

Immerhin, er schien erfreut, mich zu sehen. Er fragte mich, wo ich mich die ganzen Jahre versteckt gehalten habe, und erstattete mir gleichzeitig die zweieinhalb Shilling zurück, als hätte ich sie ihm erst gestern gepumpt. Dann fasste er mich unter und schritt mit mir den Bahnsteig entlang, wobei er mir versicherte, er lese meine Theaterkritiken jeden Samstag mit dem grössten Vergnügen.

Ich meinerseits versicherte ihm, man vermisse ihn sehr auf der Bühne. «Ach ja», bemerkte er, «auf der Bühne spiele ich überhaupt nicht mehr.» Dabei betonte er das Wort «Bühne», so dass ich mich erkundigte, wo er denn heutzutage spiele. «Auf dem Bahnsteig», erklärte er und stiess mit dem Spazierstock gegen den Boden, «das ist jetzt meine Bühne.» Hatte sein rätselhafter Wohlstand ihn etwa um den Verstand gebracht? Dabei sah er so gesetzt aus. Ich ersuchte ihn, sich doch deutlicher auszudrücken.

«Du hast wohl einen Freund zur Bahn gebracht?» sagte er, nachdem er mir eine Zigarre angeboten und Feuer gegeben hatte. Ich bejahte. «Und was, meinst du, habe ich wohl getan?» fragte er dann. Ich sagte, ich hätte ihn dabei beobachtet, wie er dasselbe tat. «Nein», erwiderte er ernsthaft, «die junge Dame war keine Freundin von mir. Ich habe sie erst vor einer halben Stunde kennengelernt - hier!», und wiederum stiess er mit dem Stock gegen den Bahnsteig.

Ich gestand, mit seiner Erklärung nichts anfangen zu können, was ihm ein Lächeln abnötigte. «Vielleicht hast du von der anglo-amerikanischen Bekanntenvermittlung gehört?» Davon hatte ich noch nie gehört. Er erklärte mir, unter den Tausenden von Amerikanern, die jedes Jahr England bereisen, befänden sich Hunderte, die in England keine Freunde haben. Früher, da brachten sie Empfehlungsschreiben mit. Doch bei der Fremdenfeindlichkeit der Engländer sind diese Empfehlungen kaum das Papier wert, auf das sie geschrieben wurden. «So kommt denn die ABV einem vorhandenen Bedürfnis entgegen. Amerikaner sind gesellige Menschen und verfügen meist über das nötige Kleingeld. Die ABV liefert ihnen englische Bekannte. Die Honorare werden von den Bekannten mit der Vermittlungszentrale hälftig geteilt. Leider bin ich nicht Direktor, sonst wäre ich schon lange reich. Ich bin bloss Angestellter. Aber auch so komme ich ganz hübsch auf meine Rechnung. Ich bin auf Bahnsteigabschiede spezialisiert.» Abermals bat ich ihn um Aufklärung. «Viele Amerikaner», sagte er, «können sich keine ständigen Bekannten in England leisten. Einen Bahnsteigabschied dagegen, den können sich alle leisten. Das Honorar beträgt für einen Einzelreisenden nur fünf Pfund, und acht Pfund für eine Gruppe von zwei oder mehr. Man schickt den Betrag der Zentrale ein, gibt das Datum der Abreise an und legt eine Art Steckbrief bei. Und dann –

nun, dann findet sich jemand ein, der dich verabschiedet.»

«Lohnt sich denn das?» rief ich aus.

«Natürlich lohnt es sich», meinte Le Ros. «Damit ersparen sich die Leute das Gefühl, nicht dazu zu gehören. Sie verschaffen sich damit beim Bahnpersonal Respekt. Auch müssen sie nicht befürchten, von den Mitreisenden scheel angesehen zu werden - den Leuten, mit denen sie auf dem Schiff wieder zusammenkommen. Die Reise lässt sich damit gut an. Und ganz abgesehen davon, ist es an sich schon ein Vergnügen. Du hast doch gesehen, wie ich die junge Amerikanerin verabschiedete. Sehr künstlerisch, fandest du nicht auch?»

«Doch», erwiderte ich, «ich habe dich beneidet. Da stand ich und...»

«Ja, kann ich mir denken. Da standest du, tratest von einem Bein aufs andere, mit leerem Blick, verzweifelt bemüht, einen Gesprächsstoff zu finden. Ich kenne das. So ging es mir früher auch, bevor ich anfing, mich berufsmässig damit zu befassen. Ich will nicht behaupten, ich sei bereits vollkommen. Das Bahnsteigfieber macht mir immer noch sehr zu schaffen. Ein Bahnhof ist der denkbar ungünstigste Ort für schauspielerische Leistungen, wie du selber feststellen konntest.»

«Aber bei mir war das doch gar nicht gespielt», versetzte ich ungehalten, «ich habe wirklich etwas dabei empfunden.»

«Ich auch, mein Lieber», sagte Le Ros, «auch

der Schauspieler muss etwas dabei empfinden. Dieser Franzose, wie hiess er doch gleich - ach ja, Diderot hat behauptet, der Schauspieler dürfe sich nicht auf das Gefühl verlassen, aber was verstand der schon davon! Hast du nicht den feuchten Schimmer in meinen Augen gesehen, als der Zug abfuhr? Das kam ganz von selbst. Ich muss sagen, die Sache ging mir zu Herzen. Dir bestimmt auch, aber du hättest um alles in der Welt keine Träne zustande gebracht. Du kannst deine Gefühle nicht ausdrücken. Mit einem Wort, du bist halt eben kein Schauspieler. Oder jedenfalls», setzte er freundlicherweise hinzu, «nicht auf dem Bahnsteig.»

«Gib mir Stunden», rief ich.

Er betrachtete mich nachdenklich. «Na ja», sagte er schliesslich, «die Saison der Bahnsteigabschiede ist so gut wie vorbei. Schön, ich will dir Unterricht geben. Allerdings habe ich eigentlich schon genug Schüler, aber...», er sah in seinem Taschenkalender nach, «Dienstag und Freitag könnte ich dich noch unterbringen.»

Ich muss gestehen, das Honorar, das er verlangt, ist etwas hoch. Doch ich finde, das Geld ist gut angelegt.

Ikabod

Der Gegenstand, von dem hier die Rede sein soll, hat keinen gängigen Gefühlswert. Es handelt sich nicht um eine Gedenkurne, auch nicht um einen verfallenen Turm, noch sonst um etwas, bei dessen Anblick den Vorübergehenden wehmütige Gefühle beschleichen. Er ist deswegen nicht weniger betrüblich, bedarf aber - das ist mir durchaus klar - einer etwas eingehenderen Beschreibung, wenn man mir meine Trauer nachempfinden soll. Es handelt sich nämlich bloss um eine Hutschachtel.

Es ist wirklich nichts als eine gewöhnliche schweinslederne Hutschachtel mit einem Messingschloss. Während ich das niederschreibe, steht sie auf dem Nebentisch. Sie gehört zu denjenigen, in denen sich zwei Hüte unterbringen lassen, einer über dem andern, und hat schon allerlei Insassen gehabt, ist braungebrannt von der Sonne, verwaschen vom Regen, verschrammt und zerbeult vom Zusammenstoss mit Gepäckkarren und dergleichen. Gewiss, sie hat ein bewegtes Leben hinter sich, und doch ist ihr nicht anzusehen, dass sie die Kleistertaufe schon bestanden hat; es klebt nämlich kein einziges Etikett daran. Und das ist die Tragödie, die hier kundgetan werden soll.

Seit Jahren begleitet mich diese Hutschachtel auf meinen Reisen, und bis vor ein paar Tagen waren an ihr alle die grossen und kleinen Fahrten abzulesen, die ich je unternommen habe. Sie bedeutete mir mehr als nur eine Hutablage, war sie doch gleichzeitig eine Ausstellung des einzigen, was ich sammle - Aufklebezettel. Nun ging letzte Woche das Schloss kaputt. Ich musste die Hutschachtel in Reparatur geben, wobei ich dringend bat, sorgsam mit ihr umzugehen. Gestern kam sie aus der Reparatur zurück. Die Idioten, die verfluchten Idioten! Sorgfältig hatten sie sämtliche Aufkleber abgelöst. Ich schrieb ihnen - ach, es kommt nicht mehr darauf an, was ich schrieb. Meine Wut ist verraucht. Ich bin jetzt nachgerade in dem Zustand, wo mich nach allgemeiner Anteilnahme verlangt. So habe ich mich denn hingesetzt, um im Schatten eines kahlen, prosaischen, des ganzen Efeus seiner Jahre beraubten Turms, im Schatten einer kein Andenken mehr wachhaltenden Urne zur Feder zu greifen.

Wer Sammler ist oder es jemals war, wird mir den herben Verlust nachfühlen können. Mit andern Worten, so ziemlich jedermann wird ihn mir wohl nachfühlen können, gibt es doch nur wenige, die nicht irgendwann einmal von der Sammelwut gepackt wurden und die Freude, sich eine Sammlung von diesem oder jenem anzulegen, nicht aus eigener Erfahrung kennen. In jedem Menschen schlummert in einem Winkel seiner Seele dieser Trieb. Natürlich stammen nicht alle Steckenpferde aus demselben Stall; doch alle, die sie reiten, gehören zu einer einzigen grossen Kavalkade, und wenn sie erfahren, dass einer von ihnen gewaltsam um seinen Gaul gebracht wurde, werden sie nicht weiterreiten, ohne ihm einen Blick voller Mitgefühl zu schenken. Damit mein Sturz nicht unbeachtet bleibe, schreibe ich diese Zeilen. Ich bedarf dieses Blickes.

Dass ich meine Worte mit Bedacht wähle und bildliche Ausdrücke gebrauche und meine Satzzeichen setze, wo sie hingehören, ist kein Grund, um anzunehmen, mein Kummer sei bloss gespielt. Ich bin es nun einmal gewohnt, mit Bedacht zu schreiben, und Gewohnheiten haben ein zäheres Leben als Gefühle. Diesen meinen Herzensschrei könnte ich ebensowenig einfach hinwerfen wie eine Elegie auf einen Besenstiel, den ich nie gesehen habe. Man möge mir deshalb meine kunstvolle Prosa nachsehen, obwohl sie geeignet ist, Gefühle zu dämpfen. Seelische Not ist auch eine Wirklichkeit, und meine ist erlebt. Die Sammlung, die ich im Laufe der Jahre mühsam angelegt hatte, die Sammlung, in der ich liebevoll schwelgte, ist nicht mehr, sie ist ausgetilgt und vernichtet, gedankenlos, unbarmherzig, schnöde hinweggefegt von wohlmeinender Hand. Niemand kann mir wieder dazu verhelfen. Nichts kann sie mir je ersetzen. Sie war innewohnender Bestandteil meines Lebens.

Orchideen, Schmucksteine, Keramik, Weine,

Kupferstiche, Altsilber, Erstausgaben, Harfen, Wasserpfeifen, Gemmen, Emailarbeiten, Frühdrucke, Skarabäen - dergleichen Dinge sind an sich schön und reizvoll, im Gegensatz zu den Aufklebezetteln der Bahn. Diese sind zugegebenermassen meist farbenpatzig und schlecht gedruckt, ohne Sinn für Rand und Raumverteilung; künstlerisch sind sie völlig wertlos. Niemand macht sich anheischig, auf diesem Gebiet Kenner zu sein, auch verspürt niemand Lust, sich eine umfassende Sammlung solcher Aufkleber anzulegen. Meine eigene Sammlung war streng persönlich; ich begehrte kein Etikett, das nicht von einer Reise kündete, die ich selber gemacht hatte, so wie der Grosswildjäger keine Trophäen - und der Schürzenjäger keine Bildnisse - der Opfer anderer zu besitzen begehrt. Meine Sammlung gehörte zu denen, die ihre Entstehung dem Verlangen des Menschen verdanken, Belege dessen, was ihm Vergnügen gemacht hat, aufzubewahren - Belege dessen, was er dem Leben abgewonnen hat. Dem Weidmann seine Jagdtrophäen - dem Schwerenöter seine Photographien; mir, der ich mich weder auf dem einen noch auf dem andern Gebiet hervorgetan habe, meine Bahnmarken. Um Speisezettel aufzuheben, bin ich nämlich nicht verfressen genug, noch bin ich so eitel, um Zeitungsausschnitte aufzuheben; dagegen reise ich gern von einem Ort zum andern. Wäre ich von Berufs wegen unterwegs gewesen, hätten diese Aufkleber keinen Reiz für mich gehabt. Doch bei mir ist es nur der Wandertrieb. Meist ist man angepflöckt und bewegt sich in einem Umkreis von, sagen wir, fünf Kilometern. Ihn zu überschreiten, ist für mich immer ein Ereignis, ein aufregendes Erlebnis. An einen neuen Ort zu gelangen, in einem fremden Bett zu erwachen, sich unter Fremden zu bewegen! Die gewohnte Umwelt wie durch einen Zauber auszuwechseln! Dem Leben dergleichen Höhepunkte abzugewinnen, darauf tue ich mir etwas zugute, und wie einer mit dem Kleingeld in seiner Tasche klimpert, ertönt in mir immer das Wechselläuten meiner Ortsveränderungen. Der lärmige Betrieb eines Hauptbahnhofs hat für mich nichts Störendes, er ist Musik für meine Ohren und lässt mich ungeduldig scharren wie ein Gaul. Lieber als ein Landstreicher das erste Vogelgezwitscher, höre ich den Ruf «bitte einsteigen!» oder noch besser *«en voiture!»* oder *«partenza!»*. Hätte ich das Reimen los, würde ich eine Sonettenfolge schreiben auf die Fahrt von London nach Newhaven oder Dover - je ein Sonett für jede Station, die der Schnellzug durchfährt. Ich warte immer noch auf den Dichter, der die Eisenbahn gebührend feiert. Zwar gibt es einen, der das Innere von Lokomotiven angelegentlich und sachkundig zu beschreiben weiss, aber mit einem solchen ist mir nicht geholfen. Was mir vorschwebt, ist die Darstellung dessen, was im Innern der Passagiere vorgeht, das Beschwingende des Reisens bei Tag, das Beschwingende und Romantische und seelisch Stärkende des Reisens bei Nacht.

«Paris!» Welch freudiges Erlebnis, wenn an einem Frühlingsabend im grellen Betrieb des Viktoria-Bahnhofs dieses Etikett auf meine Hutschachtel gepappt wird! Da stehe ich mitten in London, und mit einem Strich des Kleisterpinsels werde ich alsogleich in diese weissgraue Stadt jenseits des Wassers versetzt. Ich bin schon so gut wie in Paris. Verwunderlich, dass der Gepäckträger nicht *«v'là M'sieu'!»* sagt. Verwunderlich, dass die Zeitungen, die ich am Kiosk kaufe, in englischer Sprache gedruckt sind. Verwunderlich, dass ich noch in London festgehalten werde, wo doch ein Zauberer in Bahnbeamtentracht mich seelisch bereits im Handumdrehn nach Paris befördert hat. Die Lokomotive faucht, während ich den Bahnsteig entlang eile, um mich körperlich wieder mit meiner Seele zu vereinen... Über dem windigen Kai leuchten die Sterne, während ich mit der Hutschachtel in der Hand die Laufplanke hinabgehe. Hell glitzern sie über dem Deck, wo ich jetzt auf und nieder gehe – möglicherweise finden sie mein Reisefieber belustigend. Die Maschinerie knarrt und ächzt, der kleine Dampfer erbebt, von den Abfahrtswehen geschüttelt. Endlich!... Die Sterne zwinkern mir einer nach dem andern zum letztenmal zu, der Himmel wird blass, und auch die Wasserfläche verblasst. Durch die flaumenleichte kühle Morgenfrühe zeichnen sich über den grauen Wellen die Umrisse von Dieppe immer deutlicher ab. Das Ufer ist mit dichtgedrängten blauen Blusen gesäumt. Unsere Ankunft löst unter den Gepäckträgern eine solche Aufregung aus, als handle es sich bei ihnen um die Eingeborenen einer bisher unentdeckten Insel. Dabei stehen sie doch jeden Tag um diese Stunde unter denselben Umständen hier. Und wie sie gestikulieren! Wie sie sich heiser schreien! Durch das Stimmengewirr aus rauhen Kehlen aber dringt die geliebte Musik des Französischen an mein Ohr und erfreut mein Herz... Ich trinke meine Tasse dampfenden Kaffees - richtigen Kaffees! - und verzehre mehr als ein Brötchen. An den Tischen ringsum sitzen bleich und übernächtig die Leute, die ich - lang, lang ist's her - in London einsteigen sah. Wie haben sie sich verändert! Eine wohlige Wärme - der heisse Kaffee - durchdringt mich. Die seltsam ätherische Verzükkung der Morgenfrühe ist verflogen. Ich steige in den Zug und mache es mir in dem Abteil mit den braunen Kissen bequem. *Chemins de Fer de l'Ouest* steht in gelochter Schrift auf den weissen Schonern. Wohlvertraute und doch wildfremde Worte! Leise spreche ich die einprägsamen Jamben immer wieder vor mich hin. Sie werden zum Kehrreim, den der Zug mit seinen rhythmischen Erschütterungen aufnimmt. Etwas schläfrig, rauche ich Zigaretten und schaue zum Fenster hinaus, wo die sanft gewellte französische Landschaft mit ihren

Silberpappeln an mir vorüberfliegt. Schräg saust eine Reihe nach der andern dieser unsäglich anmutigen Bäume an mir vorüber; zart schimmert ihr Laub über schlummerndem Land. Bald werde ich über das holprige Pflaster der noch schlummernden französischen Hauptstadt rattern, durch die breiten, weissgrauen Strassen mit ihren noch heruntergelassenen Rolläden. Und wenn ich dann später in dem unnatürlich kleinen Schlafzimmer aus Nussbaumholz und karminrotem Samt erwache, in dem Bett, dessen Vorhänge so weiss sind, wie nur Pariser Linnen sein kann, dann strahlt eine Pariser Sonne für mich am Pariser Himmel.

Jawohl, von meiner ganzen Sammlung waren mir die Pariser Stücke wohl am liebsten. Sie bedeuteten mir am meisten, doch auch unter den andern gab es keines, das mir nicht ans Herz gewachsen wäre. Auf alle legte ich mehr oder weniger Wert. Eine Vorliebe hatte ich für die Zettel, auf denen Aberdeen stand. Wer kann, wenn er sie sieht, sich dem Gedanken an den Schnellzug entziehen, der Nacht für Nacht England mittendurchreisst? Ich liebe die Droschkenfahrt in kühler Herbstnacht durch das menschenleere Bloomsbury, wo das dürre Laub unter den Pferdehufen raschelt. Ach, ich bin schon auf schottischem Boden, bevor diese Türschwellen saubergemacht und die Milchflaschen hereingenommen werden. Nicht lange, und ich blicke in den offenen Schlund des

Euston-Bahnhofs. Das Ungeheuer verschluckt mich, und bald werde ich peristaltisch nach Schottland befördert. Ich habe es mir in einer Ecke bequem gemacht - den Mantelkragen über die Ohren gestülpt, die Mütze in die Stirn gezogen, die Füsse auf einer blechernen Wärmeflasche, fast völlig eingemummelt in die Reisedecke. Schlafwagen sind für Sonderlinge gedacht, die nicht gerne reisen. Auf Schlafwagen würde ich verzichten, selbst wenn ich in einem gewöhnlichen Abteil kein Auge zutun könnte. Lieber würde ich den Schlaf drangeben als das Gefühl des Reisens. Zufällig ist es aber so, dass ich in einem gewöhnlichen Abteil sowohl des Schlafs als auch des Reisegefühls teilhaftig werde. Zu schlafen und gleichzeitig zu wissen, dass man schläft, und obendrein noch zu wissen, dass man während des Schlafs durch das Dunkel in weite Fernen befördert wird - damit ist doch Endymion haushoch geschlagen. Etwas so Rätselhaftes und zugleich Erfreuliches wie dieses Doppelbewusstsein von Schlaf und Fortbewegung gibt es sonst nirgends. Bedauernswert, wem es versagt ist. Die ganze Nacht hindurch halten die Erschütterungen des Zugs ein Drittel von mir wach, während die andern zwei Drittel schlummern. Hält aber der Zug, so dass die Erschütterungen aufhören, dann schläft das eine Drittel von mir ein, während die andern zwei sich regen. Ich bin gerade wach genug, um den dumpf hallenden Ruf «Crewe» oder «York» zu hören und zu dem grün verhüllten Licht an der Decke hinaufzublinzeln. Vielleicht hebe ich eine Ecke des Rouleaus an und sehe durch das beschlagene Fenster die geheimnisvolle, menschenleere Station. Ein vereinzelter Gepäckträger schlurft den Bahnsteig entlang. Im Hintergrund dort ist der beleuchtete Erfrischungsraum, wo eine Kellnerin bis zum frühen Morgen ihre einsame Nachtwache hält, über Bierhebel und Gebäck unter Glas. Ich sehe lange Reihen schimmernder Milchkannen stehen und frage mich, ob sie wohl vierzig moderne Räuber bergen. Ärgerlich schnaubt die Lokomotive in der nächtlichen Stille; von weither hört man das vertraute Geräusch - klink-klank, klink-klank -, hervorgebracht von dem, der die Kupplungen prüft. Es kommt immer näher, geht vorüber, verklingt melancholisch in der Ferne... Ein Pfiff, ein Ruck, und die wachen zwei Drittel von mir schlafen schon wieder, während das verbleibende Drittel die Wache über die andern übernimmt und mich köstlich auf dem laufenden hält über den rhythmischen Traum, den sie träumen - von einem warmen Bad und sauberer Bettwäsche und dem herzhaften Frühstück, das mich in Aberdeen erwartet, und auch von der reinen schottischen Luft später am Ufer des Dee.

Kleine Fahrten, wie diejenige diesem Flussufer entlang, haben einen eigenen Reiz. Ausflüge von London aus flussaufwärts oder nach Orten an der Küste von Kent - Ausflüge, so kurz, dass man am einen Ende zu Mittag isst und am andern Tee trinkt –, ich liebe sie alle und liebte die Aufklebezettel, die sie mir vergegenwärtigten. Doch die Aufkleber von langen Reisen hatten natürlich den Vorrang. Da und dort klebte an meiner Hutschachtel ein Etikett, das mir eine lange Reise in Erinnerung rief, bei der Grenzen mitten in der Nacht überschritten wurden – schwache Erinnerungen an kleine, ausgefallene Stationen, wo ich im Dämmerzustand schlotterte, halbwegs einer fremden Sprache und fremder Uniformen bewusst, wie auch meines klimpernden Schlüsselbundes, rücksichtslos durchwühlter Koffer, misstrauischer Kehllaute und Seitenblicke, seltsamer Krakel, widerwillig mit Kreide auf den zugeworfenen Kofferdeckeln angebracht. Dergleichen war nicht eben erbaulich, wenn es über einen hereinbrach, und doch war es eine gerne geduldete Widerwärtigkeit und von einem gewissen Glanz. Des Nachts, wenn alle Erlebnisse geheimnisvoll verstärkt erscheinen, habe ich noch nie eine Grenze überschritten, ohne mich als stolzer Eroberer zu fühlen. Und war das Gefühl der Eroberung wirklich nur ein schöner Wahn? Erweiterte ich nicht tatsächlich meinen Horizont, ergriff ich nicht Besitz von neuen Gebieten? Jede überquerte Grenze und jedes überquerte Meer bedeutete für mich einen greifbaren Sieg – eine Erweiterung und Bereicherung meines Innern. Als ich nach sieben Tagen und Nächten auf See zum erstenmal

Sandy Hook zu Gesicht bekam, war da ein Vergleich zwischen mir und Kolumbus völlig abwegig? Etwas zu sehen, was man noch nie gesehen hat, ist das nicht fast so gut, wie etwas zu sehen, was noch nie jemand gesehen hat?

Romantik, beschwingte Stimmung, Steigerung des Selbstgefühls, das ist es, was all die Aufkleber versinnbildlichten und mir wieder vergegenwärtigten. Die verlorene Kollektion war eine fortlaufende Dokumentierung all meiner glücklichsten Stunden; ein Sammelpunkt, ein Denkmal, ein Tagebuch. Sie war meine bescheidene Odyssee, eine Collage aus farbigen Zetteln auf Schweinsleder, und das eine Werk, dessen ich nie müde wurde, nie. Wenn der berühmte Ithaker auf seinen Irrfahrten eine Hutschachtel bei sich gehabt hätte, wie schön und ausführlich hätte Homer sie beschrieben – Tiefe und Umfang, das sinnreich erdachte Schloss, das schön ausgeschlagene Innere! Und ein kein Ende nehmen wollender Strom von Hexametern hätte all die Aufklebezettel daran geschildert, einschliesslich der bunten Marken des Hotels Circe, des Hotels Kalypso und anderer vornehmer Absteigequartiere. Doch nein! Hätte es eine solche Hutschachtel gegeben, und wäre sie zu Homers Lebzeiten noch vorhanden gewesen, hätte er wohl gefunden, Odysseus' Fahrten seien damit genügend festgehalten, besser als er es jemals vermöchte. Wir hätten von ihm nichts als die Ilias erhalten. Ich habe jedenfalls erst, nachdem mir die Aufkleber abhanden gekommen waren, das Bedürfnis verspürt, meine Reisen zu verewigen. Und ich bin mir darüber vollkommen im klaren, wie armselig und ernüchternd der Ersatz ausfallen muss.

Meine Sammlung entstand, wie alle Sammlungen, ganz unvermerkt. Kein Mensch sagt sich, er wolle dies oder jenes sammeln. Höchstens der Schuljunge sagt sich das, aber bei ihm kann von einer eigentlichen Sammlung keine Rede sein. Er hat es nicht darauf abgesehen, eine Reihe autobiographischer Merkzeichen zusammenzubringen; als Junge lebt man ja nicht retrospektiv - worauf soll man schon Rückschau halten, es liegt ja alles noch vor einem. Auch haben für den Schuljungen die Sammelstücke selber keinen Reiz. Er legt sich eine Sammlung nur an, um einen Vorwand zu haben, etwas sonst Verbotenes zu tun. Mit Vogeleiern zum Beispiel hat er es nur, weil er dabei halsbrecherisch auf Bäume klettern und sich die Hosen zerreissen kann; mit Schmetterlingen, weil er sie vergiften und aufspiessen darf; mit Briefmarken - nein, warum er, warum irgendein einigermassen vernünftiger Mensch sich mit Briefmarken abgibt, das ist mir unerfindlich. So kommt es, dass der Schuljunge nicht sehr an seiner Sammlung hängt und sie bald zugunsten von etwas anderem aufgibt. Wie ganz anders der richtige Sammler. Seine Liebhaberei ist persönlich begründet. Jemand schenkt ihm, sagen wir, einen Halbedelstein. Er findet ihn schön. Wenn er in einem Laden ein ähnliches Stück sieht, kauft er es; später kauft er noch eines. Vorläufig betrachtet er diese Steine noch nicht als etwas von seinem übrigen Besitz Gesondertes; es liegt ihm fern, Mineralien zu sammeln. Erst nachdem er noch weitere Stücke erworben hat, betrachtet er sie nicht mehr als blossen Zimmerschmuck; er richtet ihnen ein eigenes Tischchen ein oder ein Schubfach im Schrank. Wie gut sie sich da ausnehmen! Wie sie einander gegenseitig steigern! Er muss wirklich sehen, dass ihm jemand das wertvolle Stück schenkt, das er gestern in einem Schaufenster entdeckt hat. So erwacht in ihm allmählich der Sammeltrieb. Oder angenommen, es sammelt einer statt schöner Dinge autobiographische Merkzeichen - man denke an einen Feinschmecker. Er wird viele Speisekarten eingesteckt haben, bevor es ihm einfällt, ihnen ein Album einzurichten. So geschah es erst, als schon recht viele Aufkleber meine Hutschachtel zierten, dass ich anfing, sie als Erinnerungsstücke zu betrachten, und beschloss, inskünftig meine Hutschachtel überallhin mitzunehmen, damit jeder Abstecher auf ihr verewigt werde.

Jeder Sammler hat gegen Widrigkeiten dieser oder jener Art zu kämpfen; sie zu überwinden, gehört mit zum Vergnügen. Als Sammler von Aufklebezetteln hatte auch ich meine vergnüglichen Schwierigkeiten. Auf jedem über und über beklebten Gepäckstück wird das neue Etikett immer auf dasjenige gepappt, das noch am neuesten aussieht, sonst könnte das Ding an einen falschen Ort reisen. Nun trocknet Kleister vor dem Ende auch der kürzesten Reise, und bei mir galt die Regel, dass zwei Aufkleber sich zwar teilweise, niemals aber ganz decken durften. Anderseits wollte ich aber nicht um meine Hutschachtel kommen, der Umtriebe wegen, die das mit sich gebracht hätte - Nachforschungen, genaue Beschreibung, Laufzettel, und so weiter. Was tut man in einem solchen Fall? Die Hutschachtel mit auf den Zug nehmen? Genau das tat ich jeweils. Falls eine Tragtasche aber nicht für den Gepäckwagen bestimmt ist, kriegt sie überhaupt keine Bahnmarke. Ich musste deshalb zu einer kleinen List greifen. «Jawohl», sagte ich jeweils, «alles in den Gepäckwagen.» Dann kamen die Zettel drauf. «Ach», rief ich dann, wobei ich rasch nach der Hutschachtel langte, «ich habe vergessen, das hier kommt mit ins Abteil.» (Ich musste die Schachtel rasch an mich nehmen, Bahnbeamte sind manchmal so streng, dass sie die Zettel wieder abreissen und beschlagnahmen.) Wenn der Mann dann gerade nicht hinschaute, löste ich den Zettel insgeheim ab und klebte ihn an eine noch unbenutzte Stelle. Man macht sich keine Vorstellung davon, wie diebisch mich das jeweils freute. Erstens bereitete es mir inniges Vergnügen, der Bahn ein Schnippchen geschlagen und ein weiteres Stück für meine Sammlung ergattert zu haben, und dann war da noch das äusserliche Vergnügen, einen aufgeweichten Zettel auf eine harte Fläche zu pappen - etwas, das jeder gerne tut. Wäre ich in Zeitnot gewesen, hätte ich mein Spielchen natürlich nicht treiben können. Auch wäre es mir nicht möglich gewesen - es hätte lieblos gewirkt -, falls mich jemand zur Bahn gebracht hätte. Ich liess es mir deshalb angelegen sein, ja immer früh genug zur Gepäckabfertigung einzutreffen und alle Abschiede unter meiner eigenen Tür zu erledigen.

Nur in einem einzigen Fall setzte ich mich über die Regel hinweg, dass kein Etikett ein anderes überdecken durfte. Es ist dies eine lange Geschichte; ich will sie aber doch erzählen. Man muss wissen, dass ich meine Aufkleber nicht nur der Bedeutung wegen liebte, die sie für mich hatten, sondern auch der Wirkung wegen, die sie auf andere Leute hervorbrachten. Wenn ich, die Hutschachtel an meiner Seite, zusammen mit andern in einem Abteil reiste, nahm ich mit Genugtuung das Interesse wahr, das meine Aufkleber in ihnen erweckten. Musste ich die Hutschachtel im Gepäcknetz verstauen, weil das Abteil sich füllte, nahm ich sie im Laufe der Reise mindestens einmal herunter, schloss sie auf und gab mir den Anschein, etwas darin suchen zu müssen. Es tat mir in innerster Seele wohl, wenn ich aus einem Augenwinkel Neid und ehrfürchtiges Staunen wahrnahm. Natürlich ahnte niemand, dass es sich um eine sorgsam angelegte Sammlung handelte; man hielt die Aufkleber für die Blütenlese eines fortgesetzten Lebenswandels von kostbarer Unstetigkeit. Manche Zettel kündeten von schönen oder berühmten Orten. An einer bestimmten Stelle kamen Oxford, Newmarket und Assisi zusammen, und ich verfehlte nie, die Hutschachtel so zurechtzurücken, dass diese Glanzstelle keinem der Mitreisenden entgehen konnte. Die anderen - englischen oder ausländischen - Aufkleber trugen dazu bei, den Eindruck eines in hehrer Freizügigkeit verbrachten Daseins zu erwecken, als hätte ich im Laufe meines Lebens alles gesehen und sei immer noch dabei, alles zu sehen, was Menschenhand an Sehenswertem geschaffen hat. Ich wurde dementsprechend geachtet und beneidet und kostete die erschlichene Huldigung weidlich aus. Kein schöner Zug von mir, wird man einwerfen. Aber der Mensch ist nun einmal ein verworfenes Geschöpf. Ist das Bestreben, bei Fremden Eindruck zu schinden, nicht uns allen eigen? Die Verhältnisse, in denen wir leben, bringen das mit sich. Man kann es dem Kampf ums Dasein anlasten. Alle rennen wir nach dem Glück, und leider scheint uns immer gerade das besonders begehrenswert und beseligend, was uns selber abgeht. Der verarmte Adelsträger zum Beispiel strebt nach Reichtum, weil ihm dieser Bequemlichkeit verschaffen würde, während der Neureiche einen Adelstitel erstrebt, weil er sich dann *von* dem schreiben könnte, worauf er jetzt bloss sitzt. Der reiche Adelsträger, dem es an Gesundheit gebricht, begehrt diese, in der Annahme, sie würde es ihm ermöglichen, sich seines Reichtums und seiner gesellschaftlichen Stellung zu erfreuen. Der reiche, kerngesunde Adelsträger möchte gerne geistreich sein. Und der reiche, kerngesunde, geistreiche Adelsträger ist ebenso missvergnügt wie alle andern, das steht fest. Kein Mensch hat alles, was er begehrt. Kein Mensch ist je vollkommen glücklich. Indem einer aber den Eindruck erweckt, er habe, was er wolle, kann er sich einige der Vorteile verschaffen, die ihm zufielen, wenn er es tatsächlich hätte. So kann sich der arme Edelmann, indem er sich den Anschein gibt, bei Kasse zu sein, in der Geschäftswelt fast unbeschränkten Kredit verschaffen. Indem der Neureiche sein Herkommen verschleiert und sich mit dem Wappenamt ins Benehmen setzt, kommt er wenigstens teilweise zu der Bewunderung, wie sie dem Geburtsadel gezollt wird. Der reiche Adelsträger, dem es an Gesundheit gebricht, ist allerdings übel dran; dagegen kann der reiche, kerngesunde Edelmann einen klugen Privatsekretär anstellen, der ihm seine öffentlichen Ansprachen und Zeitschriftenartikel schreibt, so dass er in gewissen Kreisen als geistreicher Kopf gilt.

Das sind nur ein paar typische Fälle, aus einem beschränkten Gebiet wahllos herausgegriffen. Betrachtet man aber die Menschheit im ganzen, wird man finden, dass es in der Tat ein natürliches menschliches Bedürfnis ist, Eindruck zu schinden. Jedermann gibt vor, zu besitzen, was er (da er es nicht besitzt) am sehnlichsten begehrt; damit sucht er sich die mit dem Besitz verbundenen Vorteile soweit als möglich zu sichern. So verführt den Menschen die ihm zur Gewohnheit gewordene Geltungssucht dazu, Eindruck zu schinden, auch wenn dabei kein greifbarer Gewinn herausschaut. Der arme Adelsträger möchte von jedermann für reich gehalten werden, selbst von Leuten, die ihm nichts nützen; und der Neureiche möchte allgemein als vornehmer Mann gelten, auch bei Leuten, die auf Herkunft gar keinen Wert legen. Allerdings, ob die Geltungssucht nun Selbstzweck oder Mittel zum Zweck ist, bei Freunden verfängt sie nicht. Die wissen Bescheid - haben uns längst durchschaut. Im Verkehr mit ihnen geben wir uns deshalb so, wie wir sind. Das ist es, was uns ihre Gesellschaft so erholsam macht. Unter blossen Bekannten lohnt es sich, Eindruck zu schinden. Wer uns aber einigermassen kennt, wird uns hinter die Schliche kommen. Das ist es, was uns die lieben Bekannten so lästig macht. Für Fremde dagegen sind wir ein unbeschriebenes Blatt; wenn wir nicht Eindruck auf sie machen, haben wir es nur uns selber zuzuschreiben. Und so suchen wir denn bei ihnen Eindruck zu schinden, so gut wir können, ob uns das etwas nützt oder nicht. Alle verhalten wir uns so. Wir können dessenthalben von uns selbst geringer denken, nicht aber von einander.

Was alles darauf hinausläuft, der Leser sollte es mir nicht allzusehr verdenken, wenn ich in der Eisenbahn jeweils mit meinen Klebemarken wichtig tat. Schliesslich kommt es auch noch darauf an, ob einer Eindruck zu schinden versteht. Wer vor Fremden als gemeiner Prahlhans auftritt, versteht nichts von der Sache - der soll sich packen, er bringt es ohnehin zu nichts. Ruft einer jedoch auf abgefeimte Art und Weise (und damit erfolgreich) den Eindruck hervor, den er hervorrufen will, dann lasse man es sich gefallen; von einem solchen kann man höchstens lernen. Wenn ich sah, wie die Mitreisenden meine Hutschachtel musterten, sagte ich selbstverständlich nicht laut heraus: «Gewiss, es ist ein beneidenswertes Leben, das ich führe. Geld in Hülle und Fülle, Zeit in Hülle und Fülle! Und ausserdem weiss ich mit beidem etwas anzufangen!» Wer so redet, wird sogleich als Hochstapler durchschaut. Ich tat aber nichts dergleichen. Ich liess die Aufkleber unauffällig meinen Rang verkünden, was ihnen auch aufs beste gelang. Doch im Laufe der Jahre kam dann ein Etikett dazu, das mit den andern nicht im Einklang stand. Ein Etikett, das als einziges mir zur Unehre gereichte. Ich hatte damals eine Grippe hinter mir, und mein Arzt hatte mir geraten, zur Erholung einen Kurort aufzusuchen, der sich seines Erachtens für meinen Zustand besser eignete als irgendein anderer. Er hatte mich nach Ramsgate geschickt, und nach Ramsgate war ich gefahren. Ein Aufkleber an meiner Hutschachtel legte Zeugnis ab von meinem Gehorsam. Damals machte ich mir deswegen keine Gedanken. Mit der Zeit jedoch fiel mir auf, dass meine Hutschachtel nicht mehr den gewohnten Eindruck hervorbrachte. Sie fand immer noch Beachtung, aber irgendwie spürte ich, dass die Mitreisenden nicht mehr so grosse Stücke auf mich hielten wie früher. Irgend etwas stimmte da nicht, und ich kam alsbald dahinter, woran es lag. Der Missklang, der von Ramsgate ausging, war um so bedenklicher, als ich den plebejischen Zettel achtlos neben mein Glanzstück hatte kleben lassen, neben die Dreieinheit Oxford-Newmarket-Assisi. Was tun? Ich konnte doch den Mitreisenden nicht auseinandersetzen, wie es zu Ramsgate gekommen war. Solange dieser Zettel da war, setzte ich mich dem grässlichen Verdacht aus, aus freien Stükken zum Vergnügen nach Ramsgate gefahren zu sein. Die zwei oder drei nächsten Reisen liess ich den Verdacht auf mir sitzen. Doch die schreiende Ungerechtigkeit der Lage, in die ich dadurch gebracht wurde, trieb mich zur Verzweiflung. Die allzu geringschätzige Miene eines Unbekannten liess schliesslich den Entschluss in mir reifen, mich über die Regel, keinen Zettel zu überkleben, dies eine Mal hinwegzusetzen. Auf dem Rückweg überklebte ich Ramsgate mit dem neuen Zettel, so dass nur noch ein TE sichtbar blieb, das mir kaum Ungelegenheiten bereiten konnte.

Steterunt! Die beiden Buchstaben mochten stehenbleiben, weil ich mich dagegen sträubte, etwas gänzlich zu tilgen, was ursprünglich als ein Merkzeichen für mich selbst gedacht war; ich wollte Ramsgate in Erinnerung behalten, auch wenn es heimlich geschehen musste. Nur in zweiter Linie, nebenher, war meine Sammlung für die Öffentlichkeit bestimmt. Sonst hätte ich nicht gezögert, mir Aufkleber von Sevilla, Simla, St. Petersburg und anderen Orten zu verschaffen, die ich nie besucht hatte, um die Hutschachtel damit zu schmücken und so den Anschein zu erwecken, ich sei dort gewesen. Nein, meine Hutschachtel war in erster Linie ein Stück Autobiographie, eine Dokumentierung dessen, was ich dem Leben abgewonnen hatte; sie zu verfälschen wäre mir ebenso unmöglich gewesen, wie beim Legen einer Patience zu mogeln. Wenn ich mich aber der willkürlichen Vermehrung enthielt, so widerstrebte es mir auch, meine Sammlung zu vermindern - selbst um etwas wie Ramsgate. Schliesslich war Ramsgate nicht London; es war immerhin ein Abstecher. Ausserdem hatte es zu meiner Genesung beigetragen. Ich war nicht befugt, es völlig zu tilgen.

Diese zarte Rücksicht war allerdings nicht der einzige Grund, warum ich die beiden Buchstaben verschonte. Ich war als Sammler bereits an jenem Punkt angelangt, wo man das einzelne Stück nicht mehr um seiner selbst willen schätzt, sondern als Bestandteil eines Ganzen. Für jeden Sammler bricht einmal die Zeit an, wo für ihn der Wert seiner Sammlung - wie soll ich es ausdrücken? - in der Sammlung als solcher liegt. Wer schöne Dinge zusammenträgt, wird danach jede Neuerwerbung nicht so sehr ihrer Schönheit wegen, vielmehr als Wertzuwachs des Ganzen schätzen. Ebenso ist für den, der Merkzeichen seines Lebenswegs sammelt, mit der Zeit die Verewigung eines weiteren Erlebnisses weniger wichtig als die Vermehrung seiner Sammlung. Er legt allmählich auf das einzelne Ereignis vornehmlich deshalb Wert, weil es etwas zu seinem Erinnerungsgut beiträgt. So kam auch für mich eine Zeit, wo ich mich auf eine Reise nicht so sehr deshalb freute, weil sie mir selber eine Ortsveränderung verhiess, vielmehr aus dem Grunde, weil sie ein weiteres Etikett für meine Hutschachtel bedeutete. Ein sonderbarer Zustand? Gewiss, die Sammelwut ist etwas Krankhaftes, eine Art Verrücktheit. Und zwar die angenehmste Art von Verrücktheit, die es gibt. Sie bringt uns wahrer Glückseligkeit näher als irgendeine Lebensform des gesunden Menschenverstandes. Gewiss, ich verzettelte mich, aber nicht so, wie die meisten ihre Kräfte verzetteln; die Menschen sind nie glücklich, weil sie immer wieder etwas anderes begehren als das, was sie haben. Der Sammler, monoman wie er ist, will bloss immer mehr von dem, was er schon hat; und was er besitzt, liebt er aufs innigste. Ich liebte meine kunterbunten Aufklebezettel fast so leidenschaftlich wie der Geizhals seine gehorteten Goldstücke. Warum nennen wir eigentlich den, der im Umlauf befindliche Münzen sammelt, einen elenden Geizhals? Elend? Er? Gewiss, er versagt sich alle die vielgerühmten Freuden des Lebens, aber tut er es nicht aus freien Stücken, mit dem grössten Vergnügen? Alles opfert er seiner Sammelwut auf, doch das beweist nur, wie heftig diese ist. Seine Sammlung sondert ihn von allem andern ab, insofern stellt er den Inbegriff des Sammlers dar. Er steht über allen Sammlern und ist der glücklichste von allen. Nur wenn er durch eine Fügung des Schicksals um seinen Schatz gebracht wird, dann allerdings stürzt er ins Elend. Dann ist sein Leid gross, so gross wie vorher seine Freude. Ein Kummer, wie ihn ein vernünftiger Mensch gar nicht fassen kann, befällt ihn dann. Ich, der ich um meinen regenbogenfarbigen Schatz gebracht worden bin, kann es ihm nachempfinden.

Ich sitze hier und denke an all die Geizhälse, die im Leben oder in der Literatur um ihr Ein und Alles gekommen sind. Nur drei fallen mir ein: Melanippos von Sikyon, Pierre Baudoin von Limoux, Silas Marner. Melanippos starb an gebrochenem Herzen. Pierre Baudoin erhängte sich. Silas Marner allerdings ist ein Sonderfall. Als er eines Nachts nach Hause kam, erblickte er im Dämmerschein des Kaminfeuers etwas, das aussah, als sei ihm sein Gold wiedergeschenkt, dabei waren es nur die goldenen Locken eines kleinen Mädchens, das unter seinem Dach aufzuziehen ihm beschieden war, was ihn über seinen Verlust hinwegtröstete. Allerdings handelt es sich bei Silas Marner um eine erdichtete Gestalt; die beiden andern haben wirklich gelebt. Was ihm widerfuhr, wird mir bestimmt nicht widerfahren. Selbst wenn Kinder mit regenbogenfarbigem Haar so häufig wären, dass sich eines für mich erübrigen liesse, weiss ich nur allzu gut, dass es für mich kein vollwertiger Ersatz wäre, auch dann nicht, wenn es wie Eppie zu einem Ausbund an Schönheit heranwüchse. Hätte Silas Marner wirklich gelebt (ja, hätte George Eliot ihn in reiferen Jahren geschaffen), würde er seinen Verlust auch nicht so leicht verschmerzt haben. Wahrscheinlich wäre er gleich zu Stein erstarrt wie die arme Niobe, als die göttlichen Pfeile die einzigartige Sammlung vernichteten, an die sie so viele Jahre gewandt hatte. Möglich ist auch, falls er über die nötige Seelenstärke verfügte, dass er angefangen hätte, grimmig einen neuen Schatz zusammenzusparen. Wie Carlyle, als das Manuskript seines Meisterwerks von John Stuart Mills Dienstmädchen verbrannt wurde, hätte er vielleicht wieder von neuem angefangen und auf der Asche des alten ein noch edleres Denkmal errichtet.

Ein schönes, beherzigenswertes Vorbild! Ich

werde die Seelenstärke aufbringen, ihm nachzueifern! Alles andere sei vergessen. Ich will von neuem anfangen. Da steht meine Hutschachtel! Ihre Herrlichkeit ist dahin, doch ich gelobe, eine noch mächtigere Herrlichkeit harrt ihrer. Kahl und trostlos und prosaisch wirkt sie jetzt, doch - in zehn Jahren! Erst jetzt beginnt ihr eigentlicher Lebenslauf.

Dieser Schlusssatz hat eine wahrhaft angelsächsische Note. Möge er nachsichtig stimmen, wen immer mein Klagelied verärgert hat.

Dulcedo judiciorum

Wenn ein Sensationsprozess stattfindet, ist der Gerichtssaal immer voll von Zuschauern, die etwas erleben wollen. Ihre Anwesenheit wird im allgemeinen nicht gerne gesehen; es heisst, sie brächten eine frivole Note in das Ganze, einen Missklang, sie störten die Feierlichkeit der Verhandlung und stellten womöglich eine Ablenkung für Richter und Geschworene dar. Ich bin nicht Jurist, überhaupt kein von Berufs wegen feierlicher Mensch, und bringe deshalb keine Entrüstung auf für die unerwünschten Zaungäste. Ja, ich gehöre selber zu ihnen. Ich bin sogar noch schlimmer als manche von ihnen; ich wohne nämlich nicht nur gelegentlich dieser oder jener Gerichtsverhandlung bei, ich besuche sie regelmässig, sooft ich nichts Besseres zu tun habe. Und es kommt selten vor, dass ich als einer, der seine Mitmenschen zu erforschen liebt, etwas Besseres zu tun habe. Ich wundere mich, dass abgesehen von den daran Beteiligten nur so wenige den Gerichtsverhandlungen beiwohnen.

Was den Reiz des Theaters ausmacht, ist klar. Man kommt da in einen Saal von merkwürdiger Form, abgeschnitten von der Aussenwelt, mit viel Vergoldung überall und rotem

Samt oder blauem Satin. Ein Orchester spielt Musik, welche darauf angelegt ist, gedämpfte Spannung zu erzeugen. Bald geht dann der Vorhang auf und enthüllt eine darstellerische Welt, mit Menschen, so geschminkt und gepolstert, dass sie anders wirken, als sie sind. Gerade diejenigen Zuschauer, die für den Glanz des Theaters am empfänglichsten sind, stehen einer ernstzunehmenden Schauspielkunst am meisten im Wege. In einem Theater lassen sie sich alles gefallen, ganz gleich, wie einfältig es ist. Zum Glück scheint die Zahl der Leute, die für den Glanz des Theaters besonders anfällig sind, im Abnehmen begriffen. Der Grund ist wohl darin zu suchen, dass die Presse viel zuviel damit hermacht. Alte Leute beschreiben einem ihre frühen Theatererlebnisse mit einem ehrfürchtigen Staunen und einer Begeisterung, die nicht nur von der Verklärung herrühren, die alles Vergangene für uns hat; wir werden jedenfalls dergleichen Gefühle nicht aufbringen, wenn wir dereinst unseren Enkeln erzählen, was wir im Theater erlebt haben. Nur ganz junge Leute, vier oder fünf Jahre alte, die lediglich ein Weihnachtsmärchen oder zwei gesehen haben, scheinen auch heute noch vom Glanz des Theaters erfüllt. Doch die Heranwachsenden und die Erwachsenen schimpfen höchstens über die Minderwertigkeit der Stükke. Dabei sind die Stücke heute um einiges besser als die, mit denen die ältere Generation vorliebnehmen musste. Der Glanz des Theaters ist entschieden am Verblassen. Um so besser für die Zukunft des Dramas.

Das ist etwas, das mir als Theaterkritiker immerhin am Herzen liegt, die Zukunft des Dramas. Wer sich angelegentlich mit einer Sache beschäftigt, empfindet bald, ganz uneigennützig, den Wunsch, diese Sache möge gedeihen. Natürlich wünsche ich das auch zu meinem eigenen Nutzen. Es fällt zwar einem Kritiker genauso leicht, über ein schlechtes Stück gut zu schreiben wie über ein gutes, aber wenn er die Wahl hat, befasst er sich doch lieber mit Gutem. Man verbindet gerne das Nützliche mit dem Angenehmen. Das heisst, man nimmt das Nützliche wohl oder übel in Kauf. Wäre ich Gerichtsberichterstatter, würde es mir immer noch grosses Vergnügen bereiten, den Verhandlungen beizuwohnen, allerdings weniger als jetzt, wo ich darüber keine Rechenschaft abzulegen habe. Im Gerichtssaal finde ich gerade mein Bedürfnis für das gestillt, was im Theater meistens zu kurz kommt. Es wird sogar inniger gestillt, als das im Theater auch im besten Fall möglich wäre. Es verhält sich nicht so, dass ich meine Zuflucht zum Gericht nehme, bloss weil mir das Theater in seinem gegenwärtigen Zustand zuwider wäre. Gerichtsverhandlungen sind mir lieber als Theateraufführungen, wie sie im besten Fall sein können. Und ich betone nochmals, es ist mir unerklärlich, warum man mir dort soviel Ellbogenfreiheit lässt.

Es bedarf keiner künstlichen Beleuchtung, keines Gefiedels, um mich in Stimmung zu versetzen, während ich vom hallenden Wandelgang her durch die Schwingtür in den Gerichtssaal trete. Auch kommt es mir nicht sehr darauf an, welcher Fall gerade verhandelt wird, sofern er menschlich von Belang ist, mit Geschworenen und Zeugen. Aus Kanzleigerichtsfällen mache ich mir nicht viel. Es bereitet höchstens ein intellektuelles Vergnügen, einem Gerangel über massenhaft Tatsachen zuzuhören, ähnlich dem Vergnügen, das man akrobatischen Kunststücken im Variété abgewinnt. Man bestaunt die Findigkeit, die Beweglichkeit, die musterhafte Schulung. Wie Akrobaten unterscheiden sich diese Rechtsanwälte durch ihre für den Laien verblüffende Geistesgegenwart und meisterliche Sachkenntnis vorteilhaft von der landläufigen Schauspielertruppe. Und ein weiterer Vorteil liegt in dem Stoff, den sie behandeln. Die Tatsachen, mit denen sie es zu tun haben, sind zwar meist langweilig, aber selten so langweilig, wie Tatsachen sind, wenn sie von den landläufigen Bühnenschriftstellern behandelt werden. Es kommt selten vor, dass man im Theater einen Abend so angenehm und gewinnreich verbringt wie einen Tag im Kanzleigericht. Indessen ziehe ich es bei weitem vor, den einen oder andern Saal des Oberhofgerichts aufzusuchen. Strafgerichtsprozessen habe ich auch schon beigewohnt, vermeide sie jetzt aber ausnahmslos. Sie schlagen mir aufs

Gemüt. Ich weiss, es ist zum Besten der Gemeinschaft notwendig, dass diejenigen, die die Gesetze einer Gemeinschaft übertreten, bestraft werden. Allein, auch wenn die Art der Bestrafung weniger barbarisch wäre, als sie es ist, würde ich mir den Anblick eines Angeklagten vor Gericht doch lieber ersparen. Vielleicht liegt es an meiner mangelhaft entwickelten Phantasie, dass mir der staatsbürgerliche Sinn abgeht. Ich kann das Allgemeinwohl nicht *sehen*.

Dagegen habe ich ein ausgeprägtes Gefühl für das Menschliche. Und ich verfüge über genügend Menschenkenntnis, um zu wissen, dass oft die besten Menschen sich die ärgsten Untaten zuschulden kommen lassen. Ist der Angeklagte der Tat, deren er bezichtigt wird, schuldig oder nicht schuldig? Das ist die Frage, wie sie sich dem Gericht stellt. Was für ein Mensch ist das? Das ist die Frage, wie sie sich mir stellt. Und die Antwort auf die erste Frage ist für die Beantwortung der zweiten unerheblich. Nach englischen Rechtsbegriffen gilt der Angeklagte als unschuldig, bis ihm seine Schuld nachgewiesen wird. Und wenn ich einen Menschen, den man zufällig erwischt hat, vor Gericht stehen sehe, während andere Übeltäter (ich selber nicht ausgenommen) frei herumlaufen und sich für leidlich gute Menschen halten, dann kann ich innerlich nur den englischen Rechtsbegriffen folgen und (bis das Gegenteil erwiesen ist) annehmen, der Angeklagte sei zum mindesten ein ebenso guter Mensch wie ich. Der innere Widerstreit zwischen dieser Annahme und dem Umstand, dass der Mann vielleicht verurteilt wird, ist allzu gross, um noch Vergnügen zu heissen. Die Gerechtigkeit nehme ihren Lauf. Oder vielmehr, man spreche weiterhin aufs Geratewohl Recht - aber ohne mich.

Es ist der natürliche Wunsch jedes Schriftstellers, dem Leser zu gefallen. Doch wie ärgerlich, ja verabscheuenswert ist der Schriftsteller, der offensichtlich darauf aus ist, unsere Zuneigung zu gewinnen, indem er sich in einem mild-verklärten Licht vorstellt und uns angelegentlich auffordert, doch ja nicht zu übersehen, wie liebenswert er sei. Schon manch ein Essayist hat sich durch sein Bestreben, Charles Lamb nachzueifern, unmöglich gemacht - «St. Charles», wie sie ihn unweigerlich nennen. Und der vorhergehende Abschnitt, obwohl sprachlich keineswegs nach Charles Lamb ausgerichtet, kommt mir verdächtig wie eine *captatio benevolentiae* vor. Ich beeile mich deshalb hinzuzufügen, dass ein durch und durch gutherziger Mensch es niemals über sich brächte, mit Freuden wie ich auch nur Zivilprozessen beizuwohnen. Wenn es wahr ist, dass unser Vergnügen an tragischen Gegenständen letzten Endes auf Schadenfreude beruht, wieviel mehr an primitiver Grausamkeit steckt dann darin, sich an tatsächlichen Auseinandersetzungen zu weiden, am Streit wirklicher Menschen, ausgefochten, nicht nur zum Schein, sondern in furchtbarem Ernst!

Ich erwähne diese Seite der Sache nur als Berichtigung des Vorhergehenden. Es sei damit keineswegs behauptet, dass ich, wenn ich einen Gerichtssaal betrete, jemals bewusst einer grausamen Veranlagung fröne. Ich bin mir lediglich bewusst, dass es mich freut, da zu sein, gespannt, ob es sich um einen Fall handeln wird, von dem ich schon gehört habe, oder um irgendeinen Fall, der gerade an der Reihe ist. Das ganze Drum und Dran einer Gerichtsverhandlung ist etwas, von dem ich nie genug bekomme. Sich einigermassen darin auszukennen, erhöht nur den Reiz. Ich liebe die Nüchternheit des hellen Getäfels aus Eichenholz, das emsige Hin und Her der Kanzlisten, die Betulichkeit und Bedeutsamkeit des ganzen Betriebs, das Knistern der Seide, wenn ein Kronanwalt sich zu seinem Platz durchdrängelt und über die Schulter zurück rasch mit seinem jüngeren Kollegen etwas leise bespricht, während sein Klient gebannt verfolgt, wie die Perücke des grossen Mannes mechanisch nickt - die Perücke, die den Schädel bedeckt, der das Gehirn umfasst, von dem so viel abhängt. Ich liebe das Geheimnisvolle dieser dunkelgrünen Vorhänge hinter dem erhöhten Richtersitz. Gleich wird einer davon zurückgeschlagen werden, mit einem lauten «Ruhe im Saal!». Darauf schnellen wir allesamt empor, wie von einer einzigen Sprungfeder getrieben; und hereingeschlurft kommt der Richter, in einer Robe, die zum Sitzen geschaffen ist, nicht aber, um darin irgendwohin zu gehen, ausser in ein Badezimmer.

Er verbeugt sich, und wir tun es ihm nach; dann springt ein grauhaariger Anwalt auf: «Mylord, darf ich den Fall Brown contra Robinson und Drittperson zur Sprache bringen?» Es ist Musik für meine Ohren, der Tonfall dieser formelhaften Wendung. Ich beobachte den Richter, während er das Ersuchen zur Kenntnis nimmt, wobei er mit dem glanzlosen Blick, wie ihn Richter haben, über seine Brillengläser hinwegschaut, als trage er eine Maske aus Wachs oder Pergament. Der Richter könnte die Mumie eines hohen Potentaten sein, der nach Jahrhunderten wieder zum Leben erweckt wurde und nun von neuem seine Herrschaft über die Menschen antritt. Ungerührt sitzt er da, erhöht und abgesondert, hinter seinem Schreibtisch verschanzt, zwischen Vorhängen, die ihn gegen Zugluft schützen - könnte denn nicht ein Windstoss den wiederbelebten Staub, aus dem er besteht, verblasen? Kein Wesen aus Fleisch und Blut könnte dermassen auf uns wirken, gewissermassen als Verkörperung einer gefühlsmässig völlig unbeteiligten, überwirklichen Macht. Er kauert über uns auf eine Art, dass wir unten im Saal allesamt in einen Topf geworfen werden und alles, was uns sonst unterscheidet, aufgehoben ist. Sobald er auftritt, verblassen die Anwälte in seidener

Robe und werden eins mit ihren jüngeren baumwollenen Kollegen, mit den Kanzlisten, den Geschworenen, dem Publikum. Überhaupt ist auffällig, wie schwer sich in irgendeinem öffentlichen Lokal die Anwesenden voneinander unterscheiden lassen, als hätten sie ihren Persönlichkeitswert abgelegt. Man blicke in einem Café in die Runde; wie ähnlich sehen sich doch die Leute an all den Tischen! Wie Herdentiere, zu vereintem Zweck versammelt. Vor allem, wie heimatlos! Man lasse den Blick im Spielsaal eines Kasinos umherschweifen. Welch gleichförmige und trostlose Zusammenrottung aus einem einzigen trübseligen Beweggrund! Da und dort vielleicht ein Mensch, der uns als schwerreich bekannt ist; dabei kann man sich nicht vorstellen, dass seine ruhige Gefasstheit etwas anderes als innere Verzweiflung birgt, und dass ihn innerlich etwas anderes aufrecht erhält als das Bündel Banknoten, das er soeben aus der Brusttasche hervorgeholt hat. Alle miteinander werden die Spieler von der unsichtbaren Göttin, die sie umwerben, auf dieselbe Ebene gerückt. Nun, die sichtbare Gegenwart des Vorsitzenden in einem Gerichtssaal führt uns noch nachdrücklicher unsere Nichtswürdigkeit zu Gemüt. Da kauert er über uns, als sichtbare Verkörperung der Majestät des Gesetzes, und wir vergehen unter ihm zu einem Nichts. Und wenn ich sage unter «ihm», meine ich damit den Richterstand im allgemeinen. Zweifellos sind nicht alle Richter gleich. Die einen sind jung, andere alt, dem Kalender nach. Doch die alten wirken unverwüstlich, sie sind «gut konserviert», gleichsam durch Gewürze und Wickelbinden, und die jungen wirken genauso mumifiziert. Manche geruhen Witze zu reissen, Witze aus der Gruft gewissermassen, die uns ein unterwürfiges Lächeln abnötigen, innerlich jedoch einen kalten Schauder über den Rücken jagen. Es gibt strenge Richter und milde, habe ich mir von Anwälten sagen lassen. Vielleicht - wer weiss? Minos war ein strenger Richter, Aeacus und Radamanthus waren mild. Doch alle drei kommen uns gleicherweise schreckenerregend vor. Und dasselbe gilt für alle die Richter unserer Zeit.

Ehrfürchtig lausche ich dem tonlosen Gemurmel des Vorsitzenden, der sich zu dem Fall «Brown contra Robinson und Drittperson» äussert. Er sagt etwas von «Betrug in Idealkonkurrenz mit Urkundenfälschung» - ah, wo in aller Welt gibt es sonst so rätselhaft hoheitsvolle Bezeichnungen? Selbst die gewöhnlichsten juristischen Redewendungen sind oft von einer Feierlichkeit des Tonfalls, von einem liebenswürdig altväterischen Klang, dass sie die Phantasie anregen. Der jüngere Anwalt (mit grauem Haar) wagt etwas «mit Verlaub» einzuwenden und wird schliesslich angehalten, sich mit seinem gelehrten Kollegen vom Gericht zu besprechen. «Wie das hohe Gericht befindet...» Wir gehen zur Tagesordnung über. Ich mache mich voller Vorfreude auf das durchdringendste ästhetische Vergnügen gefasst, das ich kenne.

Ein ästhetisches Vergnügen, gewiss. Im Gerichtssaal hat man es mit einer Kunstgattung zu tun, genau wie im Theater. Was ist ein Drama? Es befasst sich mit bestimmten, gegeneinander handelnden Personen, geschichtlichen oder erfundenen, in einer bestimmten Zeitspanne; und diese Handlung, diese Personen müssen uns kurz und bündig vorgeführt werden, derart, dass wir von ihnen nur so viel erfahren, als für das Verständnis des Ganzen notwendig ist. Ähnlich verhält es sich mit der Kunstgattung, die wir im Gerichtssaal vor uns haben. Ein Prozess befasst sich mit innerhalb einer bestimmten Zeitspanne gegeneinander handelnden Personen; und diese Handlung, diese Personen müssen uns kurz und bündig vorgeführt werden, derart, dass wir von ihnen nur so viel erfahren, als für das Verständnis des Falles notwendig ist. Beim Drama ist in einem gewissen Sinn die Vorahnung lebhafter; es ist zumeist nicht rückblickend. Wir sehen, wie Handlungen begangen werden, wir hören den Text, während er gesprochen wird. Doch wie oft kommt es vor, dass wir es als etwas Wirkliches erleben? Nicht oft. Meisterwerke sind selten, und sie werden auch nicht immer meisterhaft aufgeführt. Im Gerichtssaal wird das, worum es sich handelt, immer auf die bestmögliche Art dargestellt. Zuerst die Geschichte in den grossen Zügen, in der Anklagerede; dann eine

Ergänzung dieses Abrisses durch die Vernehmung des Klägers selber; dann die andere Seite der Geschichte, wie sie sich aus dem Kreuzverhör ergibt. Man denke an die verschiedenen weiteren Stufen eines Prozesses, bis zum Höhepunkt - der Rechtsbelehrung durch den Richter -, und man wird mir beipflichten, dass das Ganze in der Art seiner Darbietung nichts zu wünschen übrig lässt. Im Vergleich damit ist das Drama auch im besten Fall unbeholfen, willkürlich und unbefriedigend. Was aber einen Prozess für mich zur reizvollsten aller Kunstgattungen macht, ist der Umstand, dass nicht nur der Stoff lebendige Wirklichkeit ist, sondern auch die Gestaltung. Vor uns stehen die tatsächlichen Gestalten der tatsächlichen Geschichte, die uns erzählt wurde. Nicht als Vorstellungen, hervorgerufen durch die Mittel der Druckerpresse, der bemalten Leinwand, der unbeteiligten Bühnendarsteller stehen sie da, nein, man hat die Beteiligten selber vorgeladen, damit sie uns am hellichten Tag alles enthüllen, was wir über sie zu wissen brauchen.

Zugegeben, die bemerkenswertesten Zeugen sind diejenigen, die entschlossen sind, uns nicht gefällig zu sein - sich uns nicht so zu offenbaren, wie sie sind, sondern uns zu veranlassen, sie für etwas ganz anderes zu halten. Alle Zeugen sind mehr oder weniger bemerkenswert. Etwas wie einen langweiligen Prozess gibt es gar nicht. Nichts, was sich tatsächlich ereignet hat, ist belanglos. Auch ist jeder

Mensch wert, dass man sich mit ihm befasst, namentlich wenn er unter Eid aussagt. Das Seltsame seiner Lage und der Umstand, dass er davon durchdrungen ist, genügen an sich schon, um ihn bemerkenswert zu machen. Unaufrichtigkeit jedoch ist es, was ihn erfreulich macht. Und das Erfreulichste, was eine Gerichtsverhandlung gewährt, ist ein unaufrichtiger Zeuge, der findig und schlagfertig ist, Herr seiner selbst und seiner Geschichte, mit einem ebenso geistesgegenwärtigen Anwalt als Gegenspieler. Die lebhafteste und kostbarste meiner Erinnerungen ist die an den Fall eines jetzt verstorbenen Mannes, der wegen Bruch des Heiratsversprechens vor Gericht gezogen worden war und einen ganzen heissen Sommertag lang von dem ebenfalls verstorbenen Mr. Candy ins Kreuzverhör genommen wurde. Die Betreffende behauptete, sie kenne ihn schon seit Jahren. Sie liess verschiedene Zeugen auftreten, die bestätigten, ihn verschiedentlich in ihrer Gesellschaft gesehen zu haben. Sie legte bündelweise Briefe vor, deren Handschrift von keinem Fachexperten angezweifelt wurde. Die Verteidigung machte geltend, die Briefe seien vom Sekretär des Angeschuldigten geschrieben worden, einem Mann, welcher die Handschrift seines Arbeitgebers täuschend nachzuahmen verstand und übrigens seinem Aussehen nach ein Doppelgänger seines Arbeitgebers gewesen sei. Dieser Sekretär war nicht mehr am Leben, auch war der Angeschuldigte, obwohl ein Mann mit grossem Bekanntenkreis, nicht imstande, auch nur einen einzigen Zeugen beizubringen, der diesen Sekretär tot oder lebendig gesehen hätte. Da es eine verwickelte Geschichte war, die sich über Jahre erstreckte, schien es ein Kinderspiel, sie zu entkräften. Mr. Candy war kein Kind. Sein Vorgehen war meisterhaft. Und doch nicht ganz so meisterhaft wie das des Angeschuldigten - der Fall wurde niedergeschlagen. Nach allgemeinem Dafürhalten stand die Sache für den Angeschuldigten aussichtslos. Formal war ihm indessen nicht beizukommen. Ich bezweifle, dass ich je wieder einen so unterhaltsamen Tag wie den jenes Kreuzverhörs erleben werde.

Das berühmteste Kreuzverhör unserer Tage war wohl dasjenige Pigotts durch Sir Charles Russell. Es sticht durch die gewaltige Sache, um die es ging, wie auch durch die Flucht und den Selbstmord des Zeugen von andern ab. Hätte Pigott das Zeug dazu gehabt, es mit Russell aufzunehmen und sich gegen ihn zur Wehr zu setzen, würde ich es noch heftiger bedauern, damals nicht dabeigewesen zu sein. Auch so ist mein Bedauern noch heftig genug. Erst kürzlich habe ich in einer der Schriften, wie sie die «Times» herausgibt, die Aussage Pigotts wieder im Wortlaut gelesen, und wiederum bewunderte ich die Präzision, mit der Russell sich seiner allzu leichten Aufgabe entledigte. Namentlich staunte ich, wie anschaulich Russell, so wie ich ihn kannte, in dieser Schrift wieder zum Leben erstand. Es war nicht nur, als sei ich damals dabeigewesen, als entsänne ich mich jetzt wieder des Tonfalls dieser tiefen, einschüchternden Stimme und des festen Blicks dieser dunkeln, einschüchternden Augen, als erinnerte ich mich, genau an welchem Punkt die Schnupftabakdose hervorgekramt wurde und wie lange die Kunstpause dauerte, bis er seine Prise nahm und das grosse bunte Taschentuch entfaltete. Nein, es war beinahe, als spielte sich das alles vor meinen Augen ab, dieses Auftreten des grossartigsten aller Schauspieler, die ich je erlebt habe. Seine Persönlichkeit, vereint mit einer schlechthin vollkommenen Technik, war überwältigend. «Ach was, Mr. Pigott», soll er in einem entscheidenden Augenblick gesagt haben, «seien Sie doch nicht so bescheiden. Vergessen Sie nicht, Sie stehen hier der Gerichtshoheit gegenüber.» Wie deutlich höre ich die Pause heraus, die Russell nach dem «vergessen Sie nicht» einlegte, und der leise Ton, in dem die nachfolgenden Worte gemessen von seinen Lippen kamen, und die feierliche Betonung des Wortes «Gerichtshoheit», bevor die schmalen Lippen sich schlossen, diese Lippen, die so unverkennbar zu dem grossen, bleichen, lichtvollen und nichts Gutes verheissenden Gesicht gehörten. Es war eine Ermahnung, die auch sonst geeignet war, den unerschrockensten, redlichsten Zeugen einzuschüchtern. Die Gegenwart eines Richters ist, wie bereits bemerkt, immer bedrückend. Doch auch ein Dutzend, dicht gedrängt auf der Richterbank, hätten nicht so bedrückend gewirkt wie Sir Charles Russell. Unter allen Anwälten, die ich erlebt habe, war er die einzige Ausnahme von der Regel, dass durch das Auftreten des Richters alle Anwesenden im Saal einander gleichgemacht werden. Auch auf der Richterbank, in seinen letzten Jahren, kam er nicht merklich stärker zur Geltung als früher. Dass er sich vor Gericht so überragend Geltung verschaffte, lag nicht so sehr an seiner unvergleichlichen Geistesgegenwart, Spitzfindigkeit und Auffassungsgabe, als vielmehr an seiner unaufhaltsamen Naturkraft, an dieser leidenschaftlichen Dringlichkeit, die seinem erhabenen Stil innewohnte.

Im Gerichtssaal wie auch in der Ratsversammlung und im Theater gehört der erhabene Stil der Vergangenheit an. Lloyd George ist seinem ganzen Gehaben nach nicht weiter entfernt von Gladstone, und George Alexander von Macready, als Rufus Isaacs, der Typus des modernen Rechtsanwalts, von Sir Charles Russell. Gewaltige Leidenschaft und dröhnende grosse Worte sind Dinge, die die heutige Generation sich höchstens im nachhinein gefallen lässt, die aber Heiterkeit erregen würden, wollte man ihr heute damit kommen. Während ich Pigotts Kreuzverhör las, kam mir ein Einfall. Warum greifen die Theaterdirektoren, die sich ja immer über den Mangel an brauchbaren Stücken aufhalten, nicht zu

Szenen aus berühmten Prozessen? Natürlich könnten diese nicht annähernd so spannend sein wie die Originale, aus dem einfachen Grund, weil sie nicht Wirklichkeit wären, aber spannender als das landläufige Bühnenstück wären sie bestimmt. Dergleichen ging mir durch den Kopf. Plötzlich stutzte ich jedoch, als ich bedachte, dass es aussichtslos wäre, nach einem Schauspieler zu fahnden, der Russell verkörpern könnte. Der Sprechstil, der heute auf der Bühne herrscht, ist unvereinbar mit der Sprache Russells oder auch nur eines seiner Zeitgenossen. Und neuere Prozesse aufführen zu wollen, liesse sich kaum rechtfertigen. Die daran Beteiligten hätten allen Grund, dagegen Einspruch zu erheben. Eitel ist somit mein Traum, das Theater durch die Hinterlassenschaft der Gerichte verjüngt zu sehen. Anderseits habe ich aber zum Besten der Gerichtshöfe einen durchaus brauchbaren Vorschlag zu machen. Sie bieten in London die grossartigste Unterhaltung - unentgeltlich. Man erhebe Eintrittspreise - sagen wir, eine halbe Guinee für einen Platz mitten im Saal, einen Shilling für einen Tribünenplatz, fünf Pfund für einen Platz auf der Richterbank.

Dann würde den Leuten mit der Zeit sicher klar, wie grossartig die Unterhaltung ist, die da geboten wird.

Sympat

Dies soll kein Vexiertitel sein. Ich habe bloss für das Gefühl, von dem dieser Aufsatz handelt, kein besseres Wort gefunden. Man möge es künftig ins Wörterbuch aufnehmen; es füllt eine Lücke aus.

Leider kann ich nicht behaupten, es selber erfunden zu haben. Ich habe es vor ein paar Jahren in Spa von einem Brasilianer aufgeschnappt. Wir hatten einander kennengelernt, weil wir an der *table d'hôte* und beim Roulette oft Nachbarn waren. Ein freundschaftliches Verhältnis war entstanden. Aber ungefähr nach einer Woche wurde es durch ein Telegramm gestört, das den Brasilianer nach einer andern Gegend von Europa rief. Als ich auf dem Bahnsteig stand und mich von ihm verabschiedete, indem ich ihm durchs Abteilfenster immer wieder die Hand schüttelte und ihn immer wieder meines lebhaften Bedauerns versicherte, sagte er: «Noch nie, mein Freund, habe ich jemand kennengelernt, der mir so *sympat* gewesen wäre wie Sie!» Ich erwiderte das Kompliment, wobei ich in taktvoller Mimikry das *hisch* ebenfalls unterschlug. Wir liessen uns noch über die Seltenheit dieses schönen Gefühls aus, als der Zug sich in Bewegung setzte. Während ich mich zu Fuss wieder ins Hotel begab, freute ich mich schon auf den Tag, wo mein Freund sein Versprechen einlösen und mich in London aufsuchen werde. Spa kam mir jetzt verödet vor, ausgestorben und leer - kurz, entsympatiert. Mein Appetit nahm ab. Am Spieltisch setzte ich wild drauflos, und dauernd murmelte ich das wehmütige Zauberwort vor mich hin, das mein abhanden gekommener Freund mir beigebracht hatte. *Sympat!* Das war etwas viel Schöneres, schien es mir, als Sympathie. Ein Wort, nur bei besonderen Gelegenheiten zu verwenden, nur wenn man sich sprachlich in Staat wirft.

Nun, ich verwende das Wort noch immer, allerdings in einem ganz anderen Sinn als damals in Spa. Die Wahlverwandtschaft, auf die sich ein wahres und dauerhaftes Freundschaftsverhältnis gründet, nenne ich nach wie vor Sympathie. *Sympat* bleibt in meinem Sprachgebrauch vorbehalten für ein freundschaftliches Verhältnis, wie es an einem Ferienort entsteht, in der Vereinsamung, weit weg von zuhause, weit weg von Verwandten und Bekannten. Man kennt die Art von Freundschaft, von der ich rede. Sicher hat jeder schon oft solche Bekanntschaften vom Zaun gerissen. In der Heimat, mitten unter seinen gewohnten Bekannten, ist man für Unbekannte nicht zugänglich. Doch abgesondert an einem fremden Ort ist man für jeden geselligen Verkehr dankbar, mit offenen Armen für jeden, der, ähnlich vereinsamt, einem mit offenen Armen begegnet. Auch ist es nicht bloss Vereinsamung, die einen nach Gesellschaft lechzen lässt. Schon der Umstand, dass man Ferien macht, Ferien vom Ich, weckt das Verlangen nach neuen Eindrücken und macht einen empfänglich dafür. Innerlich ist man eine *tabula rasa* - Wachs, das nur darauf wartet, dass irgend jemand irgendwie seinen Abdruck darauf hinterlässt. Man mag zuhause noch so mürrisch und verdrossen sein, in der Fremde wird man zu einem geselligen Wesen, das sich an einen jeden anschliesst. Und man macht immer dieselbe Erfahrung. Wenn der gesellige Mensch jemandem sein Herz zur Begutachtung erschlossen hat, muss er meistens bald feststellen, dass er mit dem Begutachtenden wenig oder nichts gemein hat. Das hat zur Folge, dass er gegen diesen Begutachter, der nichts dafür kann, alsogleich eine heftige Abneigung fasst, sich mit ihm überwirft und ihm, bums, sein Herz wieder verschliesst (um es dem nächsten besten wieder aufzutun). Ebenso ergeht es jedem, der in seinem Heimatort einer lieben Ferienbekanntschaft wieder begegnet. Man hat mir nichts, dir nichts Freundschaft geschlossen, und dann geht diese mir nichts, dir nichts wieder auseinander, ganz unerwartet, was die Enttäuschung um so herber macht. Und doch ist sie so gut wie unvermeidlich. Eigentlich sollte man darauf gefasst sein. In einem von hundert Fällen mag *sympat* wirklich Sympathie bedeuten. Doch in den andern neunundneunzig Fällen, dessen kann man sicher sein, bleibt *sympat* bloss *sympat.*

Fern der Heimat ist jede Empfindung gesteigert. Die blosse Gleichgültigkeit, mit der man zuhause an Leuten vorübergeht, die man nicht kennt, wird in fremden Landen recht eigentlich zur Abneigung. Im Unterbewusstsein begegnet man den andern Hotelgästen höchst aufgeschlossen, bewusst empfindet man nur Abscheu vor ihnen. Obwohl aus dem Zufallsfunken der Bekanntschaft sogleich helle Freundschaft emporlodert, glaubt man gegen Feuer und Flamme besser als je gefeit zu sein. Und man findet einen Unbekannten, mit dem man ins Gespräch gekommen ist, um so liebenswerter, je verhasster er einem vorher war. Es fällt einem auf, dass er eigentlich ein angenehmes Lächeln hat, er, der so verdrossen aussah, wenn man im Vestibül an ihm vorüberkam. (Ihm ergeht es wohl ganz ähnlich.) Auch erweist er sich als kluger Kopf. Man fragt sich, ob er nicht am Ende der klügste Kopf sei, welcher einem je untergekommen ist. Dabei hätte man gestern noch geschworen, er sei ein Holzkopf. Er spricht mit einem von seiner Familie, seinen Verbindungen. Er, den man gestern noch als einen heimatlosen Gesellen eingestuft hat, erweist sich als ein höchst angesehener Mensch, vielleicht sogar als namhafter Zeitgenosse. Im Verlauf einer halben Stunde findet man, dass man einige dreissig gemeinsame Interessen hat. Man unternimmt einen Rundgang mit ihm und gewinnt sich gegenseitig immer lieber. Man hat dieselbe Einstellung zum Leben, und doch fehlt es nicht an den kleinen Meinungsverschiedenheiten, die den Einklang davor bewahren, eintönig zu werden. Plötzlich ergibt sich, dass man einen gemeinsamen Freund hat. Er hat ihn erst kürzlich gesehen und kann einem überraschende Neuigkeiten von ihm vermelden. Selber kann man ihm mitteilen, man verkehre mit einem Menschen, den er schon immer gerne kennengelernt hätte, auf vertrautem Fuss. Er ist seinerseits überrascht und erfreut. Man verspricht, sobald man wieder in London sei, werde man eine Zusammenkunft in die Wege leiten. Er dankt einem überschwenglich; nichts wäre ihm lieber. Er ist viel in einem Land gereist, das man schon immer besuchen wollte. Er weiss allerlei davon zu erzählen und verspricht, falls man je hinfahre, werde er einem Empfehlungsschreiben an verschiedene Persönlichkeiten mitgeben, und so weiter. Ach, das wäre sehr liebenswürdig; man dankt ihm überschwenglich. Vereint beklagt man sich über die Bedienung im Hotel und äussert sich wegwerfend über die andern Gäste, wodurch man sich gegenseitig aus der Masse heraushebt. Der Rundgang war nur allzu rasch zu Ende. Beim Abendessen hat man ihn als Tischnachbarn; nachher begibt man sich miteinander hinaus, um zu rauchen. Am nächsten Morgen begrüsst man ihn, als wäre er ein guter alter Freund, soeben von einer Weltreise zurück. Tag für Tag wird das Verhältnis inniger. Wie ein Donnerschlag bricht der Tag der Trennung an. Nachdem man ihn zur Bahn begleitet hat, ist einem genauso zumute wie mir, nachdem ich mich von meinem Brasilianer verabschiedet hatte. Doch die wahre Bitternis steht einem noch bevor. Jetzt hilft einem der Gedanke an ein Wiedersehen darüber hinweg. Erst das Wiedersehen ist das wahrhaft bittere Erlebnis.

Als nach einem Jahr oder so mein Brasilianer sich in London aufhielt und mich seinem Versprechen gemäss aufsuchte, war ich hochbeglückt, ihn wiederzusehen. Da war er nun, noch immer der alte, und liess einen Schwall angenehmer Erinnerungen über mich hereinbrechen. In seiner Gesellschaft verlebte ich nochmals jene Tage in Spa. Wir redeten und redeten; hunderterlei Dinge von damals kamen uns wieder in den Sinn. Allmählich erschöpfte sich aber das Thema. Er begann mir Fragen über London zu stellen, wollte alle möglichen Ratschläge und Auskünfte. Mir fiel auf, dass sein brasilianischer Akzent ausgeprägter war als früher. Auch hatte er neuerdings die Angewohnheit, jedesmal vom Stuhl aufzuspringen, wenn er etwas sagen wollte. Sein Ton war herzhaft egozentrisch und begann mir zu missfallen. Er fragte, ob er sein Zigarettenetui aus meiner Schachtel auffüllen dürfe. Bei unserer nächsten Zusammenkunft entwickelte er weitere Mätzchen. Besonders verstimmte mich, dass er meine Ausdrucksweise korrigierte. In der Morgenzeitung hatte etwas von einem Eisenbahnunglück gestanden, das zahlreiche Tote gefordert hatte. Er erzählte mir des langen und breiten davon. «Gewiss, das ist bitter», bemerkte ich. «Nicht bitter!» rief er, «furchtbar ist das!» Nach dem Mittagessen wollte er zu seinem Schneider und bestand darauf, dass ich mitkomme, um ihm mit Rat beizustehen. Ich war dafür, zu Fuss hinzugehen. «Nein», erklärte er, «in London geht man nicht zu Fuss.» So nahmen wir denn eine Droschke. An unserem Bestimmungsort angelangt, überliess er es mir, die Fahrt zu bezahlen. Er tat nicht einmal, als fummle er in der Westentasche nach dem Kleingeld. Ich habe nichts dagegen, für eine Droschkenfahrt aufzukommen, erwarte aber von meinem Begleiter, dass er wenigstens nach dem Kleingeld kramt. Das gehört sich so. Ich habe mich dann noch mehrmals mit ihm getroffen. Jedesmal fand ich ihn unausstehlicher. Er selber, fern der Heimat, fühlte sich in meiner Gesellschaft so wohl wie damals in Spa; doch mein Gesinnungswandel konnte ihm auf die Dauer nicht entgehen, und er war betroffen. Seine Besuche hörten auf. Obwohl er jedes Jahr nach London kommt, sucht er mich nicht mehr auf. Erst gestern sah ich ihn in einer Droschke mit einem andern, offenbar einem Engländer, vorüberfahren. Er bemerkte mich nicht. Oder etwa doch? Jedenfalls tat mir höchstens sein Begleiter leid.

Ich führe diesen Fall an, weil er kennzeichnend ist. Ob die Zufallsbekanntschaft, die man in den Ferien macht, ein Ausländer oder ein Landsmann ist, das Ergebnis bei einem Wiedersehen bleibt sich gleich. *Sympat* ist nur der Auftakt zu *antipat.* «Müssen wir also auf *sympat* verzichten?» wird man fragen. Meine Antwort lautet: «Keineswegs. Es ist an sich etwas sehr Erfreuliches und macht die Ferien erst zu dem, was sie sind. Man knüpfe nach Herzenslust freundschaftliche Verhältnisse an, versichere beim Abschied, sie seien unwandelbar, vereinbare ein baldiges Wiedersehen in der Heimat. Wenn es dann soweit ist, muss man sich nur davor hüten, es zu einem Wiedersehen kommen zu lassen. Es bereitet einem nur Verdruss.»

Ein herzloser Rat, wie? Ist es aber nicht besser, ein für allemal auf eine schöne Täuschung zu verzichten, als immer wieder Enttäuschungen zu erleben?

Der Briefsteller

Offenbar gehöre ich zu den Reisenden, für die der Bahnhofkiosk nicht sorgt. Noch immer habe ich bei der Abreise feststellen müssen, dass ich lediglich die Wahl habe zwischen gut gedruckten Büchern, die zu lesen ich keine Lust verspüre, und gut geschriebenen Büchern, die ich nicht lesen könnte, ohne einen bleibenden Augenschaden davonzutragen. Wenn der Kioskinhaber sieht, wie ich sein Gestell lässig mit dem Blick absuche, empfiehlt er mir, doch einfach «Die Försterfanny» oder «Die Blutspur» zu nehmen. Um ihn nicht zu kränken, lehne ich diese Werke mit der Begründung ab, ich hätte sie bereits gelesen. Er merkt trotzdem, dass er es mit einem besseren Herrn zu tun hat, und sagt, er habe hier eine handliche Taschenausgabe der «Utopie» des Thomas Morus oder eine ebensolche von Carlyles «Französischer Revolution», worauf ich wiederum irgendeine Ausrede vorbringe. Was könnte ich einem Meisterwerk abgewinnen, das in winziger grauer Schrift auf mehr oder weniger durchsichtiges graues Papier gedruckt ist? Eine Zeitung oder zwei ist alles, was ich dem Mann abnehme.

Kürzlich stach mir indessen ein Buch in die

Augen, dessen Titel «Vollständiger Universal-Briefsteller» lautete. Ich hatte noch nie etwas dergleichen gesehen, hatte mir aber sagen lassen, es bestehe dauernd eine rege Nachfrage. So machte ich denn von dem Angebot Gebrauch. An sich ist ein solcher Briefsteller keine sehr unterhaltsame Lektüre. Der Verfasser ist nicht dumm; offenbar ist er der geborene Briefschreiber und verfügt über einen unaufdringlichen und flüssigen Stil. Angenommen, ein junger Mann hat «an den Vater des Mädchens, das er heiraten möchte» zu schreiben, oder «an die Braut, um ihr für ein Geschenk zu danken», oder «an die Braut, um ihr wegen ihres flatterhaften Wesens Vorwürfe zu machen», oder angenommen, eine Mutter kommt in die Lage, einen Brief zu schreiben, «um sich nach der Befähigung einer Erzieherin zu erkundigen», oder «um für ihr Kind eine unerwünschte Einladung auszuschlagen» - oder überhaupt, falls man sich je in irgendeiner schwierigen Lage befindet, der dieses Buch abzuhelfen verspricht, könnte man ruhig den entsprechenden Brief herausschreiben und der Post übergeben, ohne sich in den Augen des Empfängers lächerlich zu machen - es sei denn, dieser besitze ebenfalls ein Exemplar. Nur - kann man sich vorstellen, dass jemand einen dieser Briefe herausschreibt und abschickt oder auch nur als Anregung zu einem eigenen Schreiben benutzt? Man kann es nicht, und damit verrät man, wie wenig man seine

Mitmenschen kennt. Unermesslich ist der Abgrund, in dessen Tiefe solche Selbstentäusserung möglich ist. Und doch - die andauernd rege Nachfrage beweist, dass es diesen Abgrund gibt und dass es in seiner Tiefe von Menschen wimmelt. Spähen wir in die Tiefe... Nein, da herrscht Dunkelheit. Doch ganz leise, wenn wir genau hinhören, dringt das Kratzen unzähliger Federn an unser Ohr - Federn, geführt von Menschen, die alle bestrebt sind (wie der Verfasser des Briefstellers es ihnen nahelegt), «frisch von der Leber weg zu schreiben», indem sie sich mehr oder weniger streng an die Musterbeispiele halten.

Benommen zieht man sich vom Rand des Abgrundes zurück. Man tröstet sich mit dem Gedanken, dass die Masse der Hilflosen, für die solche Briefsteller verfasst werden, ausschliesslich aus guten Seelen besteht, die um alles in der Welt niemandem wehtun wollen. In all den Briefen, die da diktiert werden, findet sich nämlich nicht ein einziges scharfes Wort, kein einziger unedler Gedanke, noch irgendeine schnöde Andeutung, und es ist anzunehmen, dass das nicht nur mit der schönen Seele des Verfassers zu tun hat, dass sich vielmehr sein Briefstil nach den Bedürfnissen der vielen Käufer richtet. Obwohl viele dieser Briefe für Leute gedacht sind, die sich in den widrigsten Umständen befinden, sogar für solche, denen ihrer Meinung nach schweres Unrecht geschehen ist, herrscht in der Tonart doch eitel Milde und Verklärung. Selbst der «hochachtungsvoll» zeichnende Jakob Langton verfehlt in seinem Schreiben «an den geldgierigen Verlobten seiner Tochter» nicht, den strengen Ton durch den Hinweis abzuschwächen, wie «unsagbar peinlich» es ihm sei, diesen Brief schreiben zu müssen. Dabei ist dieser Langton der einzige, der sein Schreiben auf den Weg bringt, ehe sein Zorn verraucht ist. Was tut Horace Masterton, wohnhaft an der Thorpe Road, Putney, nachdem ihm Miss Jessica Weir, aus der Fir Villa, Blackheath, brieflich ihren «Gesinnungswandel» erklärt hat? Überschüttet er sie mit Vorwürfen? Keineswegs; «es war ehrlich und mutig von Dir, mir so unumwunden zu schreiben, und im Grunde meines Herzens weiss ich, dass Du damit nur das Beste wolltest... Ich entbinde Dich jeder Verpflichtung, weil Du es so haben willst. Viel Glück, meine Liebe.» Nicht weniger bewundernswert ist es, wie Cecil Grant (14, Glover Street, Streatham) sich in einem ähnlichen Fall verhält. Wie ein Blitz aus heiterem Himmel trifft ihn die Mitteilung von Miss Lois Hawke (Elm View, Deerhurst), dass sie die Verlobung mit ihm auflöse. Verstört setzt er sich an den Schreibtisch; seine Feder gleitet über den Briefbogen - um Lois und all ihre Geschlechtsgenossinnen zu verwünschen? Nein; «man kann nicht ohne tiefes Bedauern Abschied nehmen von einer Zeit, die so voller Glück war. Ich schulde Dir tiefgefühlten Dank für alles Liebe und Gute, das Du mir erwiesen hast, und wünsche Dir viel Glück auf Deinen weiteren Lebensweg.» So gibt er denn Miss Hawke ihre völlige Freiheit zurück. Und man glaube bloss nicht, dass die Briefschreiberinnen hinter den Briefschreibern zurückstehen, was Selbstbeherrschung und verständnisvolles Mitgefühl anbelangt. Miss Leila Johnson (The Manse, Carlyle) hat im Benehmen von Leonard Wace (Dover Street, Saltburn) eine gewisse Abkühlung festgestellt, doch «es liegt mir fern, Dir deswegen Vorwürfe zu machen, vermutlich liegt es in Deinem Wesen begründet»; und Leila mit ihrem «Alles verstehen, heisst alles verzeihen» ist kennzeichnend für sämtliche schwergeprüften Briefschreiberinnen in diesem Buch; sie ist nur eine der vielen heldenmütigen Frauengestalten.

Angesichts all dieser Vollkommenheit wandelt den unvollkommenen Leser ein Bedürfnis an, zur Abwechslung einmal einen kleinen Zornesausbruch zu erleben, irgendeine gehässige oder schnöde Bemerkung seitens dieser erdichteten Menschen zu finden. Es verlangt ihn danach, zu sehen, wie einer der Briefschreiber sich einmal vergisst und zu einer unbedachten Äusserung hinreissen lässt. Schon oft hat sich, wenn ich an einem öffentlichen Briefeinwurf vorbeikam, der Wunsch in mir gemeldet, wenn ich doch bloss das Ding aufschliessen und sämtliche Briefschaften mitnehmen könnte, um sie zuhause in aller Musse zu studieren. Das müsste für einen Seelenforscher doch höchst lehrreich sein. Unlängst habe ich des Nachts vom Schloss des nächsten Briefkastens einen Wachsabdruck genommen und mir einen Nachschlüssel anfertigen lassen. Vorläufig habe ich weder den Mut aufgebracht, noch hat sich mir Gelegenheit geboten, von diesem Schlüssel Gebrauch zu machen. Und jetzt werfe ich ihn wohl weg... Nein, ich behalte ihn noch. Ich weigere mich, aus dem Ton dieses Briefstellers den Schluss zu ziehen, dass die meisten Menschen allezeit so schreiben. Selbst schöne Seelen müssen doch ab und zu einer unschönen Gefühlsregung nachgeben, wie jeder von uns auch.

Und wenn sie sich schon ihrer Würde begeben müssen, dann wäre es doch sicher gut, sie wüssten, wie das korrekt und wirkungsvoll geschieht. Es wäre empfehlenswert, wenn der Verfasser in einer nächsten Auflage seine Sammlung mit ein paar weniger selbstgerechten Beispielen durchsetzte, der Abwechslung und vor allem auch der Vollständigkeit halber, auf die er im Titel seines Buches Anspruch erhebt. Nun ist es mir leider nicht gegeben, wirklich gute Briefe zu schreiben, dazu bin ich allzu sehr Schriftsteller, möchte aber doch versuchsweise ein paar Hinweise darauf geben, was meines Erachtens in diesem Briefsteller fehlt...

(Das Strafgesetz ist besonders hart, was sogenannte Erpressung anbelangt. Der Bittsteller muss sich deshalb hüten, etwas schriftlich niederzulegen, woraus ihm später ein Strick gedreht werden könnte. – *Der Herausgeber.)*

Sehr geehrter Herr Soundso,

Als ich heute in meiner Dachkammer eine Schublade ausräumte, stiess ich auf einen Brief, der mir vor Jahren durch einen merkwürdigen Zufall in die Hände geriet, und an den ich, durch Geldnot arg bedrängt, seither nicht mehr gedacht hatte. Es handelt sich um einen Brief, den Sie an eine Dame schrieben, und aus dem Datum geht hervor, dass dies kurz nach Ihrer Verheiratung geschah. Das Schriftstück ist vertraulicher Natur, und ich fürchte, es könnte, falls es in die unrechten Hände geriete, auf bedauerliche Art missverstanden werden. Ich möchte Ihnen gerne die Genugtuung verschaffen, es persönlich zu vernichten. Zuerst trug ich mich mit dem Gedanken, es Ihnen durch die Post zuzustellen. Ich weiss jedoch, wie glücklich die Ehe ist, die Sie führen, und kann mir durchaus denken, dass Sie und Ihre Gattin in Ihrem gegenseitigen Vertrauensverhältnis die Gewohnheit angenommen haben, die Briefe des andern aufzumachen. Sicherheitshalber wäre es mir deshalb lieber, Ihnen das Schriftstück persönlich übergeben zu können. In meine Dachstube möchte ich Sie nicht einladen, da ich Sie nicht bewirten könnte, wie es einem Mann Ihres Standes und Vermögens gebührt. Haben

Sie deshalb die Freundlichkeit, sich mit mir morgen (Donnerstag) punkt drei Uhr früh beim zehnten Laternenpfahl links auf der Südseite der Waterloo-Brücke zu treffen; da werden wir bestimmt ungestört bleiben.

Mit vorzüglicher Hochachtung
Ihr sehr ergebener
James Gridge

Weigerung eines jungen Mannes, seine Schneiderrechnung zu bezahlen

Eustace Davenant ist im Besitz des halb unterwürfigen, halb unverschämten Schreibens, das Mr. Yardley an ihn gerichtet hat. Mr. Yardley möge davon absehen, zu kriechen und zu fuchteln. Mit keinem von beidem wird er auch nur einen roten Heller aus Mr. Davenants Tasche herauslocken. Dieser war zu der Zeit, als ihm die schlecht sitzenden Anzüge geliefert wurden, noch minderjährig und wird es auch inskünftig, wie schon bisher, an die grosse Glocke hängen, dass Mr. Yardley unter den Londoner Schneidern der geldgierigsten und unfähigsten einer ist.

Dankesbrief an einen Schriftsteller

Sehr verehrter Emanuel Flower,

Es war liebenswürdig von Ihnen, mir ein Widmungsexemplar Ihres neuen Buches zukommen zu lassen. Noch liebenswürdiger wäre es allerdings gewesen, wenn Sie darauf verzichtet hätten. Ich bin ein sanftmütiger Mensch und sage Ihnen ungern, dass «Flucht nach Arkadien» reiner Kitsch ist. Ich habe ein paar Seiten davon überflogen und damit zwei oder drei Minuten meiner nicht gänzlich wertlosen Zeit vergeudet. Anderseits möchte ich aber verhüten, dass Sie herumgehen und damit grosstun, Ihr Buch sei nicht verrissen, verlacht und verworfen worden von Ihrem Ihnen alles Gute wünschenden

Wrexford Cripps

An ein Parlamentsmitglied anlässlich seiner Nichtwiederwahl

Sehr geehrter Herr Pobsby-Burford,

Obwohl ich selber erzkonservativ eingestellt bin, hat die schmähliche Niederlage, die Sie soeben in West Odgetown erlitten haben, bei mir eitel Freude ausgelöst. Es gibt im Leben Augenblicke, wo die persönliche Einstellung über die politische Gesinnung siegt, und dies ist einer davon. Der Verlust des Sitzes, den Sie innehatten, ist um so auffallender, als die beiden andern Wahlkreise von Odgetown den Liberalen mit überwältigender Mehrheit entrissen wurden. Die Masse der Zeitungsleser wird zwar nicht schlau daraus werden, wieso Sie inmitten eines triumphalen Wahlsiegs unserer Partei auf der Strecke blieben. Aber die Masse der Zeitungsleser hat Sie eben nie persönlich kennengelernt. Ich ja. Sie werden sich kaum an mich erinnern, gehören Sie doch zu denen, die sich höchstens an Leute erinnern, die Ihnen unmittelbar von Nutzen sein können. Das war jedenfalls der Eindruck, den ich von Ihnen gewann, als ich Sie vergangenen Sommer bei einem Abendessen im Hause unserer Freunde, der Pelhams, kennenlernte. Im übrigen fiel mir Ihr wichtigtuerisches Gehaben auf, Ihr unerschöpflicher Vorrat an Gemeinplätzen, Ihre entsetzliche Gedankenarmut. Leute wie Sie sind es, die den Niedergang der politischen Auseinandersetzung zu verantworten haben. Damit drücke ich sicher nur aus, was alle empfinden, ohne Unterschied der Partei, die mit Ihnen im Parlament gesessen haben.

Dass Sie sich nun ins Privatleben zurückziehen, ist gut; zu bedauern ist nur Ihre Gattin, deren Tischnachbar ich bei dem genannten Abendessen sein durfte. Es liess sich nicht verkennen, dass ich es hier mit einer Frau zu tun hatte, deren Lebensmut durch das Zusammenleben mit Ihnen so gut wie geknickt war. Was ihr an Munterkeit noch verblieb, war offenbar den parlamentarischen Pflichten zuzuschreiben, die sie täglich wenigstens ein paar Stunden lang von Ihrer Gegenwart befreiten. Das Schicksal, zu dem die Stimmberechtigten von West Odgetown sie nun verurteilt haben, daran wage ich gar nicht zu denken. Vergessen Sie jedoch nicht: obwohl sie Ihre Leibeigene und von zaghaftem und bescheidenem Wesen ist, im tiefsten Grunde ihres Herzens verachtet sie Sie.

Ich verbleibe, sehr geehrter Herr Pobsby-Burford, mit dem Ausdruck meiner vorzüglichen Hochachtung

Ihr

Harold Thistlake

Antwort einer jungen Frau auf die Einladung ihrer ehemaligen Lehrerin

Meine liebe Miss Price,

Furchtbar nett von Ihnen mich ein paar Tage zu Ihnen einzuladen aber wie können Sie bloss glauben ich hätte Sie womöglich vergessen wo ich doch so offt an Sie denke und an die drei Jahre die ich an Ihrer Schule verbrachte weil es mich immer freut nicht mehr dort zu sein und wenn man je misslaunig ist giebt es einem sofort auftrieb sobald man sich sagt das wenigstens hast du hinter dir und jedenfalls kriegst du jetzt genug zu essen und brauchst dich nicht zu tode zu langweilen und täglich schickanieren zu lassen wie damals und eigentlich kann ich mir nichts süsseres vorstellen als das Trübselige einerlei wiedereinmal mitanzusehen ohne selber beteiligt zu sein aber das wäre schrecklich unfein von mir liebe Miss Price nicht wahr Bitte erwarten Sie mich also nicht und entschuldigen Sie die rechtschreibe-Fehler Ihrer freundlich grüssenden ehemaligen Schülerin

Emily Thérèse Lynn-Royston

ps, in Briefen an bekannte erwähne ich offt wo ich zurschule gegangen bin und empfehle Sie immer aufs wärmste.

Bestätigung des Empfangs eines Hochzeitsgeschenks

Liebe Lady Amblesham,

Wer rasch gibt, heisst es, gibt doppelt. Ich habe deshalb mit diesem Brief absichtlich zugewartet, um nicht den Anschein zu erwecken, ich wolle Ihnen mehr als einfach danken für die kleine, billige und abscheuliche Nippsache, die Sie mir zu meiner Hochzeit schenkten. Wären Sie arm, würde die kleine Schale aus schlecht imitiertem Meissener Porzellan Sie lediglich der Geschmacklosigkeit überführen; wären Sie blind, zeugte sie bloss von übertriebener Sparsamkeit. Da Sie jedoch so gut sehen wie irgendwer und vermögender sind als viele, sind Sie durch Ihr Geschenk als spiessig und geizig zugleich abgestempelt, oder vielmehr - Sie waren es; ich bin nämlich zehn Sekunden, nachdem ich das Ding aus dem Seidenpapier gewickelt hatte, damit ans offene Fenster getreten und hatte die Genugtuung, es auf dem Pflaster in tausend Stücke zersplittern zu sehen. Doch halt! Vielleicht steckt da ein Denkfehler drin. Vielleicht wollten Sie mich mit dem Ding vorsätzlich beleidigen. Nachträglich komme ich immer mehr zu der Überzeugung, dass es sich tatsächlich so verhielt. *Das werde ich Ihnen nie vergessen.*

Ihre

Cynthia Beaumarsh

PS. Mein Gatte hat mich gebeten, Ihnen zu bestellen, Sie möchten Lord Amblesham davor warnen, jemals seinen Weg zu kreuzen, oder höchstens so gut ver-

kleidet, dass mein Gatte ihn nicht erkennen und mit der Peitsche traktieren kann.
PPS. Durchschläge dieses Schreibens gehen an die wichtigsten Londoner Tageszeitungen.

Brief eines…

Doch genug! Ich hätte nie gedacht, dass ich in dieser Hinsicht so hochbegabt bin. Von einer solchen Beredsamkeit und verhängnisvollen Wortgewandtheit habe ich wirklich nichts geahnt. Nie wieder will ich das, was sich da in meinem Innern aufgestaut hat, unbedachterweise anbohren, habe ich mich doch bisher im grossen ganzen immer für einen höchst liebenswürdigen Menschen gehalten.

Ein geselliger Mensch

Personen der Handlung:

Tommy Dixon	Dreissig Jahre alt, glattrasiert, leichtlebig
Herzogin von Huntington .	Gut aussehende Witwe von vierzig Jahren
Graf von Amersham	Von gedrungener Gestalt, 53, gerötetes Gesicht; blondes, graumeliertes Haar, kleiner blonder Schnurrbart
Gräfin von Amersham	Hübsche, romantisch aussehende Frau von neunundzwanzig Jahren
Henry Robbins	Drei oder vier Jahre älter als Tommy. Etwas steif und förmlich. Langes, ernsthaftes Gesicht, glattrasiert
Hawkins	Kammerdiener, als Butler beschäftigt

Schauplatz: Gesellschaftszimmer in Tommy Dixons Wohnung an der Mount Street

Zeit: Vor 1914. Zwischen 11 und 12 Uhr nachts

*

(Zimmer von der üblich luxuriösen Art. Im Hintergrund in der Mitte ein breites Erkerfenster mit gezogenen Vorhängen. Zwischen Fenster und Tür ein dreiteiliger Wandschirm aus spanischem Leder. Vor dem Fenster ein Schreibtisch mit Telephon. Reichlich Büchergestelle. Im Kamin ein loderndes Feuer. Auf dem Kaminsims und rings um den Spiegel dicht gedrängt eine Ansammlung grosser und kleiner Einladungskarten. Vor dem Kamin zwei Klubsessel nebst einem niedrigen Tisch; darauf der unvermeidliche Flaschenhalter sowie Siphons, Mineralwasser, Zigaretten usw.

An einem grossen runden Tisch in der Mitte des Zimmers ist eine Pokerpartie im Gang. Tommy - mit dem Gesicht zum Zuschauerraum - hat zu seiner Rechten Lady Amersham und zu seiner Linken die Herzogin. Neben der Herzogin sitzt Lord Amersham, und neben diesem - rechts von Lady Amersham - Henry Robbins. Tommy hat einen beträchtlichen Stapel von Spielmarken vor sich, dazwischen Banknoten und Goldstücke. Auch die gemeinsame Kasse in der Mitte des Tisches ist beträchtlich. Die andern Teilnehmer haben nur je ein paar wenige Spielmarken.

Während der Vorhang aufgeht, nehmen diese vier Spieler die Karten auf, die Tommy austeilt.)

Tommy (die noch übrigen Karten in der Hand): Karten, Herzogin?

Herzogin (legt seufzend ihre Karten hin): Aussichtslos.

Tommy: Amersham?

Lord A. (legt seine Karten hin): Ich passe.

Herzogin (lässt die Spielmarken in der Mitte des Tisches durch die Finger gleiten): Und dabei ein solcher Einsatz!

Tommy: Robbins?

Robbins (schüttelt den Kopf): Verzichte.

Tommy: Ach was, ihr könnt mich doch nicht alles das einstreichen lassen! (Zuredend:) Lady Amersham!

Lady A. (nach leichtem Erzittern): Zwei Karten, Tommy.

(Sie nimmt die beiden Karten, stösst einen leisen Ausruf der Erleichterung aus. Tommy betrachtet seine eigenen Karten.)

Tommy: Hm, ich bleibe bei den meinen.

Herzogin: Die Karten, die er hat! (Schaut ihn liebevoll an.)

Tommy: Ja, es ist misslich, euch alle zu mir einzuladen, und dann...

Lady A. (schiebt ihre Spielmarken in die Mitte): Ich setze alles, was ich habe!

Tommy (zuckt die Achseln): Bedaure, gehe noch fünf Pfund höher. Kann nicht gut anders.

Lady A. (streckt ihrem Gatten die Hand hin): Zwei Fünfer, Jack.

(Lord Amersham holt die Banknoten aus seiner Brieftasche und überreicht sie seiner Frau, verwendet aber keinen Blick von Tommy, der die Hände unter der Tischfläche hat.)

Lady A. (legt eine der Banknoten auf den Tisch und sagt zu Tommy): Hier. (Sie legt auch die andere hin.) Und hier.

Tommy: Vier Asse. (Er deckt seine Karten auf.)

Lady A. (betroffen): Oh...

Herzogin: Hab' ich dir nicht...

(Lord Amersham ist aufgesprungen.)

Lord A. (beugt sich über den Tisch, zeigt auf Tommy, in erregtem Ton): Elender Schuft!

Tommy: W-wie?

Lady A.: Jack!

Robbins: Na, na!

Herzogin: Der ist durchgedreht!

Lord A.: Wie sind Sie zu dem Treff-As gekommen?

Tommy (ausweichend): Wie bin ich...

Lord A.: Wie bin *ich,* bitte sehr! (Deckt seine eigenen Karten auf, darunter ein Treff-As.)

Lady A. (leise): Sag doch nicht «Sie» zu ihm!

Robbins: Offenbar von dem andern Spiel daruntergeraten.

Lord A. (unerbittlich): Das andere Spiel ist rötlich. Das hier ist grün. Meine Karte hier hat eine grüne Rückseite - die unseres Gastgebers auch.

Tommy (schürzt die Lippen und betrachtet Lord Amershams As mit grossen Augen): Hm.

Herzogin (zu Lord A.): Du meinst doch nicht etwa - das kann doch nicht... (Sie steht vom Tisch auf.)

Lady A.: Was kann nicht...?

Lord A.: Ich meine, ich habe ihn die letzte halbe Stunde sehr genau beobachtet, und...

Tommy (springt auf): Das ist die Höhe - einen unter seinem eigenen Dach beobachten und dann verleumden und... und...

Lord A.: Knöpfen Sie die Manschetten auf! Zeigen Sie uns den Unterarm!

Tommy (weicht zurück; stammelt): Doch nicht in Gegenwart der Damen!

Robbins (der aufgestanden ist, zu Lord A.): Sie wollen doch nicht etwa...

Lord A.: Ich will sehen, ob es das einzige As war, das dieser Mensch im Ärmel drin hatte. (Er eilt um den Tisch herum - vor der Herzogin vorbei, die ein paar Schritte zurückgetreten ist - und packt Tommy am linken Arm.)

Lady A. (händeringend): Tommy, sag doch, dass es nicht wahr ist!

Tommy (entwindet sich Lord Amershams Griff; dann missmutig): Was immer ich sage, es würde an der Sache nicht viel ändern. Am besten, ich rücke mit der Wahrheit und (lacht verlegen) mit den Karten heraus. (Zieht eine aus der Manschette des linken Hemdsärmels und wirft sie auf den Tisch.) Herz-As. (Zwei Karten aus dem rechten Hemdsärmel.) Pik-As. Karo-As. (Langt in die Brusttasche.) Noch ein paar hohe Karten. (Wirft sie hin.) Das wär's dann.

(Geknickt hält er den Blick auf den Tisch gesenkt. Robbins und die beiden Frauen sind immer weiter zurückgewichen. Lady A. birgt das Gesicht in den Händen, während die Herzogin wie versteinert zur Decke emporschaut. Robbins lässt den Kopf hängen.)

Lord A. (schlägt mit der geballten Rechten klatschend in die linke Handfläche): Und das - das ist der Mann, mit dem wir uns an den gleichen Tisch gesetzt haben! Das ist der Mann, den wir alle seit Jahren «Tommy» genannt haben, bis ich bald nicht mehr weiss, wie er mit seinem Nachnamen heisst... Dixon, so heisst er wohl... «Dixon, der Falschspieler.»

(Lady Amersham entringt sich ein Stöhnen.)

Enid, Liebling, hol deinen Mantel. Das hier (mit zunehmender Abscheu) ist der Mann, den ich in den Bains-Klub eingeführt habe, den einzigen exklusiven Klub, den es noch gibt. Sie werden sogleich schriftlich Ihren Austritt erklären.

(Robbins stöhnt auf.)

Tommy: Bange machen gilt nicht. Ich bin Mitglied des Klubs und bleibe Mitglied - bis man mich hinauswirft.

Lord A.: Ich fahre gleich hin - Enid, du kannst mich dort absetzen -, und ich sage es jedem, den ich dort treffe. (Zu Tommy:) Und damit sind Sie erledigt.

(Gleichzeitig drückt Tommy auf den Klingelknopf an der Wand hinter ihm. Erneutes Aufstöhnen von Robbins.)

Lord A. (zu Robbins): Was Sie anbetrifft, Mr. Roberts...

Robbins: Robbins.

Lord A. (zu Tommy): Heute abend muteten Sie mir zu, den Antrag, Ihren Freund in den Klub aufzunehmen, zu unterstützen...

Tommy: Und Sie sagten, als Freund von mir sei er jederzeit...

(Lord Amersham scheint dem Platzen nahe. Hawkins ist inzwischen auf das Klingelzeichen hin erschienen.)

Tommy: Den Fahrstuhl, Hawkins.

(Hawkins geht ab.)

Lord A.: Ihr Fahrstuhl kann mir gestohlen bleiben. Enid, Liebling, komm - durchs Treppenhaus. Herzogin, es tut mir unsäglich...

Herzogin (geht mit ihnen zur Tür): Mir ist, als sei sogar das Treppenhaus verseucht. (Tut, als raffe sie ihr Kleid, und zieht hörbar die Luft durch die Zähne.) Am liebsten liesse ich mich ins Auto tragen.

(Herzogin sowie Lord und Lady Amersham gehen ab. Tommy bleibt mit gesenktem Kopf stehen, die Hände zur Faust geballt. Robbins, auf der andern Seite des Zimmers, mit verschränkten Armen, mustert Tommy. Als man hört, wie drunten die Haustür zugeknallt wird, schickt er sich zum Gehen an, immer noch den Blick streng auf seinen Freund gerichtet. Sobald er die Tür hinter sich zugemacht hat, schlägt Tommy entzückt die Hände zusammen, schaut strahlend umher und beginnt dann, im Tanzschritt eine Runde durchs Zimmer zu drehen. Beim Tisch mit den Gläsern und Karaffen angelangt, bückt er sich und schenkt sich einen Whisky-Soda ein. Während er noch damit beschäftigt ist, geht leise die Tür auf, unter der man Robbins in Hut und Mantel stehen sieht. Robbins zuckt zusammen, kommt mit langen Schritten eilig über die Bühne. In dem Augenblick, als Tommy das Glas an die Lippen setzen will, packt ihn Robbins mit der einen Hand am Gelenk und nimmt ihm mit der andern das Glas weg. Tommy schaut ihn verdutzt an. Ohne ihn loszulassen, hebt Robbins das Glas, schnuppert daran und schaut dann seinem Freund in die Augen.)

Robbins: Arsenik? (Er schnuppert nochmals rasch am Glas und schaut dann Tommy wieder durchbohrend an.) Strychnin? (Nochmaliges Schnuppern und Durchbohren.) Hydrochlorid?... Jedenfalls (er kehrt das Glas behutsam um und schüttet den Inhalt auf den Teppich), da gehört das hin.

Tommy: Mit meinem Teppich springst du nicht gerade schonend um, mein Lieber.

Robbins: Ein Menschenleben - selbst das eines Menschen, der so tief gesunken ist wie du - ist mir heiliger als jeder Teppich.

Tommy: Ja, ja, das kommt davon, dass Teppiche nichts zu deinem Lebensunterhalt beitragen - im Gegensatz zu mir. Das hier ist ein echter, handgewobener Dixon Doppel...

Robbins: Um so abscheulicher, dass du (deutet auf den Kartentisch) das getan hast... Wenn du arm wärst...

Tommy: Ich sehe nicht ein, wieso das eine Rechtfertigung wäre.

Robbins: Freut mich, dass dir nicht jedes Gefühl für Anstand abhanden gekommen ist... Früher, als wir noch unsere Rechtsanwaltspraxis hatten...

Tommy: Das waren noch Zeiten!

Robbins: Ach, hättest du doch nicht umgesattelt! Wenn nur dein Vater noch am Leben gewesen wäre...

Tommy: ... und es mir überlassen hätte, mich über Wasser zu halten - ja, freilich. Diese verwünschten Dividenden sind es, die mich um den seelischen Halt gebracht haben. Gute Nacht, mein Lieber. Aufstrebende Juristen können es sich nicht leisten, mit Falschspielern zu verkehren.

Robbins (stöhnt): Wie lange bist du schon...? (Deutet auf den Spieltisch.)

Tommy: Offen gestanden, heute abend war mein Debüt.

Robbins (wirft den Kopf zurück und seufzt): Wenn man nur bedenkt, die glänzende gesellschaftliche Stellung, die du dir geschaffen hast, mühelos - die vornehmen Häuser, die dir offenstanden - die glanzvolle Welt, in der du... Heute abend, als ich hörte, wie die Herzogin dich «Tommy» nannte... Reizende Frau, die Herzogin. (Nimmt nachdenklich den Hut ab.) Es war sehr liebenswürdig von dir, mich heute abend einzuladen... Und Lord und Lady Amersham - welch reizende Menschen! Vom alten Schrot und Korn...

Tommy: Du wirst ja nachgerade rührselig, mein Lieber.

Robbins: Ach, Tommy, ich kann diese Leute nicht so auf die leichte Achsel nehmen wie du. Vielleicht ist das der Grund, warum sie von mir nichts wissen wollen... Statt dessen wirst du nun in irgendeinem obskuren ausländischen Kurort ein elendes Dasein fristen...

Tommy: Ich denke gar nicht dran.

Robbins: Willst du damit sagen...? (Deutet auf das Whiskyglas.)

Tommy: Du bist entschieden rührselig. Das wäre ja noch schöner, wenn einer nicht einmal einen Whisky-Soda genehmigen könnte, ohne in den Verdacht zu geraten, er wolle Selbstmord begehen!

Robbins: Habe ich dir am Ende gar nicht das Leben gerettet? (Betrachtet den Fleck auf dem Teppich.) War denn da überhaupt nichts drin?

Tommy: Wenn du mir nicht glaubst (zeigt aufs Telephon), ruf doch den Stadtchemiker an und lass den Teppich analysieren.

Robbins (mit belegter Stimme): Na ja - soll mich freuen.

Tommy: Mach's halblang, Robbins. Du hast grosse Geistesgegenwart an den Tag gelegt und Menschenfreundlichkeit und all das. Aber irgendwie (schenkt sich ein neues Glas ein) - ihr Juristen mit all eurer Ausbildung trefft doch immer weit daneben... Das hier (deutet auf das Glas) ist für mich, verstehst du? Ich dulde es nicht, dass du meinen Teppich zum Alkoholiker machst. (Nimmt einen langen Schluck.) Und was das elende Dasein in einem obskuren ausländischen Kurort betrifft - das hast du aus einem Roman von Thackeray. Ich bleibe hübsch, wo ich bin.

Robbins: Du willst es hier ausbaden? Tommy, ich werde dir die Stange halten.

Tommy (mit scheelem Blick): Das ist das

Leidige an alten Freunden - man wird sie nicht mehr los!

Robbins: Tommy!

Tommy: Verzeihung (er legt die Hand auf Robbins' Schulter), gegen alte Freunde habe ich nichts. Nein, weiss Gott nicht. Ich gedenke kein Klausnerleben zu führen. Frei sein, das ist alles, was ich wollte! Und jetzt (breitet mit verzücktem Blick die Arme aus), jetzt bin ich frei!

Robbins: Frei? Von Gefängnis war doch überhaupt nie die Rede. Aber öffentlich als Falschspieler gebrandmarkt sein... Frei? Frei wovon?

Tommy: Nun, von diesem ganzen Gesellschaftsrummel. Ungeschoren bleiben und endlich mein eigener Herr sein, will ich. Seelenruhe, Unabhängigkeit, Glück im Winkel. Bücher. Pfeife rauchen. Weisst du, Robbins, schon lange bin ich nicht mehr dazu gekommen, mich mit einem Buch hinzusetzen... schon seit - der Himmel weiss wie lange... seit ich in diesen höllischen Kreiselverkehr der Gesellschaft geriet. Heute abend bin ich vom Karussell abgesprungen. Ein für allemal, das ist das Schöne daran.

Robbins: Tommy, dieser Galgenhumor ist herzzerreissend; noch mehr, als wenn du...

Tommy: Galgenhumor? Wo ich doch soeben eine höchst heikle und knifflige Sache fertiggebracht habe und...

Robbins: Gar nichts hast du fertiggebracht. Man hat dich fertiggemacht.

Tommy: Robbins, dir ist nicht zu helfen. Wie oft muss ich noch sagen, dass ich es darauf angelegt hatte, ertappt zu werden?

Robbins: Du wolltest ertappt werden?

Tommy: Ihr Juristen seid nicht imstande, die einfachste Aussage zu verstehen, es sei denn, sie werde vor Gericht unter Eid abgegeben von einem, den ihr einschüchtern könnt... Ertappt werden, jawohl... Allerdings, ich teile dir das im strengsten Vertrauen mit. Du musst schwören, es nicht...

Robbins: Ich habe Vertrauen noch nie missbraucht. Aber soll ich wirklich glauben...? Was könnte dich dazu bewogen haben?

Tommy: Habe ich dir denn nicht gesagt, dass ich von der sogenannten guten Gesellschaft loskommen wollte?

Robbins: Der sogenannten guten Gesellschaft? Die gute Gesellschaft ist die gute Gesellschaft. Und - es gibt doch sicher noch andere Mittel und Wege, um von ihr loszukommen...

Tommy: Nein, anders ging es nicht.

Robbins: Du hättest doch verreisen können - aufs Land - Cornwall...

Tommy: Aber ich hänge nun einmal an London. Ich habe gar keine ländliche Ader. Nur in London ist es mir wohl. Ich verlasse es nie für lange. Es steckt mir in den Knochen.

Robbins: Und was hinderte dich, hier in London ein geruhsames Leben zu führen, wenn dir wirklich daran lag?

Tommy: So redet einer, der nie bei jedermann Liebkind war!

Robbins: Du brauchst es mir nicht unter die Nase zu reiben.

Tommy: Mein Guter, ich beglückwünsche dich ja bloss. Bei jedermann Liebkind zu sein, heisst seine Seele nicht mehr sein eigen nennen. Ein Karnickel in der Falle hat es besser - die Qual dauert nicht so lange. Sobald man sich blicken lässt - «Können Sie morgen zum Mittagessen kommen?» Bleibt man zuhause : «Trr-trr-trr», das Telephon: «Können Sie morgen zum Mittagessen kommen?» Oh, dieses ewige «Können Sie morgen zum Mittagessen kommen?»!

Robbins: Nichts leichter, als zu sagen, man sei leider bereits verabredet.

Tommy: Klar, das habe ich immer gesagt - und es war nichts als die trostlose Wahrheit. «Können Sie übermorgen zum Mittagessen kommen?» - «Übermorgen? Nein, leider...» - «Oder am Tag darauf?» - «Das wäre Donnerstag, nicht? Nein...» - «Dann am Freitag? Oder irgendwann nächste Woche?» So geht das. Von Schamgefühl keine Spur.

Robbins: Aber wenn du bestimmt aufgetreten wärst, wenn du ihnen zu verstehen gegeben hättest, ein für allemal...

Tommy: Das liegt mir nun mal nicht. Ich bringe es nicht über mich, die Leute zu kränken, ich bin kein Rüpel. Sonst wäre ich nie bei jedermann Liebkind geworden. Es war meine vermaledeite Gefälligkeit, mein umgängliches Wesen, was mir Zutritt zu den besten Kreisen verschaffte – und den Ausweg versperrte.

Robbins: Aber…

Tommy: Ach, ich habe getan, was ich konnte. Alles mögliche. Ich habe mich auf eine Sonderdiät verlegt – Kekse aus Meeresalgen. Es half nichts. Alle Gastgeberinnen legten sich sofort Algenkekse für mich zu. Algenkekse wurde grosse Mode. Es wurden Algenessen veranstaltet, mittags und abends. Letzten Sommer, beim Empfang im Aussenamt, tat ich, als sei ich betrunken. Kein Mensch fand etwas dabei. Eine Zeitlang pflegte ich im Klub am Fenster zu sitzen, im Gehrock, eine Chauffeurmütze auf dem Kopf. Man bewunderte bloss meine Zivilcourage. Mein Lieber, ich habe wirklich nichts unversucht gelassen. Das (Handbewegung zum Spieltisch hin) war der einzige Ausweg. Ein verzweifeltes Heilmittel? – Eine verzweifelte Krankheit! Und hier stehe ich nun – geheilt. (Trinkt den Whisky aus.) Was deine Mitgliedschaft im Klub betrifft, das tut mir leid. Hätte dir gerne dazu verholfen.

Robbins (missmutig): Ach, ich hätte es doch nie geschafft.

Tommy (Trost zusprechend): Nein.

Robbins: Warum hast du dann meine Aufnahme beantragt?

Tommy: Nun, du hast immer gesagt, ich solle es tun. Und – da haben wir es wieder – meine Gefälligkeit. Meine Unfähigkeit, nein zu sagen.

Robbins (nickt, lässt sich auf dem Rand eines Polstersessels nieder und stösst einen tiefen Seufzer aus): Offen gestanden, ich habe mich oft gefragt, was die Leute an dir finden. Gewiss, mir warst du immer sympathisch. Aber wieso warst du es auch allen andern? «Tommy» – für jedermann warst du immer «Tommy». Niemand hat je «Harry» zu mir gesagt.

Tommy: Heisst du – eh – Harry?

Robbins: Siehst du! Nach all den Jahren! Du kennst nicht einmal meinen Vornamen.

Tommy: Ich wusste nur, vor deinem Namen steht ein H.

Robbins: Du hast noch nie «H» zu mir gesagt.

Tommy (herzlich): H.

Robbins: Danke, mein Freund.

Tommy: Merkwürdig! Als Amersham mich heute abend «Dixon» nannte, wäre ich vor Freude und Dankbarkeit am liebsten auf die Knie gesunken. (Kostet es geniesserisch aus.) «Dixon.»

Robbins (missmutig): «Dixon, der Falschspieler.» Als solcher wirst du der Nachwelt überliefert.

Tommy: Glaubst du? Mir genügt es schon, wenn mir der Name zu meinen Lebzeiten bleibt. Dass ich nicht nur für meine Freunde, sondern auch für ihre Frauen «Tommy» war, das war das Unausstehliche… Schliesslich habe ich mein Ehrgefühl.

Robbins: Wie soll ich das verstehen? Hast

du dich den Frauen gegenüber unehrenhaft verhalten?

Tommy: Nein, nein. Nur wirke ich - ich weiss, es klingt läppisch -, ich wirke leider unwiderstehlich auf - auf die unintelligenteren Frauen, verstehst du?

Robbins: Ehefrauen?

Tommy: Ach, auch die unintelligenteren werden geheiratet. Es ist keine Intelligenzprüfung erforderlich. Aber nicht unbedingt nur verheiratete. (Mit lässiger Handbewegung:) Witwen und so. Alle möglichen Frauen.

Robbins: Alle Witwen?

Tommy: Die unintelligenteren Witwen - zum Beispiel die Herzogin.

Robbins (steht auf): Willst du im Ernst behaupten, dass - dass Aussicht bestand, du könntest eine Art Herzog werden?

Tommy: Ich glaube, die Gefahr bestand. Schon möglich - man weiss ja bei diesen Leuten nie, woran man ist. Sie haben so viel Zeit zu verschwenden und machen oft ein solches Theater... Die verheirateten Frauen wollen nicht, dass man ihnen zu nahe tritt, aber dass man ihnen zu nahe treten will, das wollen sie die ganze Zeit. Und wenn sie glauben, man lasse sich mit einer andern ein - oder auch nur, eine andere möchte, dass man sich mit ihr einlasse -, dann ist der Teufel los. Und das möchte man als Mann natürlich lieber vermeiden. Aber solche Unliebsamkeiten zu vermeiden, ist aufreibender als die Unliebsamkeiten selbst. Und zu diesen kommt es dann ohnehin... Kam es jedenfalls. *Kam* es!

Robbins (nach einer Pause): Ich hatte keine Ahnung, welches Opfer du da bringst.

Tommy: Nein? (Fummelt an den auf dem Tisch verstreuten Karten herum.) Sieh mal an, und ich hatte keine Ahnung, wieviel es mir eingebracht hat. Höchst einträgliche Sache, der Kampf um die Freiheit. (Rafft Banknoten und Goldstücke zusammen.) Was soll ich *damit* anfangen? Zurückschicken kann ich es nicht, das hiesse kneifen. Wieviel hast du verloren?

Robbins (wehrt ab): Verwende es für irgendeinen wohltätigen Zweck.

Tommy (steckt Noten und Gold in die Tasche): Jawohl. Morgen vormittag. Verein zur Unterstützung notleidender Falschspieler oder dergleichen... Ach, hier ist ja das Treff-As – beide. Die muss ich einrahmen lassen. Breiter weisser Rand mit passender Beschriftung. Vergoldeter Rahmen, auf dem ein Freiheitsvogel sitzt. (Geht mit den beiden Assen ringsum, als suche er den Ort, wo sie sich am besten ausnähmen.) Schau dir *diese* Karten da an! (Umfasst die Einladungskarten auf dem Kaminsims mit einer Handbewegung.) Makulatur!... Schau dir das Telephon da an! Verstummt für immer und ewig.

(Das Telephon: «Trr-trr-trr!» Beide schauen voller Schreck hin.)

Tommy (mit erhobenem Zeigefinger): Lausche dem Schwanengesang!

(Das Telephon: «Trr-trr-trr.»)

Tommy: Rührend in seiner Hilflosigkeit, wie? (Geht zum Schreibtisch und nimmt den Hörer ab.) Hallo! Ja. (Gleich darauf, heftig zusammenfahrend:) Herzogin? Die Herzogin von - Huntington?... Ja, natürlich habe ich Sie an der Stimme erkannt, aber... wie? (Entsetzen malt sich auf seinen Zügen.) Es tut Ihnen leid, dass Sie... wie? - Schlimmeres, als beim Spiel zu mogeln... Aber, gute Frau... bitte? (Schaut Robbins verzweifelt an.) Ja, aber... (Deckt die Sprechmuschel mit der Hand zu und fragt, zu Robbins gewandt, im Flüsterton: «Was soll ich bloss sagen?» Spricht wieder in die Muschel:) Wissen Sie, ich - ich bin bereits verheiratet - vor Jahren, ja - unliebsame Affäre... Nein, keine Aussicht auf Scheidung - keine Ahnung, wo sie sich jetzt aufhält - irgendwo im wilden Neuseeland. Absolut einwandfreier Leumund. N-nein, morgen geht es nicht. Ich speise bei Robbins, meinem Freund H. Robbins... Vormittags bei Ihnen vorbeikommen? Ach, ich - leider... Nein, Tee nicht, bin auswärts zum Tee... Ja, nachher könnte ich wohl vorbeikommen - sehr erfreut, nur...

(Mitten in diesem Monolog hat es an der Haustür geklingelt, hörbar durch die offene Zimmertür. Robbins gibt durch eine Handbewegung zu erkennen, dass er es gehört hat. Tommy desgleichen. Bei dem Wort «aber» führt Hawkins Lady Amersham herein, die an ihm vorbei ins Zimmer stürzt. Hawkins geht ab.)

Lady A. (zu Robbins): Wo... (Sieht Tommy, der ganz verdattert dasteht, den Hörer in der Hand.) Tommy, mein lieber - lieber...

(Robbins, dem die Sache peinlich ist, nimmt den Hut und steuert auf die Tür zu.)

Tommy: Robbins! Geh nicht weg - bitte! (Zu Lady Amersham:) Was in aller Welt...

Lady A.: Tommy, ich war wohl nicht ganz bei Trost. Es kam alles so überstürzt. Verzeih mir. Schau mich bitte nicht so an! In deiner Not habe ich dich verlassen. Dabei gibt es doch sicher Schlimmeres, als beim Kartenspiel zu mogeln! Auch wenn die ganze Welt dich verurteilt - Tommy, jetzt fängt ein neues Leben an, ich spanne mit dir zusammen (wirft den Mantel von den Schultern, lässt ihn zu Boden gleiten) für immer und ewig.

(Robbins hebt unbeholfen den Mantel auf und steht dann da, das Ding über dem Arm.)

Tommy: Für - für immer und...

Lady A. (schöpft plötzlich Verdacht): Mit wem telephonierst du denn?

Tommy (legt unwillkürlich den Hörer auf): Um Himmels willen, Enid - denk doch an Amersham.

Lady A.: Ich denke an den Mann, den Amersham blossgestellt, in die Enge getrieben, ruiniert hat - den Mann, den ich...

Tommy: Aber, Enid, er hatte doch recht...

Lady A.: Von seinem Standpunkt aus, ja. Ach, ich will nichts gegen ihn sagen. Wer bin ich, den ersten Stein auf ihn zu werfen - ich, die dich im Stich liess, als... (Birgt einen Augenblick das Gesicht in den Händen. Nimmt die Hände wieder vom Gesicht.) An Amersham soll ich denken? Ich sehe ihn vor mir, wie er die Stufen zum Klub hinaufstürmte - und ich sagte dem Chauffeur, er solle mich nach Hause fahren. Erst als ich schon fast dort war, wurde ich mir meiner Niedertracht bewusst.

Tommy: Ja, aber... Robbins, so hilf mir doch! Sag ihr, dass sie offenbar meine Niedertracht ganz vergessen hat.

Robbins (betreten): Gewiss, ich finde auch...

Lady A.: Sie! Wer sind denn Sie, dass Sie sich einzumischen wagen, wenn...

Robbins: Sie haben ganz recht, Lady Amersham.

Tommy (leise): Drückeberger!

Lady A. (zu Tommy): Was deine Niedertracht angeht, nichts könnte mir lieber sein. Ohne sie wäre meine wahre Natur nie ans Licht gekommen. Ich glaubte oberflächlich, feige und selbstsüchtig zu sein. Jetzt bin ich eine Frau von - von...

Tommy: ...von heldenhaftem Zuschnitt. Ach, Enid, das stimmt ja alles, aber gerade deswegen darfst du mit einem Geächteten wie mir nichts zu tun haben... Komm! (Tut einen Schritt auf die Tür zu.)

Lady A. (bestimmt): Erst wenn einer zu den Geächteten gehört, entdeckt er, wer seine wahren Freunde sind.

(Das Telephon: «Trr-trr-trr.» Tommy schaut

betroffen hin, nimmt rasch den Hörer ab, stammelt.)

Tommy: Ja - ja - tut mir leid - wir wurden unterbrochen - bleiben Sie bitte am Apparat - ich...

Lady A. (stürzt auf ihn zu): Tommy, ich muss unbedingt wissen, wer...

(Man hört laut an die Haustür bullern.)

Tommy (zu Robbins, während er selber das Telephon hütet): Sag Hawkins - rasch - bin nicht zuhause - nein, für niemand.

(Robbins geht zur Tür, macht sie auf, prallt zurück, wobei er sie fast wieder zuschlägt. Man hört Lord Amershams Stimme: «Mr. Dixon noch auf? Gut, ich geh' hinein.»)

Tommy (zu Robbins): Halt ihn auf!

Robbins (wirft Lady Amershams Mantel hinter einen Sessel): Wäre es nicht besser, wenn Lady Amersham...?

(Er deutet auf den Wandschirm, während er in den Vorraum hinauseilt. Man hört von draussen seine und Lord Amershams Stimme. Lady Amersham steuert auf den Wandschirm zu.)

Tommy: Bitte nicht! Das kommt bloss auf der Bühne vor! Höchst kompromittierend.

Lady A. (als ginge ihr ein Licht auf): Richtig! Um so besser! (Verschwindet hinter dem Wandschirm, während gleichzeitig die Tür aufgerissen wird.)

Lord A. (zu Robbins): Ich sage Ihnen doch... (Erblickt Tommy, der in eine Ecke zurückgewichen ist, und eilt auf ihn zu.)

Tommy: Ah - eh...

Lord A.: Tommy, die Hand!

(Tommy hält ihm zögernd die Hand hin.)

Lord A.: Komm schon, Tommy, sei nicht nachtragend. (Ergreift die Hand und schüttelt sie heftig.) Na also! Kein Wort mehr davon!

Tommy (mit Blick vom Wandschirm zum Spieltisch): Ja, aber...

Lord A.: Vergiss, was ich sagte! Ich bin nun mal ein unverbesserlicher Draufgänger. Aber du musst zugeben - zum Henker, Tommy, du hast mich gereizt. Was du getan hast - das war - nun, den Spielregeln entsprach es nicht.

Tommy: Nein, aber...

Lord A.: Na also, dann...

Tommy: Amersham, es ist ja sehr flott von dir, aber - was nützt das, einen Menschen zu ruinieren, und ihm dann zu sagen, er solle sich nichts daraus machen?

Lord A.: Zu ruinieren? Ach so - die Sache mit dem Klub, klar. Siehst du, das war so: Als ich hinkam - niemand im Vestibül. Ging in die Bar. Weit und breit kein Mensch. Lesesaal verödet. Ging in den Spielsaal hinauf. Eine einzige Bridgepartie im Gang, jedermann in die Karten vertieft. Wollte nicht stören. War selber inzwischen etwas ernüchtert. Mir fiel ein: Es gibt Schlimmeres als (zeigt auf den Spieltisch). Kommt in den besten Kreisen vor... furchtbare Versuchung, diese weiten Manschetten... Ging wieder nach unten, genehmigte einen Whisky und machte mir Gedanken... Alles verstehen, heisst alles verzeihen. Viel zuviel Heuchelei auf der Welt. Man verzeiht jede Sünde ausser der, sich erwischen zu lassen. Wer bin ich, dass ich den ersten... Tommy, alter Sünder... (Drückt ihm die Hand.) Lassen wir's gut sein.

Tommy: Wirklich, ich muss sagen...

Lord A.: Ich befürchte nur, Enid könnte... Du weisst ja, wie schwer es den Frauen fällt, etwas nicht auszuplaudern. Und Enid ist - unter uns gesagt - die unverbesserlichste kleine Quasselstrippe, die es gibt.

(Lady Amershams Hand erscheint am obern Rand des Wandschirms, den sie festhält. Tommy, dessen gewahr, macht hinter Lord Amershams Rücken verzweifelte Abwehrgebärden.)

Ich weiss aber, wie ihr bange machen, und ich verbürge mich...

(Der Wandschirm - man sieht gerade noch, wie Lady Amersham ihn stösst - fällt um. Lord Amersham fährt erschrocken herum und schaut sie gross an. Sogleich faltet sie die Hände und steht mit gesenktem Blick da.)

Lady A. (leise, überdeutlich): Lady Amersham, kaum zu glauben... Lady Amersham, kaum zu...

Lord A. (lacht herzhaft): Ach, meine kleine Enid! Ich hab's mir ja gedacht, unterwegs hierher, ich würde dich hier finden. (Geht mit ausgestreckten Händen auf sie zu.) Mein liebes Kind: als ob - das war ja gross von dir, einfach herzukommen, um unserem armen Tommy zu sagen, dass du... Das sieht dir ähnlich! Aber, du lieber Himmel - geht und versteckt sich, als ob...

(Lady Amersham, zuerst verblüfft, dann entsetzt, scheint nachgerade belustigt.)

Lady A. (leise): Jack! Du hast nicht ganz... Ich bin nicht...

Lord A.: Du bist müde. (Greift ihr unter den Arm.) Kein Wunder. Diese hysterischen Anwandlungen - ein Übel unserer Zeit. Komm! Wo hast du den Mantel? Übrigens - von unserem Wagen hab' ich drunten nichts gesehen.

Lady A.: Nein, ich habe Simpson gesagt, er brauche nicht...

Lord A.: Gut so. Bei dieser Kälte - keinen Hund vors Haus. Hatte selber ein schlechtes Gewissen, weil ich das Taxi warten liess.

(Robbins hat mittlerweile Lady Amershams Mantel herbeigeschafft und tritt herzu, um ihr hineinzuhelfen. Lord A., dadurch wieder auf ihn aufmerksam geworden, begibt sich zu Tommy hinüber.)

Lord A. (leise): Dieser Robertson da...

Tommy: Robbins.

Lord A.: Er ist mir irgendwie... War er es, der dich dazu angestiftet hat? (Deutet auf den Spieltisch.)

Tommy: Robbins? Du lieber Himmel! Robbins ist eine grundehrliche Haut.

Lord A.: Nun, es wäre dir zuzutrauen, dass du ihn in Schutz nimmst. (Dreht sich um und sieht seine Frau im Mantel dastehen. Sie hat sich entfernt, ohne Robbins zu danken, der halbwegs zwischen ihr und ihrem Gatten steht.) Mir ist er verdächtig.

Tommy: Ich versichere dir...

Lady A. (ungeduldig): Jack!

Lord A.: Gute Nacht, lieber Freund. Und - es freut mich, dass das passiert ist. Nur - sieh zu, dass es nie wieder vorkommt, nicht?

Tommy (trübselig): Nein, es nützt gar nichts. (Lord A. geht zur Tür, gefolgt von Tommy.)

Robbins (mit ausgestreckter Hand): Gute Nacht, Lord Amersham.

Lord A. (lässt die Hand unbeachtet): Gute Nacht.

Lady A.: Gute Nacht, Tommy.

Tommy: Ach, ich bringe euch noch hinunter.

Lordy A. (auf der Schwelle): Komm doch morgen zum Abendessen.

Tommy: Nein, morgen bin ich leider...

Lady A.: Also Donnerstag?

Tommy: Nichts wäre mir lieber, aber - bin zum Abendessen bei - bei H. Robbins.

Lady A. und Lord A.: Donnerstag zum Mittagessen?

Tommy: Mittagessen? Doch, ja - sehr gern. (Das Telephon: «Trr-trr-trr.» Tommy wirft im Hinausgehen einen gequälten Blick darauf, hin und her gerissen zwischen dem Telephon und den Amershams. Robbins setzt sich niedergeschlagen auf einen Stuhl.

Das Telephon: «Trr-trr-trr-trrrrrrrrr», während der Vorhang fällt.)

Ich packte meine Koffer aus und ging hinunter, in Erwartung des Mittagessens.

Es war gut, wieder hier in diesem alten, verschlafenen, kleinen Absteigequartier an der Küste zu sein. Es nannte sich zwar Hotel und schrieb sich sogar mit einem Zirkumflex auf dem o, war aber im übrigen ein anspruchsloses, gemütliches Absteigequartier.

Genau vor einem Jahr war ich schon einmal hier gewesen, Mitte Februar, nach einem Grippeanfall. Und jetzt war ich wiederum nach einem Grippeanfall hierhergekommen. Nichts hatte sich geändert. Voriges Jahr, als ich abreiste, hatte es geregnet, und der Kellner - es gab nur einen einzigen uralten Kellner - hatte versichert, es sei nur ein vorübergehender Schauer. Dieser Kellner war immer noch da und keinen Tag älter. Und der Regenschauer hielt immer noch an.

Unermüdlich fiel er auf den Sandstrand, auf die graue Wasserfläche. Ich stand an einem Fenster im Vestibül und schaute mit Behagen hinaus. Viel anderes gab es ja wohl nicht zu tun. Das Wenige, was sich tun liess, hatte ich getan. Ich nahm zur Kenntnis, was auf einem kleinen blauen Handzettel stand, der unter dem eingerahmten Stich von Königin Viktorias Krönung an die Wand geheftet war und auf ein Wohltätigkeitskonzert hinwies, das im Rathaus abgehalten werden sollte - oder vielmehr vor ein paar Wochen abgehalten worden war. Ich betrachtete das Barometer und klopfte daran, ohne klüger zu werden. Ich warf einen flüchtigen Blick in eine Schrift über «Die Wirtschaftskrise» (in dieser Hinsicht wollte uns Joseph Chamberlain damals das Gruseln beibringen). Dann schlenderte ich zum Anschlagbrett hinüber.

Diese Anschlagbretter haben es mir angetan. Meistens sehen zwei oder drei der daran angehefteten Briefe einigermassen neu und frisch aus. Sie scheinen bestimmt damit zu rechnen, dass sie noch abgeholt werden. Und warum nicht? Was sollte Herrn Dingskirch oder Frau Tripstrill daran hindern, jeden Augenblick hier einzutreffen? Ich weiss es nicht. Ich weiss nur, dass mir nichts auf der Welt unwahrscheinlicher vorkommt. So gehen mir denn diese jungen, frischen Kuverts noch mehr zu Herzen als die verstaubten und vergilbten. Säuerliche Schicksalsergebenheit ist weniger rührend als ungeduldiges Warten auf etwas, das nie stattfinden wird, der Lebensmut, der erlahmen und vergehen muss. Diese alten Kuverts sind über die Massen versauert. Den jungen gegenüber sind sie längst nicht so nett, wie sie sein sollten. Sie lassen sich keine Gelegenheit entgehen, sie zu verhöhnen und zu entmutigen. Zwiegespräche wie das folgende sind nur allzu häufig:

Sehr junges Kuvert: Ich habe eine leise Ahnung, dass er heute kommt!

Sehr altes Kuvert: Eh? Das ist nicht schlecht! Ha, ha, ha! Warum ist er dann nicht letzte Woche gekommen, als *du* kamst? Was veranlasst dich zu glauben, er komme überhaupt noch? Schliesslich ist er ja nicht Stammgast hier. Er war überhaupt noch nie hier. Sein Name ist hier gänzlich unbekannt. Du glaubst doch nicht etwa, er komme deinetwegen?

Das junge Kuvert: Es ist vielleicht dumm, aber etwas in mir...

Das alte Kuvert: Etwas in *dir?* Man braucht dich nur anzuschauen, um zu wissen, dass in dir nichts steckt als ein paar Zeilen eines Verwandten. Schau *mich* an! In mir stecken drei eng beschriebene Bogen. Die Frau, an die ich gerichtet bin...

Das junge Kuvert: Ja, ja, hast du mir alles gestern schon erzählt.

Das alte Kuvert: Und ich erzähle es dir heute nochmals, und morgen, und überhaupt jeden Tag von früh bis spät. Diese junge Frau war Witwe. Sie hat sich oft hier aufgehalten. Sie war von zarter Gesundheit, und die Luft hier tat ihr gut. Auch war sie arm, und die Preise hier waren gerade, was sie sich noch leisten konnte. Einsam war sie auch und liebesbedürftig. In mir steckt eine leidenschaftliche Liebeserklärung und ein ehrbarer Antrag, geschrieben - nach mancherlei Entwürfen - von einem Herrn, der sie unter diesem Dach kennengelernt hatte. Er war reich, er war charmant, er war in den besten Jahren. Selbstverständlich hatte er sie gefragt, ob er ihr schreiben dürfe. Sie hatte ihm - nicht ohne Herzklopfen - die Bitte gewährt. Am Tag nach seiner Rückkehr gab er mich in London an sie auf. Wie ich mich darauf freute, von ihr aufgerissen zu werden! Ich war überzeugt, sie werde mich und was in mir steckt an ihrem Herzen tragen. Doch sie war abgereist - ohne eine Adresse zu hinterlassen, und sie ist nie wieder hierhergekommen... Das alles sage ich dir, und werde es dir immer wieder sagen, nicht weil mir an deinem Mitgefühl läge - behüte! -, vielmehr, damit du einsiehst, wieviel weniger als geringfügig die Aussicht ist, dass du...

Doch der Leser hat solche Zwiegespräche schon so oft mitangehört wie ich. Er möchte lieber wissen, was denn an dem Anschlagbrett, vor dem ich stand, Besonderes dran war. Auf den ersten Blick sah ich nichts Besonderes. Doch dann fiel mir eine Handschrift auf, die mir irgendwie vertraut vorkam. Es war die meine. Ich machte grosse Augen. Es ist stets etwas befremdlich, einen eigenen Briefumschlag zu sehen, nachdem er von der Post abgefertigt worden ist. Er sieht immer so mitgenommen aus. Indessen geschah es zum erstenmal, dass ich ein Kuvert von mir sah, wie es sich an einem Anschlagbrett abhärmte. Das war ja grässlich. Es war kaum zu glauben. Aus purer Gutmütigkeit hatte ich an A.V. Laider geschrieben, und das war nun das Ergebnis! Dass keine Antwort kam, hatte mich weiter nicht gestört. Tatsächlich fiel mir erst jetzt ein, dass ich keine erhalten hatte. Im Trubel der Grossstadt war mir die Erinnerung an A.V. Laider und seine Sorgen bald abhanden gekommen. Nun, es sollte mir eine Lehre sein; was brauchte ich denn einer flüchtigen Zufallsbekanntschaft zu schreiben!

Mein Briefumschlag erkannte mich offenbar nicht als Absender. Um so kläglicher war sein leerer Blick: genauso hatte mich einst ein Hund angeschaut, der mir entlaufen war und den ich nach Tagen im Tierasyl wiedergefunden hatte. «Ich weiss nicht, wer du bist, aber wer immer du bist, beanspruche mich als dein eigen und löse mich aus!» Das schien mein Hund damals zu sagen. Und das schien auch die flehentliche Bitte meines Briefs.

Ich hob schon die Hand, um ihn widerrechtlich zu befreien, hielt aber inne, als ich hinter mir Schritte hörte. Der alte Kellner war gekommen, um mir mitzuteilen, mein Mittagessen sei bereit. Ich folgte ihm in den Speisesaal, nicht ohne einen Blick über die Schulter zurückzuwerfen, um dem Häftling zu versichern, ich werde wiederkommen.

Ich hatte die Esslust eines Rekonvaleszenten, und die war durch die Meeresluft noch gesteigert worden. Ein Dutzend Austern und eine

Flasche dunkles Bier vor mir, vergass ich bald den ungerechten Zorn, den ich auf A. V. Laider gehabt hatte. Ich empfand bloss noch Bedauern mit ihm, dass er einen Brief nicht erhalten hatte, der ihm hätte zum Trost gereichen können. Ein Kotelett vor mir, spürte ich, wie dringend er damals des Trostes bedurft hätte. Und dann, am hellen Kaminfeuer des kleinen, dämmrigen Rauchsalons, wo ich vor einem Jahr am letzten Tag meines Aufenthalts schliesslich mit ihm ins Gespräch gekommen war, begann ich mir das traurige Erlebnis, von dem er erzählt hatte, in allen Einzelheiten wieder zu vergegenwärtigen, nachträglich voller Mitgefühl mit ihm...

A. V. Laider - den Namen hatte ich am Abend seiner Ankunft dem Fremdenbuch entnommen. Ich selber war am Tag vorher eingetroffen und hatte mit Bedauern festgestellt, dass ausser mir niemand im Hotel wohnte. Als Kurgast hat man es gern, wenn man bei Tisch jemanden beobachten und sich über ihn Gedanken machen kann. Ich war deshalb erfreut, als ich am zweiten Abend am Tisch gegenüber einen weiteren Gast sitzen sah. Dies um so mehr, als es gerade die richtige Art von Gast war. Er gab Rätsel auf. Das heisst, er wirkte nicht wie ein Offizier oder ein Börsenmakler oder ein Künstler oder überhaupt wie etwas Bestimmtes. Meine Phantasie hatte Spielraum. Und, dem Himmel sei Dank, er gedachte offenbar nicht, mir das Spiel zu verderben, indem er mich nachher in ein Gespräch verwickelte. Ein gebührend ungeselliger Mensch, der Wert darauf legte, allein gelassen zu werden.

Sein herzhafter Appetit, im Verein mit seinem kraftlosen Aussehen und Auftreten, sagte mir, dass er ebenfalls eine Grippe hinter sich hatte. Das sicherte ihm meine Sympathie. Von Zeit zu Zeit begegneten sich unsere Blicke und schweiften sogleich wieder ab. Grösstenteils brachten wir es fertig, uns indirekt zu beobachten. Sicher kam er mir nicht nur deswegen bemerkenswert vor, weil er krank gewesen war. Auch hatte ich den Eindruck, eine gewisse Grundtrauer, obwohl vorhanden, sei nicht das einzige, was für ihn spreche. Er wirkte intelligent; auch traute ich ihm Phantasie zu. Auf den ersten Blick war er mir nicht vertrauenswürdig erschienen. Eine weisse Mähne, ein junges Gesicht und dunkle Augenbrauen, alles das miteinander gibt einem Menschen den Anschein eines Scharlatans. Indessen ist es töricht, auf die zufällige Farbe abzustellen. Ich hatte den ersten Eindruck bald verworfen. Der Mann war mir sympathisch.

Höchstens in England ist es möglich, dass zwei alleinstehende Hotelgäste fünf oder sechs Tage unter demselben Dach verbringen, ohne ein einziges Wort miteinander zu wechseln. Das gehört zu den Annehmlichkeiten des Landes. Wären Laider und ich anderswo zur Welt gekommen und aufgewachsen, so hätten wir schon am ersten Abend in dem kleinen Rauchsalon Bekanntschaft geschlossen und wären dann unwiderruflich verpflichtet gewesen, das Gespräch während unseres ganzen Aufenthalts fortzuführen. Dass wir beide aneinander Gefallen gefunden hätten, ist zwar denkbar, aber höchst unwahrscheinlich. Diese entfernte Möglichkeit fiel der sicheren Unfreiheit und Unruhe gegenüber gar nicht ins Gewicht. Wir begrüssten uns mit einer leichten Verbeugung, wenn wir den Speisesaal oder den Rauchsalon betraten oder verliessen, und wenn wir uns am Strand oder in dem Laden begegneten, in welchem sich eine etwas rückständige kleine Leihbibliothek befand. Das war alles. Durch den Abstand, den wir wahrten, fühlten wir uns regelrecht verbunden.

Wäre er bedeutend älter gewesen als ich, hätte er natürlich die Verantwortung für unser Stillschweigen ganz allein getragen. Jedoch, er war mir schätzungsweise höchstens fünf oder sechs Jahre voraus, und so hätte ich selber ohne weiteres das Eis brechen können. Er hatte deshalb allen Grund, mir ebenso dankbar zu sein wie ich ihm. Wir liessen einander ungeschoren und zollten uns gegenseitig Anerkennung dafür, wenn auch ohne Worte. Und als am letzten Abend meines Aufenthalts das Eis doch noch gebrochen wurde, verargten wir es einander nicht; keiner von uns beiden trug Schuld daran.

Es geschah an einem Sonntagabend. Ich war

von einem langen letzten Spaziergang sehr spät zum Essen erschienen. Kaum hatte ich mich hingesetzt, stand Laider von seinem Platz auf. Als ich den Rauchsalon betrat, sah ich ihn in einer Wochenschrift lesen, die ich tags zuvor gekauft hatte. Es war eine kritische Situation. Er konnte mir ebensowenig stillschweigend einen halben Shilling anbieten, wie ich diesen stillschweigend hätte annehmen können. Eine kritische Situation. Beide nahmen wir unseren Mut zusammen, wie es sich für Männer gehört. Er entschuldigte sich mit Worten, und ich ersuchte ihn, ebenfalls mit Worten, nicht nur mit einer Handbewegung, doch bitte weiterzulesen. Das ging natürlich nicht an; die gesellschaftliche Form erheischte, dass wir uns jetzt miteinander unterhielten. Wir kamen ihr nach, wie es sich für Männer geziemt. Um ihm zu bedeuten, die Lage sei nicht so verzweifelt, wie es den Anschein haben könnte, flocht ich sobald als möglich ein, dass ich am nächsten Morgen früh abzureisen gedächte. Im Ton seines «Ach, wirklich?» liess er tapfer ein gewisses Bedauern mitschwingen. Vielleicht bedauerte er es tatsächlich, waren wir doch bisher gut miteinander ausgekommen. Nichts konnte die Erinnerung daran verwischen. Selbst unser Gespräch liess sich gut an. Es drehte sich nicht ausschliesslich um die Grippe. Von dieser kamen wir auf die besagte Wochenschrift zu sprechen und auf eingesandte Briefe darin zum Thema «Glaube und Vernunft».

Diese Einsendungen hatten gegenwärtig die vierte und vorletzte Stufe erreicht - die australische Stufe. Schwer zu sagen, wie es zu diesen fortgesetzten Einsendungen kommt; man weiss nur, dass sie unversehens auftreten, wie Ansammlungen von Menschen auf der Strasse. Offenbar kommt jeweils ein Zeitpunkt, wo es die ganze englischsprechende Welt drängt, sich über eine bestimmte Frage zu äussern - über die Stellung des Adverbs beim Infinitiv, über das Verhalten von Zugvögeln, über Glaube und Vernunft, oder weiss der Himmel was sonst. Wenn eine Zeitschrift, ganz gleich welche, in einem solchen Zeitpunkt auf die betreffende Frage anspielt, ganz gleich wie beiläufig, dann erntet sie Sturm. Stossweise fliegen die Briefe von allen Ecken und Enden der britischen Insel auf den Redaktionstisch. Bald werden diese verstärkt durch massenhaft Post aus Kanada. Dann lassen die Anglo-Inder sich vernehmen, und mit der Zeit melden sich auch die Australier zu Wort. Indessen sind wir in England aber zu unserem zweiten Atem gekommen und sind so grimmig entschlossen, die Gelegenheit weidlich auszubeuten, dass schliesslich sogar der Redakteur die Geduld verliert und sagt: «Diese Korrespondenz ist hiermit abgeschlossen», wobei er sich wundert, wieso in aller Welt er etwas so Langweiliges und Albernes überhaupt aufkommen liess.

Ich wies Laider auf einen der australischen Briefe in der neuesten Nummer hin, der mir besonders gefallen hatte. Er war unterzeichnet mit «ein Bürger von Melbourne» und gehörte zu der Sorte, die kurz und bündig erklärt, «alle bisherigen Einsender tappen im dunkeln», und dann die ganze Frage klipp und klar erledigt, im vorliegenden Fall mit der Behauptung, «Vernunft ist Glaube, Glaube Vernunft - das ist alles, was wir hienieden wissen, und alles, was wir zu wissen brauchen». Der Einsender legte dann sein Kärtchen bei und verblieb, und so weiter, «ein Bürger von Melbourne». Ich bemerkte zu Laider, wie erholsam es nach einer Grippe sei, etwas so vollkommen Sinnloses zu lesen. Laider hingegen neigte dazu, den Brief aus Melbourne ernst zu nehmen und ihn massvoll metaphysisch auszulegen. Für mich, erklärte ich, seien Glaube und Vernunft zwei grundverschiedene Dinge, und da mir Metaphysik, in noch so massvoller Dosis, nicht liegt, führte ich ein konkretes Beispiel an, um das Gespräch in eine Bahn zu lenken, die mir mehr zusagte. «Die Handlesekunst, zum Beispiel», sagte ich. «Zutiefst in meinem Innern glaube ich an die Handlesekunst.»

Laider wandte sich in seinem Sessel um. «Sie glauben an die Handlesekunst?»

Ich zögerte. «Doch, gewissermassen. Warum? Keine Ahnung. Ich kann mir alle möglichen Gründe denken, sie lächerlich zu finden. Vom Standpunkt des gemeinen Menschenverstandes aus ist sie abzulehnen. Natürlich bedeutet die Form der Hand etwas - sie lässt auf den Charakter schliessen. Doch der Gedanke, dass meine Vergangenheit und Zukunft auf meiner Handfläche fein säuberlich dargestellt sein soll...» Ich zuckte die Achseln.

«Der Gedanke behagt Ihnen nicht?» fragte Laider in seinem sanften, etwas akademischen Ton.

«Ich sage nur, der Gedanke ist grotesk.»

«Und doch glauben Sie daran?»

«Groteskerweise, ja.»

«Wer weiss, vielleicht nennen Sie den Gedanken nur deshalb grotesk, weil er Ihnen nicht recht geheuer ist.»

«Ja», sagte ich, in der Hoffnung, in ihm einen Gesinnungsgenossen zu finden, «kommt er Ihnen denn nicht auch grotesk vor?»

«Absonderlich kommt er mir vor.»

«Sie glauben aber daran?»

«Ja, unbedingt.»

«Hurra!»

Er lächelte über meine Freudenkundgebung, und ich, auf die Gefahr hin, neuerdings in Metaphysik verwickelt zu werden, stellte fest, dann sei er ebenso wie ich gegen den Mann aus Melbourne eingestellt. Das liess er indessen nicht gelten. «Sie werden mich wohl für höchst prosaisch halten», sagte er, «aber wenn ich glauben soll, muss ich Beweise haben.»

«Nun, ich bin genauso prosaisch und genauso benachteiligt: meinen Glauben kann ich nicht als Beweis gelten lassen, und andere Beweise habe ich nicht.»

Er fragte mich, ob ich mich jemals eingehend mit der Handlesekunst befasst habe. Eine von Desbarolles' Schriften hätte ich vor Jahren gelesen, erklärte ich, und auch eine von Heron-Allen. Darauf wollte er wissen, ob ich je mit den Linien meiner Hände oder denen eines Freundes die Probe aufs Exempel gemacht habe. Ich gestand, was das Wahrsagen aus der Hand betreffe, sei meine Erfahrung rein passiver Natur - eine Bereitwilligkeit, jedem meine Hand hinzuhalten, der so freundlich ist, etwas daraus herauslesen und eine Weile meinem Selbstgefühl schmeicheln zu wollen. (Insgeheim hoffte ich, Laider erkläre sich dazu bereit.)

«Dann ist es eigentlich merkwürdig», sagte er mit seinem wehmütigen Lächeln, «dass Ihnen Ihr Glaube nicht abhanden gekommen ist, nach all dem Unsinn, den Sie zweifellos hören mussten. Es gibt ja so viele junge Dinger, die sich mit dem Wahrsagen aus der Hand abgeben. Die fünf törichten Jungfrauen waren sicher alle ganz dafür und sagten jeweils: ‹Sie lassen sich führen, aber nicht drängen›, und ‹zwischen vierzig und einundvierzig werden Sie eine ernsthafte Krankheit haben›, und ‹von Natur aus sind Sie eher träge, raffen sich aber von Zeit zu Zeit auf›. Und die berufsmässigen Wahrsager, habe ich gehört, sind meistens ebenso albern wie die jungen Mädchen.»

Um die Ehre des Berufs zu retten, nannte ich ihm drei Chiromanten, die sich, wie ich aus

Erfahrung wusste, auf Charakterdeutung verstanden. Er erkundigte sich, ob der eine oder andere von ihnen auch über vergangene Ereignisse Bescheid gewusst habe. Tatsächlich hatten alle drei, wie ich zugeben musste, im grossen ganzen Bescheid gewusst. Das schien Laider zu belustigen. Er fragte, ob der eine oder andere etwas vorausgesagt habe, was inzwischen eingetroffen sei. Alle drei, gab ich zu, hätten vorausgesagt, ich werde einiges tun, was ich seither unerwarteterweise getan hatte. Ob ich das nicht als Beweis gelten lasse, wollte er wissen. Ich bemerkte, ich könne es höchstens als glücklichen Zufall betrachten, einen immerhin bemerkenswerten Glücksfall.

Die Überheblichkeit seines wehmütigen Lächelns ging mir allmählich auf die Nerven. Sah er denn nicht ein, dass sein Glaube so albern war wie der meine? «Gesetzt den Fall», sagte ich, «wir beide seien nichts als hilflose Automaten, dazu geschaffen, einfach dies oder jenes zu tun und dies oder jenes zu erleiden, gesetzt den Fall also, es gebe den freien Willen nicht, ist es da wahrscheinlich oder auch nur denkbar, dass die Macht, die uns schuf, sich die Mühe nähme, auf unserem Handteller verschlüsselt aufzuzeichnen, was uns bevorsteht?»

Diese Frage beantwortete Laider nicht, statt dessen stellte er mir leider bloss eine andere. «Sie glauben also an den freien Willen?»

«Ja, selbstverständlich. Ich bin doch kein Automat, das wäre ja noch schöner.»

«Und Sie glauben an den freien Willen genau wie an die Handlesekunst - ohne verstandesmässigen Grund?»

«Ach wo, alles deutet doch darauf hin, dass wir den freien Willen haben.»

«Alles? Was zum Beispiel?»

Darauf blieb ich ihm die Antwort schuldig. Ich drückte mich darum, indem ich bemerkte, er würde wohl sagen, es stehe in meiner Hand geschrieben, dass ich an den freien Willen glauben werde.

«Zweifellos.»

Ich hielt ihm die flache Hand hin. Doch zu meiner grossen Enttäuschung wandte er den Blick rasch davon ab. Sein Lächeln war vergangen. In erregtem Ton erklärte er, er schaue keine Hände mehr an. «Nie mehr - nie wieder.» Er schüttelte den Kopf, als wolle er eine Erinnerung loswerden.

Es war mir peinlich, etwas in ihm aufgerührt zu haben. Um den fatalen Augenblick zu überbrücken, bemerkte ich, selbst wenn ich aus der Hand wahrsagen könnte, würde ich es nicht tun, aus Angst vor den furchtbaren Dingen, die ich vielleicht zu sehen bekäme.

«Furchtbare Dinge, gewiss», sagte er leise, mit einem Kopfnicken zum Kaminfeuer hin.

«Allerdings», fügte ich abwehrend hinzu, «aus meiner Hand ist wohl nichts Furchtbares herauszulesen.»

Er wandte den Blick vom Feuer ab und mir zu. «Ein Mörder sind Sie zufällig nicht?»

«Nein, nein», erwiderte ich mit einem unfrohen Lachen.

«Ich, ja.»

Das war mehr als peinlich, es gab mir einen Stich, und ich zuckte wohl zusammen, er bat nämlich sogleich um Verzeihung. «Ich weiss nicht», rief er, «warum ich das gesagt habe. Sonst bin ich eher wortkarg. Doch manchmal...» Er presste die Handballen an die Schläfen. «Was müssen Sie von mir halten!»

Ich bat ihn, nicht mehr daran zu denken.

«Sehr freundlich von Ihnen, das zu sagen, aber - ich habe mich, und auch Sie, in eine falsche Lage gebracht. Glauben Sie mir, ich gehöre nicht zu denen, und habe nie zu denen gehört, die polizeilich ausgeschrieben sind. Ich würde aus jeder Polizeiwache hinauskomplimentiert, bei der ich mich melden würde. Ich bin kein Mörder im buchstäblichen Sinn, nein.» Offenbar sah ich merklich erleichtert aus, er fügte nämlich sogleich hinzu: «Allerdings, im moralischen Sinn bin ich doch ein Mörder.» Er schaute auf die Uhr.

Ich bemerkte, die Nacht sei noch jung, worauf er mir versicherte, seine Geschichte sei nicht sehr lang. «Schade», erwiderte ich. Er meinte, ich sagte das nur aus Liebenswürdigkeit, was ich bestritt. Darauf warnte er mich, was er zu erzählen habe, könnte mich in meinem widerwilligen Glauben an die Handlesekunst nur bestärken und den mir liebgewordenen Glauben an den freien Willen erschüttern.

«Das lassen Sie mal meine Sorge sein», bedeutete ich ihm. Nachdenklich hielt er die Hände ans Kaminfeuer, während ich es mir in meinem Sessel bequem machte.

«Meine Hände sind die eines willensschwachen Menschen», sagte er, den Blick auf den Handrücken geheftet. «Das ist Ihnen wohl selber aufgefallen. Daumen und kleiner Finger sind wenig ausgeprägt. Es sind die Hände eines willensschwachen und überempfindsamen Menschen, eines Menschen ohne Selbstvertrauen, eines Menschen, der in einem Notfall bestimmt zaudert. Hamletische Hände, gewissermassen», setzte er nachdenklich hinzu. «Auch in anderer Hinsicht gleiche ich Hamlet: ich lasse mich nicht für dumm verkaufen, bin meiner Veranlagung nach grossmütig und habe nun einmal kein Glück. In einer Beziehung hatte Hamlet allerdings mehr Glück - er wurde durch Zufall zum Mörder, während die Morde, die ich eines Tages vor vierzehn Jahren beging - es waren nämlich mehrere -, alle auf die mir leider innewohnende Charakterschwäche zurückzuführen sind.

Ich war damals sechsundzwanzig - nein, siebenundzwanzig Jahre alt und ein ziemlich unscheinbarer Mensch, wie auch jetzt noch. Ich galt als Rechtsanwalt; ich glaube sogar, ich war befugt, vor Gericht aufzutreten, hatte indessen nie die Absicht, von dieser Befugnis Gebrauch zu machen, und habe auch nie davon Gebrauch gemacht. Sie diente mir nur als

Vorwand, um in den Augen der Welt eine Daseinsberechtigung zu haben. So nahe wie jetzt bin ich wohl der Ausübung meines Berufs noch nie gekommen; ich verteidige nämlich einen Mörder. Geldsorgen hatte ich keine, dafür hatte mein Vater vorgesorgt. Ich konnte ein Leben nach Lust und Laune führen und meine Steckenpferde reiten. Ich hatte deren einen ganzen Stall voll. Auch die Handlesekunst gehörte dazu. Dieser schämte ich mich zwar, wie Sie, obwohl ich auch daran glaubte. Doch im Gegensatz zu Ihnen hatte ich mehr getan, als nur ein Buch oder zwei darüber zu lesen. Unzählige Bücher hatte ich durchgearbeitet. Von den Händen aller meiner Bekannten hatte ich Abgüsse genommen. Immer wieder hatte ich die Punkte, in denen Desbarolles anderer Meinung war als die Zigeuner, genau nachgeprüft, und - nun, es genügt wohl zu sagen, dass ich mich mit der Sache sehr gründlich befasst hatte und ebensoviel davon verstand wie irgend jemand, wenn ich sie auch nicht berufsmässig betrieb.

Fast das erste, was ich meinen Handlinien entnahm, sobald ich sie lesen gelernt hatte, war die Gewissheit, ich werde im Alter von ungefähr sechsundzwanzig Jahren mit knapper Not dem Tod entgehen - einem gewaltsamen Tod. Die Lebenslinie war zerrissen, und ein Viereck schloss sich daran an - ein Schutzviereck, wissen Sie. Die Zeichen waren an beiden Händen genau dieselben. Es war mir bestimmt, nur mit knapper Not davonzukommen, und zwar nicht, ohne Schaden zu nehmen. Das war es, was mir zu schaffen machte. Eine schwache Linie verband die Rissstelle in der Lebenslinie mit einem Stern an der Naturlinie. Neben diesem Stern war wieder ein Viereck. Ich sollte mich von dem Schaden erholen, woraus immer dieser bestehen mochte. Allerdings, eine freudige Aussicht war es nicht. Nachdem ich fünfundzwanzig geworden war, fühlte ich mich nachgerade nicht mehr wohl in meiner Haut. Das Ereignis konnte jeden Augenblick eintreten. Wie Sie wissen, kann man in der Chiromantie ein Ereignis nie genau auf ein bestimmtes Jahr festlegen. Ungefähr im Alter von sechsundzwanzig Jahren sollte mir etwas zustossen; es konnte aber auch erst sein, wenn ich siebenundzwanzig war; anderseits konnte es schon eintreten, während ich noch fünfundzwanzig war.

Ich sagte mir jeweils, vielleicht komme es überhaupt nicht dazu. Mein Kopf sträubte sich gegen die ganze Wahrsagerei, genau wie der Ihre auch. Für meinen Glauben daran hatte ich nur Verachtung übrig. Ich gab mir Mühe, beim Überschreiten einer Strasse nicht so lächerlich vorsichtig zu sein. Damals wohnte ich in London. Autos gab es noch nicht, doch - ach, die Stunden, die ich alles in allem am Strassenrand gestanden haben muss, höchst behutsam, höchst jammervoll! Leider ging ich keiner geregelten Tätigkeit nach, die mich hätte ablenken können. Ich war ein Opfer meines gesicherten Einkommens. Es kam so weit, dass ich lieber in vierrädrigen als in zweirädrigen Kutschen fuhr und auch den vierrädrigen nicht traute. Ach, Sie können mir glauben, es war ein Jammer.

Wenn sich eine Eisenbahnfahrt vermeiden liess, vermied ich sie. Mein Onkel besass ein Landgut in Hampshire. Ich war ihm und seiner Frau sehr zugetan. Nachgerade war sein Haus das einzige, das ich noch aufsuchte. Im November hielt ich mich eine Woche dort auf, nicht lange nach meinem siebenundzwanzigsten Geburtstag. Es waren noch andere Gäste da, und am Ende der Woche fuhren wir alle miteinander nach London zurück. Wir waren unser sechs in dem Abteil: Oberst Elbourn und seine Frau samt ihrer siebzehnjährigen Tochter, und noch ein Ehepaar, die Blakes. Mit Blake war ich zur Schule gegangen, hatte ihn aber seither kaum je gesehen. Er war Kolonialbeamter in Indien und gegenwärtig auf Urlaub in der Heimat. Die Woche darauf gedachte er wieder zurückzureisen. Seine Frau sollte vorerst noch ein paar Monate in England bleiben. Sie waren seit fünf Jahren verheiratet, und wie er mir sagte, war seine Frau eben vierundzwanzig geworden.

Die Elbourns hatte ich vorher nicht gekannt. Es waren reizende Menschen, und wir waren allesamt guter Dinge gewesen, nur dass mein Onkel mich am letzten Abend bei Tisch leider fragte, ob ich mich noch immer mit dem ‹Zigeunerzeug› befasse, wie er sich jeweils ausdrückte. Die weiblichen Wesen waren natürlich sofort Feuer und Flamme und baten mich inständig, ihnen aus der Hand zu lesen. Ich sagte, das sei doch Unsinn, und behauptete, ich hätte längst alles vergessen, und schützte überhaupt alles mögliche vor, so dass wir vom Thema abkamen. Es stimmte, dass ich das Wahrsagen aus der Hand aufgegeben hatte; es gemahnte mich doch nur an mein eigenes Schicksal. So war es denn sehr ärgerlich für mich, als Elbourns Frau am nächsten Vormittag kurz nach Abfahrt des Zuges erklärte, es wäre ‹allzu grausam› von mir, wenn ich mich weigerte, ihnen jetzt aus der Hand zu lesen. Auch ihre Tochter und Blakes Frau erklärten, es wäre ‹roh›, und sie streiften alle die Handschuhe ab, und - nun, ich konnte wohl nicht gut anders.

Ich begann Mrs. Elbourns Hände systematisch zu entziffern, auf die übliche Art, wissen Sie, indem ich zuerst aus dem Handrücken ein Bild ihres Charakters entwarf; es herrschte die gewohnte Stille, unterbrochen von den gewohnten Geräuschen - zustimmendes Knurren des Ehemanns, entzücktes Gurren der Tochter. Dann verlangte ich die Hohlhand zu sehen und ergänzte daraus Mrs. Elbourns Charakter, bevor ich zu den Ereignissen in ihrem Leben überging. Während ich redete, rechnete ich mir aus, wie alt Mrs. Elbourn wohl sein mochte. Beim ersten Blick auf ihren Handteller hatte ich gesehen, dass sie mindestens fünfundzwanzig gewesen sein musste, als sie heiratete. Die Tochter war siebzehn. Angenommen, die Tochter war ein Jahr darauf zur Welt gekommen - wie alt wäre dann die Mutter? Dreiundvierzig, jawohl. Mindestens so alt, die Ärmste.»

Laider bedachte mich mit einem Blick. «Warum ‹die Ärmste›, möchten Sie wohl wissen, wie? Nun, auf diesen ersten Blick hatte ich noch anderes als die Ehestandslinie gesehen. Die Lebenslinie war vollständig zerrissen; das bedeutete einen gewaltsamen Tod. In welchem Alter? Spätestens, allerspätestens mit dreiundvierzig. Während ich mit ihr über ihre Jugenderlebnisse sprach, beschäftigten mich innerlich diese Katastrophenmerkmale. Es schien mir ein Wunder, dass sie überhaupt noch am Leben war. Es konnte unmöglich länger als ein paar Monate dauern, bis die Katastrophe eintrat. Und die ganze Zeit über redete ich drauflos. Ich habe mich der Aufgabe wohl zu ihrer Zufriedenheit entledigt; nachdem ich damit zu Ende war, bedachten mich die Elbourns nämlich mit Beifall.

Ich atmete auf, als ich mich einem andern Paar Hände zuwenden konnte. Mrs. Blake war ein lustiges junges Geschöpf, und ihre Hände waren höchst kennzeichnend - sie fielen auf eine hübsche Art aus dem Rahmen. Ich gestattete mir, ein etwas ausgefallenes Bild ihres Wesens zu entwerfen, und nachdem ich einmal in diesem Ton angefangen hatte, fuhr ich auch so weiter - wohl oder übel -, selbst nachdem sie mir ihre Handflächen zeigte. Die Merkmale, die ich bei Mrs. Elbourn festgestellt hatte, wiederholten sich hier, als wären sie sorgfältig nachgezeichnet worden. Ein Unterschied bestand lediglich in ihrer Anordnung, und dieser Unterschied war es, der mich schaudern liess. Der verhängnisvolle Zeitpunkt in ihrem Fall war - nein, nicht in der Vergangenheit, denn schliesslich war sie ja hier. Es hätte aber sein können, dass sie schon mit einundzwanzig verunglückte. Dreiundzwanzig schien dic äusserste Frist. Und sie war bekanntlich vierundzwanzig.

Ich bin, wie gesagt, eine willensschwache Natur. Das wird sich bald unwiderlegbar zeigen. Und doch bewies ich damals eine gewisse Seelenstärke - doch, gerade an dem Tag, der für mich die traurigste Demütigung brachte. Weder meiner Miene noch meiner Stimme war etwas anzumerken, als ich in Dorothy Elbourns Händen wiederum denselben Merkmalen gegenüberstand. Sie wollte unbedingt ihre Zukunft erfahren, das arme Kind! Ich habe ihr wohl alles mögliche weisgemacht. Dabei hatte sie gar keine Zukunft - überhaupt keine, ausser eben...

Und dann, während ich noch redete, stieg plötzlich ein Verdacht in mir auf. Merkwürdig, dass ich nicht schon vorher daran gedacht hatte. Sie erraten wohl, was mir schwante? Ganz seltsam wurde mir dabei zumute. Ich redete zwar weiter, doch gleichzeitig - völlig unabhängig davon - machte ich mir Gedanken. Eine Gewissheit war der Verdacht nicht. Mutter und Tochter waren schliesslich immer beisammen. Was der einen zustiess, konnte überall, jederzeit auch der andern zustossen. Doch ein ähnliches Schicksal, in ebenso naher Zukunft, stand der andern Frau bevor. Ein kurioser Zufall, höchst kurios. Hier waren wir alle vereint, die fünf und ich - ich, der ich in Bälde so knapp einem Schicksal entgehen sollte, das ihnen in Bälde zum Verhängnis werden musste. Das legte einen gewissen Schluss nahe. Keinen unbedingt zwingenden Schluss, sagte ich mir. Und die ganze Zeit redete ich und redete, und der Zug ratterte schwankend dahin - wohin? Es war ein Schnellzug. Unser Abteil befand sich vorn, unweit der Lokomotive. Ich musste laut reden. Ich wusste genau, was in der Hand des Obersten zu lesen sein werde, wollte es aber innerlich nicht wahrhaben. Ich sagte mir, selbst jetzt müsse das befürchtete Ereignis nicht unbedingt eintreten. Glauben Sie bitte nicht, ich sei meinetwegen besorgt gewesen. So jämmerlich stand es doch nicht mit mir - jetzt nicht mehr. Nur an die andern dachte ich, nur ihretwegen war ich besorgt. Charakter und Lebenslauf des Obersten erledigte ich so rasch als möglich, nur der Form nach. Es waren Blakes Hände, die ich zu sehen begehrte. Auf diese kam jetzt alles an. Wenn sie dieselben Merkmale aufwiesen... Vergessen Sie nicht, Blake wollte die Woche darauf nach Indien fahren, während seine Frau in England blieb. Nächste Woche waren sie nicht mehr beieinander. Infolgedessen...

Die Merkmale waren vorhanden. Und ich unternahm nichts - nichts, als dass ich mich über die versteckten Vorzüge von Blakes Charakter ausliess. Es gab etwas für mich zu tun. Ich wollte es tun. Ich wollte zur Tür eilen und die Notleine ziehen. Nichts einfacher als das. Nichts leichter, als einen Zug anzuhalten. Man reisst an der Leine, löst die Bremsung aus, und der Zug steht allmählich still. Dann erscheint der Zugsbeamte am Wagenfenster. Man erklärt ihm den Fall.

Nichts leichter, als ihm zu erklären, es stehe ein Zusammenstoss bevor. Nichts leichter, als darauf zu beharren, man müsse mitsamt allen Mitreisenden sofort aussteigen... Oder gibt es doch Dinge, die einem leichter fallen? Dinge, die weniger Zivilcourage erfordern? Einige davon hätte ich wohl fertiggebracht. Und ich war entschlossen, auch das, was jetzt zu tun war, fertigzubringen - jetzt gleich.

Ich hatte alles gesagt, was über Blakes Hände zu sagen war. Mein Beitrag zur Unterhaltung war erschöpft. Man hatte mir ringsum gedankt und schmeichelhafte Dinge gesagt. Ich war frei, zu tun, was ich tun musste. Was ich unbedingt tun wollte.

Wir näherten uns dem Londoner Stadtrand.

Es war diesig draussen, alles war grau verhängt, und Dorothy Elbourn hatte gesagt: ‹Ach, grässlich, dieses London. Wahrscheinlich wieder derselbe dichte Nebel!› Und dann hörte ich ihren Vater etwas sagen von ‹verhüten› und ‹kurzerhand behördlich verbieten› und ‹Anthrazit›. Und ich sass da und hörte zu und pflichtete ihm bei und...»

Laider schloss die Augen. Er fuhr mit der Hand langsam durch die Luft.

«Ich hatte mörderisches Kopfweh. Und als ich etwas davon sagte, hiess es, ich dürfe nicht sprechen. Ich lag im Bett, und die Krankenschwestern sagten immer, ich dürfe nicht sprechen. Ich befand mich in einer Klinik, das war mir klar. Aber warum, das war mir nicht klar. Eines Tages fand ich, eigentlich würde ich gerne wissen warum, und so fragte ich denn. Ich fühlte mich bereits bedeutend besser. Mit der Zeit erklärte man mir, ich hätte eine Gehirnerschütterung gehabt; ich sei bewusstlos gewesen, als man mich einlieferte, und sei achtundvierzig Stunden lang bewusstlos geblieben. Ein Unfall - ein Eisenbahnunglück. Das kam mir merkwürdig vor, war ich doch wohlbehalten bei meinem Onkel angelangt, und von einer Eisenbahnfahrt nachher war mir nichts erinnerlich. Bei einer Gehirnerschütterung kommt es oft vor, wissen Sie, dass der Patient sich nicht mehr an das erinnert, was unmittelbar vorherging; mehrere Stunden können aus seinem Gedächtnis ausgelöscht sein. Das war auch bei mir der Fall, bis eines Tages mein Onkel mich besuchen durfte. Bei seinem Anblick war die gelöschte Zeitspanne plötzlich wieder vorhanden. Wie ein Blitz durchzuckte mich die Erinnerung an alles. Äusserlich war ich allerdings ganz ruhig, ich gab mir jedenfalls den Anschein; ich wollte nämlich wissen, wie es zu dem Zusammenstoss gekommen war. Mein Onkel erzählte mir, der Lokomotivführer habe wegen des Nebels ein Signal übersehen, und unser Zug sei auf einen Güterzug aufgefahren. Nach den andern in meinem Abteil fragte ich gar nicht erst, das erübrigte sich. Schonend suchte es mir mein Onkel beizubringen, doch – ich hatte wohl angefangen, wirres Zeug zu reden. Ich sehe noch die entsetzte Miene meines Onkels vor mir, und die Krankenschwester, die ihn leise schalt.

Danach verschwamm mir alles vor den Augen. Anscheinend verschlimmerte sich mein Befinden so sehr, dass an meinem Aufkommen gezweifelt wurde. Ich bin aber doch davongekommen.»

Es trat eine lange Pause ein. Laider hatte den Blick von mir abgewendet und ich den meinen von ihm. Das Feuer im Kamin war heruntergebrannt, und er starrte in die Glut.

Nach geraumer Weile liess er sich wieder vernehmen. «Sie verachten mich. Klar. Ich verachte mich ja selber.»

«Nein, ich verachte Sie nicht, nur...»

«Sie geben mir die Schuld daran.» Ich wich

seinem Blick aus. «Sie geben mir die Schuld», wiederholte er.

«Ja.»

«Und das, mit Verlaub zu sagen, nicht ganz zu Recht. Es ist nicht meine Schuld, dass ich willensschwach veranlagt bin.»

«Man kann seine Schwäche überwinden.»

«Ja, wenn man über die nötige Kraft dazu verfügt.»

Seine Schicksalsergebenheit berührte mich allmählich unangenehm. «Wollen Sie behaupten», fragte ich, «dass Sie, weil Sie die Notleine nicht zogen, sie gar nicht hätten ziehen können?»

«Gewiss.»

«Und es steht in Ihren Händen geschrieben, dass Sie es nicht konnten?»

Er betrachtete die Innenseite seiner Hände. «Es sind die Hände eines willensschwachen Menschen», sagte er.

«Eines so willensschwachen Menschen, dass er nicht an die Möglichkeit des freien Willens glauben kann, weder für sich selbst noch für andere?»

«Es sind die Hände eines intelligenten Menschen, der das Für und Wider einer Sache gegeneinander abwägen kann und die Verhältnisse sieht, wie sie sind.»

«Sagen Sie mir das eine: War es vorausbestimmt, dass Sie die Notleine nicht ziehen würden?»

«Es war vorausbestimmt.»

«Und ging es tatsächlich aus Ihren Handlinien hervor, dass Sie es nicht tun würden?»

«Ach, wissen Sie, was aus den Handlinien hervorgeht, ist eher das, was man tun wird. Was man nicht tun wird - all die zahllosen negativen Entscheidungen -, wie kann man erwarten, dass diese alle vermerkt sind?»

«Aber die Folgen dessen, was man unterlässt, können doch auch positiv sein?»

«Entsetzlich positiv», erwiderte er kleinlaut. «Meine Hände sind die eines Menschen, der später viel zu leiden hatte.»

Es trat wieder eine Pause ein.

«Nun», sagte ich dann, nur halb teilnahmsvoll, «alle Hände sind wohl die von Menschen, denen es bestimmt ist, zu leiden.»

«Nicht so viel, wie ich gelitten habe - und immer noch leide.»

Seine beharrliche Selbstbemitleidung hatte eine ernüchternde Wirkung auf mich, und ich kam auf eine Frage zurück, die er nicht direkt beantwortet hatte. «Sagen Sie doch, ging es aus Ihren Handlinien hervor, dass Sie die Notleine nicht ziehen würden?»

Abermals betrachtete er seine Hände, und dann, nachdem er sie kurz vor das Gesicht geschlagen hatte, gab er zur Antwort: «Es ging ganz deutlich aus den Händen der andern hervor.»

Zwei oder drei Tage nach diesem Gespräch war mir in London etwas eingefallen - ein rettender Gedanke war mir gekommen. Laider glaubte sich an das, was während der Eisenbahnfahrt geschah, zu erinnern. Aber war das wirklich Erinnerung? Konnte es nicht sein, dass es, nach seiner Gehirnerschütterung, lediglich ein Hirngespinst war? Vielleicht hatte er jene Merkmale in den Handlinien überhaupt nie gesehen. Hier zeigte sich entschieden ein Ausweg aus seiner bedenklichen Lage. In diesem Sinne hatte ich dann gleich an Laider geschrieben.

Und das war der Brief, den ich bei meinem zweiten Aufenthalt so kläglich am Postbrett schmachten sah. Mir fiel ein, dass ich ihn ja hatte erretten wollen. Ich stand auf, räkelte mich vor dem Kaminfeuer, gähnte und machte mich dann auf, die gute Tat zu vollbringen. Im Vestibül war kein Mensch. Der angebliche Regenschauer hatte zu guter Letzt doch aufgehört; die Sonne war hervorgekommen, und die Eingangstür war ihr zu Ehren weit aufgesperrt worden. Dem Ufer entlang funkelte und schimmerte noch alles und wurde allmählich wieder trocken. Das sollte mich aber nicht von meinem Vorhaben ablenken. Ich trat zur Postablage hin. Und – mein Brief steckte nicht mehr am Brett! Offenbar hatte er Mittel und Wege gefunden, der kecke kleine Wicht, sich aus dem Staub zu machen. Hoffentlich wurde er nicht eingefangen und zurückgebracht. Vielleicht war bereits Alarm geschlagen worden, ein Brief sei aus der Postablage ausgebrochen. In

Gedanken sah ich ihn wildbewegt dem Ufer entlangschnellen, verfolgt von dem alten Kellner und einer Meute atemloser Ortseinwohner. Ich sah ihn, wie er sie alle weit hinter sich liess, sich an Zöllnern vorbeischlängelte, Haken schlug, über Dämme hinwegsetzte, dabei Schaden nahm, nun nicht mehr so schnell vorankam und sich schliesslich verzweifelt aufs offene Meer hinauswagte. Doch auf einmal kam mir ein anderer Gedanke. War am Ende Laider wieder da?

Er war wieder da. Weit draussen am Strand erspähte ich eine Gestalt, die ich an der schlaffen Haltung als die seine erkannte. Ich war gleichzeitig erfreut und betrübt - erfreut, weil damit alles wieder so war wie voriges Jahr; und betrübt, weil wir diesmal einander ausgeliefert waren: diesmal war es nichts mit unserer wohltuenden Ruhe und Unabhängigkeit. Vielleicht hatte er erfahren, dass ich hier war, und hatte sich ins Freie geflüchtet: um mir zu entgehen, solange er konnte. Ach, ein willensschwacher Mensch! Warum sich nicht ins Unvermeidliche schicken? Ich nahm Hut und Mantel und stiefelte hinaus, um ihn zu begrüssen.

«Grippe, wieder mal?» fragten wir gleichzeitig.

Die Zeit, die man damit verbringen kann, sich mit jemandem über seine Grippe zu unterhalten, ist begrenzt, und ich hatte bald das Gefühl, die Grenze sei überschritten. Während wir am Strand auf und ab gingen, wunderte ich mich, dass er das Thema nicht fallenliess, um mir endlich für meinen Brief zu danken. Er musste ihn doch gelesen haben. Warum dankte er mir nicht dafür? Es war doch ein sehr guter Brief, ein bemerkenswerter Brief. Er wollte ihn doch nicht etwa brieflich beantworten? Dass er nichts davon sagte, liess in mir nachgerade das Gefühl aufkommen, er betrachte ihn als eine Zumutung. Ihm war offenbar auch nicht wohl in seiner Haut, während er redete, aber es war nicht an mir, ihm darüber hinwegzuhelfen. Es war an ihm, mir Erleichterung zu verschaffen.

Unvermittelt - nach einer längeren Pause - brachte er es über sich, zu sagen: «Es war sehr liebenswürdig von Ihnen, mir diesen Brief zu schreiben.» Er erklärte, er habe ihn eben erst erhalten, und liess sich dann des langen und breiten über diesen Umstand aus. Ich fand, er könnte wenigstens bestätigen, es sei ein bemerkenswerter Brief, und man kann sich meinen Unwillen denken, als er nach einer weiteren Gesprächspause bemerkte, er sei sehr gerührt gewesen. Das war keineswegs die Wirkung, die ich beabsichtigt hatte. Ich kann es nicht ausstehen, rührend zu wirken.

«Halten Sie es nicht für denkbar», fragte ich, «dass Ihre Erinnerung an das, was dem Eisenbahnunglück vorausging, ein blosses Hirngespinst gewesen sein könnte?»

Er seufzte tief auf. «Ich habe geradezu ein schlechtes Gewissen.»

«Das ist genau das, was ich Ihnen ausreden wollte.»

«Ja, ich weiss. Daher kommt ja auch mein schlechtes Gewissen.»

Wir waren stehengeblieben. Er stocherte verlegen mit dem Stock in dem harten Sand herum. «In gewissem Sinn war Ihre Theorie durchaus zutreffend», sagte er. «Nur - sie ging nicht weit genug. Es ist nicht nur denkbar, es ist Tatsache, dass ich jene Merkmale an jenen Händen nicht gesehen habe. Ich habe jene Hände überhaupt nie untersucht; sie waren gar nicht vorhanden. Auch ich war nicht da. Nicht einmal den Onkel in Hampshire habe ich. Ich habe nie einen gehabt.»

Jetzt stocherte auch ich im Sand herum. «Wenn das so ist», bemerkte ich schliesslich, «da stehe ich natürlich etwas dumm da.»

«Ich habe nicht einmal das Recht, Sie um Verzeihung zu bitten, aber...»

«Ach, ich nehme es Ihnen nicht krumm. Nur - ich wollte, Sie hätten es mir nicht gesagt.»

«Ich musste es Ihnen gestehen, Ihre Liebenswürdigkeit nötigte mich dazu. Indem Sie mich von einer nicht vorhandenen seelischen Last befreien wollten, bürdeten Sie mir eine wirkliche auf.»

«Das tut mir leid. Aber Sie haben mir letztes Jahr aus freien Stücken Ihren seelischen Zustand enthüllt, wissen Sie. Ich begreife noch immer nicht recht, warum Sie das taten.»

«Nein, natürlich nicht. Ich habe es gar nicht

verdient, dass Sie mich begreifen. Aber ich kann es erklären. Darf ich? Ich fürchte, ich habe schon zuviel von meiner Grippe gesprochen, kann sie aber bei meiner Erklärung nicht ganz ausklammern. Mein schwächster Punkt - soweit stimmte, was ich Ihnen letztes Jahr sagte - ist mein Wille. Die Grippe greift den Menschen bekanntlich immer an seinem schwächsten Punkt an. Meine Phantasie zu untergraben, zum Beispiel, das versucht sie gar nicht erst. Das wäre aussichtslos. Leider habe ich nämlich eine sehr lebhafte Phantasie. Gewöhnlich lässt sie sich von der Willenskraft bezähmen. Der Wille hält sie in Grenzen, indem er dauernd daran herumnörgelt. Ist die Willenskraft aber dermassen geschwächt, dass sie nicht einmal zu nörgeln vermag, dann beginnt die Phantasie mit mir durchzugehen. Ich werde wie ein kleines Kind. Ich erfinde die ungeheuerlichsten Märchen, und das Leidige an der Sache ist, ich unterhalte damit nicht nur mich selber, sondern auch meine Freunde und Bekannten. Bevor ich die Grippe nicht endgültig losgeworden bin, eigne ich mich überhaupt nicht als Umgang. Dessen bin ich mir durchaus bewusst, deshalb verreise ich jeweils, bis ich wieder wohlauf bin. Meistens komme ich hierher. Es klingt albern, aber ich muss gestehen, ich bedauerte es, letztes Jahr, als wir miteinander ins Gespräch kamen. Ich wusste ja, dass ich in diesem Zustand nicht zu halten bin. Vielleicht hätte ich Sie warnen sollen, aber - dazu bin ich zu schüchtern. Und dann sagten Sie etwas von der Handlesekunst. Sie sagten, nach Ihrer Meinung sei etwas dran. Das verwunderte mich. Ich hatte Desbarolles' Schrift früher einmal gelesen, fand aber das Ganze höchst läppisch.»

«Dann stimmt nicht einmal das», stiess ich hervor, «dass Sie an die Handlesekunst glauben?»

«Nein, nein. Aber ich war nicht imstande, es Ihnen zu sagen. Zuerst sagten Sie, dass Sie daran glaubten, und dann fingen Sie an, darüber zu spotten. Während Sie spotteten, versetzte ich mich in die Rolle eines Menschen, der guten Grund hat, *nicht* darüber zu spotten; und wie ein Blitz durchzuckte mich der Gedanke, welches dieser gute Grund war; die ganze Geschichte, wenigstens in den grossen Zügen, stand deutlich vor mir.»

«Und vorher hatten Sie noch nie daran gedacht?» Er schüttelte den Kopf. Ich machte grosse Augen. «Das Ganze war aus dem Stegreif erfunden?»

«Gewiss», erwiderte Laider geknickt. «So schlimm steht es mit mir. Ich will nicht behaupten, dass mir von Anfang an alle Einzelheiten klar vor Augen standen. Ich füllte sie aus, während wir von Chiromantie im allgemeinen sprachen und ich auf den geeigneten Augenblick wartete, um meine Geschichte anzubringen. Und zweifellos kam auch noch einiges im Laufe des Erzählens dazu. Glauben Sie bloss nicht, dass es mir Vergnügen bereitete, Sie zu hintergehen. Nur meine Willenskraft ist nach einer Grippe angegriffen, mein Gewissen nicht. Was meine Phantasie hervorbringt, muss ich unwillkürlich auch an den Mann bringen, und zwar so gut ich nur kann. Dabei schäme ich mich die ganze Zeit über.»

«Doch nicht etwa Ihrer Phantasie?»

«Auch meiner Phantasie», gab er wehmütig zu. «Ich finde immer, dass sie der ursprünglichen Idee nicht gerecht wird.»

«Da beurteilen Sie sich aber allzu kritisch.»

«Sehr liebenswürdig von Ihnen. Sie sind überhaupt sehr liebenswürdig zu mir. Hätte ich geahnt, dass Sie Ihrem Wesen nach so sehr Mann von Welt sind - im besten Sinne des Wortes -, hätte ich vorhin nicht so grosse Angst gehabt, Ihnen zu begegnen und ein Geständnis ablegen zu müssen. Ich will aber Ihre Weltläufigkeit nicht über Gebühr ausnutzen. Hoffentlich treffen wir uns eines Tages, wenn ich keine Grippe hatte und mich von meiner besseren Seite zeigen kann. In meinem gegenwärtigen Zustand aber weigere ich mich, Ihnen Gesellschaft zu leisten. Ich bin älter als Sie und kann Ihnen deshalb ohne weiteres vom Umgang mit mir abraten.»

Ich sprach mich natürlich dagegen aus, doch für einen Menschen von geschwächter Willenskraft legte er eine erstaunliche Festigkeit an den Tag. «Im Grunde Ihres Herzens», sagte er, «legen Sie gar keinen Wert darauf, mit einem Menschen zu verkehren, von dem Sie jeden Augenblick gewärtigen müssen, dass er Ihnen ein abgeschmacktes Märchen aufbinden will. Und ich meinesteils lege keinen Wert darauf, es zu tun - in Ihrem Fall schon gar nicht, nachdem ich Ihnen dazu verholfen habe, mich durchschauen zu können. Wollen wir es nicht bei den zwei Unterredungen, die wir gehabt haben, bewenden lassen? Grüssen wir uns im Vorbeigehen, wie letztes Jahr, das genügt. Halten wir es in jeder Beziehung wie voriges Jahr.»

Mit einem fast vergnügten Lächeln drehte er sich auf dem Absatz um und entfernte sich flotten - fast flotten - Schrittes. Ich war ein wenig verdutzt. Anderseits aber war ich auch mehr als nur ein wenig froh. Die wohltuende Stille, die schöne Unabhängigkeit - ich hatte sie doch nicht verscherzt. Innerlich war ich Laider dankbar, und die ganze Woche hindurch hielt ich mich getreulich an seine Richtlinien. Alles war wieder, wie es voriges Jahr gewesen war. Wir lächelten einander nicht zu, wir verbeugten uns bloss, wenn wir den Speisesaal oder den Rauchsalon betraten oder verliessen und wenn wir uns am Strand begegneten oder in dem Laden, zu dem eine kleine, rückständige Leihbibliothek gehörte.

Einmal oder zweimal im Laufe der Woche kam mir der Gedanke, Laider habe das erstemal die Wahrheit gesprochen und beim zweitenmal geflunkert. Es war ein unliebsamer Gedanke. Es ist nicht angenehm, zu denken, dass man als Umgang unerwünscht ist. Ich sollte jedoch bald Gewissheit bekommen. Am letzten Abend meines Aufenthalts, als wir beide in dem kleinen Rauchsalon sassen, schlug ich vor, wir sollten uns wie letztesmal auf ein Gespräch einlassen. Das geschah auch, ganz ungezwungen. Und nach einer Weile bemerkte ich zufällig, ich hätte am Nachmittag dicht am Ufer eine Menge Möwen gesehen.

«Möwen?» fragte Laider und drehte sich in seinem Sessel um.

«Ja. Und ich habe gar nicht gewusst, wie ausserordentlich schön sie sind, wenn sie mit den Schwingen das Licht auffangen.»

«Schön?» Laider streifte mich mit einem Blick und schaute gleich wieder weg. «Sie finden sie schön?»

«Doch, sicher.»

«Na ja, vielleicht - doch, schön sind sie wohl auch. Nur - ihr Anblick ist mir verhasst. Sie gemahnen mich immer an etwas - an ein furchtbares Erlebnis - ein Erlebnis, das ich einst hatte...»

Es war in der Tat ein höchst furchtbares Erlebnis.

Enoch Soames

Als Holbrook Jacksons Buch über die Literatur der neunziger Jahre des letzten Jahrhunderts herauskam, suchte ich im Register gespannt nach SOAMES, ENOCH. Wie ich befürchtet hatte, stand er nicht darin. Sonst waren alle Namen vertreten. Viele Schriftsteller, die ich ganz vergessen hatte oder an die ich mich nur schwach erinnerte, erstanden für mich in Jacksons Buch mitsamt ihrem Werk erneut zum Leben. Es war ebenso gründlich wie glänzend geschrieben. Dass der arme Soames übergangen worden war, wirkte um so vernichtender; offenbar hatte er es nicht fertiggebracht, sich in seinem Jahrzehnt irgendwie Geltung zu verschaffen.

Ich bin wohl der einzige, dem die Lücke aufgefallen ist. So kläglich hatte Soames also versagt! Auch bedeutet es nur einen schwachen Trost, zu denken, dass er, falls er sich erfolgreicher durchgesetzt hätte, mir wahrscheinlich wie alle die andern aus dem Gedächtnis entschwunden und erst durch den Literarhistoriker wieder in Erinnerung gerufen worden wäre. Jedenfalls steht fest, wenn er zu seinen Lebzeiten Anerkennung gefunden hätte für das, was er immerhin geleistet hatte, wäre er nie auf den Handel eingegangen, den ich ihn abschliessen sah - diesen seltsamen Handel, dessen Auswirkungen ihn mir unvergesslich machten. Doch gerade diese Auswirkungen sind es, die seinen ganzen Jammer in ein grelles Licht rücken.

Es geschieht jedoch nicht aus Mitleid, wenn ich mich gedrängt fühle, über ihn zu schreiben. Der arme Kerl, um seinetwillen sollte man die Feder lieber nicht ins Tintenfass tunken. Es ist misslich, sich über einen Toten lustig zu machen. Und wie kann einer über Enoch Soames schreiben, ohne ihn als lächerlich hinzustellen? Oder vielmehr, wie soll ich die grässliche Tatsache vertuschen, dass er lächerlich war? Das wird mir nicht gelingen. Und doch, früher oder später muss ich über ihn schreiben. Man wird sehen, dass mir gar nichts anderes übrig bleibt. Also kann ich die Sache geradesogut gleich jetzt erledigen.

Im Sommersemester 1893 schlug ein Donnerkeil aus heiterem Himmel in Oxford ein. Tief drang er in den Boden und grub sich dort ein. Dozenten und Studenten standen umher, etwas bleich, und redeten von nichts anderem mehr. Woher kam er, dieser Meteorit? Aus Paris. Sein Name? Will Rothenstein. Sein Vorhaben? Eine Reihe von vierundzwanzig Bildnissen anzufertigen, Steindrucke, die von einem Londoner Verlag herausgegeben werden sollten. Es eilte sehr. Bereits hatten der Vorsteher von A, der Rektor von B und der Regius-Professor von C ihm lammfromm gesessen. Würdevolle alte Kracher, die sich noch nie herbeigelassen hatten, einem Künstler zu sitzen, konnten diesem energiegeladenen kleinen Fremdling nicht widerstehen. Dieser hatte es nicht nötig, sie zu umwerben, er forderte sie auf, ja, es war schon mehr eine Vorladung. Er war einundzwanzig Jahre alt, trug eine überaus funkelnde Brille, war geistreich und voller Einfälle. Ausserdem war er mit Whistler bekannt, er war mit Edmond de Goncourt bekannt und kannte in Paris überhaupt Gott und die Welt, kannte jedermann inwendig und auswendig. In Oxford verkörperte er Paris. Man raunte sich zu, sobald er mit den ausgewählten Dozenten fertig sei, kämen ein paar Studenten an die Reihe. Es war ein stolzer Tag für mich, als ich - ich! - an die Reihe kam. Rothenstein war mir sympathisch und gleichzeitig nicht recht geheuer; es entstand eine Freundschaft zwischen uns, die mit den Jahren immer enger und immer wertvoller wurde.

Am Ende des Semesters fuhr er, einem Meteor gleich, nach London, um sich dort niederzulassen. Ihm verdankte ich meine erste Bekanntschaft mit dieser ewig bezaubernden, in sich geschlossenen kleinen Welt, Chelsea, und seinen Einwohnern - Walter Sickert und andern erlauchten alten Herren. Es war Rothenstein, der mich an der Cambridge Street, Pimlico, bei einem jungen Mann einführte, dessen Zeichnungen in einem kleinen Kreis bereits berühmt waren - Aubrey Beardsley mit Namen. Mit Rothenstein zusammen suchte ich zum erstenmal den Bodley-Head-Verlag auf. Durch ihn lernte ich auch den Dominosaal des Café Royal kennen, ein Stammlokal wildverwegener, geistreicher junger Leute.

Dort, an jenem Oktobernachmittag - dort in dieser prunkvollen Welt aus vergoldeter Stukkatur und karminrotem Samt, inmitten all der Spiegel und Karyatiden, mit Rauchschwaden, die zu der bemalten und heidnischen Decke emporstiegen, mit all dem Gewirr vermutlich geistreicher Gespräche, von Zeit zu Zeit nur durch das Scheppern der Dominosteine auf den Marmortischen unterbrochen - dort holte ich tief Atem und sagte mir: «Das ist das wahre Leben.»

Es war die Stunde vor dem Abendessen. Wir tranken Wermut. Diejenigen, die Rothenstein kannten, machten die andern, denen er nur dem Namen nach bekannt war, auf ihn aufmerksam. Ständig kamen Herren durch die Schwingtüren herein und schlenderten langsam auf und nieder, auf der Suche nach einem freien Platz oder nach einem Tisch, an dem Bekannte sassen. Einer der Herumschlendernden fiel mir auf, weil er offenbar von Rothenstein bemerkt werden wollte. Schon zweimal war er an unserem Tisch vorbeigekommen und schien zu zögern, doch Rothenstein liess sich gerade über Puvis de Chavannes aus und bemerkte ihn nicht. Es war ein bleicher schlaksiger Mensch mit langem bräunlichem Haar und schlechter Haltung. Er trug einen schütteren Bart, das heisst, an seinem Kinn kräuselte sich eine grosse Zahl einzelner Haare, um dessen Entfliehen zu decken. Ein seltsamer Kauz - doch in den neunziger Jahren waren verkauzte Gestalten wohl häufiger als heute. Die jungen Schriftsteller - zu denen er bestimmt gehörte - waren damals ernstlich bestrebt, sich vom gemeinen Volk zu unterscheiden. Diesem Menschen war es allerdings nur mangelhaft gelungen. Er trug einen schwarzen Schlapphut, der ihm mehr den Anstrich eines Geistlichen als den eines Künstlers gab, und einen grauen, wasserdichten Schultermantel, der auch nicht so romantisch wirkte, wie er sollte, vermutlich weil er wasserdicht war. Ich fand, «schummrig» sei der richtige Ausdruck für ihn. Als angehender Schriftsteller legte ich grossen Wert auf *le mot juste,* diesen Heiligen Gral jener Zeit.

Der schummrige Schlaks näherte sich jetzt wieder unserem Tisch, und diesmal entschloss er sich stehenzubleiben. «Sie erinnern sich meiner nicht», sagte er mit tonloser Stimme.

Rothenstein fasste ihn ins Auge. «Doch», erwiderte er dann, eher stolz als begeistert - stolz auf sein Gedächtnis. «Edwin Soames.»

«Enoch Soames.»

«Enoch Soames», wiederholte Rothenstein, in einem Ton, der besagte, es genüge schliesslich, auf den Familiennamen verfallen zu sein.

«Wir haben uns in Paris zwei- oder dreimal gesehen. Im Café Groche.»

«Einmal suchte ich Sie in Ihrem Atelier auf.»

«Ach ja, leider war ich nicht da.»

«Doch, Sie waren da. Sie haben mir einige Ihrer Bilder gezeigt... Jetzt wohnen Sie in Chelsea, soviel ich weiss.»

«Gewiss.»

Es erstaunte mich, dass Soames auf diese einsilbige Abfertigung hin nicht weiterging. Geduldig stand er da, einer stummen Kreatur gleich, wie ein Esel, der über ein Gatter blickt. Eine Jammergestalt, fand ich. Mir fiel ein, «schmachtend» sei vielleicht der richtige Ausdruck für ihn - aber schmachtend wonach? Er sah nicht aus, als verspüre er nach irgend etwas grosse Lust. Ich empfand Bedauern mit ihm, und Rothenstein, der ihn zwar nicht nach Chelsea eingeladen hatte, forderte ihn wenigstens auf, Platz zu nehmen und mitzuhalten.

Als er an unserem Tisch sass, regte sich sein Selbstbewusstsein. Er schlug den Schultermantel auseinander, mit einer Gebärde, die - wäre der Mantel nicht wasserdicht gewesen - gewissermassen die Welt in die Schranken forderte. Und er bestellte einen Absinth. *«Je me tiens toujours fidèle»,* bemerkte er, *«à la sorcière glauque.»*

«Tut Ihnen nicht gut», meinte Rothenstein trocken.

«Ach wo», erwiderte Soames. *«Dans ce monde il n'y a ni de bien ni de mal.»*

«Nichts Gutes und nichts Schlechtes? Wie ist das zu verstehen?»

«Ich habe es im Vorwort zu meinen ‹Verneinungen› ausführlich erklärt.»

«Verneinungen?»

«Gewiss, ich habe Ihnen doch ein Exemplar geschenkt.»

«Ach ja, klar. Haben Sie auch erklärt, zum Beispiel, dass es etwas wie guten oder schlechten Stil nicht gibt?»

«N-nein», sagte Soames. «In der Kunst gibt es natürlich den Unterschied zwischen gut und schlecht. Nur im Leben nicht.» Er drehte sich eine Zigarette. Seine Hände waren weiss und schwächlich, nicht sehr sauber, und die Fingerspitzen vom Nikotin verfärbt. «Was man im Leben gut und böse nennt, ist nur Einbildung, aber...» Seine Stimme erstarb zu einem Gemurmel, aus dem Wörter wie *«vieux jeu»* und *«rococo»* herauszuhören waren. Er hatte wohl das Gefühl, er drücke sich nicht klar genug aus, und fürchtete, Rothenstein werde ihm Denkfehler nachweisen. Jedenfalls räusperte er sich und sagte: *«Parlons d'autre chose.»*

Ein Wirrkopf? Mir kam er damals nicht so vor. Ich war jung und hatte noch nicht das klare Urteil, über das Rothenstein verfügte. Soames war gut fünf oder sechs Jahre älter als wir beide. Zudem hatte er erst noch ein Buch geschrieben.

Ein Buch geschrieben zu haben, war bewundernswert.

Wenn Rothenstein nicht dabeigewesen wäre, dann hätte ich Soames schlechtweg verehrt. Auch so empfand ich Hochachtung vor ihm, und diese war nicht weit von Verehrung entfernt, als er uns mitteilte, demnächst werde ein zweites Buch von ihm erscheinen. Ich fragte, ob ich fragen dürfe, was für eine Art von Buch es sei.

«Meine Gedichte», antwortete er. Rothenstein wollte wissen, ob das der Titel des Buches sei. Der Dichter überlegte, sagte dann aber, er gedenke nicht, dem Buch überhaupt einen Titel zu geben. «Wenn ein Buch an sich etwas taugt...», murmelte er und fuhr mit der Zigarette durch die Luft.

Rothenstein wandte ein, das Fehlen eines Titels könnte dem Absatz schaden. «Wenn ich in eine Buchhandlung trete», meinte er, «und sage ‹Haben Sie?› oder ‹Sie haben doch ein Exemplar›, wie soll der Buchhändler da wissen, was ich möchte?»

«Ach, selbstverständlich steht mein Name auf dem Deckel», antwortete Soames unbeirrt. «Und ausserdem», setzte er hinzu, wobei er Rothenstein scharf anschaute, «möchte ich eine Porträtzeichnung von mir als Titelbild.» Rothenstein fand, das sei eine ausgezeichnete Idee, und flocht dann ein, er fahre in den nächsten Tagen aufs Land, und zwar für längere Zeit. Dann schaute er auf die Uhr, schien verwundert, wie spät es schon sei, bezahlte und ging mit mir weg, zum Abendessen. Soames blieb auf dem Posten, der gelblich-grünen Zauberin treu.

«Warum wollten Sie ihn auf keinen Fall zeichnen?» fragte ich.

«Ihn zeichnen? Ihn? Wie kann man einen Menschen zeichnen, der gar nicht vorhanden ist?»

«Eine schummrige Erscheinung», räumte ich ein. Doch mein *mot juste* verpuffte. Rothenstein beharrte darauf, Soames sei überhaupt nicht vorhanden.

Immerhin, Soames hatte ein Buch geschrieben. Ich fragte Rothenstein, ob er die «Verneinungen» gelesen habe. Er sagte, er habe darin geblättert, mache sich aber nicht anheischig, etwas vom Schreiben zu verstehen. Eine für die damalige Zeit höchst kennzeichnende Zurückhaltung. Maler liessen damals nicht gelten, dass sich ausser ihnen irgend jemand ein Urteil über Malerei anmassen dürfe. Dieses Gebot (eingegraben auf Tafeln, die Whistler vom Berg Fudschijama herunterbrachte) auferlegte ihnen gewisse Beschränkungen. Auch andere Künste als die Malerei mussten jedem, der sie nicht ausübte, völlig unverständlich sein, sonst kam das Gebot ins Wanken - die Doktrin «die Malerei den Malern» hätte sich nicht aufrechterhalten lassen. Deshalb gab kein Maler je ein Urteil über ein Buch ab, ohne wenigstens die Warnung vorauszuschicken, sein Urteil sei nicht massgebend. Niemand hat ein besseres Urteil über Literatur als Rothenstein, aber das durfte man ihm damals nicht sagen; ich wusste deshalb, dass ich mir mein Urteil über die «Verneinungen» ohne seinen Beistand bilden musste.

Ein Buch nicht zu kaufen, dessen Verfasser ich persönlich kennengelernt hatte, wäre mir damals als ein unvorstellbarer Akt der Selbstverleugnung erschienen. Als ich für das nächste Semester nach Oxford zurückkehrte, hatte ich mir inzwischen ein Exemplar der «Verneinungen» beschafft. Ich liess es auf meiner Bude achtlos herumliegen, und wenn ein Freund es zur Hand nahm und wissen wollte, was damit sei, sagte ich jeweils: «Ach, das ist ein recht bemerkenswertes Buch. Es stammt von einem, den ich kenne.» Wovon es handelte, vermochte ich allerdings nicht anzugeben. Ich war aus dem schmalen grünen Bändchen nie schlau geworden. Das Vorwort enthielt keinen Wegweiser für das Labyrinth des Ganzen, und im Labyrinth drin fand sich nichts, was das Vorwort erläutert hätte.

Schmieg dich eng ans Leben, ganz eng – noch enger.

Das Leben ist ein Gewebe, darin weder Schuss noch Kette ist, lediglich Gewebe.

Dessentwegen bin ich katholisch in Bekenntnis und Denken, lasse jedoch die flüchtige Stimmung weben, was das Schiffchen der Stimmung will.

So hob das Vorwort an, doch was folgte, war weniger leicht zu verstehen. Dann kam «Krass:

ein *Conte»,* über eine Midinette, die ein Mannequin ermordete oder im Begriff war, es zu tun. Mir kam das Ganze vor wie eine Erzählung von Catulle Mendès, bei der der Übersetzer jeden zweiten Satz übersprungen hatte. Als nächstes ein Dialog zwischen Pan und St. Ursula - etwas weitschweifig, fand ich. Dann ein Bündel Aphorismen (betitelt *ἀφορίσματα*). Überhaupt herrschte eine grosse Vielfalt an Formen, und formal war das Buch sehr sorgfältig gearbeitet, nur inhaltlich blieb es mir ein Rätsel. War womöglich gar kein Inhalt da? Jetzt kam mir doch noch der Gedanke: War Soames am Ende ein Wirrkopf? Anderseits konnte es auch sein, dass ich der Wirrkopf war. Im Zweifelsfall entscheide man für den Verfasser. Schliesslich hatte ich «L'Après-midi d'un Faune» gelesen, ohne den Schimmer einer Ahnung, was damit war. Dabei galt Mallarmé als ein Meister. Woher wollte ich wissen, ob Soames nicht auch einer war? Seine Prosa hatte etwas Musikalisches; sie liess nicht eigentlich aufhorchen, prägte sich einem aber, wie mir schien, doch ein und steckte möglicherweise genauso voller Bedeutung wie Mallarmé. Ich beschloss, mit meinem Urteil zuzuwarten, bis seine Gedichte erschienen.

Auf diese war ich regelrecht gespannt, nachdem ich ihn noch ein zweites Mal getroffen hatte. Es geschah eines Nachmittags im Januar. Ich ging in den bewussten Dominosaal und kam an einem Tisch vorbei, an dem ein bleicher Mensch hinter einem aufgeschlagenen Buch sass. Er schaute empor, und ich schaute mit dem unbestimmten Gefühl, «den solltest du eigentlich kennen», über die Schulter zurück. Dann trat ich hinzu, um ihn zu begrüssen. Nachdem wir ein paar Worte gewechselt hatten, bemerkte ich mit einem Blick auf das offene Buch: «Ich will Sie aber nicht stören», und wollte schon weitergehen, als er mit seiner tonlosen Stimme erwiderte: «Ich lasse mich gerne stören», wobei er mich mit einer Handbewegung aufforderte, an seinem Tisch Platz zu nehmen.

Ich fragte ihn, ob er oft hierherkomme, um zu lesen. «Ja, dergleichen lese ich hier», erwiderte er und deutete auf den Titel des Buches: «Shelleys Gedichte».

«Dinge, die Sie wirklich...», ich wollte sagen «bewundern», liess den Satz aber vorsichtshalber unvollendet - zum Glück, er sagte nämlich mit ungewohntem Nachdruck: «Dinge zweiter Güte.»

Ich hatte von Shelley nur wenig gelesen, murmelte aber etwas wie: «Natürlich, er ist sehr unausgeglichen.»

«Ich hätte gedacht, Ausgeglichenheit sei gerade das, was ihn ungeniessbar macht. Eine tödliche Ausgeglichenheit. Das ist der Grund, warum ich ihn hier in diesem lärmigen Lokal lese. Es durchbricht den Rhythmus. Hier ist Shelley erträglich.» Soames nahm das Buch zur Hand und blätterte darin. Plötzlich lachte er auf. Sein Lachen war ein kurzes, unfrohes Kehlkopfgeräusch, von keinerlei Mienenspiel und keinem Aufleuchten der Augen begleitet. «Welch ein Jahrhundert!» stiess er hervor, wobei er das Buch wieder hinlegte. «Und welch ein Land!» setzte er hinzu.

Etwas ängstlich fragte ich, ob er nicht auch finde, Keats habe sich gegen die Einwirkung seiner Umwelt behauptet. Er gab zu, es gebe bei Keats «gewisse Stellen», benannte sie aber nicht. Von den älteren Schriftstellern, wie er sich ausdrückte, gefiel ihm offenbar nur Milton. «Milton», erklärte er, «war nie gefühlvoll.» Und: «Milton hatte dunkle Einsichten.» Und dann noch: «Milton kann ich jederzeit im Lesesaal lesen.»

«Im Lesesaal?»

«Des Britischen Museums. Da geh' ich jeden Tag hin.»

«Ach, wirklich? Ich war erst ein einziges Mal dort. Offen gestanden, ich finde diesen Lesesaal etwas trostlos. Er – er hat etwas Entkräftendes.»

«Gewiss. Deshalb geh' ich ja hin. Je geringer die Lebenskraft, um so empfänglicher ist man für grosse Kunst. Übrigens wohne ich in der Nähe des Museums. An der Dyott Street.»

«Und da gehen Sie also täglich in den Lesesaal, um Milton zu lesen?»

«Meistens Milton.» Er schaute mir in die Augen. «Es war Milton, der mich zum Teufelskult bekehrte.»

«Teufelskult? So, wirklich?» Es war mir stets peinlich, wenn jemand von seiner Religion sprach. «Sie - sind Teufelsanbeter?»

Soames schüttelte den Kopf. «Anbetung kann man es eigentlich nicht nennen», erklärte er und nahm einen Schluck Absinth. «Es handelt sich eher um ein Vertrauensverhältnis, das mir Lebensmut macht.»

«Ach so... Aber aus dem Vorwort zu Ihren ‹Verneinungen› hatte ich eher den Eindruck, Sie seien Katholik.»

«Je l'étais à cette époque. Vielleicht immer noch. Doch, ich bin katholischer Diabolist.»

Dieses Bekenntnis gab er in einem fast beiläufigen Ton von sich. Zuvorderst in seinen Gedanken war unverkennbar die Tatsache, dass ich seine «Verneinungen» gelesen hatte. Zum erstenmal war ein Aufleuchten in seine blassen Augen gekommen. Mir war zumute wie einem, der in einer mündlichen Prüfung ausgerechnet über das Gebiet befragt wird, das er am wenigsten beherrscht. Ich beeilte mich deshalb, ihn zu fragen, wann denn nun seine Gedichte herauskämen.

«Nächste Woche», erklärte er.

«Ohne Titel?»

«Nein, ich habe doch noch einen Titel gefunden. Aber den sage ich Ihnen noch nicht» - als hätte ich mich erdreistet, ihn danach zu fragen. «Ich bin noch nicht ganz zufrieden damit. Aber es ist der beste, den ich fand. Er lässt etwas von der Eigenart der Gedichte durchschimmern... Seltsame Gewächse, naturhaft und wild. Und doch auch wieder kostbar», setzte er hinzu, «in vielen Farben schillernd und voller Gift.»

Ich erkundigte mich, was er von Baudelaire halte. Er liess das Schnauben vernehmen, das bei ihm als Lachen galt. «Baudelaire», erklärte er, «war ein *bourgeois malgré lui.*» Frankreich hatte nur einmal einen Dichter gehabt: Villon, «und bei Villon sind zwei Drittel reiner Journalismus». Verlaine war ein *«épicier malgré lui».* Überhaupt galt ihm erstaunlicherweise die französische Literatur weniger als die englische. Bei Villiers de l'Isle-Adam gab es «gewisse Stellen». «Aber Frankreich verdanke ich gar nichts», fasste er zusammen. «Sie werden es schon sehen.»

Als es dann soweit war, vermochte ich das nicht ganz zu sehen. Ich fand, der Verfasser der «Fungoide» habe - unbewusst, versteht sich - den Pariser *décadents* einiges zu verdanken, oder dann den jungen englischen Lyrikern, die von den französischen beeinflusst waren. Das ist immer noch meine Meinung. Das schmale Bändchen, das ich in Oxford erstand, liegt vor mir, während ich dies schreibe. Der hellgraue Leineneinband und die Silberprägung haben sich nicht als sehr zeitbeständig erwiesen. Der Inhalt auch nicht. Mit betrübter Anteilnahme habe ich die Gedichte nochmals durchgesehen. Sie taugen nicht viel. Doch damals hatte ich das unbestimmte Gefühl, es *könnte* etwas dran sein. Vermutlich ist es meine Begeisterungsfähigkeit, die im Laufe der Jahre nachgelassen hat, nicht Soames' Lyrik.

Immerhin, er war ein Künstler, falls er überhaupt etwas war, der Ärmste. Als ich die «Fungoide» zum erstenmal las, fand ich merkwürdigerweise, der diabolistische Einschlag sei das beste daran. Der Teufelskult schien sich bei ihm vorteilhaft, ja belebend auszuwirken.

Es gab da unter den Gedichten eines, das «Nocturne» betitelt war und davon handelte, wie er sich einst nächtlicherweile Arm in Arm mit dem Teufel rings um den Soho Square erging, bis er ihm in trunkener Laune einen Wettlauf vorschlug, ein Ansinnen, das der Teufel ablehnte, worauf Soames ihn genauer musterte und mit einem schrillen Lachen feststellte, dass der Teufel tatsächlich, wie es allgemein hiess, alt geworden war.

Von den drei Strophen, fand ich, hatte die erste etwas Beschwingtes, eine ausgelassen kameradschaftliche Note. Die zweite war vielleicht etwas verstiegen. Doch die dritte gefiel mir; sie war so erfrischend unorthodox, selbst wenn man die Anschauungen der besonderen Sekte in Anschlag brachte, zu der Soames sich zählte. Von einem «Vertrauensverhältnis» war da nicht viel zu verspüren! Frohlockend stellte Soames den Teufel als Hochstapler bloss und machte mit seinem «schrillen Lachen» recht gute Figur, fand ich - damals! Jetzt, im Lichte dessen, was seither geschah, wirkt keines seiner Gedichte so betrüblich auf mich wie dieses «Nocturne».

Ich war gespannt, zu sehen, wie die Londoner Kritik sich dazu stellen würde. Es schien da zwei Gruppen zu geben: diejenigen, die nicht viel, und diejenigen, die gar nichts zu sagen hatten. Die zweite Gruppe war die grössere, und die erste äusserte sich auch nicht gerade überschwenglich. Was nun der «Preston Telegraph» zu sagen hatte –

> ... schlägt durchweg einen modernen Ton an... diese metrisch gekonnten Verse...

war das einzige für die Verlagsankündigungen Brauchbare. Ich hatte gehofft, den Dichter bei unserer nächsten Begegnung zu dem Aufsehen, das er erregt habe, beglückwünschen zu können, vermutete ich doch, er sei von seiner eigenen Grösse innerlich nicht so überzeugt, wie er sich den Anschein gab. Wie die Sache stand, konnte ich ihm, als ich ihn das nächstemal traf, lediglich sagen, ich hoffe, die «Fungoide» seien wenigstens buchhändlerisch ein Erfolg. Missmutig schaute er mich über sein Glas Absinth hinweg an und fragte, ob ich ein Exemplar gekauft habe; sein Verleger habe ihm gesagt, es seien deren drei verkauft worden. Ich lachte, wie über einen guten Witz.

«Sie glauben doch nicht, dass ich mir etwas daraus mache?» bemerkte er wegwerfend und setzte hinzu, er sei schliesslich kein Krämer.

Das sei ich auch nicht, versicherte ich, und überhaupt müsse ein Künstler, der wahrhaft Neues und Grosses schaffe, immer lange auf Anerkennung warten. Er behauptete, auf Anerkennung lege er nicht den geringsten Wert, und ich pflichtete ihm bei, die schöpferische Tätigkeit trage ihren Lohn in sich selbst.

Sein mürrisches Wesen hätte auch mich abschrecken können, wenn ich nicht überzeugt gewesen wäre, selber jemand zu sein. Hatten mich nicht sowohl John Lane als auch Aubrey Beardsly aufgefordert, einen Beitrag zu einem neuen Unternehmen - dem «Yellow Book» - zu liefern? Und hatte nicht Henry Harland, als Redakteur, meinen Essay angenommen? Und sollte dieser nicht in der allerersten Nummer abgedruckt werden? War das etwa nichts? Nur in Oxford befand ich mich noch *in statu pupillari,* in London war ich bereits jemand - jemand, der durch einen Soames nicht aus dem Gleichgewicht zu bringen war. Teils aus Wichtigtuerei, teils um ihm behilflich zu sein, sagte ich, Soames solle doch ebenfalls am «Yellow Book» mitarbeiten. Er stiess aber nur sein verächtliches Schnauben aus.

Dessenungeachtet erkundigte ich mich ein paar Tage darauf bei Harland, ob ihm die Arbeiten eines gewissen Soames bekannt seien. Harland, der gewöhnlich in seiner Stube auf und ab ging, verwarf die Arme und stöhnte laut; diesen komischen Kauz, erklärte er, kenne er von Paris her, und erst heute morgen habe er von ihm ein paar Gedichte im Manuskript erhalten.

«Hat er denn überhaupt kein Talent?» fragte ich.

«Er hat ein gesichertes Einkommen. Insofern ist er gut dran.»

Harland war eine Frohnatur und als Kritiker äusserst nachsichtig, redete aber nicht gern von Dingen, für die er sich nicht begeistern konnte. So liess ich denn das Thema fallen. Wenn Soames über ein Einkommen verfügte, bedurfte er ja unserer Fürsorge nicht so sehr. Wie ich später erfuhr, war er der Sohn eines erfolglosen und übrigens verstorbenen Buchhändlers in Preston, hatte jedoch von einer verheirateten Tante eine Lebensrente von dreihundert Pfund jährlich geerbt und brauchte für niemanden als sich selbst zu sorgen. Äusserlich war er also «gut dran». Im übrigen blieb er eine rührende Figur, namentlich wenn man bedachte, dass sich selbst der «Preston Telegraph» wohl nicht so lobend geäussert hätte, wäre nicht sein Vater ein stadtbekannter Mann gewesen. Bewundern musste ich die verbissene Hartnäckigkeit, mit der er als grosser Dichter auftrat. Von keiner Seite erfuhr er die geringste Förderung, doch nie gab er sich geschlagen.

Wo immer die *jeunes féroces* der Literatur und Kunst sich versammelten, sei es in einem Lokal in Soho, das sie neuerdings entdeckt hatten, oder in einem Variété, das sie als Stammlokal erkoren, überall war Soames mit dabei, wenn auch nur am Rande, eine schummrige, aber unvermeidliche Gestalt. Nie suchte er seine Kollegen für ihn günstig zu stimmen, nie liess er im geringsten von seiner Überheblichkeit ab, was seine eigenen Leistungen betraf, oder von seiner Verachtung für die ihren. Den Malern gegenüber verhielt er sich respektvoll, ja bescheiden, doch für die Lyriker und Prosaisten des «Yellow Book» und später des «Savoy» hatte er nichts als Hohn und Spott. Niemand verargte es ihm. Es wäre niemandem eingefallen, ihn und seinen katholischen Diabolismus ernst zu nehmen. Als er im Herbst '96 ein drittes Buch, sein letztes, herausbrachte (diesmal auf eigene Kosten), nahm niemand weder dafür noch dagegen Stellung. Ich wollte es kaufen, vergass es dann aber. Ich habe es nie zu Gesicht bekommen und muss zu meiner Schande gestehen, dass mir sogar der Titel entfallen ist. Dagegen weiss ich noch, dass ich bei seinem Erscheinen zu Rothenstein sagte, der arme Soames sei eigentlich eine tragische Gestalt und werde wohl buchstäblich am Mangel an Anerkennung sterben. Rothenstein verlachte mich. Er meinte, ich wolle bloss als gutherzig gelten, was ich im Grunde gar nicht sei, und vielleicht hatte er recht. Doch bei einer Vernissage des Neuen Kunstklubs, ein paar Wochen darauf, entdeckte ich ein Bildnis von Enoch Soames, in Pastellkreide, an der Wand. Es sah ihm sehr ähnlich, und es sah Rothenstein ähnlich, es geschaffen zu haben. Soames stand in der Nähe, mit Schlapphut und wasserdichtem Schultermantel, den ganzen Nachmittag lang. Wer ihn kannte, hätte auch das Bild auf den ersten Blick erkannt, aber sonst hätte niemand von dem Bild auf den Danebenstehenden geraten; es war so viel ausgeprägter vorhanden als er, musste es ja sein. Auch zeigte es nicht jenen Anflug von Beglücktheit, den Soames damals zur Schau trug. Er hatte einen Hauch des Ruhms verspürt. Noch zweimal ging ich im Laufe des Monats in den Kunstklub, und beidemal war auch Soames dort zu sehen. Rückblickend will mich dünken, der Schluss dieser Ausstellung sei auch der Abschluss seiner Laufbahn gewesen. Nachdem er den Anhauch des Ruhms nicht mehr verspürte, gab er auf. Besonders gesund hatte er ohnehin nie ausgesehen, jetzt wirkte er beängstigend - nur noch ein Schatten des Schattens, den er früher gewesen war. Er verkehrte immer noch im Dominosaal, da ihm aber jedes Bedürfnis, andern aufzufallen, abhanden gekommen war, las er dort keine Bücher mehr. «Sie lesen wohl nur noch im Museum?» fragte ich mit gespielter Munterkeit. Er erwiderte, er gehe überhaupt nicht mehr hin. «Es gibt dort keinen Absinth», murmelte er. Das war die Art von Bemerkung, die er früher gemacht hätte, um sich aufzuspielen, doch jetzt klang sie überzeugend. Der Absinth, einst ein Zug in dem Persönlichkeitsbild, das aufzubauen er sich so angestrengt bemüht hatte, war ihm jetzt Trost und Notwendigkeit.

Er nannte ihn nicht mehr *«la sorcière glauque»*. Überhaupt hatte er alle französischen Redensarten abgelegt und machte kein Hehl mehr daraus, dass er aus Preston stammte.

Misserfolg - unverhohlener, vollständiger Misserfolg - hat seine eigene Würde. Ich ging Soames aus dem Wege, weil ich mir in seiner Gegenwart geradezu gewöhnlich vorkam. John Lane hatte inzwischen zwei schmale Bändchen von mir veröffentlicht, die mir einen netten Achtungserfolg eintrugen. Auf meine bescheidene Art war ich nachgerade jemand. Frank Harris hatte mir Gelegenheit verschafft, mich in der «Saturday Review» auszutoben, Alfred Harmsworth liess mich im «Daily Mail» dasselbe tun. Ich war genau, was Soames nicht war, doch in seiner Gegenwart wurde ich meines Erfolgs nicht froh. Hätte ich gewusst, dass er wirklich fest an die Bedeutung dessen glaubte, was er künstlerisch geleistet hatte, wäre ich ihm wohl nicht aus dem Weg gegangen. Wer sich noch einen Rest von Selbstgefühl bewahrt hat, kann nicht als vollkommener Misserfolg gelten. Soames' Würde bestand nur in meiner Einbildung. Und dann eines Tages in der ersten Juniwoche '97 kam mir diese Einbildung abhanden. Allerdings kam im Laufe dieses Tages auch Soames abhanden.

Ich war fast den ganzen Vormittag unterwegs gewesen, und da es zu spät war, um zum Mittagessen noch nach Hause zu fahren, suchte ich das «Vingtième» auf. Das kleine Lokal –

Restaurant du vingtième siècle hiess es eigentlich –, ein Jahr zuvor von den Literaten entdeckt, war inzwischen von den meisten zugunsten einer noch neueren Entdeckung aufgegeben worden. Ich glaube nicht, dass es lange genug bestand, um seinen Namen zu rechtfertigen, aber damals war es noch da, an der Greek Street, unweit des Soho Square, und beinahe gegenüber dem Haus, in welchem sich am Anfang des Jahrhunderts ein kleines Mädchen und mit ihm ein Junge namens De Quincey nächtlicherweile im Dunkel aufgehalten hatten, von Hunger geplagt, inmitten von Ratten und alten Rechtsurkunden. Das «Vingtième» war nur ein kleiner, weissgetünchter Raum, den man unmittelbar von der Strasse aus betrat, mit der Küche am andern Ende. Besitzer und Koch war ein Franzose, bei uns als Monsieur Vingtième bekannt; bedient wurde man von seinen zwei Töchtern – Rose und Berthe –, und das Essen galt als gut. Die Tische waren so schmal und so eng aneinandergerückt, dass deren zwölf Platz fanden; von jeder der beiden Wände standen sechs ab.

Nur die zwei unmittelbar neben der Tür waren besetzt, als ich das Lokal betrat. Auf der einen Seite sass ein grosser, aufdringlich und etwas mephistophelisch wirkender Mann, den ich schon des öfteren im Dominosaal und anderswo gesehen hatte. Auf der andern Seite sass Soames. Sie standen in einem sonderbaren Gegensatz zueinander – Soames, eine abgezehrte Gestalt, mit dem Hut und Mantel, die er nirgends abnahm, und dieser andere, prall voller Leben, bei dessen Anblick ich mich mehr denn je fragte, ob er Diamantenhändler, Zauberkünstler oder Privatdetektiv sei. Ich war sicher, dass Soames keinen Wert auf meine Gesellschaft legte, aber um nicht allzu schroff zu erscheinen, fragte ich ihn, ob ich mich zu ihm setzen dürfe, und nahm ihm gegenüber Platz. Er rauchte eine Zigarette, hatte ein Tellergericht vor sich, von dem er noch nichts gegessen hatte, und eine halbleere Flasche Sauterne; auch sprach er kein Wort. Ich bemerkte, die Vorbereitungen für das Diamantene Jubiläum machten London vollends unmöglich. (Eigentlich fand ich Gefallen daran.) «Am liebsten würde ich verreisen», setzte ich hinzu, «bis der ganze Rummel vorüber ist.» Vergeblich suchte ich mich auf seine düstere Verfassung einzustimmen. Er schien mich nicht zu hören, schien mich überhaupt nicht wahrzunehmen. Ich hatte den Eindruck, sein Verhalten mache mich in den Augen des andern Gastes lächerlich. Der Raum zwischen den beiden Tischreihen im «Vingtième» war so schmal, dass Rose und Berthe sich beim Bedienen immer seitlich aneinander vorbeidrücken mussten, was nie ohne leise Schimpferei abging. Wer an einem Nebentisch sass, war gewissermassen Tischnachbar. Der unsere schien belustigt über meine Versuche, mit Soames in ein Gespräch zu kommen. Ohne mich nach ihm umzuwenden, hatte ich ihn dauernd in meinem Blickfeld. Ich hoffte nur, im Vergleich mit Soames nicht so vulgär zu wirken wie dieser andere. Engländer war er bestimmt nicht, aber was sonst? Obwohl er sein pechschwarzes Haar *en brosse* trug, war er offenbar doch kein Franzose. Mit Berthe, die ihn bediente, sprach er zwar fliessend französisch, aber doch nicht so, als sei es seine Muttersprache. Allem Anschein nach war er zum erstenmal im «Vingtième» eingekehrt, doch Berthe behandelte ihn ungefällig; er hatte keinen guten Eindruck gemacht. Schöne Augen hatte er, aber sie waren - wie die Tische im «Vingtième» - zu schmal und standen zu eng beieinander. Seine Nase hatte etwas vom Schnabel eines Raubvogels, und die Schnurrbartspitzen, gewichst und aufgezwirbelt, gaben seinem Lächeln etwas Starres. Er wirkte entschieden ungemütlich. Und was mein Missbehagen noch steigerte, war seine scharlachrote Weste, die so gar nicht zur Jahreszeit passte. Nicht nur wegen der Hitze war die Weste grundfalsch, sie war überhaupt grundfalsch. Nicht einmal der Weihnachtsmann hätte sie tragen können. Ich rätselte noch daran herum, was daran falsch sei, als Soames auf einmal und höchst befremdlich die Stille unterbrach. «In hundert Jahren», sagte er leise vor sich hin, wie in einem Dämmerzustand.

«...sind wir nicht mehr hier!» ergänzte ich etwas lahm.

«Nein, dann sind wir nicht mehr hier», murmelte er, «aber das Britische Museum steht immer noch, wo es heute steht, mitsamt dem Lesesaal. Und die Benützer gehen immer noch ein und aus.» Er japste, und sein Gesicht verzerrte sich wie von einem heftigen Schmerz.

Was mochte wohl sein Gedankengang gewesen sein? Es wurde mir nicht klarer, als Soames nach geraumer Weile sagte: «Sie glauben, es habe mir nie etwas ausgemacht.»

«Was denn, Soames?»

«Verkannt zu bleiben. Keinen Erfolg zu haben.»

«Keinen Erfolg?» sagte ich herzhaft. «Keinen Erfolg?» wiederholte ich etwas weniger herzhaft. «Verkennung - ja, vielleicht, aber das ist etwas ganz anderes. Natürlich sind Sie nicht genügend gewürdigt worden. Wenn schon! Jeder Künstler, der - der...» Was ich sagen wollte, war «jeder Künstler, der wahrhaft Neues und Grosses schafft, muss lange auf Anerkennung warten», aber ich brachte es nicht über die Lippen; angesichts seines Elends, seines so unverkennbaren und unverhohlenen Elends, brachte ich es einfach nicht heraus.

Und dann - machte er selber meinen Satz fertig. Ich bekam einen roten Kopf. «Das wollten Sie doch sagen, nicht?» fragte er.

«Woher wissen Sie das?»

«Das haben Sie mir vor drei Jahren gesagt, als meine ‹Fungoide› herauskamen.» Ich lief noch röter an, überflüssigerweise, wie sich herausstellte. «Es ist das einzig Wesentliche, was

Sie mir je gesagt haben», fuhr er fort, «und ich habe es nie vergessen. Es ist wirklich wahr - trostlos wahr. Aber wissen Sie noch, was ich darauf geantwortet habe? Ich sagte, auf Anerkennung legte ich nicht den geringsten Wert. Und Sie haben mir geglaubt. Die ganze Zeit haben Sie geglaubt, ich sei über dergleichen erhaben. Sie sind ein oberflächlicher Mensch. Was können *Sie* vom Innenleben eines Menschen wie ich wissen? Sie stellen sich vor, der Glaube eines grossen Künstlers an sich selber und an das Urteil der Nachwelt genügten, um ihn zu beglücken... Von der Bitterkeit und Einsamkeit haben Sie nie etwas geahnt, und von der...» Die Stimme versagte ihm, doch bald ermannte er sich wieder. «Die Nachwelt!» sagte er mit einer Lautstärke, die ich an ihm gar nicht kannte. «Was nützt sie *mir?* Ein Toter weiss nichts davon, wenn die Leute sein Grab besuchen - sein Geburtshaus besuchen - Tafeln an Hausmauern anbringen - Standbilder von ihm enthüllen. Ein Toter hat nichts von den Büchern, die über ihn geschrieben werden. In hundert Jahren! Stellen Sie sich das vor! Ja, wenn ich in hundert Jahren ins Leben zurückkehren könnte - nur für ein paar Stunden -, um in den Lesesaal zu gehen und dort zu *lesen!* Oder noch besser: wenn ich jetzt, in diesem Augenblick, in die Zukunft, in den Lesesaal des Britischen Museums versetzt werden könnte, bloss diesen einen Nachmittag lang! Dafür würde ich mich dem Teufel mit Leib und Seele verschreiben, für das allein! Stellen Sie sich vor, Seiten um Seiten im Katalog: SOAMES, ENOCH - endlos. Unzählige Ausgaben, Kommentare, Abhandlungen, Biographien...» Doch hier wurde er vom lauten Knarren des Stuhls am Nebentisch unterbrochen. Unser Nachbar hatte sich ein wenig erhoben und beugte sich, halb zudringlich, halb Verzeihung heischend, zu uns herüber.

«Gestatten», sagte er leise. «Ich habe Ihr Gespräch unwillkürlich mitangehört. Darf ich mir die Freiheit herausnehmen, in diesem kleinen Restaurant *sans-façon»* - er umfasste es mit einer Handbewegung - «mich an Ihrem Gespräch zu beteiligen?»

Es blieb uns nichts anderes übrig, als ihm unser Einverständnis kundzutun. Berthe war unter der Küchentür erschienen, im Glauben, der Fremde wolle zahlen. Er winkte mit seiner Zigarre ab, und schon hatte er neben mir Platz genommen und wandte sich an Soames.

«Obwohl nicht Engländer», bemerkte er, «kenne ich mich dennoch in London gut aus, Mr. Soames. Ihr Name und Ruf - auch der Mr. Beerbohms - sind mir wohlbekannt. Dagegen möchten Sie wohl wissen, wer ich bin?» Verstohlen blickte er über die Schulter zurück und setzte hinzu: «Ich bin der Teufel.»

Ich konnte nicht anders, ich musste lachen. Zwar suchte ich es zu verklemmen, schliesslich gab es da nichts zu lachen, auch war es unhöflich, aber - ich lachte schallend heraus. Die würdevolle Ruhe des Teufels, das Erstaunen und das Befremden, die sich in seinem Stirnrunzeln kundtaten, das reizte mich nur um so mehr, und ich schüttete mich aus vor Lachen. Kurz, mein Benehmen war unmöglich.

«Ich bin ein Kulturträger», betonte er, «und ich dachte, ich befände mich in der Gesellschaft von Kulturträgern.»

«Bitte nicht!» brachte ich knapp heraus. «Ach, bitte nicht!»

«Sonderbar, wie?» hörte ich ihn zu Soames sagen. «Es gibt Menschen, die finden die blosse Erwähnung meines Namens zum Schreien lustig. Im Theater braucht ein Komödiant, auch der langweiligste, bloss zu sagen: ‹Zum Teufel!›, und schon kreischen die Leute. Stimmt doch?»

Ich hatte mit knapper Not wieder genug Luft, um mich zu entschuldigen. Er nahm die Entschuldigung an, allerdings kühl, und wandte sich wieder an Soames.

«Als Geschäftsmann», erklärte er, «bin ich immer dafür, eine Sache sofort zu erledigen. Sie sind Lyriker. *Les affaires* - die sind Ihnen ein Graus. Schön. Aber mit mir werden Sie doch verhandeln, eh? Was Sie soeben sagten, lässt mich hoffen.»

Soames hatte sich eine neue Zigarette angesteckt; im übrigen sass er reglos da, die Ellbogen auf dem Tisch aufgestützt, und schaute zum Teufel auf. «Weiter!» nickte er. Mir war unterdessen das Lachen vergangen.

«Unser kleiner Handel wird um so angenehmer sein», fuhr der Teufel fort, «als Sie, wenn ich mich nicht irre, Diabolist sind.»

«Katholischer Diabolist», ergänzte Soames.

Der Teufel liess es durchgehen. «Sie möchten gerne heute nachmittag - jetzt gleich - den Lesesaal des Britischen Museums besuchen», fuhr er weiter, «aber so, wie er in hundert Jahren sein wird, nicht? *Parfaitement.* Die Zeit - eine schöne Täuschung. Vergangenheit und Zukunft - sie sind jederzeit so gegenwärtig wie die Gegenwart, oder jedenfalls ‹gleich um die Ecke›, wie man so sagt. Ich schalte Sie auf jedes beliebige Datum um. Ich versetze Sie voraus - *pouf!* Sie möchten in diesem Lesesaal sein, wie er am Nachmittag des 3. Juni 1997 sein wird? Sie möchten jetzt, in diesem Augenblick, dort stehen, gleich hinter der Schwingtür? Und dort bleiben, bis der Saal geschlossen wird? Habe ich Sie richtig verstanden?»

Soames nickte.

Der Teufel schaute auf die Uhr. «Zehn nach zwei», sagte er. «Geschlossen wird dannzumal immer noch wie jetzt, um sieben. Sie haben also fast fünf Stunden Zeit. Um sieben Uhr - *pouf!* - befinden Sie sich wieder hier, an diesem Tisch. Ich selber speise heute abend *dans le monde - dans le higlif.* Damit ist dann mein Aufenthalt in London zu Ende. Und auf dem Heimweg komme ich Sie hier abholen, Mister Soames.»

«Heimweg?» sagte ich.

«Was man so nennt», erwiderte der Teufel unbekümmert.

«Meinetwegen», sagte Soames.

«Soames!» rief ich betroffen. Doch mein Freund verzog keine Miene.

Der Teufel schickte sich an, nach Soames' Vorderarm zu langen, hielt jedoch inne.

«Auch in hundert Jahren», bemerkte er lächelnd, «ist das Rauchen im Lesesaal immer noch verboten. Es ist deshalb besser...»

Soames nahm die Zigarette aus dem Mund und liess sie in das Glas Sauterne fallen.

«Soames!» rief ich abermals. «Sehen Sie denn nicht...?» Doch der Teufel hatte jetzt eine Hand über den Tisch gestreckt. Langsam senkte er sie auf - das Tischtuch. Soames' Stuhl war leer. Seine Zigarette schwamm durchnässt im Weinglas. Sonst keine Spur mehr von ihm.

Eine Weile liess der Teufel seine Hand, wo sie war, wobei er mich aus dem Augenwinkel hämisch-frohlockend anblickte.

Mich kam ein Schaudern an. Nur mit Mühe konnte ich mich beherrschen. «Sieh mal an!» sagte ich dann herablassend und stand auf. «Nur - ‹Die Zeitmaschine› ist ein unterhaltsames Buch, nicht? So ganz und gar originell!»

«Sie geruhen zu spotten», bemerkte der Teufel, der ebenfalls aufgestanden war, «nur - über eine unausführbare Maschine zu schreiben und eine überwirkliche Macht zu sein, ist zweierlei.» Immerhin, ich hatte nicht schlecht abgeschnitten.

Als wir uns erhoben, war Berthe herzugetreten. Ich erklärte ihr, Soames sei weggerufen worden; wir seien beide zum Abendessen wieder hier. Erst an der frischen Luft draussen wurde mir wirblig im Kopf. Ich habe nur eine äusserst schleierhafte Erinnerung an das, was ich im grellen Sonnenschein jenes endlosen Nachmittags tat und wo ich überall umherwanderte. Ich weiss noch, dass längs des Piccadilly die Zimmerleute an den halbfertigen Tribünen herumhämmerten. Geschah es im Green-Park oder in den Kensington-Anlagen, dass ich unter einem Baum auf einem Stuhl sass und eine Zeitung zu lesen versuchte, oder wo sonst? Im Leitartikel kam ein Satz vor, der mich nicht losliess, matt wie ich war... «Nur wenig entzieht sich der Kenntnis dieser erlauchten Frauengestalt, voll der angesammelten Weisheit ihrer sechzig Jahre auf dem Thron.»

Ich erinnere mich, dass ich in Gedanken ein verwegenes Schreiben aufsetzte (per Eilboten nach Windsor zu befördern, mit dem Auftrag, auf Antwort zu warten):

Madame - wohlwissend, dass Ihre Majestät voll der angesammelten Weisheit Ihrer sechzig Jahre auf dem Thron sind, wage ich es, Sie in der nachstehenden heikeln Sache um Rat anzugehen. Mr. Enoch Soames, dessen Gedichte Ihnen vielleicht bekannt sind, vielleicht auch nicht...

Gab es denn keine Möglichkeit, ihm zu helfen - ihn zu retten? Ein Pakt ist ein Pakt, und ich war der letzte, einem Vertragsbruch Vorschub zu leisten. Ich hätte nicht den kleinen Finger gerührt, um Faust zu retten. Hingegen der arme Soames...! Dazu verdammt, ewig zu büssen, und wofür? Für nichts als vergebliche Nachforschungen und bittere Enttäuschung...

Soames weilte wohl in diesem Augenblick leibhaftig im letzten Dezennium des 20. Jahrhunderts, steckte die Nase in Bücher, die noch gar nicht geschrieben sind, sah Menschen, die noch gar nicht geboren sind, und wird von ihnen gesehen. Es kam mir unheimlich vor. Noch unheimlicher allerdings war, dass er noch heute abend zur Hölle fahren würde, um für immer und ewig dort zu schmachten. Das Leben war entschieden phantastischer als jeder Roman.

Endlos war dieser Nachmittag. Ich wollte fast, ich wäre mit Soames gegangen - nicht, um mich im Lesesaal aufzuhalten, vielmehr, um rasch einen Rundgang durch ein neues London zu unternehmen. Ruhelos verliess ich den Park, in welchem ich Ruhe gesucht hatte. Es gelang mir nicht, mich in die Rolle eines wissbegierigen Touristen aus dem 18. Jahrhundert zu versetzen. Unerträglich langsam und leer schleppten sich die Minuten dahin. Lange vor sieben Uhr war ich wieder im «Vingtième».

Ich setzte mich an denselben Platz, den ich am Mittag eingenommen hatte. Durch die offene Tür hinter mir kam träge etwas Luft herein. Von Zeit zu Zeit tauchten Rose oder Berthe vorübergehend auf. Ich hatte ihnen gesagt, ich wolle mit der Bestellung noch warten, bis Mr. Soames auch da sei. Eine Drehorgel begann zu spielen und übertönte eine Auseinandersetzung zwischen einigen Franzosen draussen auf der Strasse. Wenn das Stück wechselte, hörte ich jeweils, dass der Streit noch weitertobte. Unterwegs hatte ich mir eine Abendausgabe gekauft, die ich jetzt entfaltete, doch mein Blick schweifte dauernd davon ab und zur Uhr oberhalb der Küchentür hinüber...

Fünf Minuten fehlten jetzt noch! Mir fiel ein, dass man in Gaststätten oft die Uhr fünf Minuten vorgehen lässt. Ich heftete den Blick auf die Zeitung, fest entschlossen, nicht mehr davon aufzuschauen. Voll auseinandergefaltet hielt ich sie mir vors Gesicht, um nichts anderes zu sehen... Eine etwas zittrige Zeitung? «Nur der Zugluft wegen», sagte ich mir.

Allmählich bekam ich ganz steife Arme; sie taten mir weh, doch sie senken, das durfte ich nicht, jetzt nicht mehr. Eine Ahnung beschlich mich, dann Gewissheit. Na und...? Wozu war ich denn sonst hier? Allein, ich liess die Schranke der Zeitung nicht nieder. Erst das Geräusch von Berthes Schritten ermöglichte es mir, zwang mich, die Zeitung hinzulegen und zu sagen: «Was wollen wir essen, Soames?»

«Il est souffrant, ce pauvre Monsieur Soames?» fragte Berthe.

«Nur etwas - müde.» Ich trug ihr auf, Wein

zu bringen - Burgunder - und ein Tellergericht. Die Ellbogen aufgestützt, sass Soames da, genau wie ich ihn zuletzt gesehen hatte. Es war, als hätte er sich überhaupt nicht von der Stelle gerührt, er, der so unvorstellbar weit weg gewesen war. Einmal oder zweimal im Laufe des Nachmittags war mir der Gedanke gekommen, vielleicht sei seine Reise doch nicht zwecklos - vielleicht hätten wir alle Soames unterschätzt. Dass wir leider recht gehabt hatten, wurde mir entsetzlich klar, sobald ich ihn sah.

«Lassen Sie den Mut nicht sinken», sagte ich etwas stockend. «Vielleicht haben Sie bloss nicht genug Zeit eingeräumt - zwei, drei Jahrhunderte später, vielleicht...»

«Ja», kam es von gegenüber, «daran habe ich auch gedacht.»

«Und jetzt - jetzt handelt es sich um die unmittelbare Zukunft. Wo wollen Sie sich verstecken? Wie wär's, wenn Sie von Charing Cross aus den Schnellzug nach Paris nähmen? Sie haben noch eine knappe Stunde Zeit. Fahren Sie aber nicht bis Paris. Steigen Sie in Calais aus. Bleiben Sie in Calais. Dort sucht er Sie bestimmt nicht.»

«Ich bin doch immer derselbe Pechvogel», versetzte er, «da muss ich nun meine letzten Stunden hienieden mit einem Esel verbringen.» Ich nahm es nicht als Kränkung. «Und zwar mit einem hinterlistigen Esel», setzte er hinzu, unverständlich für mich, und warf mir einen zerknüllten Zettel hin, den er in der Hand gehalten hatte. Ich warf einen flüchtigen Blick darauf und legte ihn ungeduldig beiseite.

«Reissen Sie sich doch zusammen, Mensch! Es geht hier nicht nur um Leben und Tod. Es geht um ewige Marter und Pein, vergessen Sie das nicht! Sie wollen doch nicht behaupten, dass Sie untätig hier zu warten gedenken, bis der Teufel Sie abholt?»

«Es bleibt mir nichts anderes übrig.»

«Na, hören Sie, so weit brauchen Sie das ‹Vertrauensverhältnis› auch wieder nicht zu treiben! Das ist ja wildgewordener Diabolismus!» Ich schenkte ihm von dem Burgunder ein. «Nachdem Sie den Rüpel jetzt gesehen haben...»

«Es hat keinen Zweck, ihn zu schmähen.»

«Sie müssen doch zugeben, dass er nichts Miltonisches an sich hat.»

«Ich behaupte ja nicht, dass er meiner bisherigen Vorstellung von ihm entspricht.»

«Ein pöbelhafter Kerl ist das, ein Hochstapler, einer von denen, die sich im Riviera-Express in den Gängen umhertreiben und den Damen die Schmuckschatullen stehlen. Stellen Sie sich doch vor - ewige Pein unter *seinem* Vorsitz!»

«Sie glauben doch nicht etwa, dass ich mich darauf freue?»

«Also, warum verkrümeln Sie sich denn nicht unauffällig?»

Immer wieder schenkte ich ihm ein, und immer wieder leerte er mechanisch das Glas, doch der Wein entfachte keinen Funken Unternehmungsgeist in ihm. Essen wollte er überhaupt nichts, und auch ich brachte kaum einen Bissen hinunter. Zuinnerst glaubte ich ja auch nicht, dass eine Flucht ihm etwas nützen würde. Die Verfolgung würde sofort einsetzen, und zur Strecke gebracht wurde er bestimmt. Doch alles war besser als dieses untätige, schicksalsergebene, elende Warten. Ich sagte Soames, er sei es der Ehre des Menschengeschlechts schuldig, wenigstens zum Schein Widerstand zu leisten. Er fragte, was denn die Menschen je für ihn getan hätten. «Ausserdem», setzte er hinzu, «begreifen Sie denn nicht, dass ich in seiner Macht bin? Sie haben doch gesehen, wie er mich anrührte. Damit ist mein Schicksal besiegelt.»

Ich machte eine verzweifelte Handbewegung. Das Wort «besiegelt» schien es ihm angetan zu haben, er wiederholte es dauernd. Mir wurde klar, dass der Wein seine Sinne umnebelt hatte. Kein Wunder, war er doch mit leerem Magen in die Zukunft gezogen, und er hatte noch immer nichts gegessen. Ich redete ihm zu, wenigstens etwas Brot zu sich zu nehmen. Der Gedanke, er, der so viel zu erzählen hatte, könnte am Ende überhaupt nichts sagen, machte mich ganz rasend. «Wie war es denn überhaupt», fragte ich, «dort drüben? Erzählen Sie mir doch von Ihren Erlebnissen.»

«Das würde Ihnen erstklassigen Stoff liefern, wie?»

«Sie tun mir ehrlich leid, Soames, und ich habe volles Verständnis für Ihren Zustand, aber mir unterzuschieben, ich wolle Sie als ‹Stoff› ausmünzen, das habe ich nicht verdient.»

Der arme Kerl presste die Hände gegen die Schläfen. «Ich weiss nicht», sagte er, «ich hatte doch irgendeinen Grund... Was war es denn bloss?»

«Recht so, suchen Sie sich an alles zu erinnern. Nehmen Sie noch etwas Brot. Wie sah eigentlich der Lesesaal aus?»

«Eigentlich wie immer», sagte er schliesslich.

«Eine Menge Leute?»

«Ungefähr wie immer.»

«Wie sahen sie denn aus?»

Soames versuchte, sie sich zu vergegenwärtigen. «Alle sahen einander sehr ähnlich», kam ihm schliesslich in den Sinn.

Ich tat in Gedanken einen beängstigenden Sprung. «Alle in synthetisches Zeug gekleidet?»

«Ja, ich glaube. Gelblich-graues Zeug.»

«Eine Art Einheitstracht?» Er nickte. «Mit einer Nummer dran vielleicht? Ein blechernes Nummernschild am linken Ärmel? DKF 78910 - oder so ähnlich?» Genau so war es. «Und alle - die Männer wie auch die Frauen - alle sehr gepflegt? Höchst utopisch? Einen penetranten Karbolgeruch verbreitend? Und alle völlig unbehaart?» Jedesmal hatte ich richtig geraten. Soames war bloss nicht sicher, ob die

Männer und Frauen geschoren waren oder überhaupt keinen Haarwuchs hatten.

«Ich fand keine Zeit, sie genauer zu betrachten», erklärte er.

«Klar, versteht sich, aber...»

«Mich haben sie gross angeschaut, das kann ich Ihnen sagen. Ich fiel auf.» Das war ihm zu guter Letzt also doch noch gelungen. «Ich habe ihnen wohl einen Schrecken eingejagt. Sie wichen mir aus und liefen in einem gewissen Abstand hinter mir her, wo immer ich hinging. Die Schalterbeamten in der Mitte des Saals schienen jedesmal von einer Panik erfasst, wenn ich um eine Auskunft bat.»

«Und was taten Sie als erstes?»

Nun, er war natürlich stracks zum Katalog gegangen - zu den S-Bänden, und war lange vor dem Folianten SN-SOF stehen geblieben, ohne ihn aus dem Gestell nehmen zu können, er hatte ja solches Herzklopfen... Die Enttäuschung, sagte er, habe sich nicht sogleich eingestellt; zuerst habe er nur geglaubt, man habe eine andere Anordnung getroffen. Er hatte sich zu einem der Schalterbeamten in der Mitte des Saals begeben, um sich zu erkundigen, wo der Katalog der Literatur aus dem 20. Jahrhundert stehe. Man bedeutete ihm, es gebe noch immer nur einen einzigen Katalog. Abermals schlug er seinen Namen nach und starrte fassungslos die drei eingeklebten Titelstreifen an, die ihm so wohlbekannten. Dann ging er und setzte sich irgendwo hin, lange, lange...

«Und dann», fuhr er eintönig fort, «schlug ich im grossen Biographischen Lexikon nach und in einigen andern Nachschlagewerken... Schliesslich ging ich und erkundigte mich bei einem Beamten, welches die beste Literaturgeschichte des ausgehenden 19. Jahrhunderts sei. Man sagte mir, T. K. Nuptons Werk gelte als das beste. Ich suchte es im Katalog und füllte einen Bestellzettel aus. Man brachte es mir an meinen Platz. Im Register stand mein Name nicht, aber... Ach ja!» rief er in ganz verändertem Ton. «Das war's, was ich vergessen hatte. Wo ist diese Notiz? Geben Sie sie mir wieder.»

Auch ich hatte das Geschreibsel vergessen. Schliesslich fand ich es auf dem Boden und überreichte es ihm.

Er glättete den zerknüllten Zettel, wobei er hämisch nickte und lächelte. «Ich blätterte in Nuptons Buch», fuhr er fort. «Es war etwas beschwerlich zu lesen, die Rechtschreibung war eine andere, nur die Eigennamen waren noch wie früher geschrieben. Sonst wäre mir mein Name wohl gar nicht aufgefallen.»

«Ihr eigener Name? Wirklich? Soames, das freut mich.»

«Und der Ihre.»

«Nein!»

«Ich war sicher, dass Sie hier auf mich warten würden, deshalb habe ich mir die Mühe genommen, die betreffende Stelle herauszuschreiben. Hier, lesen Sie!»

Eifrig griff ich nach dem Zettel. Soames'

Handschrift war – wie konnte es anders sein? – undeutlich und schummrig. Ich erfasste deshalb nicht gleich, worauf Nupton hinauswollte.

Das Schriftstück liegt gegenwärtig vor mir. Seltsam, dass der Text, den ich hier für den Leser abschreibe, von Soames für mich in ferner Zukunft abgeschrieben wurde, genaugenommen erst in achtundsiebzig Jahren...

Aus «englische literatur 1890–1900» von T. K. Nupton, erschienen im staatsverlag, 1992, s. 234:

So hat damals ein schriftsteller namens Max Beerbohm, der das 20. jahrhundert noch erlebte, eine erzählung verfasst, in welcher er eine erdachte gestalt namens Enoch Soames beschrieb – einen lyriker dritter güte, der sich für ein grosses genie hält und mit dem teufel einen pakt eingeht, um zu erfahren, was die nachwelt von ihm findet! Forcierte satire, aber nicht ohne wert, da sie zeigt, wie ernst sich die jungen literaten in den neunziger jahren nahmen. Nachdem die schriftsteller jetzt zum verband des personals öffentlicher dienste gehören, haben sie die richtige einstellung gefunden und erfüllen ihre pflicht, ohne an das morgen zu denken. «Jeder arbeiter ist seines lohnes wert», heisst es, und damit lässt man es bewenden. Zum glück gibt es heute unter uns keine Enoch Soamese mehr!

Das Ganze war wie ein böser Traum. In der Ferne, als trostloser Hintergrund, die Verhältnisse, wie sie den Literaturbeflissenen bevorstanden; hier, an meinem Tisch, der arme

Schlucker, der mich nicht aus den Augen liess, und den ich offenbar - doch nein, ich mochte in den kommenden Jahren noch so tief sinken, einer solchen Niedertracht war ich bestimmt nicht fähig...

Ich prüfte das Geschriebene nochmals genau. «Erdachte Gestalt», aber hier sass ja Soames, ebensowenig erdacht, leider, wie ich selber. Und «forciert», was sollte denn das wieder heissen? «Das ist alles höchst - rätselhaft», stammelte ich schliesslich.

Soames schwieg, verwandte aber keinen Blick von mir.

«Sind Sie sicher», fragte ich etwas lahm, «dass Sie den Text richtig abgeschrieben haben?»

«Ganz sicher.»

«Nun, dann ist es dieser unselige Nupton, der einen krassen Fehler gemacht hat - machen wird... Hören Sie mal, Soames, so wie Sie mich kennen, können Sie doch nicht annehmen, dass ich... Schliesslich ist ‹Max Beerbohm› kein ganz ungewöhnlicher Name, und ‹Enoch Soames› muss es auch mehrfach geben, ich meine, ‹Enoch Soames› ist ein Name, auf den jeder verfallen könnte, der eine Geschichte schreibt. Und überhaupt, ich schreibe ja gar nicht Geschichten, ich bin Essayist, einer, der aufzeichnet, was er um sich herum beobachtet... Zugegeben, es ist ein ausserordentlicher Zufall. Aber Sie müssen doch einsehen...»

«Ich sehe ganz klar», erklärte Soames ungerührt. Und setzte dann, wie früher, doch mit ungewohnter Würde hinzu: *«Parlons d'autre chose.»*

Darauf ging ich gerne ein. Ich begann wieder, ihm zuzureden, er solle sein Heil in der Flucht suchen. Soviel ich mich erinnere, sagte ich sogar, wenn es mir beschieden sei, eine Geschichte über ihn zu schreiben, solle er gefälligst dafür sorgen, dass die angebliche Geschichte ein gutes Ende nehme.

«Ein gutes Ende», höhnte Soames. «Im Leben und in der Kunst kommt es bloss darauf an, dass das Ende sich zwangsläufig ergibt.»

«Aber ein Ende, das sich vermeiden lässt, ist eben nicht zwangsläufig», entgegnete ich.

«Sie sind kein Künstler», stiess er hervor. «Nicht nur sind Sie ausserstande, eine erfundene Geschichte glaubhaft zu machen, nein, Ihnen wird sogar eine wahre Geschichte unter den Händen unglaubhaft, so wenig sind Sie Künstler. Ein elender Pfuscher sind Sie, und ausgerechnet an Sie musste ich geraten.»

Ich wandte ein, der elende Pfuscher sei nicht ich – werde nicht ich sein –, sondern dieser T. K. Nupton, und es entspann sich eine hitzige Auseinandersetzung. Im Laufe derselben hatte ich plötzlich den Eindruck, Soames sehe ein, dass er im Unrecht sei – er war ganz klein und hässlich geworden. Doch warum hatte er dabei diesen starren Blick? Dann ahnte ich, was der Grund war. Derjenige, der das «zwangsläufige Ende» herbeiführte, stand unter der Tür.

Das Herz stockte mir, doch ich brachte es fertig, mich umzuwenden und zu sagen: «Aha, nur herein!» Was meinem Schreck die Schärfe nahm, war der Umstand, dass er so täuschend wie der Bösewicht in einem Melodrama aussah. Der Glanz des schief aufgesetzten Huts und der Hemdenbrust, die Art, wie er mehrmals seinen Schnurrbart zwirbelte, und vor allem sein betont höhnisches Lächeln - alles das wies darauf hin, dass er nur dazu da war, geprellt zu werden.

Ein einziger Schritt, und er stand an unserem Tisch. «Tut mir leid», höhnte er, «Ihr trauliches Beisammensein zu stören, aber...»

«Sie stören nicht, Sie machen es erst vollständig», versicherte ich ihm. «Mr. Soames und ich haben etwas mit Ihnen zu besprechen. Wollen Sie nicht Platz nehmen? Die Reise, die Mr. Soames heute nachmittag unternahm, hat ihm nichts, rein gar nichts eingebracht. Wir wollen nicht behaupten, das Ganze sei ein aufgelegter Schwindel. Im Gegenteil, es war sicher gut gemeint, aber der Pakt, soweit es einen solchen gab, ist natürlich ungültig.»

Der Teufel sagte kein Wort. Er schaute Soames bloss an und deutete mit ausgestrecktem Zeigefinger auf die Tür - Soames wollte schon aufstehen, als ich verzweifelt zwei Tafelmesser zusammenraffte und sie mit den Klingen kreuzweise übereinanderlegte. Rasch trat der Teufel einen Schritt zurück, bebend und mit abgewendetem Blick.

«Sie sind doch nicht etwa abergläubisch!» fauchte er.

«Durchaus nicht», erwiderte ich lächelnd.

«Soames!» sagte er wie zu einem Untergebenen, doch ohne hinzuschauen, «leg die Messer nebeneinander hin!»

Ich suchte meinen Freund davon abzuhalten. «Mr. Soames ist *katholischer* Diabolist», erklärte ich mit Nachdruck, doch der Ärmste tat nach des Teufels Geheiss, nicht nach meinem; unter dem strengen Blick seines Herrn und Gebieters stand er auf und schlurfte an mir vorbei. Ich rang nach Worten; er aber war es, der sprach. «Suchen Sie doch den Leuten klarzumachen, dass es mich gegeben hat», bat er, während ihn der Teufel unsanft zur Tür hinausschob.

Sogleich war ich auch draussen und schaute strassauf, strassab. Es war mondhell, und Laternen verbreiteten ihren Schein, doch von Soames und diesem andern war nichts zu sehen - nichts.

Benommen stand ich da. Benommen kehrte ich schliesslich in das kleine Lokal zurück. Ich habe wohl die Rechnung für Soames und für mich beglichen - hoffentlich; ich habe das Lokal nämlich nie wieder aufgesucht. Überhaupt habe ich seit jener Nacht die Greek Street gänzlich gemieden. Jahrelang hütete ich mich sogar, den Soho Square zu betreten; dort schritt ich nämlich in jener Nacht auf und ab, unermüdlich, in der (allerdings nur schwachen)

Hoffnung, wie sie einer hegt, der sich nicht weit von dort entfernen will, wo er etwas verloren hat... Ich wurde den Gedanken an jenes Gedicht nicht los, in welchem der Dichter sich so viel besser behauptet hatte - diesem Fürsten gegenüber, dem wir von allen Fürsten am allerwenigsten trauen sollten.

Doch - seltsam, wie die Gedanken eines Essayisten nach allen Richtungen ausschwärmen - ich weiss noch, dass ich vor einem Haus stehenblieb und mich fragte, ob etwa der junge De Quincey hier krank und entkräftet vor der Tür gelegen habe, während die arme Ann, so rasch sie konnte, zur Oxford Street eilte, zu der gemeinsamen Stiefmutter «mit dem steinernen Herzen», und mit dem «Glas gewürzten Portweins» zurückkehrte, der ihm, wie er glaubte, damals das Leben rettete. War dies die Türschwelle, welche der alte De Quincey jeweils andächtig aufsuchte? Ich dachte über Anns Schicksal nach, warum sie wohl so plötzlich aus dem Gesichtskreis ihres Freundes verschwand, und dann machte ich mir Vorwürfe deswegen, dass ich mich mehr mit der Vergangenheit als mit der Gegenwart beschäftigte. Der arme verschwundene Soames!

Auch wusste ich selber nicht aus noch ein. Ob es wohl zu einer grossangelegten Fahndung kommen würde? Geheimnisvolles Verschwinden eines Dichters, und dergleichen? In meiner Gesellschaft hatte man ihn zuletzt gesehen. Sollte ich nicht lieber eine Kutsche nehmen und gleich jetzt Scotland Yard aufsuchen? Man würde mich für geistesgestört halten. Schliesslich sei London eine grosse Stadt, suchte ich mich zu beschwichtigen, und eine einzelne schummrige Gestalt mehr oder weniger, das werde weiter nicht auffallen, namentlich jetzt, wo das Diamantene Jubiläum alles andere in den Schatten stellte. Also, fand ich, lieber überhaupt nichts sagen.

Und ich sollte recht behalten. Soames' Verschwinden fiel gar nicht auf. Man hatte ihn vollständig vergessen, bevor ihn jemand vermisste. Vielleicht dass ab und zu ein Lyriker oder Prosaist zu einem andern sagte: «Was ist eigentlich aus diesem Soames geworden?» Gehört habe ich eine solche Frage allerdings nie. Es ist anzunehmen, dass der Rechtsanwalt, der Soames seine Lebensrente auszahlte, Erkundigungen einzog, aber auch darüber wurde nie etwas laut. Ich fand es arg, wie wenig Soames im Bewusstsein seiner Zeitgenossen vorhanden war, und mehr als einmal ertappte ich mich auf dem Gedanken, ob nicht Nupton, der noch Ungeborene, am Ende doch recht behalten werde mit seiner Behauptung, Soames sei nur ein Hirngespinst von mir gewesen.

Etwas an der angeführten Stelle aus Nuptons unerfreulichem Buch mag dem Leser Kopfzerbrechen bereiten. Wie konnte es sein, dass der Verfasser, den ich hier doch namentlich erwähnt und dessen Text ich im Wortlaut zitiert habe, nicht darauf verfiel, daraus den naheliegenden Schluss zu ziehen, dass das Ganze nicht bloss eine Erfindung von mir sein konnte? Dafür gibt es nur die eine Erklärung: Nupton wird meine Darlegungen nicht zu Ende gelesen haben. Ein solcher Mangel an Gründlichkeit ist bei einem, der als Wissenschaftler gelten will, höchst tadelnswert. Ich hoffe, ein Kollege Nuptons werde diese meine Worte zu Gesicht bekommen und ihn in der Folge als Literarhistoriker erledigen.

Ich gefalle mir in dem Gedanken, zwischen 1992 und 1997 werde jemand diese Schrift ausgegraben und die sich aufdrängenden Schlussfolgerungen bekanntgemacht haben. Es besteht Grund zur Annahme, dass dies geschehen wird. Man muss sich nämlich darüber im klaren sein, dass der Lesesaal des Britischen Museums, in welchen Soames vom Teufel versetzt wurde, in jeder Beziehung genau so war, wie er am 3. Juni 1997, nachmittags, sein wird. Es ist somit klar, dass an diesem Nachmittag, wenn er dereinst heranrückt, genau dieselben Leute dort sein werden, darunter auch Soames, und alle werden sie sich genauso verhalten wie zuvor. Nun bedenke man das Aufsehen, das Soames erregte. Man wird einwenden, schon dank seinem Schlapphut und Schultermantel sei er unter all den einheitlich Gekleideten aufgefallen, doch dieser Einwand ist nichtig, wenn man Soames je gesehen hat. Man glaube mir, er konnte in keiner geschichtlichen Epoche je etwas anderes als eine schummrige Figur machen. Dass die Leute ihn entsetzt anstarren und ihm in sicherem Abstand folgen werden, hat einen ganz anderen Grund. Es lässt sich nur dadurch erklären, dass ihnen sein gespenstisches Auftauchen vorausgesagt wurde. Man wird gespannt darauf gewartet haben, ob er wirklich auftauche. Und wenn er dann wirklich erscheint, wird die Wirkung entsetzlich sein, das ist klar.

Ein echtes, verbürgtes, nachweisbares Gespenst, aber leider doch nur - ein Gespenst! Nur das. Bei seinem ersten Besuch war Soames ein Wesen aus Fleisch und Blut, während die andern, unter die er geriet, wohl nur Gespenster waren - greifbare, hörbare, aber völlig mechanische Erscheinungen ohne eigenes Bewusstsein, in einem Kuppelsaal, der selber nur eine Täuschung war. Das nächstemal indessen werden der Lesesaal und seine Benützer Wirklichkeit sein, und Soames ist es, der nur scheinbar vorhanden sein wird. Ich wollte, es wäre ihm beschieden, tatsächlich, körperlich, bewusst wieder unter die Menschen zu kommen - ein kurzer Abstecher, auf den er sich freuen könnte -, vermag es aber nicht zu glauben. Immer wieder muss ich an ihn denken. Er ist, wo er ist, für immer und ewig. Wer will, mag sagen, er habe es nur sich selber zuzuschreiben. Ich für mein Teil finde, er sei allzu schlecht weggekommen. Gewiss, Eitelkeit sollte in die Schranken gewiesen werden, und Enoch Soames war über die Massen eitel und hatte eine Zurechtweisung verdient. Hingegen bestand keine Notwendigkeit, es ihn dermassen entgelten zu lassen. Gewiss, er hatte sich verpflichtet, diesen Preis zu bezahlen, aber wurde er nicht durch Vorspiegelung falscher Tatsachen dazu verleitet? Allerseits gut unterrichtet, wie der Teufel ist, musste es ihm bekannt sein, dass die Reise in die Zukunft meinem Freund nichts einbringen werde. Das Ganze war eine äusserst schäbige Finte. Je mehr ich es bedenke, um so verabscheuenswürdiger kommt mir der Teufel vor.

Ich habe ihn seit jenem Nachmittag im «Vingtième» gelegentlich da und dort zu Gesicht bekommen. Nur einmal jedoch habe ich ihn nochmals aus nächster Nähe gesehen. Das war in Paris. Ich schlenderte eines Tages die Rue d'Antin entlang, als ich ihn aus der Gegenrichtung herankommen sah - wie immer viel zu auffällig gekleidet, ein Spazierstöckchen aus Ebenholz in der Hand, und ganz offensichtlich überzeugt, der Gehsteig gehöre nur ihm allein. Beim Gedanken an Enoch Soames und die Myriaden seiner andern Opfer befiel mich eine kalte Wut, und ich richtete mich zu meiner vollen Grösse auf. Leider ist man gewöhnt, jeden Bekannten auf der Strasse zu grüssen, so dass es beinahe eine Reflexhandlung darstellt; sie zu unterdrücken, erfordert Entschlusskraft und Geistesgegenwart. Ich wusste kaum, wie es geschah, aber ich nickte dem Teufel lächelnd zu, als ich an ihm vorüberging. Und vollends beschämend für mich war, dass er, ausgerechnet er, mich bloss äusserst hochfahrend anschaute.

Geschnitten zu werden - geflissentlich geschnitten zu werden - von *ihm!* Ich war fuchsteufelswild, dass mir das passieren musste, und bin es heute noch.

«Ein Geistlicher»

Bruchstückhaft, blass, vorüberhuschend – fast nichts – flüchtig wahrgenommen und schon wieder weg – gewissermassen eine kraftlose Menschenhand, die aus dem Strom der Zeit auftaucht, um gleich darauf endgültig unterzugehen, lässt er mich innerlich doch nicht los und regt mein bisschen Phantasie an. Nichts ist von ihm bekannt, als dass er einmal unversehens eine Frage gestellt und eine Antwort erhalten hat.

Es geschah am 7. April 1788, nachmittags, in Mr. Thrales Villa in Streatham. Dr. Johnson hatte Boswell zum Frühstück bei sich gehabt und ihn eingeladen, mit ihm bei den Thrales zu speisen. Sie nahmen eine Kutsche und trafen frühzeitig ein. Boswell war von Sir John Pringle gebeten worden, sich doch bei Johnson zu erkundigen, welche englischen Kanzelreden stilistisch die besten seien. So haspelte er denn vor dem Essen eine Reihe von Namen herunter, um herauszubekommen, wessen Prosa wohl bei Dr. Johnson etwas gelte. «Atterbury...?» fragte er aufs Geratewohl.

Johnson: Jawohl, einer der Besten.

Boswell: Tillotson?

Johnson: Nein, nicht mehr. Ich würde niemandem raten, Tillotsons Stil nachzueifern. Allerdings, man sollte sich hüten, etwas, das allgemein Anklang gefunden hat, leichtfertig zu verurteilen. - South gehört zu den Besten, wenn man von seinen Eigenheiten absieht, von seiner Heftigkeit und seiner manchmal grobschlächtigen Sprache. - Seed schreibt einen vorzüglichen Stil, ist aber kein grosser Theologe. - Jortins Predigten sind sehr elegant. - Sherlocks Stil ist ebenfalls elegant, nur dass er selbst weniger Wert darauf legt. - Auch Smalridge wäre noch zu nennen.

Boswell: Ogdens Predigten über das Gebet finde ich sehr gut, sowohl, was den gefälligen Stil betrifft, als auch der gedanklichen Feinheit wegen.

Johnson: Von Ogden möchte ich gerne alles lesen.

Boswell: Was ich eigentlich wissen möchte: Welche Predigten können als Muster englischer Redekunst gelten?

Johnson: Seelisch aufwühlende Kanzelreden, die etwas taugen, gibt es nicht; falls Sie diese Art von Beredsamkeit meinen.

Ein Geistlicher (dessen Name mir entfallen ist): Dodds Predigten, waren die nicht seelisch aufwühlend?

Johnson: Die waren nichts, mein Bester, was auch immer sie aufwühlten.

So plötzlich kam das. Paff! - und das Karnickel, das aus seinem Loch hervorgeguckt hatte, war nicht mehr.

Ich weiss nicht, was befremdlicher ist - das

Auftreten des bedauernswerten Geistlichen oder sein jäher Abgang. Warum hatte Boswell uns nichts davon gesagt, dass sich ein Pfarrer unter den Anwesenden befand? Es kann als ausgemacht gelten, dass ein künstlerisch so bewusst arbeitender, klarer Kopf seine guten Gründe dafür hatte. Wenn er uns mit dem Geistlichen überrumpelte, geschah es wohl, weil dieser die Anwesenden genauso überrumpelt hatte. Wäre uns mitgeteilt worden, dass er dabei war, dann hätten wir erwartet, dass er sich früher oder später am Gespräch beteiligen würde. Es wäre ihm ein Platz in unseren Gedanken angewiesen worden. Offenbar hatte er in den Gedanken derer, die Johnson umringten, keinen Platz. Völlig unbeachtet sass er da, so dass dann, als er sich hervortat, jedermann genauso verblüfft war, wie der Leser es heute noch ist. In Johnsons massiver und magnetischer Gegenwart konnte nur ein höchst bemerkenswerter Mensch, etwa Edmund Burke, sich deutlich von den übrigen abheben. Die andern, sofern sie das Zeug dazu hatten, wirkten bestenfalls als Edelkomparsen mit. Der bedauernswerte Geistliche hatte vielleicht das Zeug dazu, aber es war ihm wohl nicht gegeben, sich in Szene zu setzen. Dieser Mangel erklärt freilich nicht, warum ihm ein so grässliches Geschick beschieden war. Johnson brachte der geistlichen Tracht sonst immer die allergrösste Verehrung entgegen. Wer immer in ein geistliches Amt eingesetzt war, konnte damit rechnen, dass ihm Johnson mit ernsthafter und liebenswürdiger Unterordnung zuhörte. Ausserdem war er an dem betreffenden Tag munter und guter Dinge. Nirgends hielt er sich lieber auf als bei den Thrales; das Wetter war schön; ein gutes Abendessen stand in Aussicht; und hinter sich hatte er, was er immer als einen Höhepunkt menschlichen Wohlbefindens betrachtete – eine Fahrt über Land mit der Kutsche. Auch war an der Frage des Geistlichen nichts, was seinen Unmut hätte erregen können. Dodd war ein Mensch, dem Johnson im Unglück beigestanden hatte; auch war sich jedermann darüber einig, dass Dodd bei seinen Kanzelreden alle Register zog. Es kann nicht die Frage selber gewesen sein, die den Blitzschlag auslöste; es lag wohl an der Art und Weise, wie sie gestellt wurde. Es dürfte nicht allzu schwer sein, zu erraten, was es damit auf sich hatte.

Man spreche den Satz laut aus: «Dodds Predigten, waren die nicht seelisch aufwühlend?» Wenn man auch nur im geringsten ein Gefühl für das Dramatische und Bühnenwirksame hat, muss man zugeben, Worte wie diese lassen sich nur mit hoher, dünner Stimme sprechen.

Wenn man unbedingt will, kann man sie zwar auch mit einer volltönenden Bassstimme sprechen, aber dann wirken sie höchst unnatürlich. Menschlich glaubhaft klingen sie nur, wenn man sie mit einer Fistelstimme spricht, da hilft alles nichts.

Nun darf man nicht vergessen, dass Johnson schwerhörig war. Selbst diejenigen, die er gut kannte und deren Stimme zu hören er gewohnt war, mussten mit ihm sehr laut reden. Es ist denkbar, dass dieser unbeachtete, junge, schüchterne Pfarrer, als er schliesslich seinem Herzen einen Stoss gab, um ins Gespräch zu kommen, des Guten etwas zuviel tat, dass seine Stimme sich überschlug und fast einem Kreischen gleichkam. Nur so lässt sich die Schroffheit erklären, mit der Johnson ihn abfertigte. Bestimmt war die Grausamkeit nicht beabsichtigt. Der alte Löwe - aufgeschreckt - schlug blindlings zu. Doch die Gewalt seiner Pranke war deswegen nicht weniger vernichtend. Immer wieder ist Johnsons Stimmkraft bezeugt worden, und schon die Kadenz der Worte, «die waren nichts, mein Bester, was auch immer sie aufwühlten», bestärkt mich in der Überzeugung, dass aus dem Rachen des alten Löwen nie ein lauteres Gebrüll erscholl. Jedenfalls hören wir bei Boswell nichts von einem weiteren Gespräch, ehe zur Tafel gebeten wurde. Die ganze Gesellschaft war wohl wie betäubt. Doch die kümmert mich nicht. Mir liegt einzig und allein der arme Geistliche am Herzen.

Er sei jung und schüchtern gewesen, habe ich oben bemerkt, und ich gestehe, die Beiwörter eingeschmuggelt zu haben, ohne näher zu erklären, wie ich dazu kam. Der Leser wird die Lücke inzwischen bereits ausgefüllt haben. Ein Mensch mit einer Fistelstimme und ohne die

Fähigkeit, sich Geltung zu verschaffen, ein so unauffälliger Mensch, dass selbst Boswell mit seinem geschulten Gedächtnis sich den Namen nicht merken konnte, ein solcher Mensch zeichnet sich bestimmt nicht durch Selbstvertrauen aus. Auch wenn er von Haus aus nicht schüchtern wäre, würde ihm doch bald jedes selbstsichere Auftreten abhanden kommen, untergraben und zerstört durch mancherlei Erfahrungen. Dass er noch nicht gänzlich an sich verzweifelt war, dass er immer noch gewisse verwegene Hoffnungen hegte, wird durch die Tatsache belegt, dass er die Gelegenheit ergriff, seine Frage an Dr. Johnson zu richten. Er muss deshalb noch sehr jung gewesen sein. Handelte es sich vielleicht um den Hilfspfarrer von Streatham? Wohl möglich. Damit wäre erklärt, warum er eingeladen wurde.

Ich sehe ihn vor mir, wie er still dasitzt und zuhört, während der berühmte Doktor sich über Atterbury und all die andern auslässt. Er sitzt im Hintergrund auf der Kante seines Stuhls, hat blasse Augen und ein schmales Gesicht, fast so farblos wie die Beffchen unter seinem fliehenden Kinn, und mausgraues Haar über der hohen Stirn. Die Hände hält er vor sich verschränkt, dass die Knöchel hervortreten. Das heisst nicht, dass er auf eine Gelegenheit lauert, etwas zum Gespräch beizutragen. Immerhin, insgeheim nährt er den Wunsch, etwas sagen zu können – etwas, das den berühmten Doktor veranlassen würde, innezuhalten, um dann, zu ihm gewandt, zu bemerken: «Allerdings, Herr Pfarrer, damit haben Sie ganz recht», oder: «Daran habe ich noch nie gedacht, Herr Pfarrer, vielen Dank» - womit dann jedermann sogleich eine viel höhere Meinung von ihm hätte. Und da auf einmal bietet sich ihm die Gelegenheit. «Seelisch aufwühlende Kanzelreden, die etwas taugen, gibt es nicht», sagt Johnson laut. Ich sehe förmlich, wie der Geistliche sich einen Ruck gibt, wie sein Mund aufgeht und - doch nein, es ist nicht auszuhalten, ich verschliesse Ohr und Auge. Aber auch so ist etwas Schrilles zu hören, gefolgt von einem Donnergetöse.

Als ich die Augen wieder aufmache, ist die Röte noch nicht aus dem jungen Gesicht dort gewichen, und über die Wangen rinnt je eine glitzernde Träne. Wenn man da an Atterbury und Tillotson denkt! Solche Wehleidigkeit ist doch eine Schmach für die Landeskirche. Was hätten Jortin und Smalridge dazu gesagt? - Was Seed und South? Übrigens, wer waren eigentlich diese Würdenträger? Es gibt zu denken, dass diese Namen, welche im 18. Jahrhundert so viel bedeuteten, uns gar nichts mehr sagen. Wir haben höchstens eine schummrige Vorstellung von einem gewaltigen Mann mit wallender Perücke und wallender schwarzer Amtstracht, mit einer gewaltigen Gemeinde zu seinen Füssen. Doch zu hören, was er sagt, danach verlangt uns gar nicht. Gewiss, es ist sicher alles sehr elegant, es wird gedruckt und in schön geprägtes Ganzleder gebunden werden, und der Band darf dann im 18. Jahrhundert in keiner Bibliothek fehlen. Gebildete gab es noch nicht so viele, doch davon abgesehen wurden Predigten damals so eifrig gelesen wie heute Romane. Ob die Menschheit wohl weiterhin so wankelmütig sein wird? Es lässt sich denken, dass man in hundertfünfzig Jahren von den Romanschriftstellern unserer Zeit, trotz all ihrer moralischen und politischen und soziologischen Bedeutsamkeit, eine ebenso undeutliche Vorstellung haben wird, wie wir sie von diesen alten Kanzelrednern haben, so elegant auch ihre Sprache gewesen sein mag. «Gewiss», hat vielleicht eben in diesem Augenblick ein heutiger *arbiter litterarum* zu einem eifrigen jungen Mann gesagt, «Wells ist einer der Besten. Galsworthy gehört ebenfalls zu den Besten, wenn man von seinem feinfeinen Stil absieht. Mrs. Ward geht den Zeitproblemen auf den Grund, ist aber keine grosse Gestalterin. - Caines Romane sind sehr erbaulich; von ihm möchte ich gerne alles lesen. Marie Corelli ist ebenfalls sehr erbaulich. - Auch Upton Sinclair wäre noch zu nennen.» - «Was ich eigentlich wissen möchte», wirft der junge Mann ein, «welche englischen Romane gelten als besonders spannend?» Worauf der grosse Mann erwidert: «Seelisch aufwühlende Romane, die etwas taugen, gibt es nicht; falls Sie diese Art von Spannung meinen.» Und nun kommt irgendein armer Teufel (dessen Name dem jungen Mann entfallen ist) mit der Frage: «Elinor Glyns Romane, sind die nicht seelisch aufwühlend?» - und wird entsprechend abgefertigt. Ist es denkbar, dass einmal eine Zeit kommt, wo diejenigen, die in der Biographie des grossen Mannes diese Stelle lesen, mehr Anteilnahme für den namenlosen Unbekannten aufbringen als für alle die einst berühmten Namen? Weil sie nämlich ebensowenig imstande sind, beispielsweise Elinor Glyn und Upton Sinclair auseinanderzuhalten, und ihnen ebensowenig daran liegt wie uns an der Frage, ob Ogden höher einzustufen ist als Sherlock, oder Sherlock höher als Ogden. Es scheint ausgeschlossen. Aber man vergesse nicht, der Schein trügt zuweilen.

Jeder zu seiner Zeit berühmte Mann, so wohltuend er seinen Ruhm empfindet, hofft doch nichts sehnlicher, als von der Nachwelt weiterhin begünstigt zu werden, und wäre sogar bereit, einen Teil seines gegenwärtigen Ruhms dranzugeben, wenn er damit bewirken könnte, dass künftige Generationen ihm für immer und allezeit die gebührende Anerkennung zollen. Das ist menschlich begreiflich, aber wie so vieles menschlich Begreifliche äusserst töricht. Man braucht Tillotson und die andern nicht zu bemitleiden, weil sie heute nichts mehr gelten. Entweder wissen sie nichts davon, oder dann sind sie über dergleichen Schnickschnack erhaben. Sparen wir unser Mitleid lieber für die unabsehbare Masse der

Geistlichen auf, die keine eleganten Kanzelredner waren und zu ihrer Zeit nicht viel vom Leben hatten. Und sparen wir es insbesondere auf für einen, dem Schlimmeres widerfuhr, als bloss unbeachtet zu leben und zu sterben. Falls dieser namenlose Hilfspfarrer an dem betreffenden Tag nicht bei den Thrales gewesen wäre, oder falls er den Mund gehalten hätte, wie es sich für seinesgleichen geziemte, wäre wenigstens seine keineswegs verheissungsvolle Laufbahn nicht so jäh beendet worden. Das ist es nämlich, was geschah, ohne Zweifel. Ein robuster Mensch hätte sich von dem Schlag wieder erholt. Nicht so unser Freund. Diejenigen, die ihn als Kleinkind kannten, hatten an seinem Aufkommen gezweifelt. Hätten sie doch recht behalten! Aufzuwachsen und in den geistlichen Stand zu treten, ist schön und gut, aber nicht, wenn einer zartbesaitet ist und das Missgeschick hat, dem grössten, stimmgewaltigsten und rauhbeinigsten unter den literarischen Zeitgenossen in die Quere zu kommen. Der Mann, der für uns «ein Geistlicher» geblieben ist, vermochte nach dem von Boswell verewigten Vorfall nie wieder hocherhobenen Hauptes aufzutreten oder sich auch nur ein Lächeln zu gestatten. Es ging mit ihm rasch bergab. Bevor die Mandelbäume in Thrales Garten zum nächstenmal blühten, war er verblichen. Ob er wohl in seiner letzten Stunde Dr. Johnson verzieh? Man möchte es annehmen.

Gast und Gastgeber

Obwohl die englische Sprache sonst so wohltuend verschwommen ist und die Wortbedeutungen so unmerklich ineinander übergehen wie die landschaftlichen Gegebenheiten in der feuchten Luft der englischen Insel, und obwohl wir seit jeher eine Vorliebe für den Kompromiss und eine Abneigung gegen scharfe, streng logische Abgrenzungen haben, nennen wir den Gastgeber nicht Gast, den Gast nicht Gastgeber. Wir bestehen darauf, *host* und *guest* auseinanderzuhalten, im Gegensatz zu den alten Römern, die für beides ein und dasselbe Wort verwendeten. Dabei war doch ihre Sprache so klar und lauter wie ihre Lebensluft und der vollkommene Ausdruck einer scharf umrissenen, streng logischen Weltanschauung, wie sie durch diese klare Luft gefördert wurde. Auch ihre ebenso scharfsinnigen Nachfahren haben in dieser Beziehung nicht so gut abgeschnitten, wie man das hätte erwarten dürfen. *Hôte* und *ospite* und *hóspide* sind ebenso unbegreiflich mehrdeutig wie *hospes.* Man sieht, es gibt gewichtige Gründe, um anzunehmen, die beiden Dinge seien trotz allem ein und dasselbe. Zutiefst in meinem Innern bin ich indessen überzeugt, es handle sich doch um zwei verschiedene Dinge. Der übliche Kompromiss also. Ich nehme an, dass strenggenommen die beiden Dinge ein und dasselbe sind, dass indessen der gesunde Menschenverstand uns gebietet, sie auseinanderzuhalten, usw. usw.

Ich möchte mich sogar zu der Behauptung versteigen, es handle sich da nicht um einen Unterschied, der bloss von Fall zu Fall festzustellen ist. Es kommt mir ganz so vor, als sei es ein allgemeiner, in der Veranlagung jedes Einzelnen begründeter Unterschied. Jemand lädt mich ein, mit ihm auswärts zu speisen, ich sage erfreut zu, der Betreffende bestellt das Essen, ich lobe es, der Betreffende bezahlt die Rechnung, ich habe das angenehme Gefühl, sie nicht bezahlen zu müssen – da ist es doch gut, wenn es für jeden von beiden eine besondere Bezeichnung gibt, der Rolle entsprechend, die er bei diesem Vorgang spielt. Die beiden Bezeichnungen sind aber noch in einem weiteren, allgemeineren Sinn anwendbar. In jedem Menschen ist der eine oder der andere dieser beiden Triebe vorherrschend: der aktive oder positive Trieb, Gastfreundschaft zu gewähren; der negative oder passive Trieb, sie zu geniessen. Und beide Triebe sind für den Charakter des Betreffenden so aufschlussreich, dass man ohne weiteres behaupten kann, die Menschheit lasse sich in zwei grosse Kategorien einteilen: Gastgeber und Gäste.

Der Leser ist bereits einigermassen vorbereitet (siehe den dritten Satz des vorigen Abschnitts) auf ein entsetzliches Geständnis, das ich der Wahrheit zuliebe ablegen muss: Ich gehöre zu den Gästen. Falls das den Leser dermassen befremdet, dass er von mir nichts mehr wissen und lesen will, kann ich nur sagen: Bravo, so spricht einer, der keine gästische Seele hat! Ich versuche ihm etwas vorzusetzen, und er will sich nichts vorsetzen lassen; er behauptet, geben sei seliger denn nehmen. Schön und gut. Was mich anbetrifft, mir ist es jederzeit mehr ums Lesen als ums Schreiben. Mag also der unwillige Leser statt meiner diesen Essay verfassen! Ich werde sein Erzeugnis gewissenhaft lesen, mag es noch so unansehnlich sein, und werde nicht verfehlen, ein paar freundliche Worte darüber zu sagen. Aha, der Unwillen des Lesers ist plötzlich wie verflogen. Nur ein ausgeprägtes Pflichtgefühl mir selber und allen Gastnaturen gegenüber lässt mich wieder zur Feder greifen. Meines Erachtens kommen Gäste ebenso häufig vor wie Gastgeber. Vielleicht wird sogar der Leser, wenn er sich unvoreingenommen prüft, feststellen müssen, dass auch er zur Kategorie der Gäste gehört. In diesem Fall wird er mir für das, was ich ihm vorsetze, vielleicht noch Dank wissen. Ich finde, auch an Gästen kann etwas Gutes sein, ebenso wie selbst die besten Gastgeber manchmal ihre schlechten Seiten haben.

Unsere unabweisbarsten Bedürfnisse sind diejenigen, die wir mit der übrigen Tierwelt teilen. Gastfreundschaft zu gewähren oder zu geniessen, ist hingegen ein Bedürfnis, das sich der Mensch erst im Laufe seiner langen Entwicklung angeeignet hat. Löwen laden einander nicht in ihr Lager ein, auch gibt es keine Vögel, die ein gastfreies Nest führen. Gewisse Wölfe und Tiger sind zwar vom Menschen so sehr ihrer Natur entfremdet worden, dass sie sich dazu herbeilassen, seine Gastfreundschaft anzunehmen. Gibt man aber dem Hund einen Knochen, läuft er dann damit hinaus, um ihn mit andern Hunden zu teilen? Besteht die Hauskatze darauf, einen Kreis befreundeter Katzen um ihren Milchnapf zu versammeln? Ganz im Gegenteil. All diesen Geschöpfen eignet eine ausgeprägte Habgier. Vielleicht dass sie einst nach Jahrtausenden dazu kommen, ihren Besitz mit andern teilen zu wollen. Das heisst, Hunde vielleicht; Katzen wohl nicht. Urteilen wir bis dahin nicht allzu hart über sie. Wenngleich gewisse Affen sich anscheinend als bildungsfähiger erwiesen als irgendein Wolf oder Tiger, ging es doch recht lange, bis selbst wir dazu kamen, gastfreundlich zu sein.

Der Höhlenmensch hatte noch nicht die Gewohnheit, andere zu bewirten. Vielleicht dass es ab und zu einmal vorkam – sagen wir, gegen Ende der Steinzeit –, dass der eine oder andere unter den helleren Köpfen, während seine Frau den tags zuvor erlegten Adler rupfte, zu ihr sagte: «Dieser Rothaarige, der im nächsten Tal drüben wohnt, scheint ein anständiger, harmloser Kerl zu sein. Manchmal habe ich das Gefühl, er sei etwas vereinsamt. Ich glaube, ich lade ihn heute abend zum Essen ein.» Dann begab er sich hinaus, traf den Rothaarigen und sagte zu ihm: «Hast du heute abend etwas vor? Falls nicht, willst du bei uns essen? Meine Frau würde sich sehr freuen. Wir werden ganz unter uns sein. Komm, wie du gehst und stehst.» - «Höchst liebenswürdig», stammelte dann der Rothaarige, «aber leider bin ich heute abend bereits verabredet. Eine Einladung, die ich unmöglich absagen kann. Ich bin in solchen Dingen von einer geradezu lächerlichen Gewissenhaftigkeit.» Wie man sieht, kam der Wunsch, den Gastgeber zu spielen, früher auf als der Wunsch, die Rolle des Gastes zu übernehmen. Indessen muss man sich davor hüten, die beiden Dinge mit dem blossen Wunsch, zu geben oder zu nehmen, gleichzusetzen. Es ist nicht wahrscheinlich, dass der Rothaarige ein saftiges Stück Adler zurückgewiesen hätte, wenn es ihm an Ort und Stelle angeboten worden wäre. Und noch unwahrscheinlicher ist, dass sein Freund es ihm angeboten hätte. Das ist nicht die Art des Gastgebers. So uneigennützig ist nun die gastfreundliche Veranlagung auch wieder nicht. Besitzerstolz und Eigendünkel haben ebenfalls etwas damit zu tun, wie sich noch zeigen wird.

Doch vorerst, warum brachte eigentlich der Rothaarige diese Ausflüchte vor? Es geschah, weil er Gefahr witterte. Er war von Natur aus nicht misstrauisch, doch - was konnte den andern bewogen haben, ihn in seine Höhle zu locken, wenn nicht Mordgedanken? Geselliger Verkehr im offenen Talgrund war ja recht gut und schön, aber eine fremde Höhle nach Einbruch der Dunkelheit - nein, nein! Verachtenswerte Furchtsamkeit? Eigentlich waren seine Befürchtungen nicht so abwegig, wie es uns vorkommt. Je zivilisierter der Mensch wurde, je mehr er Herdentier wurde, um so selbstverständlicher wurde die Gastfreiheit. Doch selbst dann war immer noch Vorsicht geboten. Die ungeschriebenen Gesetze der Gastfreundschaft, die diese heute so gefahrlos und annehmlich machen, gab es früher nicht. In der Geschichte der Gastgeberei findet man manch eine Seite, die schmerzlich zu lesen ist, manch einen dunkeln Fleck, den keine Träne des himmlischen Buchhalters tilgen kann.

Als Gastgeber würde ich diese Folianten unbeachtet lassen. Da ich Gast bin, werfe ich gelegentlich einen Blick hinein - allerdings mehr einen des Entsetzens als der Schadenfreude. Die Bände, die von der Gastfreundschaft bei barbarischen Völkerstämmen handeln, lasse ich geflissentlich stehen. Was in der Blütezeit hochentwickelter Völker vorkam, ist gerade schlimm genug. Die Israeliten waren das Salz der Erde. Kann man sich aber einen Meuchelmord denken, heimtückischer als derjenige der Jael? Man sollte meinen, auch Menschen von niedrigster Gesinnung hätten dergleichen für verwerflich gehalten. Dabei sangen Debora und Barak: «Gesegnet sei unter den Weibern Jael, das Weib Hebers, des Keniters; gesegnet sei sie in der Hütte unter den Weibern!» Und Barak war bekanntlich ein tapferer Krieger, und die Prophetin Debora war zu der Zeit Richterin in Israel. Das möge genügen als Hinweis, wie es mit dem Gedanken der Gastfreundschaft bei den Kindern Israels stand.

Auch von den alten Griechen lässt sich sagen, sie seien das Salz der Erde gewesen; wobei man hinzufügen kann, ihrem würzigen und heilsamen Wesen sei ein Zusatz milder Verklärung beigemischt gewesen, der sich bei den Kindern Israels nicht findet. Es liegt mir fern, schlankweg zu behaupten, Odysseus hätte die Freier nicht erschlagen sollen. Darüber kann man geteilter Meinung sein. Sie waren zwar Gäste unter seinem Dach, aber ungebetene. Halten wir uns an den Leitsatz: Im Zweifelsfall zugunsten des Angeklagten. Ich denke vielmehr an einen andern Abschnitt seines Lebens. Was Circe sich leistete, und die Art, wie Odysseus darüber hinwegging, wirft ein grelles Licht auf das, was jemand nach Auffassung der alten Griechen einem Gast schuldig war. Odysseus war ein verschlagener, aber kein schlechter Mensch, und im allgemeinen kann man an sein Verhalten einen ziemlich hohen Massstab anlegen. Nachdem er aber Circes Vorhaben, ihn in ein Schwein zu verwandeln, vereitelt und sie gezwungen hatte, seinen Genossen wieder Menschengestalt zu verleihen, liess er dem Gehege seiner Zähne nicht etwa geflügelte Worte entfliehen wie die folgenden: «Nicht länger will ich unter deinem Dache weilen, Circe; ich will mit meinen Freunden unter Segel gehen, übers Meer nach Hause zieht es mich, denn was du getan, war niederträchtig und ganz und gar nicht, was Fremden gegenüber sich für die Tochter eines Gottes ziemte.» Er scheint überhaupt nichts Besonderes gesagt zu haben, statt dessen liess er sich offenbar gerne überreden, mitsamt seinen Genossen noch länger zu bleiben, ein ganzes Jahr lang, und im Laufe desselben gebar ihm Circe einen Sohn namens Telegonus. Wie Matthew Arnold gesagt hätte: «Welch eine Gesellschaft!»

Mein Blick schweift zur Erholung nach dem Gestell, wo die späteren Jahrgänge stehen. Ich hole aufs Geratewohl einen der Bände herunter. Rom im 15. Jahrhundert, unübertroffen an glanzvoller Kultur, und doch - nein, ich stelle den Band wieder zurück. Man braucht nicht lange hineinzugucken, um an die Borgias gemahnt zu werden, die sich mit derselben Kennerschaft, wie sie ihr gepflegter Weinkeller verriet, einen Vorrat an seltenen Giften zulegten. Unerhört! - aber offenbar fanden die Römer weiter nichts dabei. Eine Einladung, im Palazzo Borghese zu speisen, galt als die höchste gesellschaftliche Auszeichnung. Dass in der neueren Literatur eine Neigung besteht, den Charakter der Borgias weisszuwaschen, ist mir bekannt, aber ich halte mich nach wie vor an die alte romantische Gepflogenheit, sie anzuschwärzen. Ich behaupte, man habe zwar im 15. Jahrhundert oft einen standesbewussten Römer in beiläufigem Ton bemerken hören: «Ich speise heute abend bei den Borgias», dass aber kein Römer jemals sagen konnte: «Ich habe gestern abend bei den Borgias gespeist.»

Im allgemeinen gelten Macbeth und Lady Macbeth als der Inbegriff dessen, was ein Gastgeber und eine Gastgeberin nicht sein sollten. Daher der Mangel an Begeisterung für Shakespeare bei den Schotten, und daher die unermüdlichen Bemühungen dieses stolzen und empfindsamen Menschenschlages, Burns an seiner Stelle hochzuloben. Es ist unratsam, den Stolzen und Empfindsamen mit Mitgefühl zu kommen, aber ich finde, die Schotten haben allen Grund, sich zu beklagen. Die historischen Macbeths waren nicht schlimmer als unzählige andere Ehepaare in Ländern, die noch nicht ganz dem Barbarentum entwachsen waren. Es ist hart, dass Shakespeare ausgerechnet auf die Geschichte dieses Paares stossen musste und es damit verewigte. Aber er meinte es nicht böse, im Gegenteil, die Schotten mögen mir glauben, er hat damit sogar Gutes gestiftet. Die Gastfreundschaft der Schotten ist sprichwörtlich. Nicht nur in Amerika, auch in Schottland wird der Besucher aus England rot, wenn er daran denkt, wie herzlos und mickrig sich im Vergleich dazu die Gastfreundschaft der Engländer ausnimmt. Es waren die Schotten, die als erste die Gastfreundschaft zum Gesetz erhoben und einen strengen Ehrenkodex aufstellten, der auf dem Grundsatz beruht, dass der Gast unter allen Umständen in Ehren zu halten und zu beschützen ist. Die Geschichte der Anhänger Jakobs II. wimmelt von Beispielen der heldenhaften Opfer, die der Gastgeber dem Gast brachte. Nicht selten opferte er ihm seine Sicherheit, ja seine politische Überzeugung, um auf keinen Fall auch nur im geringsten gegen diesen geheiligten Ehrenkodex zu verstossen. Und worauf geht diese edle Ehrpusselei letzten Endes zurück? Auf Shakespeares «Macbeth».

Wenn England so kahl und wild wäre wie Schottland oder so neu wie Amerika, würde der Fremde vielleicht häufiger gastfrei gehalten, als es der Fall ist. London weist eine solche Fülle von romantischen, geschichtlich bedeutsamen Sehenswürdigkeiten auf, und die Landschaft ringsum ist so reizvoll, dass wir voreilig wähnen, der Fremde habe bestimmt weder Zeit noch Lust, in unseren Stuben zu hocken. Dabei ist das Bedürfnis nach Gastfreundlichkeit dem Engländer durchaus nicht abzusprechen. Was man Gastfreundschaft auf Gegenseitigkeit nennen könnte, steht bei uns hoch im Schwang. Die Franzosen und auch die Italiener laden sich untereinander längst nicht so oft zum Essen ein. Der landeseigene Gast kommt in England sehr gut weg, wenn er auch von Zeit zu Zeit dafür den Gastgeber spielen muss.

Nein, praktisch lässt sich die Einteilung der Menschheit in meine zwei Kategorien, Gäste und Gastgeber, nicht vorbehaltlos durchführen. Aber innerlich hört ein Gast nicht auf, Gast zu sein, wenn er ein Essen gibt, und ein Gastgeber bleibt ein Gastgeber, auch wenn er sich einladen lässt. Wieviel Abendessen einer als Gast zu spendieren hat, das ist etwas, das jeder mit sich selber ausmachen muss. Er wird bald feststellen, dass er nicht weniger oft eingeladen wird, auch wenn er sich nicht jedesmal dafür erkenntlich zeigt, und selbst wenn er es nie täte, würde er trotzdem nicht weniger oft eingeladen. Wie oft, das hängt ganz davon ab, wie gerne gesehen er ist. Aus Stolz wird er dann und wann zum Gastgeber, aber glänzen wird er in dieser Eigenschaft nie. Das verlangt auch niemand von ihm. Wenn der geborene Gastgeber eine Einladung von seiner Seite annimmt, geschieht es nur, um ihn nicht zu kränken; als Gast ist der geborene Gastgeber ja ohnehin nicht in seinem Element.

Natürlich färben die Umstände auf den Charakter ab. Herkömmlicherweise sind es die Reichen, die geben, und die Armen, die nehmen. Reichtum fördert zweifellos die gastgeberische Veranlagung, und Armut schafft Verhältnisse, in denen die gästischen Bedürfnisse gedeihen. Doch eine ausgeprägte Veranlagung setzt sich immer durch. Nicht alle Gastnaturen sind unter den Bedürftigen zu finden, und die Gastgeber gehören nicht immer zu den

Wohlhabenden. Sechzehn Jahre lang, nachdem meine Lehrzeit abgeschlossen war, das heisst von meinem zweiundzwanzigsten bis zum achtunddreissigsten Lebensjahr, wohnte ich in London und verkehrte mit allen möglichen Leuten; dabei lernte ich manch einen Reichen kennen, der wie der Herr des Schäfers Corinnus «von filziger Gemütsart» war und nicht viel danach fragte, «den Weg zum Himmel durch Werke der Gastfreundlichkeit zu finden». Anderseits kannte ich auch arme Teufel, die unverbesserliche Gastgeber waren.

Ehre, wem Ehre gebührt. Für mich kann ich höchstens geltend machen, dass ich, wäre ich reich gewesen, mich besser aufgeführt hätte als der Herr des Corinnus. Auch so habe ich mein Menschenmögliches geleistet, wenn auch ganz gegen meine Überzeugung. Wenn nicht mein Stolz gewesen wäre, hätte ich es vielleicht überhaupt bleiben lassen. Dabei fällt mir ein Vorkommnis aus meiner Schulzeit ein, das in diesem Zusammenhang höchst aufschlussreich ist. In dem Internat, das ich besuchte, war es gestattet, von Zeit zu Zeit «Fresspakete» von daheim zu empfangen. Das Mittagessen wurde im Speisesaal jedes Hauses gemeinsam eingenommen, zum Frühstück und Abendessen dagegen kamen wir in vier oder fünf getrennten Räumen zusammen. Dabei war es üblich, dass der Empfänger eines Fresspaketes den Inhalt mit seinen Tischgenossen teilte. Einmal erhielt ich statt des gewöhnlichen vermischten Pakets eine Schachtel mit zwölf Wurstpasteten. Für diese hatte ich eine besondere Vorliebe. Zufällig war gerade niemand zugegen, als die Schachtel ankam und von mir aufgemacht wurde. Zu meiner Schande muss ich gestehen, dass ich die Schachtel in meine Schlafkammer hinauftrug, wo ich zwei der Wurstpasteten verzehrte, und es dann unterliess, meinen Tischgenossen etwas von den verbleibenden zehn zu sagen. Drei Tage später hatte ich sie alle aufgegessen - alle droben in der Kammer, allein.

Dreissig Jahre sind seither vergangen, meine Schulfreunde sind in alle Welt verstreut, und der Gedanke, es könnte der eine oder andere von ihnen diese Zeilen zu Gesicht bekommen, macht mir nicht sehr zu schaffen, aber ich bin froh, dass ich damals für mein sonderbares Verhalten nicht zur Rechenschaft gezogen wurde. Was hätte ich zu meiner Verteidigung vorbringen können? Angenommen, ich hätte gesagt: «Seht, ich bin nun mal von Natur aus Gast», dann hätte dieses Argument bei niemandem verfangen. Und doch hätte es seine Berechtigung gehabt. Wer ein Fresspaket erhielt, stieg unweigerlich in der Achtung seiner Schulkameraden. Solange seine Sardinen, seine Marmelade, seine Fleischkonserven vorhielten, fanden wir, seine Eltern seien «nicht ohne» und er sei ihrer würdig. Er wurde zum Mittelpunkt, gab beim Gespräch den Ton an, man hörte ihm willig zu, seine Witze wurden belacht. Mit den zwölf Wurstpasteten hätte ich eine Zeitlang den grossen Herrn spielen können. Aber es lag mir nicht. Ich habe mir nie Führereigenschaften zugetraut. Am liebsten ging ich in einer Menge auf. Wenn ich ein Fresspaket erhielt, war ich immer froh, wenn es aufgegessen war und ich wieder ins Glied zurücktreten konnte. Selbstentäusserung ist eine Tugend, und zwar eine, die jedem geborenen Gast eigen ist.

Aus meiner Schilderung, wie die Lebensmittelpakete wirkten, geht hervor, dass jeder als jung vorerst einmal Anlagen zu einem Freischlucker hat. Erst später kommt es vor, dass manche sich zu Gastgebern verhärten. Wäre ich reich gewesen, hätte sich meine Veranlagung mit der Zeit vielleicht zurückgebildet, und ich wäre ebenfalls (eine Art) Gastgeber geworden. Vielleicht hätte ich dabei nicht einmal schlecht abgeschnitten. Ich glaube mich jedenfalls leidlich aus der Sache gezogen zu haben, wann immer ich im Laufe der langen Jahre in London Freunde bewirtete. Es kam vor, doch die Erinnerung an diese Vorkommnisse ist mir nicht besonders teuer, namentlich wenn die Bewirtung in einem halbwegs vornehmen Restaurant stattfand. Immer machte mir, während ich ein angeregtes Gespräch in Gang zu erhalten suchte, insgeheim der Gedanke zu schaffen, ich könnte am Ende nicht genug Geld bei mir haben. Nicht dass ich mich je von dieser Angst kleinkriegen liess. Nie fragte ich jemanden: «Nehmen Sie einen Likör?» – immer: «Welchen Likör nehmen Sie?» Doch den unheilvollen Augenblick, wo es ans Zahlen ging, zögerte ich stets so lange als möglich hinaus. Hatte ich dann in dem beiläufigen Ton, wie er sich gehörte, schliesslich die Rechnung verlangt, wäre es mir jeweils lieber gewesen, sie wäre mir nicht *zusammengefaltet* auf einem Teller vorgelegt worden, gleichsam als sei sie so unverschämt hoch, dass nur ich allein davon wissen durfte. Sobald sie neben mir lag, brannte ich darauf, den Betrag zu erfahren. Doch ich tat, als sei ich so ins Gespräch vertieft, dass ich vom Vorhandensein der Rechnung nichts ahnte, und ich sorgte dafür, dass ich immer mitten in einem Satz war, wenn ich die obere Hälfte des gefalteten Zettels anhob, um einen Blick auf die Bescherung zu werfen. In Wirklichkeit war der Betrag immer viel niedriger, als ich befürchtet hatte. Wer schwarz sieht, erlebt viel Schönes.

Mahlzeiten in den Restaurants von Soho waren für den mittellosen Gast, der sich als Gastgeber aufspielte, weniger zerrüttend. Aber Reiche konnte man dorthin nicht einladen, und Arme übrigens auch nur, wenn es sich um gute Bekannte handelte. Soho ist so unberechenbar, dass das Essen dort oft nicht einmal gut genug ist, um auch nur den ärmsten und ältesten Freunden zugemutet zu werden. Ein Mensch von grosser Ausstrahlung könnte zweifellos, wenn er nicht nur Gast-, sondern auch Angeber ist, selbst in Sohos schlimmsten Momenten unter den Gästen die Überzeugung aufrechterhalten, alles stehe zum besten. Doch Angeberei lag mir nicht. Ich musste immer das Essen für sich selber sprechen lassen. «Es ist billig», war das einzige, was ich gegebenenfalls hätte vorbringen können, und das sprach ich natürlich nicht aus. Und war es überhaupt so billig? Soho lässt einen alles in einem rosigen Licht sehen. Die Rechnung dort war meistens höher, als ich erwartet hatte.

Jedem, auch dem reichsten und freigebigsten Menschen, fällt es leichter, einen hohen Betrag mit einem Scheck zu bezahlen als einen niedrigen mit Bargeld. In Restaurants hätte ich am liebsten immer mit einem Scheck bezahlt. Aber da kannte man mich fast nur als Gast, so dass ich nie sicher war, ob der Besitzer mir trauen würde. Nur in meinem Klub hatte ich das Wohlgefühl, oder vielmehr das Nichtgefühl, die Rechnung bargeldlos begleichen zu können. Ein Scheck, namentlich einer, wie er den Klubmitgliedern zur Verfügung steht, nicht aus dem eigenen Scheckbuch herausgerissen, bekümmert einen nicht sonderlich. Man kritzelt ein paar Worte und Zahlen hin, setzt seinen Namen darunter (mit der leisen Genugtuung, die man beim Anblick der eigenen Unterschrift stets empfindet), dann steht man auf und denkt schon nicht mehr daran. Wenn ich Bekannte im Klub bewirten konnte, war ich innerlich ruhig und gelassen. Aber auch da konnte von

Ausstrahlung keine Rede sein, so redlich ich mich bemühte. Falls mein Gast ebenfalls von Natur aus Gast war, gelang es mir zuweilen, meine Gastnatur vorübergehend zu vergessen. Wenn aber, wie es gelegentlich vorkam, mein Gast ein richtiger und gewohnheitsmässiger Gastgeber war, hatte ich immer das Gefühl, etwas an unserem Verhältnis sei grundfalsch; nur mit Mühe konnte ich es mir jeweils verkneifen, ihm zu sagen: «Das ist ja alles gut und schön, wissen Sie, aber - offen gestanden, Sie gehören oben an Ihre eigene Tafel.»

Der Gastgeber als Gast schneidet allerdings viel, viel schlechter ab als der Gast in der Rolle des Gastgebers. Er schneidet überhaupt nicht ab. Dem Gast ermöglicht es ein gewisses Anpassungsvermögen, das zu seiner Veranlagung gehört, das Gehaben eines Gastgebers nachzuahmen. Doch der Gastgeber, selbstbewusst wie er von Natur aus ist, macht nicht einmal den Versuch, sich in die Rolle des Gastes zu versetzen. Unter Rolle verstehe ich dabei keineswegs etwas Künstliches. Das Benehmen des Gastes entspriesst wie Feldblumen einem guten, fruchtbaren Boden - dem Boden echter Bescheidenheit und Dankbarkeit. Er ist ehrlich bestrebt, zu gefallen, als Entgelt für den Gefallen, den man ihm erweist. Er wundert sich, dass die Leute so nett zu ihm sind, und ist seinerseits nett, ganz unwillkürlich. Doch der Gastgeber ist, wie bereits bemerkt, immer ein Gast wider Willen. Daran liegt's. Er findet, geben sei seliger, und so weiter, und hat womöglich das Gefühl, er sei es, der dem andern einen Gefallen erweise, nicht umgekehrt. Er passt sich nicht an, er fällt aus der Rolle, beherrscht das Gespräch, sucht in aller Harmlosigkeit den andern auszuholen, unterlässt es, das Essen oder den Wein zu rühmen, schaut unversehens auf die Uhr und erklärt, er müsse weg. Es fällt ihm nicht ein, zu sagen, er habe sich ausgezeichnet unterhalten. Kurz, er gehört oben an seine eigene Tafel.

An seiner eigenen Tafel, über seinem eigenen Weinkeller, unter seinem eigenen Dach – nur da lernt man den Gastgeber von seiner besten Seite kennen. Es kann vorkommen, dass man von ihm in einen Klub oder ein Restaurant eingeladen wird, aber das ist nicht der Ort, nein, das ist entschieden nicht der Ort, wo sich sein Wesen voll entfaltet. Weder im Leben noch in der Literatur hat es je einen gastfreundlicheren Menschen gegeben als den guten alten Wardle, den Freund Mr. Pickwicks. Als Gast in einem Klub oder Restaurant ist er völlig undenkbar, aber auch als Gastgeber kann man sich ihn dort nur schwer vorstellen. Bei sich zuhause, unter dem Dach von Dingley Dell, da stellte er seinen Gästen mit weit ausholender Gebärde alles, was ihm gehörte, zur Verfügung. Einen Klub oder ein Restaurant hätte er einem nicht schenken können. Allerdings, wenn man es bedenkt, auch Dingley Dell verschenkte er nicht. Das Haus blieb in seinem

Besitz. Niemand wusste das besser als der alte Wardle. Gastfreundschaft ist, wie bereits bemerkt, nicht eigentlich ein Urtrieb des Menschen, ganz im Gegensatz zur Habgier. Nicht einmal der gute alte Wardle glaubte an Gütergemeinschaft. «Das ist *mein* Dach», sagte er sich bestimmt. «Das sind *meine* Pferde, das ist ein Bildnis *meines* geliebten Grossvaters.» Und auch zu andern wird er gesagt haben: «Das ist *mein* Dach: schlaft wohl darunter. Das sind *meine* Pferde: reitet mit ihnen aus. Das ist ein Porträt *meines* geliebten Grossvaters: schaut es euch genau an.» Aber er forderte niemanden auf, etwas davon mitzunehmen. Nicht einmal das, was er tatsächlich weggab, ging für ihn wirklich in andern Besitz über. «Das ist *mein* Rindsbraten», dachte er wohl bei sich, wenn die Gäste nach dem Essen schläfrig wurden, und «das ist *mein* kalter Milchpunsch», wenn sie in ihre Schlafkammern torkelten. «Aber die schönste Art des Gebens», höre ich jemanden einwerfen, «besteht doch darin, zu geben, ohne sich dessen nachher bewusst zu sein.» Freilich, freilich. Ich habe ja auch gar nichts gegen den alten Wardle. Ich wollte nur mein Versprechen einlösen und darauf hinweisen, dass die Beweggründe auch des besten aller Gastgeber mit Besitzerstolz und Eigendünkel verquickt sind.

Jede Tugend ist, wie man uns schon früh beigebracht hat, ein Mittelding zwischen zwei Extremen; und man versteht wohl jede Tugend besser, wenn man einen Blick auf die Laster wirft, von denen sie eingerahmt wird. Ich finde, die Gastfreundschaft steht halbwegs zwischen der filzigen Gemütsart und der Geltungssucht. Linker Hand des guten Gastgebers steht in weiter Ferne derjenige, der von keinem Menschen etwas wissen will, zur Rechten, ebenso weit ab, derjenige, der ständig von Menschen umringt sein will, um sich selber zur Geltung zu bringen. Bei der Gestalt zur Linken, kaum wahrnehmbar in der Ferne, handelt es sich wohl um den Herrn des Schäfers Corinnus. Wie er hiess, wissen wir nicht, doch was Corinnus uns von seinem Charakter erzählt, genügt vollauf. «Werke der Gastfreundlichkeit» ist eine trübe Formulierung, wie sie nur dem Diener eines äusserst trüben Herrn einfallen konnte. Nicht weniger aufschlussreich ist die Ansicht des Schäfers, dass diejenigen, die diese «Werke» vollbringen, es nur tun, um sich damit einen Weg zum Himmel zu bahnen. Schade, dass Shakespeare den Arbeitgeber des Corinnus nicht selber auftreten liess. Man hätte allzu gerne gesehen, wie Rosalindes Bitte um eine Brotkante sein Herz erweichte, wie er drauf und dran war, ihr die Bitte zu erfüllen, im Bewusstsein, damit etwas für sein Seelenheil zu tun, und es dann doch nicht über sich brachte. So weit die Strecke ist, die ihn von dem guten Gastgeber trennt, hat er doch etwas gemein mit dem, der ebenso weit entfernt auf der andern Seite steht – diesem Punkt dort, bei dem es sich wohl um Lucullus handelt. Nichts, was wir von Lucullus wissen, lässt den Schluss zu, dass er menschlicher gewesen wäre als der Knauserich von Arden. Es lässt sich nicht belegen, dass er auch nur einen einzigen Freund hatte oder einen haben wollte. Seine verschwenderische Freigebigkeit kannte kein Ansehen der Person, abgesehen davon, dass er natürlich nur reiche Leute bewirtete. Man hätte sicher nichts dagegen gehabt, bei ihm zu speisen, doch nicht einmal bei vollem Magen hätte man je gedacht, er habe ein Herz. Man hätte gelten lassen, dass er in materieller Hinsicht ein Meister seiner Kunst war, und auch, dass er diese Kunst um ihrer selbst willen ausübte und nur seiner Meisterschaft wegen Bewunderung heischte, ohne die Hintergedanken, die für manche der berühmtesten Gastgeber allein ausschlaggebend sind. Doch der blosse Umstand, dass er in seinem Fach ein Künstler war, nimmt uns gegen ihn ein. Wenn die Gastfreundschaft zu einer Kunst wird, ist es um ihre Seele geschehen. Lassen wir also Lucullus und richten wir den Blick wieder auf die Mitte, um die Gestalt dort in ihren Vorzügen besser würdigen zu können - die Gestalt des guten alten Wardle. Etwas Besitzerstolz und Eigendünkel in der gewaltigen Brust, gewiss, aber gleichzeitig ein menschenfreundliches Herz und eine offene Hand für jeden bedürftigen Fremdling, für alle alten und neuen Freunde. Horch, er ruft etwas herüber! Er fordert uns auf, bei ihm zu Gast zu sein. Und der Leser hat bereits freudig zugesagt. Aha, habe ich es nicht von allem Anfang an geahnt, dass er ebenfalls eine Gastnatur ist?

Gemach, so eilt es nun auch wieder nicht. Bevor der Leser seine Siebensachen packt – einen Augenblick bitte! Zuerst muss noch dieser Essay zu einem guten Ende gebracht werden. Dazu bedarf es eines flüchtigen Blicks auf die beiden Extreme, zwischen denen der vorbildliche Gast zu finden ist. Rechter Hand erkennen wir in weiter Ferne den Schmarotzer; zur Linken wiederum den Knauserich. Nicht unbedingt denselben Knauserich. Ob der Herr des Corinnus jemals als Gast auf die Probe gestellt wurde, ist nicht bekannt. Vielleicht handelt es sich bei der winzigen Gestalt dort in der Ferne um Dante – Dante Alighieri, von dem nun allerdings bekannt ist, dass er während seiner Verbannung reichlich Gastfreundschaft genoss und dass er es den Gastgebern heimzahlte, indem er schilderte, wie bitter das Brot an ihrer Tafel schmeckte und wie steil er die Treppen in ihren Häusern fand. Es gibt nur etwas, das noch betrüblicher ist, als sich Dante als Gast vorzustellen, und das ist, sich vorstellen zu wollen, was für eine Figur er als Gastgeber gemacht hätte, falls ihm je eingefallen wäre, irgend jemand oder irgend etwas zu nähren ausser eine unstillbare Sehnsucht nach Beatrice. Mit wahrhafter Erleichterung wendet man sich dem andern Extrem zu, dem Schmarotzer – Mr. Smurge heisst er wohl, «dessen

Dankbarkeit so grenzenlos war wie seine Esslust und seine Anwesenheit so unerwünscht wie offenbar unvermeidlich». Wie bewundernswert erscheint uns nun die Gestalt in der Mitte – Dankbarkeit ausstrahlend, aber nicht im Übermass; nie aufdringlich, immer in Rufweite; ihre Würde wahrend, und doch höchst umgänglich; still, und doch voller Leben; nie ein blosses Echo, immer ein Beiträger; ohne Widerspruchsgeist, aber oft ein Wegweiser zur Wahrheit; eine Zierde, ein Vorbild, ganz gleich wo.

So ist er beschaffen. Doch wie heisst er? Es ist leichter, einen Mangel einzugestehen, als Anspruch auf eine gute Eigenschaft zu erheben. Ich habe zugegeben, dass ich damals in London als Gastgeber nichts taugte, dagegen will ich nicht behaupten, ich sei ein vorbildlicher Gast gewesen. Das war ich auch nicht. Ich war ein guter Gast, doch wenn ich auf jene Zeit zurückblicke, sehe ich mich nicht ganz in der Mitte – etwas links davon, etwas gegen die knauserige Seite zu. Ich war allzu still, und es kam vor, dass ich widersprach. Und wenngleich ich mich gerne einladen liess, zog ich es doch öfters vor, zuhause zu bleiben. Falls dereinst jemand die Briefchen sammeln sollte, mit denen ich auf Einladungen antwortete, wird er wohl den Eindruck gewinnen, ich sei sehr begehrt gewesen, mehr als das wirklich der Fall war, und er wird staunen, wie oft ich krank war oder auf Reisen.

Quia imperfectum

Ich habe mich schon oft gefragt, warum sich noch nie jemand darauf verlegt hat, unvollendete Kunstwerke zu sammeln. Etwas, das noch im Entstehen war, als der Künstler starb, oder etwas, das er beiseite legte, weil er dessen überdrüssig geworden war, oder weil er nicht wusste, wie es zu Ende führen, oder zu etwas anderem übergehen wollte - übt das alles nicht auf jedermann einen besonderen Reiz aus? Der alte Seemann, der den Albatross auf dem Gewissen hatte, und Mr. Pickwick sind wohlgelittene Freunde, gewiss, aber sie beschäftigen uns innerlich nicht halb soviel wie Edwin Drood oder Kubla Khan. Wäre jener Drehstuhl in Gad's Hill erst ein paar Wochen später verwaist, als es der Fall war, oder wäre Samuel Taylor Coleridge, als er im Begriff war, seinen Traum von dem asiatischen Gewaltherrscher aufzuzeichnen, *nicht* durch einen Besucher unterbrochen worden, so dass seine inneren Gesichte sich unwiderruflich auflösten, welch köstliche Tummelplätze für unsere Phantasie wären uns damit entgangen! Der unvollkommene Erdball, auf dem wir leben, ist selber bestimmt viel faszinierender geworden, seit man nicht mehr glaubt, er werde in alle Ewigkeit von Menschen, wie wir es sind, bewohnt sein. Erst seit Darwin uns gelehrt hat, die ferne Zukunft als unvoraussehbar zu betrachten, hat sich das Buch des Lebens unser in einem Masse bemächtigt, dass es, wie es in Buchbesprechungen heisst, «einmal angefangen, nicht so leicht wieder aus der Hand gelegt werden kann». Freilich, ein Meisterwerk kann man es vorläufig noch nicht nennen, aber wer weiss, ob es nicht doch eines ist - oder sein wird, als Ganzes betrachtet?

Um auf die von Menschenhand geschaffenen Werke zurückzukommen - keiner hat da wohl mehr geleistet als Michelangelo. Ja, wenn er nun aber noch etwas mehr Ausdauer an den Tag gelegt hätte? Alle die Jahre, die er damit verbrachte, Anstalten zu treffen, um mit der Arbeit am Grabmal Papst Julius II. zu beginnen, und dann all die leeren Stellen für Fresken und die kahlen Sockel für Statuen in der Sakristei von San Lorenzo - sollten wir sie wirklich so heftig bedauern, wie das geschieht? Seine Auftraggeber neigten dazu, ihn für einen unmöglichen Vertragspartner zu halten. Ich hege jedoch den Verdacht, dass in dem, was bloss wie eine liebenswürdige Künstlerlaune aussah, vielleicht ein hohes Mass an Verschlagenheit steckt. Wenn Michelangelo dann tatsächlich etwas zustande brachte, war das Ergebnis nicht immer mehr als grossartig. Sein David ist grossartig, aber es ist nicht David. Man bestaunt ihn, wie es sich gehört, doch um den

Meister von seiner besten Seite zu sehen, begibt man sich aus der Accademia wieder in diese wunderbar kahle Sakristei, die er in diesem Zustand hinterliess, um vor unserem innern Auge von seiner besten Seite zu erscheinen.

Dort geschah es nun vor ein paar Jahren, als ich vor dem halbvollendeten Wunderwerk der Nacht und des Tags stand, dass mir zum erstenmal der Gedanke kam, ein Museum für unvollendete Meisterwerke einzurichten. Diese Sache will ich jetzt an die Hand nehmen. Die Sakristei selber, so voll unerfüllter Träume und mit einer solchen Fülle verfügbaren Platzes, eignet sich vorzüglich als Ausstellungsraum für meine Schätze. Dort sollen sich inskünftig die Leute drängen, um glanzvolle Möglichkeiten in sich aufzunehmen, indem sie Dinge besichtigen wie Penelopes Gewebe, unter Glas und womöglich gut erhalten, die ursprünglichen Entwürfe für den Turmbau zu Babel, Asquiths Plan zu einer Reform des Oberhauses sowie die Notizen, die sich der einstige deutsche Kaiser machte zu einer Proklamation, von Versailles aus, an die Bevölkerung von Paris. Auch das Manuskript der Fragment gebliebenen «Iphigenie» soll dort zu sehen sein, die Racine auf den Rat der Mlle de Trèves so kleinmütig liegenliess - *«quoique cela fût de mon mieux»;* und ebenso eine frühe Partitur der einen unvollendeten Symphonie Beethovens - ich weiss nicht mehr die wievielte, jedenfalls ist es meine Lieblingssymphonie. Was die Gemälde anbetrifft, scheidet Rossettis «Gefunden» aus, weil wir aus mehr als einer Bleistiftzeichnung genau wissen, wie es ausgesehen hätte und wie weit es hinter den Zeichnungen zurückgeblieben wäre. Doch Leonardos «Hl. Sebastian» (auch wenn er nicht von Leonardo stammt) soll einen Platz finden, und Whistlers «Miss Connie Gilchrist», und noch zahlreiche andere Ölgemälde, die ich anführen würde, wäre ich innerlich nicht so ganz von einem bestimmten Bild in Anspruch genommen, das einen Ehrenplatz erhalten soll, falls es mir gelingt, es aufzutreiben und zu erwerben. Es handelt sich um das Bildnis eines Reisenden in Lebensgrösse, der, in einen weissen Mantel gehüllt, in freier Luft auf einem umgestürzten Obelisken sitzt und die tief im Hintergrund liegenden Ruinen der Campagna Romana überschaut.

Der Leser runzelt die Stirn? Offenbar hat er Goethes «Italienische Reise» schon lange nicht mehr in der Hand gehabt. Ich habe das Buch kürzlich gelesen, oder vielmehr eine Übersetzung davon, die 1885 herauskam und wahrscheinlich zu wünschen übrig lässt. Es gilt doch als ausgemacht, dass Goethe trotz der Widerspenstigkeit der deutschen Sprache zu schreiben verstand, was aus dieser Übersetzung aber nicht unbedingt ersichtlich ist. Und mit dem Gemälde, das zu sehen und zu besitzen mich so sehr verlangt, ist es wahrscheinlich auch nicht weit her. Wilhelm Tischbein ist kein

Name, mit dem sich viel Staat machen lässt, obwohl er zu seiner Zeit als Historienmaler und als begeisterter Kenner Roms Grosses geleistet hat, jedenfalls Grossformatiges. Massenhaft behelmte Helden hat er gemalt, auf die Götter von Wolkenplätzen aus herabschauen; Kentauren, die über Schluchten hinwegsetzen; Sabinerinnen; die Belagerung Trojas, sogar mehrfach. Und dann hat er dieses Goethe-Bildnis gemalt. Oder wenigstens angefangen. Warum wurde es nicht fertig? Darüber kann man höchstens Mutmassungen anstellen, indem man in Goethes Briefen zwischen den Zeilen liest. Jedenfalls wurde es nie fertig, soviel steht fest. Liest man zwischen den bewussten Zeilen, wird man den Umstand erheiternd oder betrüblich finden, je nachdem, wie menschenfreundlich man veranlagt ist.

Betrüblich, und doch nicht ganz unerfreulich. Goethe ist des öfteren als der vollkommene Mann und Mensch geschildert worden. Er war zweifellos eine Persönlichkeit im grossen Massstab, im grossen Stil - bewundernswert ausgewogen und abgerundet. Und es steht fest, dass er nicht aus Marmor war. Er war aus Fleisch und Blut, und die Anfechtungen, die ihm mit auf den Weg gegeben wurden, blieben ihm bis zuletzt. Doch kann von keinem Gesichtspunkt aus bestritten werden, dass etwas Erhabenes an ihm war. So sehr uns ein im Leben Gescheiterter allezeit ans Herz geht, so missgönnen wir doch keinem Menschen einen leidlich erfolgreichen Lebenslauf, und selbst wenn es einer zu hohen Ehren bringt, drücken wir ein Auge zu, falls es sich um einen Prachtkerl handelt. Goethe ist uns aus verschiedenen Gründen nicht ganz geheuer - er war nie unbesonnen, nie träge, immer in bester Form, und immer in irgendeine Schöne verliebt, aber nur so weit, als für seine innere Entwicklung gut war, nie auch nur eine Spur darüber hinaus. Das Schicksal wollte, dass Sir Willoughby Patterne eine lächerliche Figur machte, so dass man ihm vieles verzeiht. Mit Goethe mochte das Schicksal etwas Ähnliches vorgehabt haben, wer weiss. Jedenfalls ist aus dem Vorhaben nichts geworden. Einmal jedoch musste er eine Schlappe einstecken - etwas, das vertuscht werden musste. Tischbein liess ihn schmählich im Stich; das war ein Schönheitsfehler, der einzige lose Faden im prunkvollen Teppich seines Lebens.

Geniale Menschen sind nicht unbedingt Menschenkenner. Tiefe Gedanken und hohe Einbildungskraft stumpfen den Alltagsspürsinn ab, mit dem wir gewöhnlichen Sterblichen den Mitmenschen einschätzen. Hätten wir an Goethes Seite gestanden, als er im Oktober 1786 in Rom eintraf und von dem freudig erregten Tischbein begrüsst wurde, hätten wir ihm zweifellos zugeraunt: «Nimm dich in acht vor diesem Menschen! Er wird dich eines Tages im Stich lassen.» Ohne uns als Schutzengel ahnte Goethe vorläufig nichts Böses. Seit Jahren hatte er von Tischbein Briefe erhalten, Briefe eines Menschen, der in den «Leiden des jungen Werthers» und in allem, was Goethe sonst noch geschrieben hatte, bewandert war. Das verstand sich von selbst. Es waren aber auch Briefe eines Menschen, der sich in den Kunstschätzen Roms auskannte. Ganz Italien war ein Wunschtraum, aber Rom war es ganz besonders, wonach den berühmten Dichter, den in Weimar sich eingeengt fühlenden Wirklichen Geheimen Rat, ein unwiderstehliches Bedürfnis hinzog. Tischbeins Name war deshalb untrennbar mit dem Gedanken an die Sieben Hügel verbunden. Karl Baedeker war noch nicht geboren. Goethe wusste, dass ihm Tischbein viel Zeit und Mühe ersparen konnte, und er sah sich in seinen Erwartungen nicht getäuscht: Tischbein erwies sich als begeisterter und unermüdlicher Fremdenführer. Immer wieder taucht sein Name in den frühen Briefen an Frau von Stein, an Herder und andere auf. «Von Tischbein muss ich noch vieles erzählen und rühmen, wie ganz original deutsch er sich aus sich selbst herausbildete» – «er hatte immer an mich gedacht und für mich gesorgt» – «Tischbein lebte hier mit dem Wunsche, mir Rom zu zeigen; wo hätte mir ein werterer Führer erscheinen können?» Er war fünfunddreissig Jahre alt (zwei Jahre jünger als Goethe), und man stellt sich ihn als ein untersetztes Männchen vor, mit den kurzen dicken Beinen, die eine Voraussetzung der Betriebsamkeit sind. Blond und rosig stellt man ihn sich vor, überaus redselig, reich an Kehllauten, mit einer Fülle kraftvoller, aber keineswegs anmutiger Gebärden.

Festeren Boden hat man unter den Füssen, wenn man sich Tischbein als ungemein stolz vorstellt, Goethe herumreichen zu dürfen. Goethe hatte durch seine Werke in ganz Europa solchen Ruhm erlangt, dass er es ratsam fand, inkognito zu reisen. Es war allerdings ein offenes Geheimnis, wer dieser Kaufmann Möller aus Leipzig in Wirklichkeit war, und er gab sich auch nicht allzuviel Mühe, sein Inkognito zu wahren. Grosse Künstler sind immer eitel. Wenn man von einem Menschen sagt, er sei eitel, meint man damit nur, dass es ihm Genugtuung bereitet, zu sehen, wie er auf andere wirkt. Ein eingebildeter Mensch gibt sich zufrieden mit der Wirkung, die er auf sich selber ausübt. Ein grosser Künstler ist viel zu einsichtig und zu anspruchsvoll, um mit dieser Wirkung vorliebzunehmen, deshalb seine Eitelkeit. Goethe empfand die abgöttische Verehrung, die aus den Blicken der Gäste ringsum im Caffè Greco sprach, sicher nicht als unangenehm. Aber er war nicht deswegen hergekommen. Rom war, was er zu sehen begehrte, und den Gesellschaftsrummel gedachte er sich vom Leibe zu halten. Auch dazu – um die Schmeissfliegen zu verscheuchen – erwies sich Tischbein als brauchbar. Hoffen wir, er habe sich dabei ausschliesslich von der Fürsorge für

Goethes Wohlergehen leiten lassen, nicht etwa von dem Wunsch, ihn für sich selber mit Beschlag zu belegen.

Unverkennbar ist, dass er in Goethes Verhältnis zu ihm ungemeine Möglichkeiten witterte. Ob er wohl seinen berühmten Freund als Mitarbeiter einspannen konnte? Er hatte eine Reihe von Zeichnungen in Arbeit, welche die ersten Zeiten des Menschengeschlechts zum Thema hatten und Goethe grossen Eindruck machten. Tischbein wünschte diese Bilder durch ein längeres Gedicht verknüpft - ein Band Kupferstiche nach Tischbein, mit poetischem Begleittext von Goethe, so stellte er sich das vor. «Das Titelkupfer zu unserm gemeinsamen Werke ist schon entworfen», schreibt Goethe in einem seiner Briefe. Tischbein liess ihm offenbar keine Ruhe. Doch Goethe, sonst ein überaus höflicher Mensch, war nicht aus dem Zeug, aus dem Mitautoren bestehen. «Er hat mir davon auf unsern Spaziergängen erzählt, um mir Lust zu machen, dass ich mich darauf einlassen möge», heisst es zuvor, und man kann sich die beiden lebhaft vorstellen, wie sie sich in den Anlagen der Villa Pamphili und unter den Trümmern des Jupitertempels ergehen, wobei Tischbein auf Goethe einredet und dieser, die Hände auf dem Rücken verschränkt, von Zeit zu Zeit unverbindlich nickt. «Der Gedanke ist schön», räumt Goethe zwar an anderer Stelle ein, setzt jedoch gleich hinzu, «nur müsste man freilich mehrere Jahre zusammen sein, um ein solches Werk auszuführen.» Aus den Worten ist herauszuhören, dass er den Gedanken, jahrelang mit Tischbein zusammen zu sein, nicht ganz so schön fand. «Fürchtete ich mich nicht, in etwas Neues einzugehen, so könnte ich mich wohl verführen lassen.» Das war vermutlich der Kehrreim dessen, was der andere auf ihren Spaziergängen zu hören bekam. Nach dem November jenes Jahres wird des Vorhabens in keinem Brief mehr Erwähnung getan. Offenbar hatte Tischbein es aufgegeben, Goethe damit in den Ohren zu liegen. Bald danach kam er auf ein anderes, weniger glorreiches Vorhaben zurück, das eher Aussicht auf Erfolg hatte.

«Ich bemerkte wohl», schreibt Goethe, «dass Tischbein mich öfters aufmerksam betrachtete, und nun zeigt sich's» - man achte auf den schlecht verhehlten Stolz! -, «dass er mein Porträt zu malen gedenkt.» Obwohl es so viel zu besichtigen galt, und obwohl er zwischenhinein angestrengt an verschiedenen Manuskripten arbeitete, war doch die Zumutung, dem Maler für ein Porträt zu sitzen, etwas Neues, auf das sich einzulassen er sich nicht fürchtete. Das ist weiter nicht erstaunlich. Es scheint geradezu ein Naturgesetz, dass kein Mensch je etwas dagegen hat, einem Maler zu sitzen, es sei denn, der Betreffende sei körperlich missgestalt. Es mag einer alt sein, er mag hässlich sein, er mag unter der Last der Verantwortung dem Staat gegenüber fast zusammenbrechen, und dieser Staat mag sich an einem kritischen Punkt seiner Geschichte befinden, keine dieser Erwägungen, noch alle miteinander, werden ihn davon abhalten, sein Porträt malen zu lassen. Pünktlich wird er im Atelier erscheinen, um sich dem Maler zu überantworten, er wird bockstill dasitzen und sich bemühen, möglichst vorteilhaft auszusehen in der Haltung, die ihm der Maler als charakteristisch zugeteilt hat, wobei er, sofern er nicht unter Sprechverbot steht, mit rührender Bescheidenheit etwas zur Unterhaltung beizutragen sucht und dankbar jede Belehrung seitens des Künstlers annimmt. Dem Zahnarzt oder dem Friseur überantwortet man sich ohne Begeisterung, sogar mit einem gewissen Unwillen. Doch im Drum und Dran eines Malerateliers steckt etwas Sinnverwirrendes. Vielleicht ist es der Terpentingeruch, der einem in den Kopf steigt. Wahrscheinlich ist es aber etwas ganz anderes - der Gedanke an Unsterblichkeit. Goethes äussere Erscheinung wird allgemein als glanzvoll beschrieben; ausserdem war er, wie gesagt, eitel und stand im besten Mannesalter; er war Tischbeins Ansinnen, sich verewigen zu lassen, deshalb besonders zugänglich. «Sein Entwurf ist fertig, er hat die Leinwand schon aufgespannt», schreibt er. Das klingt wie die Anfangszeilen einer bekannten Ballade: «Der Anker ist gelichtet, das Segel ausgespannt.» Das Schiff in diesem Gedicht scheitert zwar, wenn ich mich recht erinnere, aber das macht die

Analogie zu Goethes Worten nur um so auffallender.

Im selben Brief erwähnt der Dichter die drei wichtigen Punkte, von denen bereits die Rede war: den umgestürzten Obelisken als Sitzgelegenheit, den weissen Mantel als Hülle, die Ruinen in der Ferne als Aussicht. «Es gibt ein schönes Bild, nur zu gross für unsere nordischen Wohnungen», bemerkt er etwas wehmütig. Keine Bange! In der Sakristei der St.-Lorenz-Kirche ist genügend Platz dafür vorhanden.

Inzwischen ging die Arbeit an dem Bildnis gut voran. Ein Abstecher nach Neapel und Sizilien gehörte zu Goethes Reiseplan; er wollte unmittelbar nach dem römischen Karneval dorthin aufbrechen (mit Tischbein zusammen) – aber keinen Augenblick früher. Selbstverständlich hatte er nicht im Sinn, sich nach Art gewöhnlicher Touristen in das Faschingstreiben zu stürzen; doch der Karneval war gewissermassen eine Naturerscheinung, die es zu beobachten galt. Bekanntlich beschäftigte sich Goethe ebenso eingehend mit naturwissenschaftlichen Dingen wie mit denen der Kunst. Geduldig hatte er von jeher Pflanzen botanisch untersucht, Fische ichthyologisch und Gestein mineralogisch. Und nun erforschte er Tag für Tag den Karneval von einem streng karnevalogischen Standpunkt aus, wobei er Aufzeichnungen machte, aus denen später eine klassische Abhandlung wurde. Seine Anwesenheit im Atelier war gegenwärtig nicht vonnöten, denn das lebensgrosse Porträt «wächst schon aus der Leinwand heraus», und Tischbein war jetzt mit dem Faltenwurf des Mantels beschäftigt, der ein kleines Tonmodell umhüllte. «Darnach malt er fleissig, denn es sollte freilich vor unserer Abreise nach Neapel schon auf einen gewissen Punkt gebracht sein.» Abgesehen vom Mantel, hatte Tischbein auch noch mit der Campagna zu tun. Dabei fällt mir ein Bekannter von mir ein, ein Maler, weder erfolgreich noch begabt, aber immer guter Dinge, der mir vor einigen Jahren mitteilte, er reise am folgenden Tag nach Italien. «Ich will die Campagna malen», erklärte er, «sie muss unbedingt gemalt werden.» Dieser Ansicht war offenbar schon Tischbein gewesen. «Es gehört schon Zeit dazu», schreibt Goethe an Frau von Stein, «eine so grosse Leinwand mit Farben auch nur zu bedecken.»

Aschermittwoch kam heran und damit das Ende der Karnevalszeit. Der Vorhang fällt, und als er wieder aufgeht, haben wir den Golf von Neapel vor uns. Goethe und Tischbein treten wiederum auf. Strahlend blauer Hintersetzer. Begleitmusik: Barkarolen, und so weiter. Eine Zeitlang geht alles wie am Schnürchen. Der verstandesklare Quijote und der kunstbeflissene Sancho besichtigen die Kirchen und Museen, besuchen Pompeji, statten dem britischen Botschafter, Sir William Hamilton, dem vielgewandten, einen Besuch ab. Der Vesuv wird bestiegen, von Goethe dreimal, jedoch (und hier beginnt uns bereits etwas zu schwanen) nur einmal von Tischbein. Auf Goethe übte der Vesuv, wie man sich denken kann, eine mächtige Anziehungskraft aus. Bei jeder Besteigung bewies er grossen Mut, indem er so nahe als möglich an den Kraterrand heranging, und zwar (wie schon beim Karneval) nicht etwa, um sich hineinzustürzen, vielmehr als unerschrockener Naturforscher. Tischbein seinerseits hatte für das Schauspiel nichts übrig; es flösste ihm lediglich Angst ein. Er fand, es habe keinerlei künstlerischen Wert, und begleitete Goethe nicht an den Rand des Kraters. Goethes Kühnheit scheint er missbilligt zu haben. Hier sehen wir bereits einen, wenn auch fast unmerklichen Riss, der nichts Gutes verheisst - das, was die Geologen «eine Verwerfung» nennen.

Goethe nahm das Vorzeichen nicht wahr. Während des ganzen Aufenthalts in Neapel scheint er der Ansicht gewesen zu sein, Tischbein in Neapel sei, was Tischbein in Rom. Es gibt zwar Menschen, bei denen Ortsveränderung keine seelische Veränderung mit sich bringt. Seltsamerweise zählte Goethe sich zu den veränderlichen. «Ich scheine mir ein ganz anderer Mensch», stellt er in einem Brief aus Caserta fest, wobei er hinzufügt, er lebe «in einer Art von trunkner Selbstvergessenheit» - ein Zustand, wie er durch seine Briefe gar nicht bestätigt wird. In einem späteren Reisebericht trifft er schon eher ins Schwarze: «Triebe mich nicht die deutsche Sinnesart und das Verlangen, mehr zu lernen und zu tun, als zu geniessen, so sollte ich in dieser Schule des leichten und lustigen Lebens noch einige Zeit verweilen und mehr zu profitieren suchen.» Eine wahrhaft unbezahlbare Stelle, von einem possierlichen Ernst, der alle Logik übersteigt, als wolle einer sagen: «Wäre ich nicht so durch und durch deutsch, würde ich mich durch und durch deutsch verhalten.»

Tischbein war nicht gleichermassen gegen die neapolitanische Leichtlebigkeit gefeit. Mit Goethe wussten die Leute in Neapel nicht viel anzufangen, wie er selber feststellt: «Tischbein befriedigt sie besser, er malt ihnen abends gleich einige Köpfe in Lebensgrösse vor, wobei und worüber sie sich wie Neuseeländer bei Erblickung eines Kriegsschiffes gebärden.» Man hat den Eindruck, nur Goethes Gegenwart habe Tischbein davon abgehalten, sich ebenfalls wie ein Neuseeländer aufzuführen. Eine Woche später tat er etwas äusserst Erstaunliches. Er teilte Goethe mit, er werde ihn nicht nach Sizilien begleiten.

Natürlich sagte er nicht: «Deine Geistesgrösse hat den Reiz der Neuheit eingebüsst. Deine Humorlosigkeit wirkt bedrückend auf mich. Verzieh dich, und lass mich Neapel auskosten - Neapel, die Perle der populären Ferienparadiese!» Statt dessen schützte er Geschäfte vor, die er in der Stadt und bei Hofe zu betreiben verpflichtet sei, und empfahl Goethe als Gesellschafter einen jungen Mann namens Kniep.

Goethe war sicher zu stolz, um sich seinen Ärger anmerken zu lassen. Auch in seinen Briefen nach Weimar nimmt er die Sache auf die leichte Achsel. Selbst Kniep liess er sich gefallen, wenn auch nicht ohne Vorbehalt. Er brauchte jemanden, der für ihn unterwegs Skizzen aller Sehenswürdigkeiten anfertigte. Kniep hatte er schon in Rom als einen geschickten Zeichner und Landschafter loben hören, «nur seiner Tätigkeit wollte man nicht gleiches Lob erteilen». Ein Faulpelz also. «Ich habe ihn schon ziemlich kennengelernt und möchte diesen gerügten Mangel eher Unentschlossenheit nennen, die gewiss zu überwinden ist, wenn wir eine Zeitlang beisammen sind.» Wenn das mal gut geht, denkt man bei sich. Kniep wird sich nicht bewähren. Da wird bestimmt bald der Teufel los sein. Irrtum (so ist das Leben)! Kniep bewährt sich vorzüglich. Während der ganzen Sizilienreise weiss Goethe nur Gutes zu melden von der Munterkeit und dem Arbeitseifer des jungen Mannes. Möglicherweise sprach da der Wunsch mit, Tischbein herabzusetzen. Es leidet jedoch keinen Zweifel, dass Goethe mit Kniep zufrieden war und hocherfreut über die Güte und Masse seiner Arbeiten. In Palermo erstand er sich einen zweibändigen Homer, um den siebenten Gesang der Odyssee «mit grosser Erbauung zu lesen und eine Übersetzung aus dem Stegreif Kniepen vorzutragen, der wohl verdiente, bei einem guten Glase Wein von seinen strengen heutigen Bemühungen behaglich auszuruhen». Es ist eine hübsche Szene und kennzeichnend für die Wochen auf Sizilien.

Mitte Mai kehrte Goethe nach Neapel zurück. Doch, man höre - Tischbein war nicht da, um ihn zu empfangen. Tischbein war mir nichts, dir nichts nach Rom zurückgefahren, nachdem er seinen neapolitanischen Freunden aufgetragen hatte, sich seines grossen Landsmanns anzunehmen. Abermals verwehrte es Goethe der Stolz, sein Missvergnügen zu bekunden, und abermals müssen wir zwischen den Zeilen lesen. In der ersten Juniwoche war er wieder in Rom. Man kann sich vorstellen, mit welch ausgesuchter Höflichkeit er Tischbein gegenübertrat, als wäre nichts geschehen. Denkbar ist allerdings, dass er sich nicht so untadelig verhalten hätte, wäre das Porträt schon fertig gewesen.

Die Sitzungen wurden wiederaufgenommen. Es scheint, dass Signora Zucchi, besser bekannt als Angelika Kauffmann, ebenfalls angefangen hatte, ihn zu malen. Doch so sehr Goethe die feingebildete Frau schätzte, von ihrem zaghaften Versuch eines Konterfeis hielt er nicht viel: «Es ist immer ein hübscher Bursche, aber keine Spur von mir.» Es war der Historienmaler, der Goethe in dem fremdländischen weissen Mantel, der ihm so gut stand, auf dem umgestürzten Obelisken thronend, der Nachwelt zu überliefern versprach. Versprach, jawohl. Am 27. Juni meldet Goethe: «Mein Porträt wird glücklich, es gleicht sehr, und der Gedanke gefällt jedermann.» Drei Tage später: «Tischbein geht nach Neapel.»

Unglaublich! Man traut seinen Augen nicht; es ist, als werde einem Würdenträger der Sessel, auf den er sich niederlassen will, hinterrücks von Bubenhand weggezogen. Tischbein hatte ihm gleichsam den Obelisken entzogen. Wie sollte Goethe sich dazu stellen? Was kann überhaupt ein Würdenträger in einem solchen Fall tun? Soll er gegen den Übeltäter ausfällig werden? Das wäre noch entwürdigender. Kann er tun, als sei nichts geschehen? Johann Wolfgang von Goethe versuchte es jedenfalls. Um den Versuch glaubhafter zu machen, willigte er sogar ein, aus seinem eigenen Quartier auszuziehen und seine Bleibe für geraume Zeit in Tischbeins Atelier aufzuschlagen. Der aalglatte Bursche scheint allerdings versichert zu haben, er werde nicht sehr lange wegbleiben, was ihm wohl als mildernder Umstand angerechnet wurde. Vom Herzog von Weimar hatte Goethe die Erlaubnis, seinen Italienaufenthalt bis zum nächsten Frühjahr auszudehnen. Möglich, dass Tischbein tatsächlich vorhatte, bald wieder zurückzukehren und das Bildnis zu vollenden. Jedenfalls bestand für Goethe kein Anlass, die Hoffnung fahrenzulassen.

«Wenn Ihr mein gedenkt, so denkt an mich

als an einen Glücklichen», schreibt er nach Weimar. Und hatte er nicht allen Grund dazu? Er befand sich bei bester Gesundheit, er schuf Meisterwerke, er war in Rom – in der Stadt, die kein Wallfahrer je inbrünstiger geliebt hat, in der Stadt, in der der Nachklang der Antike noch fast bis in unsere Tage zu vernehmen war, unter dem bewahrenden Schatten der weltlichen Macht. Kein Wandersmann ist jemals seliger diese geschichtsträchtigen Pfade gewandelt. Es ist ein angenehmes Schauspiel, zu sehen, wie Goethe mit vollen Zügen Rom in sich hineinschüttet. Und doch, und doch, ich vermute, dass er sich jetzt im zweiten Jahr seines Aufenthalts am liebsten innerhalb der Stadtmauern hielt und für die Campagna nicht mehr so viel übrig hatte wie einst; und falls er sich je dorthin verirrte, wandte er wohl den Blick geflissentlich von allem ab, was nach einem umgestürzten Obelisken aussah. Eines weiss ich bestimmt. Die riesige Leinwand im Atelier stand mit dem Gesicht zur Wand. Nach dem 27. Juni kommt sie in keinem von Goethes Briefen jemals wieder vor. Doch ihre Nähe machte ihm sicher zu schaffen; wenn gerade niemand zugegen war, wird er wohl widerstrebend auf sie zugetreten sein, um sie in ein günstiges Licht zu rücken und dann aus einem gewissen Abstand nachdenklich zu betrachten. Eigentlich merkwürdig, dass Tischbein nicht durch Gedankenübertragung zur Rückkehr bewogen wurde.

Was war denn in Tischbein gefahren, dass er Goethe - nicht nur einmal, sondern dreimal - im Stich liess? Fern sei es von mir, ihm unterzuschieben, er habe sich dafür rächen wollen, dass Goethe von einer Zusammenarbeit mit ihm nichts wissen wollte. Sicher lag es nicht an jenem Tafelwerk über den Urmenschen, wahrscheinlich lag es lediglich daran, dass Goethe ihm nachgerade lästig geworden war. Vierzig Jahre verstrichen, ehe Goethe dazu kam, seine Briefe aus Italien zu einem Buch zusammenzustellen; und in dieses Buch - wie grossmütig wird man doch im Alter - nahm er mehrere Briefe auf, die ihm der Abtrünnige aus Neapel geschrieben hatte. Es sind oberflächliche, aber anschauliche Dokumente - die Ergiessungen eines Menschen, dem die sichtbare Welt genügt. Es ist anzunehmen, dass Tischbein nur deshalb Historienmaler wurde, weil kein Maler, der hoch hinaus wollte, damals etwas anderes war. In Goethe war der geschichtliche Sinn ebenso stark entwickelt wie der für Kunst, der ethische ebenso wie der naturwissenschaftliche, und es lässt sich denken, dass eine Unterhaltung, zusammengewirkt aus allen dreien, für das einfachere Gemüt seines Gesellschafters zu viel war. Immerhin, man mag sich fragen, ob blosse Langeweile einen Menschen veranlassen kann, so rücksichtslos zu handeln, wie Tischbein es tat. Nun, vielleicht gab es da noch einen andern Grund, einen interessanteren. In Neapel suchten Goethe und Tischbein, wie bereits erwähnt, den britischen Botschafter auf. Seine Exzellenz war damals Witwer, doch zierte seinen Haushalt bereits eine zwanzigjährige Engländerin, Emma Harte, die künftige Lady Hamilton, deren Schönheit uns allen ja wohlbekannt ist. Sir William Hamilton, schreibt Goethe, «hat nun nach so langer Kunstliebhaberei, nach so langem Naturstudium den Gipfel aller Natur- und Kunstfreude in einem schönen Mädchen gefunden... Er findet in ihr alle Antiken, alle schönen Profile der sizilianischen Münzen, ja den Belvederschen Apoll selbst... Heute früh malt sie Tischbein.» Einige Zeit darauf erhielt Goethe von Tischbein die Skizze zu einem Gemälde, das Emma Harte als Iphigenie am Opferaltar darstellte. Vielleicht hatte Tischbein sich gewundert, dass sie sich Sir William Hamilton aufopfern wollte. «Hamilton gefällt mir ausserordentlich wohl», heisst es in einem seiner Briefe, und wenn einer sich so überschwenglich über den Beschützer einer schönen jungen Frau äussert, beginnt man Verdacht zu schöpfen. Ich will damit keineswegs sagen, Emma Harte - die allerdings Nelson damals noch nicht kennengelernt hatte - habe sich in Tischbein verguckt. Es besteht aber kein Grund zur Annahme, Tischbein sei für ihre Schönheit weniger empfänglich gewesen als Romney.

Es spricht vieles dafür, dass es die schönen Augen der künftigen Lady Hamilton waren, die Tischbein davon abhielten, nach Sizilien zu fahren, und ihn dann so plötzlich von Rom abreisen liessen. Wie ist aber in diesem Fall zu erklären, dass er von Neapel nach Rom zurückkehrte, während Goethe auf Sizilien weilte? Man kann nur hoffen, es sei geschehen, um sich aus seiner Liebeswirrnis zu befreien. Es widerstrebt mir, zu glauben, er sei bloss geschäftehalber nach Rom gereist. Viel lieber nehme ich an, dass er erst nach schweren inneren Anfechtungen - die Pflicht im Widerstreit mit der Liebe - einen Rückfall erlitt und wieder nach Neapel eilte. Keineswegs aber will ich behaupten, es wäre mir lieber, er hätte dieses Porträt fertiggemalt.

Falls jemand weiss, wo das Porträt gegenwärtig hängt, möge er es mir bitte mitteilen. Ich muss es haben. Bisher habe ich vergeblich versucht, seinen Aufenhaltsort ausfindig zu machen. Was ist mit dem Bild geschehen? Ich hoffte, in George Henry Lewes' Goethe-Biographie Auskunft darüber zu erhalten. Doch für Lewes war Goethe ein Abgott: er fand ihn bedeutender als George Eliot, und in seinem ganzen Buch wird Tischbeins Name nur ein einziges Mal kurz erwähnt. Oscar Browning, in seinem Artikel in der «Encyclopaedia Britannica», nennt Tischbein Goethes ständigen Begleiter während der ersten paar Wochen in Rom - und weiter sagt er gar nichts von ihm! Unter denen, die Goethe als einen Abgott verehren, besteht offenbar eine Verschwörung, die leidige Sache mit Tischbein zu vertuschen.

Selbst die «Penny Cyclopaedia» (1842), die dem kleinen Tischbein eine ganze Spalte einräumt und seinen Lebenslauf ausführlich schildert, schweigt sich über das Goethe-Bildnis aus. Dem betreffenden Artikel ist zu entnehmen, dass Tischbein Direktor der Malerakademie in Neapel wurde, mit einem Gehalt von sechshundert Dukaten, und bis zum Umsturz von 1799 in Neapel blieb, worauf er Hals über Kopf nach Deutschland zurückkehrte. Angenommen, sein Weg führte ihn über Rom, muss man doch bezweifeln, dass ein der Heimat zustrebender Flüchtling sich unterwegs ein unvollendetes Riesengemälde aufbürdete. Die Leinwand blieb bestimmt in dem römischen Atelier – ein Gegenstand mässigen Interesses für nachmalige Bewohner. Befindet sie sich immer noch dort? Gibt es das Atelier überhaupt noch? Vermutlich ist es abgerissen worden, wie so vieles andere auch. Was wurde aus der herrenlosen Leinwand? Sie wird wohl kaum in das Fundament des Neubaus eingemauert worden sein. Jemand muss sie auf schwanken Beinen davongetragen haben. Wohin? Sicher modert sie irgendwo in einem dunkeln Kellergewölbe dahin.

Man suche das Bild, man grabe es aus, frohlockend bringe man es mir. Ich bin immer in der Sakristei von San Lorenzo zu finden. Inzwischen habe ich mir aber eine so genaue und deutliche Vorstellung davon gemacht, dass mir der Anblick dessen, was man mir bringt, wahrscheinlich eine herbe Enttäuschung bedeuten wird. Vor meinem innern Auge sehe ich den Faltenwurf des weissen Mantels in allen Einzelheiten, das wohlgeformte Bein, auf dem der Vorderarm ruht, das Schlaglicht auf dem schwarzen Seidenstrumpf. Schuhe und Hände sind halbfertig, die Ruinen nur umrissen, der Himmel ist unausgeführt. Doch der Gesichtsausdruck ist unverkennbar der eines grossen Mannes, der eine ihm fremde Landschaft betrachtet und ihre Bedeutsamkeit ermisst, nicht ohne sich dessen bewusst zu sein, was sie im dramatischen Zusammenhang mit ihm selber hergibt - Marius vor Karthago und Napoleon der Sphinx gegenüber, Wordsworth auf der Londoner Brücke und Cortez auf dem Berggipfel von Darien, vor allem jedoch, das steht fest, Goethe in der Campagna. Man sieht, ich kann nicht versprechen, Tischbeins Leistung überwältigend zu finden. Vielleicht muss ich sogar mein Wort zurücknehmen, dem Bild einen Ehrenplatz einräumen zu wollen. Schlankweg ablehnen werde ich es aber nicht - es sei denn mit der Begründung, eine Sammlung unvollendeter Kunstwerke müsse sich selber durch Unvollständigkeit auszeichnen.

William und Mary

Den Geschmack an Erinnerungen, wie den an Oliven, erwirbt man sich erst im Laufe der Zeit. William und Mary – sie hiessen wirklich so, und ihre Freunde sprachen von ihnen wie von einer Zweifaltigkeit –, William und Mary gehörten einige Jahre lang zu den Menschen, die mich innerlich beschäftigten und an denen ich hing. Und doch, obwohl sie mir zu lieb gewesen waren, als dass ich sie ganz hätte vergessen können, es kam eine Zeit, wo ich ihrer nur noch ab und zu einmal gedachte. Wie konnten sie sich als Tote in den Gedanken eines jungen Mannes behaupten, der sich des ständig erneuerten Nachschubs an Lebenden kaum zu erwehren wusste? Doch mit zunehmendem Alter verbraucht sich der Reiz der Neuheit. Man stellt fest, dass es etwas Neues überhaupt nicht gibt – oder dass man jedenfalls die Fähigkeit, es wahrzunehmen, eingebüsst hat. Man sieht in einem neuen Gesicht nicht mehr etwas Fremdes und Eigentümliches, jedes ist bereits abgestempelt als zu dieser oder jener wohlbekannten Art gehörig. Die Welt ist nicht mehr so bemerkenswert, und man neigt dazu, immer mehr an die Zeit zu denken, als sie noch, ach, so bemerkenswert war.

Wäre ich dreissig Jahre älter gewesen, als

ich William kennenlernte, hätte ich an ihm wohl überhaupt nichts Auffallendes bemerkt. Das heisst, nein, er wies ein paar Eigenheiten auf, die auch einem älteren Zeitgenossen aufgefallen wären. An sich war er ja nichts Besonderes (wie ich, obwohl gleichaltrig, bald erkannte). Doch nach aussen hin war einiges an ihm ungewöhnlich und seiner Zeit voraus. So war er beispielsweise Sozialist. In Oxford gab es 1890 nur noch einen andern Sozialisten, und das war beileibe kein Akademiker, sondern ein Kaminfeger im Ruhestand namens Hines, der beim Märtyrerdenkmal Reden hielt, ohne Zuhörer zu haben, ausser vielleicht William. Auch trug William ein Flanellhemd und benutzte ein Fahrrad - höchst absonderliche Gewohnheiten damals, und höchst abscheuliche dazu. Er war kurzsichtig und trug eine Brille, galt aber als ausgezeichneter Fussballer, was ihm allerdings nicht zu Ansehen verhalf, da Fussball bei den Rudersportlern ganz unten durch war und die tonangebende Schicht sich überhaupt nicht darum kümmerte. So gehörte William zu den Parias an unserem College; und es geschah aus Übermut und um zu zeigen, wie sicher ich mich innerlich fühlte, dass ich in meinem dritten Semester seine Bekanntschaft zu pflegen begann.

Wir hatten nur wenig miteinander gemein. Ich vermochte Volkswirtschaft nicht «die aufregendste Sache der Welt» zu finden, wie er sie nannte. Auch konnte ich nie ohne Gähnen mehr als ein paar Zeilen der endlosen isländischen Sagas von William Morris anhören, die mein Freund, lammfrommer junger Sozialist, der er war, grossartig fand. Er hatte angefangen, selber eine isländische Saga zu verfassen, und hatte es bereits auf einige hundert Verse gebracht, die allerdings noch nicht zu seiner Zufriedenheit ausgefallen waren. Mir kamen sie zwar ganz wie die seines Meisters vor. Ich sehe ihn vor mir, wie er auf der Fussmatte vor dem Kamin stand, das Manuskript dicht vor den kurzsichtigen Augen, und mir seine Verse vortrug, wobei er sie mit eckigen Bewegungen der andern Hand zu unterstreichen suchte - ein grosser, breitschultriger, knochiger Bursche mit langem, aus der Stirn zurückgestrichenem braunem Haar und einem höchst schäbigen Anzug. Seiner Kleidung und seines Sozialismus wegen, und weil er die Gewohnheit hatte, einem Gast Bier vorzusetzen, hatte ich ihn zuerst für ziemlich arm gehalten und war erstaunt, als er mir sagte, er bekäme von seinem Vormund - seine Eltern waren gestorben - jährlich £ 350, und sobald er volljährig sei, werde er über ein Einkommen von £ 400 verfügen. «Alles aus Dividenden», stöhnte er jeweils. Ich liess durchblicken, Hines und ähnliche Weltverbesserer wären sicher nicht abgeneigt, ihn von dieser Last zu befreien, falls er sie höflich darum bitte. «Nein», erwiderte er allen Ernstes, «das geht nicht», und dann las er mir jeweils Stellen aus den «Fabianischen Essays» vor, um mir klarzumachen, dass in den gegenwärtigen chaotischen Zuständen eine sporadische Mildtätigkeit nur Unheil stiften könnte. «In zwölf Jahren vielleicht», meinte er dann nachdenklich. «Aber bis dahin», warf ich ein, «bist du wohl längst verheiratet, und deine Frau wird vielleicht nicht ganz...», worauf er wie immer beteuerte, er werde niemals heiraten; die Ehe sei ein Anachronismus und unsozial. Wenn ich ihn recht verstand, verdankte sie ihr Fortbestehen weitgehend dem Kapitalismus. Auf jeden Fall war sie dem Untergang geweiht. Zivilverträge auf Zeit würden «in zehn, zwölf Jahren» zwischen Männern und Frauen die Regel bilden, und bis dahin war jeder staatsbürgerlich denkende Mensch gehalten, Junggeselle zu bleiben und sich nötigenfalls mit freier Liebe zu begnügen.

Indessen, lange bevor diese Zeit um war, hatte William geheiratet. Im Frühling 1895 traf ich ihn eines Nachmittags zufällig in London auf der Strasse. Ich wunderte mich, wie überschwenglich er mich begrüsste, war doch unsere Freundschaft in den letzten beiden Jahren in Oxford eher abgeflaut. «Es scheint dir gut zu gehen», bemerkte ich, «und einen neuen Anzug hast du auch.» – «Ich habe geheiratet», erwiderte er, allem Anschein nach ohne die geringsten Gewissensbisse. Seit einem Monat sei er jetzt verheiratet, erklärte er und setzte hinzu, verheiratet zu sein, sei die wunderbarste Sache der Welt, schwächte diese Verallgemeinerung allerdings dadurch wieder ab, dass er behauptete, so etwas wie seine Frau habe es überhaupt noch nie gegeben. «Du musst sie unbedingt sehen», sagte er, und sein Bedürfnis, mit ihr Staat zu machen, war so unverkennbar und so rührend, dass ich seine Einladung, ein paar Tage bei ihnen zu verbringen - «warum nicht nächste Woche?» -, unmöglich ablehnen konnte. Sie hatten ein kleines Haus auf dem Land gefunden, und das war jetzt ihr Heim. Er war nur «geschäftehalber, als Journalist» in London. «Meine Frau wird dir bestimmt gefallen», sagte er noch, bevor wir uns verabschiedeten. «Sie ist - sie ist einfach grossartig.»

Da dies dasselbe Beiwort war, mit dem er einst «Beowulf» und «Sigurd, den Wölsung» ausgezeichnet hatte, waren meine Erwartungen nicht allzu hochgeschraubt. Tatsächlich hatte er das Wort, wie sich bald herausstellte, wiederum falsch angewendet. Es war nichts Grossartiges an der jungen Frau. Manche hätten sie wohl nicht einmal hübsch gefunden. Mir kam sie auf den ersten Blick auch nicht so vor. Nett, unscheinbar, gefällig, ja, aber nicht eigentlich hübsch, und schon gar nicht grossartig. Statt der damals üblichen Simpelfransen trug sie das Haar streng aus der Stirn gekämmt. Sie sah «praktisch veranlagt» aus. Doch einen Augenblick später, als sie lächelte, erkannte ich, dass sie doch hübsch war. Es ging nicht lange, und ich fand sie entzückend. William hatte mich in einem Einspänner abgeholt, und wir schauten ihm zu, wie er das Pony abschirrte. Er stellte sich dabei reichlich ungeschickt an, verwechselte die Zügel mit den Zugriemen und wusste mit den Anweisungen seiner Frau so wenig anzufangen, dass sie hellauf lachte. Und dieses Lachen war etwas Schönes. Es war leise, aber äusserst klar und übermütig, eine Tonfolge, die sich auf gleicher Höhe hielt, gleichsam ein Triller, und dann noch einer, und noch einer, als würde ein silberhelles Glöckchen geläutet... Nach meiner Beschreibung könnte man vielleicht meinen, es sei ein unangenehmer Ton gewesen. Ich kann nur sagen, er wirkte bezaubernd.

Am liebsten hätte ich sie fortwährend lachen hören, doch sie eilte hinzu, und während William gehorsam zur Seite trat und sich behilflich zu erzeigen suchte, schirrte sie das Pony selber ab und führte es in den kleinen Stall. Sie war entschieden «praktisch veranlagt», doch das, wie auch alles andere, nahm ich jetzt ohne weiteres in Kauf.

Wäre sie eine schlechte Hausfrau gewesen, hätte ich zweifellos auch das in Kauf genommen, nur hätte ich mich dann weniger wohl gefühlt und hätte weniger Lust gehabt, häufig dort zu verweilen. Ich hatte erwartet, bei William schlecht und recht aufgehoben zu sein. Doch unter seinem Dach war, im Rahmen streng arkadischer Einfachheit, alles wohlgeordnet. Als ich in meine Schlafkammer ging, war ich gerührt, meine Sachen so fein säuberlich ausgepackt und verteilt zu finden. Wie die

Frau des Hauses das dem sehr kleinen Dienstmädchen beigebracht hatte, war mir unerfindlich. Von William hatte sie es bestimmt nicht. Vielleicht, fällt mir jetzt ein, hatte sie es aus einem Handbuch. Mary hielt es mit den Handbüchern. Sie besass eines über Gartenpflege, ein anderes über Geflügelzucht, eines über den Stall und zweifellos noch andere. Aus diesen hatte sie die Lücken in der Erziehung ausgefüllt, die ihr Vater, der Witwer und entweder Arzt oder Rechtsanwalt in einer Kleinstadt war, ihr hatte angedeihen lassen. Möglicherweise besass sie insgeheim auch einen Leitfaden für junge Gastgeberinnen. Falls ja, muss es ein sehr brauchbares Buch gewesen sein. Doch ich möchte Marys untrügliches Gefühl nicht schmälern; dieses war es, geschärft durch ihre Verehrung für William, was sie zu einer so tüchtigen Hausfrau machte.

Falls sie einen Leitfaden besass für junge Leute, die ein Haus suchen, hatte sie ihn offenbar gerade nicht zur Hand gehabt, als sie das Haus auswählten, in welchem sie sich eingerichtet hatten. Es hatte jahrelang leergestanden, ein Objekt, das für niemand in Frage kam, anderthalb Kilometer vom nächsten Dorf entfernt und vier Kilometer von der nächsten Bahnstation. Der mittlere Teil war ein richtiges Landhaus, das aus dem 17. Jahrhundert stammte, doch auf beiden Seiten waren um 1850 herum von einem alten Kauz, der es damals bewohnte, weiss verputzte Flügel angebaut worden. Auch waren damals der kleine Stall, eine Molkerei und andere Anbauten dazugekommen. Platz war genug vorhanden, auch für den Garten, da der damalige Besitzer etwa zweitausend Quadratmeter Land darum herum gekauft hatte. Die beiden verputzten Flügel, jeder mit einem Schiebefenster oben und einer Glastür unten, nahmen sich neben dem roten Backsteinbau mit den Gitterfenstern etwas sonderbar aus. Auch die lange hölzerne Veranda vermochte die drei Teile nicht zu einer Einheit zusammenzufassen. Das Ganze stimmte nicht, hatte aber doch wieder einen ausgeprägten Charakter, den man ungern vermisst hätte. Das Falsche war hier richtig – jedenfalls nachdem Mary für ihren William darauf verfallen war. Selber wäre sie wohl in einer modernen Villa am glücklichsten gewesen. Sie war jedoch überzeugt, einen Mann von genialer Veranlagung geheiratet zu haben. Zwar hatte sie ihn um seiner selbst willen geheiratet, nicht seiner genialen Veranlagung wegen, doch diese war ebenfalls zu berücksichtigen, sehr sogar, sie musste in der richtigen Umgebung gehegt und gepflegt werden. Mary war ein Jahr älter als er (obwohl sie, klein und schmächtig wie sie war, mehrere Jahre jünger wirkte), und bei ihrer Anhänglichkeit spielte der Mutterinstinkt eine grosse Rolle. William war, wie bereits bemerkt, nicht sehr begabt. In dieser einen Beziehung hatte Marys Gefühl sie im Stich gelassen, wenn auch auf eine liebenswürdige Art, die ihr doch wieder recht zu geben schien. Da William nach aussen hin tatsächlich etwas sonderbar war, traf es sich da nicht gut, dass auch seine Behausung es war? Drinnen legte Mary Wert auf Bequemlichkeit, und die war vorhanden.

Aus dem Erdgeschoss war ein einziges grosses Zimmer gemacht worden, in das man von draussen unvermittelt eintrat. Ein recht langes, altertümliches Zimmer, das der niedrigen Dekke wegen grösser schien, als es in Wirklichkeit war, mit Binsenmatten da und dort auf den unregelmässigen Fliesen, der Gips zwischen den Deckenbalken frisch getüncht. Es diente als Esszimmer, Wohnzimmer und allgemeiner Mittelpunkt während des Tages und wurde einfach «das Zimmer» genannt. William hatte im Erdgeschoss des linken Flügels eine «Arbeitsklause», und dort war er jeweils am Vormittag schriftstellerisch tätig. Mary hatte keine eigene Arbeitsstätte; ihre Stätte war, wo immer sie benötigt wurde. William schrieb Buchbesprechungen für eine Tageszeitung, auch war er schöpferisch tätig. Seine lyrische Inbrunst hatte sich zwar verbraucht, oder vielmehr, sie hatte für ihn in Mary Gestalt angenommen. Im übrigen war Morris als massgebender Einfluss durch Ibsen verdrängt worden. Zur Zeit meines ersten Besuchs schrieb er an einem äusserst düsteren Theaterstück über eine äusserst unglückliche Ehe. Bei späterer Gelegenheit schien dann Ibsen als Vorbild durch George Gissing abgelöst worden zu sein; nun schrieb er Romane, die von nichts anderem - oder übertreibe ich? - als von katastrophalen Missehen handelten. Marys Glaube an ihn hatte bewirkt, dass er nicht mehr so schwierig war wie damals in Oxford. Immer wieder tauchte er aus seiner Klause auf und kam mit frischem Manuskript ins Zimmer. «Du hast doch nichts dagegen?» sagte er, wobei er die Manuskriptseiten schwenkte, und rief dann lauthals nach Mary. Sie war immer prompt zur Stelle, ob sie nun mit weisser Schürze aus der Küche oder mit einer blauen aus dem Garten kam. Während er vorlas, schaute sie ihn nie an, das glaubte sie seiner Arbeit schuldig zu sein. Auf diese musste sie ihre geballte Aufmerksamkeit richten, wenn sie schon das Vorrecht genoss, als erste davon zu hören. Sie schaute unentwegt vor sich hin, während sie mit etwas verkniffenen Lippen dasass, die Hände im Schoss verschränkt. Ich begriff nicht mehr, wie ich auf den ersten Blick hatte glauben können, sie sei nicht hübsch. Sie hatte hellbraune Augen, die um so heller wirkten, weil ihr Haar von einem so dunkeln Braun war, und sie waren von einem ovalen Gesicht eingefasst, wie man es in England recht selten trifft. Mary als Zuhörerin hätte mich für alle Mängel schadlos gehalten, die das schriftstellerische Werk ihres Gatten aufweisen mochte. Immerhin, etwas humoristische Auflockerung hätte diesem Werk nur zum Vorteil gereicht. Diese Ansicht wurde offenbar von den Verlegern geteilt, daher fehlte Williams Name nach wie vor in ihren Bekanntmachungen. Um Marys willen, und auch um seinetwillen, hätte ich ihn gerne erfolgreich gesehen. Wenigstens war er nicht auf Einnahmen angewiesen, auch auf die Zeitungshonorare nicht; sein Einkommen reichte ihm aus. Und was den Erfolg betraf - hielt ihn denn Mary nicht für einen genialen Kopf? Und war er nicht Marys Gatte? Der Hauptgrund, warum ich in dem, was er vorlas, mitunter gerne etwas Lustiges gehört hätte, war ganz einfach der, dass es Mary zum Lachen gebracht hätte. Ihr Lachen war für mich immer wieder ein Erlebnis. Ich konnte von diesem silberhellen Wohlklang, diesen wundersamen kleinen Trillern nie genug bekommen.

Wenn William uns vorlas, musste ich auf das liebreizende Geklingel verzichten, aber sonst kam ich nicht zu kurz. Von seiner schriftstellerischen Arbeit abgesehen, erschauerte Mary nämlich nicht in Ehrfurcht vor ihm, und vor mir schon gar nicht: sie lachte uns beide aus, bei jeder Gelegenheit, und es war dasselbe Lachen, das ich zum erstenmal gehört hatte, als William mit dem Abschirren des Ponys nicht zurechtkam. So kehrte ich denn hervor, was immer sie an mir lachhaft fand; ich lockte aus William hervor, was immer sie an ihm lachhaft fand; ich liess mir nichts von dem entgehen, was sie an ihr selber zum Lachen reizte.

Schäkern verbindet, und unser Geplänkel hätte ich auch ohne Marys höchstpersönliches *obbligato* wohltuend empfunden. Sie pflegte mich den «Herrn aus London» zu nennen (ich war damals noch sehr verstädtert), während ich sie die «tapfere kleine Frau» nannte. Was immer wir sagten oder taten, konnte mit Bezug auf diese beiden Titel abgewandelt werden, und unser Geplänkel, dem William mit einem verständnislosen Lächeln wohlwollend zuhörte, war zeitlich nur deshalb beschränkt, weil Mary mich als eine Quelle geistiger Anregung für William betrachtete, deren er ihrer Meinung nach auf dem Lande, mit ihr allein, dringend bedurfte. Oft schützte sie irgendeine Arbeit im Garten oder in der Küche vor, damit er in den ungehinderten Genuss dieser Anregung komme. Dabei drehte sich unser Gespräch, wenn ich mit ihm allein war, zumeist um Mary. Das war ein Thema, von dem er etwas verstand, wie ich auch. Und wenn ich mit Mary allein war, wer könnte es mir da verdenken, dass ich von Williams Wunderwesen mehr hielt, als dies tatsächlich der Fall war?

Wäre Mary Mutter gewesen, hätte Williams Wunderwesen wohl an Bedeutung eingebüsst. So aber war er sowohl ihr Kind als auch ihr Geliebter. Und wenn ich es auch nicht mit Bestimmtheit sagen kann, glaube ich doch, sie wäre es zufrieden gewesen, so weiterzuleben, falls es das Schicksal so wollte. Das Schicksal wollte es nicht so. Am ersten Abend eines Besuchs, den ich den beiden im April 1899 abstattete, teilte mir William, sobald wir allein waren, die Neuigkeit mit. Den ganzen Abend hindurch hatte ich gespürt, dass etwas anders war, hatte gespürt, dass Mary sich lustiger gab, ohne lustiger zu sein – irgendwie war sie verändert, weiter weg. Das Kind werde voraussichtlich im September zur Welt kommen, sagte William. «Sie ist ungemein glücklich», setzte er hinzu. Mir wurde klar, dass sie in der Tat glücklicher war als je... «Und natürlich wäre es wunderbar, für uns beide, einen Sohn zu haben – oder eine Tochter.» Ich fragte ihn, was ihm denn lieber wäre, ein Sohn oder eine Tochter. «Darauf kommt's nicht an», winkte er müde ab. Offenbar schwante ihm nichts Gutes. Ich suchte ihm seine Befürchtungen auszureden, von denen er Mary gegenüber zum Glück nichts verlauten liess. Sie selber war unbesorgt. Doch das Schicksal wollte es, dass ihr Kind nur eine Stunde lang leben und dass sie selber an der Geburt sterben sollte.

Im Juli hatte ich nochmals ein paar Tage bei ihnen verbracht. Gegen Ende des Monats war ich dann, wie immer, nach Frankreich gefahren und hatte eine Woche später an Mary geschrieben. Es war William, der den Brief beantwortete und mir von Marys Tod und Beerdigung Kenntnis gab. Ich kehrte am nächsten Tag nach England zurück; mit William wechselte ich mehrmals Briefe. Er hatte das Haus nicht aufgegeben, er wohnte noch dort, «um womöglich einen Roman zu beenden», wie seine groteske und herzzerreissende Begründung lautete. Erst im folgenden Januar traf ich ihn wieder. Er schrieb mir vom Charing-Cross-Hotel aus und lud mich dorthin zum Mittagessen ein. Nach unseren Begrüssungsworten entstand eine Pause. Am liebsten hätte er gesprochen von - etwas, wovon er nicht sprechen konnte. Hilflos schauten wir einander an und sprachen dann, wie unter Engländern üblich, von unpersönlichen Dingen. Es war die Zeit des Burenkriegs. So wie ich William kannte, hätte ich erwartet, er werde für die Buren Partei ergreifen. Ich war überrascht, wie heftig er für die stärkere Seite eintrat. Er sagte sogar, er habe sich gemeldet, sei aber seiner Kurzsichtigkeit wegen leider zurückgewiesen worden. Es bestehe jedoch die Möglichkeit, dass er demnächst als Kriegsberichterstatter hinfahren könne. «Und dann», rief er aus, «werde ich etwas davon erleben.» Mich beschlich eine Vorahnung, er werde nicht zurückkehren, ja, er wolle es gar nicht. Er kehrte auch nicht zurück. Kriegsberichterstatter wurden damals noch nicht so sorgsam behütet, wie das heute der Fall ist. Es stand ihnen frei, sich ihrer Zeitung zuliebe allen möglichen Gefahren auszusetzen. Schon wenige Wochen, nachdem er in Kapstadt gelandet war, ereilte ihn das Schicksal.

Und es kam, wie gesagt, eine Zeit, wo ich nicht oft an William und Mary dachte, und dann kam eine Zeit, wo ich öfters an sie dachte. Namentlich im letzten Herbst kehrte ich in Gedanken sehr oft zu ihnen zurück; unterwegs zu dem Ort, wo ich mich damals aufhielt, war ich nämlich an der kleinen Bahnstation vorbeigekommen, deren Name für mich mit dem meiner beiden Freunde verknüpft war. Es lagen nur vier Stationen dazwischen. So war es keine besonders umständliche Wallfahrt, die ich ein paar Tage später unternahm - eine Fahrt in die Vergangenheit, um dieser Vergangenheit willen und ihr zu Ehren. Ich hatte befürchtet, ich werde den Weg, diese vier Kilometer Weges vom Bahnhof zum Haus, nicht mehr ohne weiteres finden, doch es stellte sich heraus, dass ich ihn noch Schritt für Schritt auswendig wusste. Regenwetter hatte die letzten Blätter von den Bäumen gefegt, und alles sah ziemlich diesig und durchnässt aus, obwohl unterdessen die Sonne wieder hervorgekommen war. Seinerzeit hatte ich diese Landschaft nur im Frühjahr, Sommer und anfangs Herbst erlebt. Mary hatte hartnäckig an der Auffassung festgehalten, ich würde mich zu andern Jahreszeiten hier nicht einleben. Dennoch gab es Baumgruppen, die ich auch ohne ihr Laubwerk erkannte, und die Bauernhäuser und schmalen Steinbrücken hatten sich ohnehin nicht verändert. Nur das, worauf es ankam, war jetzt anders. Nur das, worauf es ankam, war nicht mehr da. Ob das, was ich aufsuchen wollte, wohl noch vorhanden war? Verglichen mit dem, was es einst in sich barg, war es ja nicht viel. Aber ich wollte es dennoch sehen, obwohl es ein betrüblicher Anblick sein musste, falls es noch vorhanden war, und mehr als betrüblich, falls es etwas Neues barg. Nachgerade war ich überzeugt, es sei abgebrochen worden, um einem Neubau Platz zu machen. An der Ecke des Feldwegs, der dorthin führte, hätte ich am liebsten kehrtgemacht. Doch ich schritt weiter, und auf einmal stand ich vor dem eisernen Tor zwischen den Lorbeerbäumen, an das ich mich noch gut erinnerte. Es war verrostet und mit einem rostigen Vorhängeschloss gesichert, und dahinter wucherte Gras, wo eine gewundene Zufahrt gewesen war. Vom Weg aus war das Haus nie sichtbar gewesen, auch damals nicht, als die Lorbeerbäume noch niedriger und weniger belaubt gewesen waren als jetzt. Stand das Haus noch? Nicht lange, und ich kletterte über das Tor, schritt durch das hohe Gras und – doch, da stand Marys Haus, es war noch da, Williams und Marys Haus. Leidlich abgedroschen werden die Gedanken gewesen sein, die sich meiner bemächtigten, während ich in den Anblick versunken dastand. Über die Vergänglichkeit alles Menschlichen gibt es nichts Neues zu denken, dagegen gibt es immer viel zu empfinden, wenn einer in reiferem Alter einem solchen Mahnmal begegnet, wie es mir da in dem kalten Sonnenschein gegenüberstand, nur durch eine kleine Wildnis von Gras und Unkraut von mir getrennt.

Unglaublich elend und vereinsamt wäre das Haus auch jemandem vorgekommen, den keine Erinnerungen damit verbanden; das um so mehr, als es bei seiner völligen Verlassenheit so dauerhaft aussah. Von den Mauern der Flügel war da und dort der Verputz abgeblättert; flache Stücke lagen auf dem verfärbten Dach der Veranda, und flache Stücke sah man inmitten des Grases liegen. Sonst waren eigentlich keine Anzeichen des Zerfalls wahrzunehmen. Die Schiebefenster und Glastüren der beiden Flügel waren von innen her mit Läden abgedeckt, und durch die Glasscheiben hindurch sah die gelbbraune Farbe der Läden fast frisch aus. Die Gitterfenster dazwischen waren ebenfalls von innen her mit Brettern vernagelt. Das Haus sollte nicht so bald zugrunde gehen.

Eigentlich wollte ich nicht näher treten, und doch trat ich näher heran, Schritt um Schritt, durch die Wildnis hindurch, bis dicht zur Veranda hin und vor die Haustür.

Ich musterte diese Haustür. Seinerzeit war sie mir nie aufgefallen, da stand sie immer offen. Doch jetzt brachte sie sich zur Geltung, als Herr über die Schwelle.

Es war eine schmale Tür - schmal sogar für ihre geringe Höhe, überragte sie mich doch höchstens um Handbreite; eine Tür, die selbst frisch gestrichen etwas Minderwertiges gehabt haben musste. Wieviel minderwertiger wirkte sie jetzt, nachdem die Farbe verblichen und fleckig, voller Risse und Blasen war! Ein Türklöppel war nicht vorhanden, auch kein Briefeinwurf, lediglich ein ziemlich grosses Schlüsselloch. Auf dieses fiel mein Blick, und ich rückte näher, bückte mich und schaute hindurch. Was ich sah, war - undurchdringliche Finsternis.

Seltsam kam es mir vor, als ich zurücktrat, dass dort «das Zimmer» sein sollte, dieses Zimmer, an das ich mich so deutlich erinnerte, von mir getrennt durch nichts als diese Tür, an die ich mich gar nicht erinnerte... und durch zweieinhalb Jahrzehnte, gewiss. Innerlich sah ich es vor mir, genau wie es gewesen war: wie die Sonne durch diese Türöffnung und durch die vier Gitterfenster drang; wie die schmale Treppe in das Zimmer herabkam, so schief und doch so selbstsicher; wie uneben die Fliesen waren und wie niedrig das Deckengebälk; wie überall die Bücher herumlagen, die William aus seiner Klause, und wie hell die Blumen leuchteten, die Mary aus dem Garten hereinbrachte. Das Deckengebälk, die Treppe, die Fliesen, alles war noch da, unveränderlich trotz Spinngeweben und Staub und Dunkelheit, alles ganz unveränderlich auf der andern Seite der Tür, in nächster Nähe. Ich fragte mich, wie mir wohl zumute wäre, wenn durch irgendeinen Zauber die Tür sich langsam in den Angeln drehte und das Licht hereinliesse. Ich würde nicht hineingehen, dachte ich bei mir, nicht einmal hineinschauen würde ich, so verhasst wäre es mir, die Dinge da drinnen weiterbestehen zu sehen, wo doch alles, was ihnen Bedeutung verliehen hatte, für immer und allezeit dahin war. Und doch, was konnten sie dafür, dass es sie noch gab? Und woher wollte ich wissen, dass aus der Vergangenheit überhaupt nichts jemals zu ihnen zurückkehrte und sie umschwebte? Irgend etwas - irgendwann - wer weiss? Menschenwissen ist mangelhaft. Warum nicht den Dingen, die vielleicht, wie mich dünkte, den Toten immer noch lieb sind, ein zärtliches Gefühl entgegenbringen?

So heftig war nachgerade das Verlangen in mir, alle diese Dinge wieder zu sehen, sie zu berühren und gewissermassen mit ihnen Zwiesprache zu halten, und so seltsam kann das vereinsamte Gemüt von Erinnerungen aufgewühlt werden, dass es Augenblicke gab, wo ich beinahe erwartete, die Tür werde meinem Willen gehorchen. Dann wurde ich durch etwas, das mir bisher noch nicht aufgefallen war, wieder zur Vernunft gebracht. Am Türpfosten rechter Hand befand sich ein kleiner verrosteter Knauf - ein spöttischer Wink, dass man, um sich Einlass in ein Haus zu verschaffen, nicht die Willenskraft aufbietet: man klingelt - es sei denn, die Klingel ist verrostet und mutterseelenallein im Haus; in diesem Fall entfernt man sich. Ich entfernte mich indessen nicht. Im Gegenteil, ich langte unwillkürlich nach dem Knauf, zögerte aber noch, ihn zu betätigen. Wenn nun das Ding überhaupt keinen Ton von sich gab? Das wäre unheimlich. Und es war ja nicht anzunehmen, dass es noch klingelte. Falls aber doch, wäre das nicht noch viel ärger? Meine Hand fuhr zurück, verharrte unschlüssig, fasste plötzlich nach dem Knauf. Ich hörte das kratzende Geräusch des Drahtes - und dann, irgendwo tief drinnen in dem verschlossenen Haus, ein Geklingel.

Ein ganz leiser Ton war es gewesen, höchstens wie der erste Versuch eines halbflüggen Vögelchens, ein Gezwitscher hervorzubringen. Aber auf die Lautstärke kam es nicht an. Ohrenbetäubendes Glockengeläute hatte mir noch nie soviel bedeutet wie dieser eine Ton, der die Stille durchbrach - dort drinnen. Dort drinnen im Dunkel baumelte wohl die kleine Glocke, die mir geantwortet hatte, noch an ihrem Draht. Aber da war niemand, der ihr Folge leistete, da waren keine Schritte, die sich aus dem Dunkel näherten und im Staub Abdrücke hinterliessen. Nun, dann musste eben ich Folge leisten. Abermals fasste ich nach dem Knauf, diesmal ohne mich lange zu besinnen, und zog kräftig daran. Die Antwort war mehr, als ich zu hören erwartet hatte - eine rasche Tonfolge, leise, aber doch deutlich, spielerisch, und doch von einer ergreifenden Traurigkeit, wie ein silberhelles Gelächter, das aus dunkler Vergangenheit heraufhallte, oder auch nur aus dem gegenwärtigen Dunkel. Es war so ähnlich wie etwas, das ich gekannt hatte, so erkennbar und, ach, erkennend, dass ich nicht wusste, was ich davon halten sollte. Die längste Zeit muss ich dort vor der Tür gestanden haben, ich hörte das Geklingel nämlich noch und noch. Immer wieder muss ich geläutet haben, hartnäckig, heftig, halb von Sinnen.

Das Verbrechen

Letztes Frühjahr befand ich mich an einem trostlosen Regentag allein in einem Landhaus, wobei ich wusste, dass ich bis zum Abend allein sein würde. Es war ein abgelegenes Haus in einer entlegenen Gegend, von seinem Besitzer möbliert vermietet. Meine Stimmung ist sehr dem Wetter unterworfen, und Alleinsein ist mir verhasst. Auch gebiete ich ungern über Dinge, die nicht mir gehören. «Pass auf, dass uns nichts geschieht», sagen Glas und Porzellan. «Keine Tintenkleckse, gefälligst», mahnt der Teppich. «Komm uns bloss nicht mit Eselsohren, Daumenabdrücken und Rückenaufknakken», zetern die Bücher.

Die Bücher in diesem Haus boten einen besonders unerfreulichen Anblick - aufdringliche Reihen von kleinformatigen scharlachroten oder himmelblauen Klassikerausgaben. Nachdem ich sie missmutig gemustert hatte, kehrte ich ihnen den Rücken und begann dem Regen zuzuschauen, wie er an den Fensterscheiben herunterlief, die vom Sturmwind jeden Augenblick eingedrückt zu werden drohten. Ich habe Bekannte, die immer wieder den Verhandlungen vor dem Strafgerichtshof in London beiwohnen, berühmte Tatorte aufsuchen, über die betreffenden Verbrechen ihre eigenen Theorien entwickeln, Souvenirs dieser Verbrechen sammeln und sich Kriminologen nennen. Ich für mein Teil mache mir nicht so viel aus Verbrechen, ich bin da höchstens sensationslüstern. Ich merkte deshalb nicht, was diese Fachleute zweifellos gemerkt hätten, dass nämlich die Situation, in der ich mich befand, alle Voraussetzungen erfüllte, unter welchen Schandtaten begangen werden. Ich stöhnte nur darüber und dachte an Lear in seiner Hütte auf der Heide. Im Kamin heulte der Wind, und der Regen klatschte nachgerade den Schornstein herunter, so dass das Feuer bedrohlich zu zischen begann. Es wollte doch nicht etwa ausgehen? Ich griff zu dem danebenhängenden Blasebalg und begann ihn kräftig zu betätigen. «Vorsicht! - nicht gar so kräftig, ich gehöre nicht dir!» keuchte er. Ich ging etwas sachter damit um, liess jedoch nicht locker, bis ich mir wieder ein stetig prasselndes Feuer verschafft hatte. Vor dieses Geprassel setzte ich mich hin. Die Verzweiflung hatte ich gebannt, doch mein Missmut war nicht vergangen, im Gegenteil. Ich fand, die Gedanken eines andern, irgendeines andern, wären mir lieber als meine eigenen. So stand ich denn auf und trat wieder vors Büchergestell. Etwa ein Dutzend Bücher auf dem untersten Regal waren von der richtigen Grösse, oktav, und sahen aus, als seien sie angeschafft worden, um gelesen zu werden. Ich gedachte mein unbestreitbares Recht auszuüben und eines davon zu lesen. Aber welches? Nach längerem Besinnen fiel meine Wahl auf den Roman einer Schriftstellerin, der ich zwar schon mehrfach persönlich begegnet war, deren Werke ich aber nur vom Hörensagen kannte.

Was ich von ihr wusste, sprach ausschliesslich zu ihren Gunsten. Ihr «Schaffen» war nicht umfangreich, und ihr «Niveau» galt als beträchtlich. Was ihren Werken nachgerühmt wurde, war vor allem ein grosser «Lebensdrang». Das Buch in meiner Hand war die dritte Auflage ihres neuesten Romans, und hintendrin waren zahlreiche Presseurteile abgedruckt, die ich überflog, um zu sehen, ob mich die Erinnerung nicht täusche. Richtig - «ein unbändiger Lebensdrang», sagte einer der Kritiker. «Voller Lebensdrang, prallvoll», hiess es bei einem andern. «Ein Buch, das Bestand haben wird», lautete das Urteil eines dritten. Woher in aller Welt wollte der Mann das wissen? Unter den obwaltenden Umständen war ich jedoch gewillt, an den Lebensdrang dieser Schriftstellerin zu glauben. Lebensüberschuss war etwas, das die Verfasserin selber in reichlichem Masse besass; er sprach aus ihren Worten, aus ihren Blicken, aus ihrem ganzen Gehaben. Sie und ihr ganzes Gehaben waren, wenn ich mich recht erinnerte, etwas zuviel für mich gewesen. Das erstemal, als ich ihr begegnete, behauptete sie etwas, das ich - keineswegs nachdrücklich - in Zweifel zog. Es war das erste und letzte Mal, dass ich mich ihrer Ansicht entgegenstellte. Nicht dass sie mir grob gekommen wäre, durchaus nicht. Sie hatte mich lediglich auf geschwisterliche Art und zugleich mit der Wissbegier einer Tochter gebeten, ihr meine Gründe auseinanderzusetzen. Ich gab mir alle Mühe, und sie hörte aufmerksam zu, doch ich spürte derweilen, dass meine Mühe vergeblich war. Wenn ich stockte, sprang sie für mich ein und sagte genau, was ich hatte sagen wollen, worauf sie mir erklärte, warum es falsch sei. Ich lächelte tapfer, wie Männer lächeln, wenn sie damit sagen wollen, das sei gerade das Reizende an den Frauen, dass logisches Denken nicht ihre Stärke sei. Sie erkundigte sich angelegentlich - wie jemand, der Sinn für Humor hat -, was es da zu lächeln gäbe. Kurz, die Begegnung war für mich ernüchternd; noch jetzt regt sich in mir bei der Erinnerung daran ein leiser Groll. Ich hatte den kürzeren gezogen, und wie! Kein Mann lässt sich gerne von einer Frau im Streitgespräch besiegen. Und von einer Schriftstellerin besiegt zu werden, ist wohl die Art von Niederlage, mit der sich ein Mann, der selber schreibt, am schwersten abfindet. Ein «Kampf der Geschlechter», heisst es, stehe der Welt bevor, wobei Frauen das Recht auf Männerarbeit fordern und die Männer es ihnen verweigern und zum Gegenangriff übergehen werden. Das scheint durchaus glaubhaft. Was die kommenden Dinge anbetrifft, ist alles glaubhaft. Falls es jedoch zu diesem Kampf der Geschlechter kommt, werden wohl kaum alle Männer Schulter an Schulter dicht gedrängt gegen alle Frauen stehen. Man hat nicht das Gefühl, dass die Hafenarbeiter sich sehr gegen Frauen wehren werden, die in den Kohlengruben arbeiten wollen, oder die Klempner gegen angehende Dachdeckerinnen. Ich selber habe noch nie etwas dagegen gehabt, wenn eine Frau sich auf dem Gebiet der schönen Künste betätigte - abgesehen von der Schriftstellerei. Dass sie ein paar Gedichtchen oder *pensées* verfasst oder Eindrücke von einer Fahrt mit einer Dahabije, sagen wir bis Biskra, schildert, vielleicht sogar eine Kurzgeschichte oder zwei zu Papier bringt, das mag noch angehen, selbst wenn es zum Zwecke der Veröffentlichung geschieht. Eine Berufsschriftstellerin hingegen mit einer künstlerischen Leidenschaft, einer Füllfeder und einem literarischen Agenten, mit Vorschuss auf die Tantiemen aus dem Absatz in Kanada und Australien, mit ausgedehnter Menschenkenntnis und einer im Grunde vernünftigen Einstellung, das alles passt gar nicht recht zu meiner Vorstellung - meiner verkehrten Vorstellung, wenn man so will - von einer Frau, wie sie sein soll.

«Sie besitzt ausgedehnte Menschenkenntnis und eine im Grunde vernünftige Einstellung», hiess es in einer der Kritiken hinten in dem Buch, das ich mir ausgesucht hatte. Der Wind und der Regen im Kamin hatten noch nicht nachgelassen, doch das Feuer hielt sich wakker. Ich gedachte es ihm nachzutun. Frohgemut und ohne Vorurteil wollte ich lesen. Ich schürte das Feuer, schob meinen Sessel etwas zurück, damit sich nicht etwa unter der Einwirkung der Hitze der Einband verziehe, und begann mit dem ersten Kapitel. Eine Frau sass, mit Schreiben beschäftigt, in einer Laube am Ende eines kleinen Gartens über einem weiten Tal in Südengland. Die Frau war so beschrieben, dass sie sympathisch wirken musste - eine Frau durch und durch, nicht eigentlich schön, ausser in den Augen derer, die sie gut kannten; nicht auffällig gekleidet, aber so, wie es mit ihrem besonderen Typ in Einklang stand. Ihre Feder glitt emsig über das Papier, und unterdessen wurde die Frau noch ausführlicher geschildert. Schliesslich kam sie jedoch an einen kniffligen Punkt ihrer Arbeit. Sie hielt inne, schob sich das Haar aus der Stirn und schaute über das weite Tal hin. Hier wurde nun eine Beschreibung der Landschaft eingelegt, aber nur kurz; schon kam nämlich die Schreibbeflissene über die schwierige Stelle hinweg, und ihre Feder glitt emsiger denn je übers Papier, bis auf einmal der Ruf «Mutti» ertönte und ein siebenjähriges Kind hereinstürzte, mit dem zusammen die Frau sympathischer als je wirkte; worauf die Erzählung dann einen Sprung nach rückwärts tat und zu einem acht Jahre früheren Zeitpunkt wieder einsetzte, als die Frau noch ein Mädchen war, dem man die künftige literarische Grösse noch nicht ansah, obwohl - ich folgte einer Augenblicksregung, ehe ich mich dessen versah.

Niemand hätte über das, was ich getan hatte, verblüffter sein können als ich selbst - so säuberlich, ruhig und gelassen war es geschehen. Zugeklappt stand das Buch aufrecht hinter der Kamineinfassung, mit dem Rücken gegen mich, ganz wie auf einem Büchergestell. Ja, da stand es nun. Und während die Flammen an dem blauen Leinenband emporleckten, entströmte ihm ein angenehmer, wenn auch etwas scharfer Geruch. Mein Erstaunen wich einer köstlichen Genugtuung. Wie dilettantisch ist doch jede, auch die beste schriftliche Kritik! Ich begriff, warum der Mann der Tat für den Mann des Wortes nur Verachtung übrig hat. Doch was mich am meisten freute: ich hatte in meinem Alter, ausgerechnet ich, zu guter Letzt doch noch ein Verbrechen begangen. Zwar stand es in meiner Macht, es rückgängig zu machen. Ich konnte von meinem Buchhändler ein unversengtes Exemplar kommen lassen und es ins Regal stellen, wo dieses gestanden hatte, das jetzt so herrlich glühte. Nichts dergleichen! Getan war getan. Fortan hatte ich mir die weisse Rose des Diebstahls und die rote Rose der Brandstiftung ans Gewissen gesteckt. Falls der Hausbesitzer es sich einfallen liess, mir deswegen zu schreiben, sollte ich ihn in mein Geheimnis einweihen? Nein. Mit seinem Schürhaken stiess ich den Band vorsichtig weiter ins Kohlenfeuer hinein. Aus dem fast völlig verzehrten Einband schossen kleine bunte Flammenzungen empor - Flämmchen, die funkelten wie Saphir, Amethyst, Smaragd. Reizend! Selbst die Verfasserin müsste ihre Freude daran haben. Nun, vielleicht doch nicht. Die Ärmste, diesmal hatte sie den kürzeren gezogen, und zwar so gründlich, dass ich mir fast wie ein Rohling vorkam, als ich die verkohlten äusseren Seiten mit dem Schürhaken entfernte und das Feuer an die vorerst nur gebräunten heranliess.

Diese gingen rasch in Flammen auf. Doch mir schien, das Feuer mache, sich selbst überlassen, keine grossen Fortschritte. Ich stiess das Buch um. Die Flammen umzüngelten es, doch bald liessen sie davon ab, als hätten sie genug davon. Ich nahm die Feuerzange, stellte das Buch wieder aufrecht hin und kratzte hinten und vorn die Seiten ab. Es kam mir fast so dick vor wie zu Anfang. Mit Schürhaken und Zange zerteilte ich es in zwei, drei Stücke, wobei die inneren Seiten so weiss aufleuchteten, wie sie der Buchbinder erhalten hatte. Seltsam. In alten Zeiten wurde doch gelegentlich auf dem Marktplatz vom Scharfrichter ein Buch öffentlich verbrannt. Ob er wohl im Stundenlohn arbeitete? Ich hatte mir immer vorgestellt, es sei eine Leichtigkeit gewesen - eine lustige kleine Feuersbrunst, und dann Feierabend. Vielleicht waren andere Bücher weniger widerstandsfähig als dieses hier? Allmählich beschlich mich das Gefühl, die Kritiker hätten gar nicht geahnt, wie recht sie hatten. Das war nun wirklich ein Buch von einem unbändigen Lebensdrang, ein Buch, das Bestand hatte - da half alles nichts. Ich nahm mir vor, das Gegenteil zu beweisen, indem ich es noch weiter zerstückelte, auf den Kohlen verteilte und immer wieder auflockerte. Von Zeit zu Zeit fiel mein Blick auf einen Satz oder ein Satzfragment mitten auf einer angesengten Seite, ehe die Flammen sie verzehrten; «... be dich immer gehasst, du...», ist mir noch in Erinnerung, und «... end. Tolstoi hat doch recht gehabt.» Wer hatte wen immer gehasst? Und was, was nur hatte Tolstoi zu Recht behauptet? Es war lächerlich, aber ich hätte es gerne gewusst. Zu spät! Verwünscht sei die Frau, sie gewann wieder die Oberhand. Wütend stiess ich ihre Druckseiten in die rotglühenden Kohlen hinein. Rotglühend? Zu meinem Entsetzen stellte ich fest, dass sie allmählich grau wurden. Sie frassen nichts mehr. Fetzen verkohlten Papiers, ganze Schichten bräunlicher und weisser Seiten verdeckten mit der Zeit die Kohlen. Ich verstreute eine Schachtel Wachsstreichhölzer darüber. Ich griff wieder zum Blasebalg. Ich stocherte. Ich hielt eine Zeitung über das Ganze. Überhaupt, ich tat alles, was mir nur einfiel. Vergeblich, das Feuer ging aus - dunkel, trübselig, zuletzt völlig erstorben.

Abermals war ich dieser Frau unterlegen. Bloss wusste sie nichts davon. Ich empfand keine Bitterkeit ihr gegenüber, als ich mich in meinem Sessel zurücklehnte und so verharrte, um dem immer noch tobenden Sturm zuzuhören. Es war einzig und allein mein Fehler. Ich hatte Unrecht getan. Es wurde sehr kalt in dem kleinen Zimmer. Wer trug Schuld daran, wenn nicht ich? Im Übereifer hatte ich Unrecht getan, aber ich hatte es getan und mich darüber gefreut. Ich hatte nicht an die Worte eines weisen Königs gedacht, der einst gesagt hatte, die Leuchte der Ungerechten wird auslöschen und der Verächter Weg bringt Wehe.

Argallo und Ledgett

Gestern war ein denkwürdiger Tag. Ich habe gestern £ 900 eingenommen.

Über diesen grossen Schnitt schreibe ich um so lieber, als es sich dabei nicht um einen blossen Glücksfall handelt, wie er jedem beschieden sein kann, der reich genug ist, um bei Pferderennen oder an der Börse eine Stange Geld aufs Spiel zu setzen. Nein, ich hatte vor fünfzehn Jahren ganz unauffällig Vorsorge getroffen, und das war nun das Ergebnis. Und möglich war es nur, weil ich vorher aus reiner Menschenfreundlichkeit etwas getan hatte, wofür man mir bestimmt Lob spenden wird, wenn man es erfährt. Ein weiterer Grund für mich, es bekanntzumachen, ist der, dass ich dabei meinen Namen mit denjenigen zweier berühmter Zeitgenossen verknüpfen werde – Felix Argallo und Walter Ledgett.

Für die Jungen von heute ist Argallo wohl nur noch ein Name; gelesen wird er kaum mehr, ausser von uns älteren Jahrgängen. Argallo war in erster Linie ein empfindsamer Mensch; seine ganze Weltanschauung war affektbetont, und ich habe mir sagen lassen, dass Gefühle heute bei den Jungen nicht viel gelten. Die Dinge an sich herankommen zu lassen, sie sachlich zu prüfen und sich ohne weiteres darüber hinwegzusetzen, das scheint heute gang und gäbe zu sein. Mitleid und Liebe und Freude und Empörung, dergleichen gilt als unzeitgemäss. Nun war Freude zwar auch Argallo fremd; aber das dürfte heute nicht für ihn sprechen, wird es doch mehr als aufgewogen durch sein ausgeprägtes Mitleid - Mitleid, von Herzen kommendes, tiefes Mitleid war die Grundstimmung all seiner Bücher. Es ist oft darauf hingewiesen worden, dass er unfähig war, über etwas zu schreiben, das ihn nicht betrübte. Das hätte eine bedenkliche Einschränkung bedeutet, wenn er nicht fast alles auf dieser Welt betrüblich gefunden hätte. Manchmal war es nicht ganz klar, was eigentlich sein Mitleid erregte - welche Schöne der Fahrende Ritter aus ihrer Not erretten wollte und worin eigentlich ihre Not bestand. Sein Stil war dunkel, aber nichtsdestoweniger grossartig. Diese weit ausholenden Kadenzen, dieser aus tiefster Seele kommende volle Ton, der ihm stets zu Gebote stand, das gehört sicher zum Höchsten, was englische Prosa zu leisten vermag; und es fragt sich, ob ein Schriftsteller rein englischer Abkunft es hätte leisten können; Ruskin nimmt sich daneben zahm und zaghaft aus. Doch Beredsamkeit, mitsamt dem, woraus sie entspringt, ist heute ganz unten durch. Vielleicht kommt sie wieder auf? Dann wird auch Argallo wieder aufkommen und von den Jungen anerkannt werden.

Sein erstes Auftreten hatte sich in aller Stille abgespielt. Die wenigstens hatten davon Notiz genommen. Es dauerte Jahre, bis noch andere als diese wenigen sein Vorhandensein wahrnahmen. Als ich 1894 in Oxford promovierte, hatte ich noch nie von ihm gehört, und es geschah lediglich, weil sein Name irgendwie verheissungsvoll klang, dass ich eines Tages bei einem Antiquar an der Praed Street für drei Groschen ein Exemplar der «Aloewand» erwarb. Das Buch war zwölf Jahre alt, der Deckel schmuddlig, auch war es zum grössten Teil unaufgeschnitten, und als ich einen flüchtigen Blick auf die zugänglichen Seiten warf, fand ich, der Name des Verfassers habe falsche Hoffnungen geweckt. Doch im Gegensatz zu den Kritikern jener Zeit bewies ich Ausdauer, und bald zog das Buch mich in seinen Bann. Ich behaupte nicht, ein neues Gestirn sei für mich am literarischen Firmament aufgegangen. So gross war die Erleuchtung nicht. Ich war vielmehr in ein schummriges Dämmerlicht geraten, in welchem erhabene Dinge schwach erkennbar waren; sie tauchten unvermutet auf und wurden durch andere abgelöst, ehe man ihre Bedeutung ganz erfasst hatte. Am nächsten Tag, nachdem ich das Buch ausgelesen hatte, war ich bereits in dem Masse Argallianer geworden, dass ich es gleich noch einmal durchlas; mit dem besseren Verständnis steigerte sich auch meine Begeisterung, die mich veranlasste, in den Buchhandlungen nach anderen Werken meines neuen Abgotts zu fragen. Ich wollte es nicht glauben, dass es keine andern gebe, doch Freunde von mir teilten meine Ungläubigkeit nicht, und ich hätte mich vielleicht halbwegs damit abgefunden, wäre ich nicht unverhofft auf den Band, betitelt «Mit einer Nadel bloss», gestossen.

Dieses war damals erst fünf Jahre alt, was mich dem Verfasser verhältnismässig naherückte. Gleichzeitig hatte ich aber auch die Empfindung, weit von ihm entfernt zu sein: ich zweifelte nämlich daran, dass er noch unter den Lebenden weilte. Der Gedanke des Selbstmords hat für schwache und haltlose Naturen viel für sich - für diejenigen, heisst das, die ihn ohnehin nie in die Tat umsetzen. Argallo hingegen, soviel hatte ich der «Aloewand» immerhin entnommen, war früher ein Mann der Tat gewesen, ein Kämpfer. Bekämpfte er seither seine eigene Theorie, oder hatte er sie dadurch bestätigt, dass er sich das Leben nahm? Ich suchte mir einzureden, bei seiner Lauterkeit werde er sich selber das Mitleid, das er an seine Mitmenschen verschwendete, bestimmt vorenthalten und gelassen seinem natürlichen Ende entgegengehen. Und doch war ich überrascht, angenehm überrascht, als ich rund einen Monat nach Erwerbung des Bandes «Mit einer Nadel bloss» zufällig erfuhr, dass er noch unter uns weilte.

«Unter uns» ist vielleicht nicht der richtige Ausdruck für jemanden, der in Penge wohnt;

da wohnte er nämlich. Professor James Fitzmaurice Kelly, den ich damals kennenlernte, war mein Gewährsmann. Dem Gespräch mit dem grossen Anglo-Hispanologen entnahm ich auch, dass er Argallo behilflich gewesen war, indem er ihm Aufträge verschaffte, spanische Werke ins Englische zu übersetzen. Argallo war allem Anschein nach in England geboren und aufgewachsen, als Sohn einer Engländerin und eines spanischen Emigranten, der im ersten Karlistenkrieg gekämpft hatte. Er selber war, wie es sich für den Sohn eines Karlisten geziemte, als junger Mann nach Spanien gezogen, hatte dort 1872–76 auf seiten der Aufständischen an den Kämpfen teilgenommen, war mehrfach verwundet worden und kehrte dann nach England zurück, um dort schlecht und recht von der Feder zu leben. Irgendwann hatte er eine Engländerin geheiratet, war jedoch verwitwet und lebte sehr zurückgezogen. Der Professor war des Lobes voll über Argallos Übersetzungen und schien erfreut, dass ich – dass überhaupt jemand – an Argallos eigenen Werken Gefallen fand. Von diesen müsse es ein halbes Dutzend geben, meinte er. Er besitze sie alle und leihe sie mir gerne aus. Das geschah denn auch, und bald war ich dermassen Feuer und Flamme, dass er mich zu einem Mittagessen einlud, um mich Argallo vorzustellen. «Machen Sie sich auf einen sonderbaren und trübseligen Kauz gefasst», warnte er mich, aber ich bedurfte der Warnung nicht.

Als ich Argallo gegenüberstand, wunderte ich mich bloss, dass er meiner Vorstellung von ihm so genau entsprach. Die lange, hagere, gebückte Gestalt; die grossen, tiefliegenden, traurigen Augen unter einer selbst bei einem so grossgewachsenen Mann unverhältnismässig breit wirkenden Stirn; und die Adlernase, die schmalen, verkniffenen Lippen, denen man anmerkte, wie sehr es ihm ein Bedürfnis war, sein Gefühlsleben im Zaum zu halten. Die gelbliche Hautfarbe, das kurzgeschnittene graue Haar, das Feinsäuberliche des abgetragenen Anzugs, das würdevolle, wenn auch krankhaft schüchterne Auftreten - alles das und noch anderes war, wie ich es erwartet und erhofft hatte. Es war ihm nicht mitgeteilt worden, dass noch eine Drittperson anwesend sein werde; sonst wäre er, wie der Professor meinte, wohl gar nicht gekommen. Ich hielt mich nach Möglichkeit im Hintergrund, um den Erstürmer kastilianischer Barrikaden nicht zu verängstigen. Dass er mich bereits ebensosehr bemitleidete wie fürchtete, verstand sich von selbst, aber ich hoffte, er werde mich mit der Zeit sympathisch finden. Ich verstand es so gut, mich beliebt zu machen, dass Argallo beim Abschied tatsächlich sagte, falls ich je in seine Gegend käme, würde es ihn freuen, mich zu sehen.

Die meisten meiner älteren Leser haben zweifellos das Häuschen in Penge besucht, sobald es unter Denkmalschutz gestellt wurde. Ermyntrude Road ist bekanntlich eine todlangweilige Strasse, schon in den neunziger Jahren war sie todlangweilig. Auch wirkte Argallos Haus damals keineswegs lebensvoller als heute. Es war die trübseligste aller Behausungen für den trübseligsten aller Hidalgos. Doch ich war so hell begeistert, dass ich das Haus im Laufe der Jahre oft aufsuchte, und zwar gar nicht ungern.

Ich bat nie um Erlaubnis, jemanden mitbringen zu dürfen. Zwar gab es bald welche, die gern mitgekommen wären, hatte ich doch viele meiner Freunde mit meiner Begeisterung angesteckt - alle, heisst das, die einen Spürsinn für schöne Literatur hatten. Doch Moses, dieser Egoist, war allein auf den Berg Sinai gestiegen, und auch ich fuhr immer allein nach Penge hinaus, um dort zwischen vier, wo er Feierabend machte, und sechs, wo er etwas zu sich nahm, eine mit kastilianischer Höflichkeit, Weltschmerz und Geist geschwängerte Luft zu atmen. Nie sprach ich davon, dass ich in Zeitschriften ständig auf ihn und seine Werke hinwies, auch liess ich nichts davon verlauten, dass einige meiner Freunde sich ebenfalls für ihn einsetzten. Es hätte seinen Stolz aufs tiefste verletzt, wenn er etwas von solcher Hilfe geahnt hätte. Seine Übersetzungen brachten ihm genug ein, um ihn über Wasser zu halten, und sein Mitleid, das so allumfassend war, dass es nicht einmal Verleger ausschloss, hielt dem Wunsch, sich gedruckt zu sehen, die Waage. Als der grosse Umschwung in seinem Leben eintrat, verschwieg ich geflissentlich, dass ich mitsamt meinen Freunden - und deren Freunden - daran nicht ganz unbeteiligt war.

Überhaupt war dieser Umschwung, der im Frühjahr 1905 unmittelbar nach der Veröffentlichung der «Letzten Schatten» eintrat, so abrupt und vollkommen, dass wir allzu verblüfft waren, um ihn uns allein zuzuschreiben. Wir, die Genietruppe, waren von dem ungeheuren Knalleffekt wie betäubt; er schien weniger unser Werk als vielmehr ein gewaltiges Naturereignis. Wir selber hatten nie behauptet, Argallo sei der einzige bedeutende Dichter, den es je gegeben habe. Doch die Presse vertrat grossenteils diese Meinung.

Walter Ledgett war, wie ich mich erinnere, ganz derselben Meinung wie die Presse. Es wäre auch verwunderlich gewesen, wenn ein so begeisterungsfähiger und grossdenkender Mensch hier Bedenken gehabt hätte. In den Anfangsjahren meiner Bekanntschaft mit ihm war er auch Rezensent gewesen und hatte selten eine Buchbesprechung geliefert, ohne von der Einzigartigkeit des Anlasses zutiefst überzeugt zu sein. So sehr er die anerkannten Namen auf dem Gebiet der Literatur verehrte, so war er doch jederzeit für die Entdeckungen seiner Bekannten geradezu übertrieben empfänglich. Er war ein richtiger Büchernarr. Indessen hatte ich ihm gegenüber nie von Argallo gesprochen. Ich fand, er hätte der Sache wahrscheinlich eher geschadet. Denn nur was seine eigenen Werke betraf, verfügte er meines Erachtens über ein sicheres Urteil. «Mein Zeug» nannte er sie; und seine Bescheidenheit war wie alles andere an ihm (mit Ausnahme seines Talents) durchaus echt. Er war ein lieber und höchst anspruchsloser kleiner Wicht. Im Savage-Klub, im Yorick und noch in zwei anderen literarischen Klubs, in denen er verkehrte, gehörte er zu den beliebtesten unter den Mitgliedern; er schien sich immer in allen vier gleichzeitig aufzuhalten und entfaltete mit seinem Arglosigkeit ausstrahlenden Vollmondgesicht stets eine grosse Betriebsamkeit. Unermüdlich war er damit beschäftigt, ein Bankett zu jemandes Ehren zu veranstalten, mildtätige Gaben für die Witwe irgendeines Schriftstellers zu sammeln, eine Festschrift für irgendeinen berühmten Zeitgenossen herauszugeben, und dergleichen mehr. Damals, als Argallos Stern aufging, näherte er sich den Vierzigern und verdiente mit seiner Schriftstellerei eine Menge Geld; doch er blieb derselbe arglose und unscheinbare Mensch, der er schon immer gewesen war. Seinen letztjährigen Roman, «Die Launen einer schönen Frau», hatte er zu einem Theaterstück umgearbeitet, das im Westend mit grossem Erfolg aufgeführt wurde. In einem andern Theater war ein Jahr zuvor seine Haupt- und Staatsaktion «Ein Berserker in der Bastille» ebenso erfolgreich über die Bühne gegangen, und der Roman, in den er das Stück nachher verwandelte, wurde von Knaben von neun bis neunzig Jahren gierig verschlungen. Diese seine Bühnenwerke, nebst ein paar andern, riefen eine Nachfrage selbst nach den Dingen hervor, die ihre Entstehung seiner Vorliebe für grosse Namen und seiner alljährlichen Fusswanderung im Hochsommer verdankten. «Wordsworths Seengebiet», «In Stevensons Cevennen», «Zu Fuss durch Hardys Lande», «Wo Shelley sich erging» - und wie sie alle heissen -, alles das fand mühelos Absatz. Doch ihr Verfasser blieb unverdorben. Allerdings suchte niemand ihn zu verderben, im Gegenteil, die Mitglieder der verschiedenen Klubs spielten ihm manch einen Streich. Mit der entsprechenden todernsten Miene konnte man ihm die grössten Bären aufbinden. Nahm man ihn hingegen unverhohlen hoch, ging er erfreut darauf ein. Wann immer er bei einem Bankett den Vorsitz führte, rief ihm bestimmt jemand zu: «Hallo, Walt, was treibst du denn dort oben am Tisch?» Worauf er strahlend erwiderte: «Mein Lieber, da bin ich überfragt.»

In den Aufnahmen, die für die Illustrierten von ihm gemacht wurden, kehrte er zwar bewusst den Geistesarbeiter hervor. Entweder stützte er die Denkerstirn mit der rechten Hand, wodurch er sie zum Teil verdeckte, oder er fasste sich mit der Linken am Kinn und verdeckte es dadurch ganz. Als ich einmal, von Mostyn Pigott eingeladen, zum Mittagessen im Savage war, setzte sich Ledgett zu uns an den Tisch, und mein Freund behauptete, diese nachdenkliche Positur vor dem Photoapparat sei offenbar eine Vorsichtsmassnahme... «Du hast das Gefühl, Walt, deine Stirn gebe nicht viel her, deshalb verdeckst du sie, oder dann fällt dir dein fliehendes Kinn ein, und du entziehst es dem Blick. Mit Recht! Nur gehst du nicht weit genug. Das nächstemal musst du beim Photographen unbedingt Stirn *und* Kinn verdecken. Mensch, ich komme gerne mit, stelle mich hinter dir auf und halte die Hände über den mittleren Teil deines Gesichts.» Ledgett rutschte vor Lachen fast vom Stuhl. Von Freunden liess er sich schlechthin alles gefallen.

Diese Schwäche wirkte um so liebenswerter, als er sonst keineswegs ein Dickhäuter war. Schon 1899 hatte ich entdeckt, dass er, abgesehen von diesen kollegialen Schnödigkeiten, nicht besonders viel vertrug. Kurz zuvor waren Stevensons Briefe erschienen, und ich hatte eben angefangen, sie zu lesen. Als ich Ledgett auf der Strasse traf, fragte ich ihn, ob er sie schon gelesen habe. «Doch - ja - famos, nicht?» Das klang für seine Verhältnisse nicht eben begeistert. Ausserdem errötete er dabei und empfahl sich etwas brüsk. Es fiel mir wieder ein, als ich zu der Stelle in einem der Briefe gelangte, die Stevenson von Samoa aus an R. A. M. («Bob») Stevenson gerichtet hatte, wo es hiess: «Ist Dir ein Mensch namens Leget oder Legget bekannt? Er hat mir geschrieben (aber ich habe den Wisch nicht aufbewahrt) -

er will ein kleines Buch über mich schreiben. Behauptet, Dich zu kennen. Wenn das der Fall ist, schreib ihm doch bitte und sage ihm, er soll's lassen.» Der arme Ledgett! Wie stand er jetzt da!

Im darauffolgenden Jahr kam eine umfangreiche Biographie von Coventry Patmore heraus, und ich fand es sehr bedauerlich, als ich dort am Ende eines bemerkenswerten Briefes an Wilfrid Meynell auf folgende Stelle stiess: «Bitte rede ein ernstes Wort mit diesem Mr. L., damit er mich nicht weiter behelligt. Wer sich im Schatten des dunkeln Tors zu sammeln sucht, dem steht der Sinn nicht nach Gastgelagen.» Ich verkniff mir jede Bemerkung über Coventry Patmores reizvollen Briefstil, als ich das nächstemal mit Ledgett zusammentraf, um so mehr, als ich erfahren hatte, einige seiner Freunde im Schriftstellerverein hätten ihn jovial als Mr. L. begrüsst, hätten aber sogleich ein schlechtes Gewissen gehabt, als sie den feuchten Schimmer in seinen Augen bemerkten. Nicht einmal von seinen Freunden, deren Geplänkel ihm sonst nichts anhaben konnte, liess er sich gern an einen solchen Nasenstüber erinnern.

Als ein paar Jahre darauf Bram Stokers Henry-Irving-Biographie herauskam, tat mir Ledgett von neuem leid. Um das sichere Urteil des grossen Theaterdirektors wie auch sein diplomatisches Geschick zu belegen, führte der Verfasser folgende briefliche Mitteilung an: «Lieber Stoker, habe W. L.s Stück gelesen. Kommt auf keinen Fall in Frage, eh? Bring es dem Mann schonend bei. Gruss - H. I.»

Das war nur halb so schlimm. Es war wenigstens freundlich im Ton. Immerhin - schlimm genug. Und obwohl ich sonst nicht abergläubisch bin, konnte ich mich doch des Verdachts nicht erwehren, die Schicksalsmächte hätten sich regelrecht gegen Ledgett verschworen und gedächten offenbar, alle seine vergeblichen Anbiederungsversuche mit der Zeit ans Licht zu bringen. Am liebsten wäre es mir gewesen, den berühmten Zeitgenossen wäre Unsterblichkeit beschieden. Oder falls sie doch sterben mussten, sollten wenigstens ihre Briefe vernichtet werden. Und als im Frühjahr 1912 George Merediths Briefe veröffentlicht wurden, entrang sich mir ein schwerer Seufzer, als ich am Ende eines Briefes aus dem Jahre 1889 an Leslie Stephen folgende Worte zu Gesicht bekam: «Gestern ist ein betriebsamer Homunculus namens L. über meine Schwelle getreten, wobei er nichts als Lobhudeleien von sich gab. Er wollte mich als Ehrengast für irgendein Bankett in London kapern. Ich entnehme daraus nur, dass England allmählich von meinem Vorhandensein Notiz nimmt. Habe ihn mit Müh und Not abgewimmelt.»

Das war zuviel. Ich stand auf. Etwas musste geschehen. Ich machte ein Fenster auf und lehnte in die Nacht hinaus. Dieser dauernden Verunglimpfung Ledgetts durch die grossen

Verstorbenen musste ein Ende bereitet werden. Aber wie? Leider gehöre ich nicht zu denen, die sich in jeder Lage zu helfen wissen. Doch in diesem Fall hatte ich mich unterschätzt. Plötzlich hatte ich nämlich einen Einfall. Die übelwollenden Schicksalsmächte liessen sich wohl nicht umstimmen, hingegen konnte man ihnen entgegenwirken. Nachdem ich eine Weile auf und ab gegangen war, setzte ich mich an den Schreibtisch.

Tags darauf nahm ich am frühen Nachmittag ein Taxi nach Wimbledon, wo Felix Argallo jetzt seit sechs Jahren wohnte, in einem alten Haus, das durch eine hohe Gartenmauer von der Aussenwelt abgeschirmt war. Penge war bald nach Argallos Durchbruch unmöglich geworden. Schon einen Monat nach Erscheinen waren die «Letzten Schatten» - nebst allen vorausgegangenen Werken - natürlich auch in Amerika herausgekommen. In solchen Fällen geht es in Amerika wilder zu als bei uns. Es kam zu erstaunlichen Begebenheiten. Der führende Kritiker in Pittsburgh verlor den Verstand, und er musste in eine Heilanstalt verbracht werden; mancherorts nahm die Zahl der Selbstmorde dermassen zu, dass «Mit einer Nadel bloss» in einigen der Staaten verboten wurde. Und während der Sommermonate drängten sich die amerikanischen Touristen an der Ermyntrude Road in solchen Mengen, dass Argallo es dort nicht mehr aushielt. Den ganzen Tag musste er hinter geschlossenen Rollläden leben; Bewegung verschaffen konnte er sich nur nach Einbruch der Dunkelheit; er kam gesundheitlich ganz herunter. Zwar sagte er nie etwas davon, dass er wusste, wem er alle diese neuen Übelstände zu verdanken hatte; irgendein lieber Kollege muss es ihm aber hinterbracht haben; in seiner Einstellung zu mir war eine gewisse Abkühlung festzustellen, wenn ich mit ihm in der verdunkelten Stube beisammen sass. Dunkelhaft in dem grellen Scheinwerferlicht zweier Hemisphären, dazu Ansätze zu abscheulicher Vermögensbildung – das war selbst für Argallos eingefleischtes Duldertum zu viel. Er fing an, sich selber zu bemitleiden.

Auch dass George Batford in sein Leben hereingeschneit kam, schien ihm nicht zu behagen. Dieser junge Mann, ein Neffe der verstorbenen Frau Argallos, war Büroangestellter irgendwo in der Provinz gewesen, hatte aber selbstloserweise seine Stellung aufgegeben, um sich ganz der Fürsorge des alten Herrn zu widmen, wie er sich ausdrückte. Er war ein energischer und umsichtiger junger Mensch, der die Rechte Argallos mit grossem Geschick wahrnahm, zum Leidwesen der beteiligten Verleger. Er war es auch, der das Haus in Wimbledon fand, käuflich erwarb und jetzt darin schaltete und waltete. Er war es, der Interviewer und Photoreporter abfertigte, so dass sie unverrichteter Dinge davonziehen mussten. «Publikumsscheu ist die beste Reklame», behauptete er einst mit einem Augenzwinkern. Vielleicht hatte er sich unvorsichtigerweise auch seinem Onkel gegenüber in diesem Sinne geäussert; Argallo schien nämlich selbst die würdevolle Zurückgezogenheit bedrückend zu finden. Gesundheitlich hatte sich sein Zustand gebessert, seit er sich täglich im Garten ergehen konnte, doch innerlich machte ihm der Erfolg schwer zu schaffen. Wenn er nicht im Garten umherging, sass er über irgendeiner Übersetzung. Selbst für die Übersetzungen erhandelte sein Neffe fabelhafte Honorare. Argallo konnte nur den Kopf schütteln.

Allein, als ich damals an dem sonnigen Frühlingsnachmittag nach Wimbledon fuhr, war ich zuversichtlich, Argallo dazu bewegen zu können, mir die benötigten Manuskripte zur Verfügung zu stellen. Ich brauchte weder Übersetzungen noch Originalwerke, lediglich ein paar nach Diktat zu schreibende Seiten, zu einem guten Zweck, so dass er sie mir kaum verweigern konnte. Zwar kam seine Selbstbemitleidung nachgerade seinem Weltschmerz in die Quere, aber ich war überzeugt, dass ihn der Sonderfall, den ich ihm zu unterbreiten gedachte, nicht ungerührt lassen werde. Und ich wurde auch nicht enttäuscht. Während wir im Garten auf und ab gingen (ohne von seinem prosaischen Neffen, der geschäftehalber in der Stadt weilte, gestört zu werden), liess er sich erweichen und überreden; es ging nicht lange, und er geleitete mich wortlos in sein Studierzimmer. Dort rückte er mit der ihm eigenen altväterischen Höflichkeit einen Stuhl für mich neben den Schreibtisch. Ich legte mehrere Bogen Schreibpapier vor ihn hin - billiges Schreibpapier verschiedener Art, das ich am Vormittag gekauft hatte. Dann setzte ich mich nieder mit dem, was ich im Laufe der Nacht geschrieben hatte. Ich räusperte mich. Er tauchte die Feder ein und schrieb nach Diktat wie folgt:

43, Ermyntrude Road, Penge, S. E.
Montag, 27. Februar 1898

Lieber Herr Beerbohm,

Ich fühle mich gedrängt, mir meinen Dank dafür, dass Sie mich mit Walter Ledgett bekanntgemacht haben, von der Seele zu schreiben. Er verbrachte gestern einen Tag bei mir, und es war ein Tag, der mir unvergesslich bleiben wird, solange ich lebe. Das ist mir ein Mann! Ich habe im Laufe meines Lebens viele Menschen aus aller Welt gekannt, aber glauben Sie mir, noch nie einen, der - wie soll ich mich ausdrükken - so viel hergibt wie Ihr Freund Walter Ledgett. Andere mögen innerlich ebenso reich sein, aber sie verströmen ihren Reichtum nicht so wie er. Er traf am Vormittag mit einer Droschke ein, ich nahm ihn so gastlich auf, als mir zu Gebote steht, und es wurde Abend, ehe er sich verabschiedete. Im Laufe des Nachmittags fand sich W. E. Henley ein, der bekanntlich auch ein glänzender Gesellschafter ist.

Argallo hielt mit Schreiben inne und schaute auf. «W. E. Henley, der Lyriker und Redakteur?»

«Klar.»

«Aber den habe ich doch gar nie gekannt.»

«Nein? Das tut nichts, schliesslich haben Sie ja auch Ledgett nie gekannt.»

«Allerdings.»

Und die ganze Zeit redete Ledgett und redete, während wir, Henley und ich, gebannt lauschten, ähnlich wie die Fische einst Arions Gesang. Sie wissen, wie ich von Ledgetts Schriften denke. Nun, der Eindruck, den ich kürzlich hatte, als ich ihn dank Ihrer Fürsicht kennenlernte, bestätigte sich: der Mann ist noch bedeutender als seine Schriften. *Credo quia incredibile.*

Als ich dann mit Henley allein war, sagte ich: «Schrecklich zu denken, dass von all dem, was er heute verströmte, nichts erhalten bleibt.» Das brachte uns auf eine Art Gesellschaftsspiel - jeder hielt für sich so viele von Ledgetts glänzenden Sprüchen schriftlich fest, als uns erinnerlich waren. Gottlob bin ich von Natur aus kein Neidhammel. Ledgett machte ein Würmchen aus mir, aber wenn ich mich winde, geschieht es aus Freude. Er versprach, mich bei Gelegenheit wieder einmal zu besuchen. Ob es wohl dazu kommt? Welche Ironie des Schicksals, dass ein solcher Mensch in eine Welt wie die unsere hineingeboren werden musste.

Nochmals verbindlichen Dank!

Ihr sehr ergebener

Felix Argallo

PS. Ledgett hält grosse Stücke auf Sie und Ihre Arbeiten, die er als äusserst vielversprechend betrachtet - seine eigenen Worte, höchst nachdrücklich vorgebracht.

«Ende des ersten Briefs», sagte ich. «Ein neuer Bogen. Vielleicht der gelblich-graue dort...»

Clarkes Alkoholfreies Hotel
Walford Street
Tottenham Court Road

23. Okt. 1903 (mitternachts)

Lieber Max Beerbohm,

Ich fuhr heute vormittag nach London hinein. Obwohl ich bekanntlich kein Freund des Theaters bin, des Londoner Theaters schon gar nicht, lasse ich doch keine Ledgett-Premiere aus. Das ist mir ein Stück! Hat er je etwas Grossartigeres hervorgebracht als diesen dritten Akt? Ich stellte mich schon am frühen Nachmittag an der Tageskasse an, um einen Platz in der vordersten Reihe zu ergattern. Es war eine lange Wartezeit, doch meine freudige Erregung war so gross, dass der Nachmittag wie im Fluge verging. Ich finde, die Art, wie im dritten Akt der Charakter der Frau sich unter der Einwirkung der Ereignisse immer deutlicher abzeichnet, das gehört zum Hervorragendsten, was Ledgett handwerklich gelungen ist. Könnten Sie morgen hier im Hotel mit mir essen? *Table d'hôte* ist um ein Uhr. Ich möchte mich mit jemandem, der meine Begeisterung für Ledgett teilt, über sein Stück unterhalten.

Mit den besten Grüssen und Wünschen

Ihr

Felix Argallo

PS. Neben mir sass einer, der nach dem ersten Akt nicht applaudierte, und ich liess eine Bemerkung fallen, die ich sogleich bereute. Nachher kamen wir in ein freundschaftliches Gespräch. Ich konnte es mir nicht verkneifen, ihm zu sagen, dass ich mit Ledgett persönlich bekannt bin, dass ich ihn einst bei mir zuhause hatte. Was sind wir Menschen doch eitle Geschöpfe!

«Ende des Briefes. Vielen Dank, Mr. Argallo. Nehmen Sie bitte einen neuen Bogen. Diesmal schreiben Sie wieder aus Penge. Es ist doch nicht zu anstrengend für Sie? - Nein?»

43, Ermyntrude Road, Penge
4. Mai 1904

Streng vertraulich

Mein lieber Max Beerbohm,

Ich kam gestern nach London zu einer Besprechung mit meinem literarischen Agenten. Er musste mich mit dem üblichen schwachen Trost abspeisen, der Ärmste. Doch das ist nicht, was mich veranlasst, Ihnen zu schreiben.

Nach der Besprechung, da wanderte ich ziellos durchs Westend, Piccadilly entlang (dessen traurige Frivolität mich mehr denn je bedrückt) und in den Park hinein - Hyde-Park, wo ich mich in der Nähe des Fahrwegs auf einen der grünen Stühle setzte. Bald darauf sah ich eine Kutsche anhalten, der eine grossgewachsene junge Schönheit entstieg. Sie gab dem Kutscher eine Anweisung, dieser tippte an den

Hut, sagte «jawohl, gnädige Frau» und fuhr davon. Was mir noch mehr auffiel als die Schönheit ihres Antlitzes, war dessen Ausdruck - eine sonderbare Mischung aus Hoffnung und Verzweiflung, kam es mir vor. Rasch schritt sie über den Fussweg und quer über die Grasfläche, und sie war noch nicht weit gekommen, als ich ihr unwillkürlich nacheilte, von dem Wunsch beseelt, ihr irgendwie behilflich zu sein. Sie strebte geradewegs einem fernen Baum zu, einer Ulme, unter der zwei Stühle standen. Ich setzte mich etwa zwanzig Schritt entfernt unter eine Platane. Ohne sich um ihre Umgebung zu kümmern, schaute sie angestrengt in die Richtung, aus der sie gekommen - immer mit diesem seltsam gemischten Gesichtsausdruck. Meine Anteilnahme war um so inniger, als sie, obwohl offenbar verheiratet, noch keine zwanzig Jahre alt war, und weil sie trotz all ihrer hochherrschaftlichen Eleganz etwas an sich hatte, was ich nur als unterwürfig bezeichnen kann. Nachdem sie mehr als eine Viertelstunde angespannt gewartet hatte, sprang sie plötzlich auf. Ein Mann kam von ferne auf sie zugeschlendert, den Hut im Genick, sein Spazierstöckchen wirbelnd. Als er näher kam, war ich von seinem Gesicht zuerst unangenehm berührt. Es wirkte kalt und gefühllos. Gleich danach erkannte ich zu meiner Verblüffung, dass es Walter Ledgett war.

Argallo schaute auf. «Ja, aber», sagte er, «das kann doch Ihrem Freund höchstens schaden.»

«Ach wo - ganz im Gegenteil. Und überhaupt, der Name wird gar nicht im Druck erscheinen. Wenn Ihre Briefe dereinst herauskommen, werde ich den Herausgeber bitten, den Namen Walter Ledgetts durch zwei Gedankenstriche zu ersetzen.»

«Wie soll dann einer merken, wen Sie meinen?»

«Wen *Sie* meinen, Mr. Argallo. Man wird merken, wen Sie meinen, oder vielmehr meinten, indem man diesen Brief im Zusammenhang mit Ihren andern Briefen an mich liest. Sie waren ja offenbar überhaupt nicht imstande, mir von jemand anderem zu schreiben als von Walter Ledgett... Fahren wir weiter?»

«Selbstverständlich. Verzeihen Sie bitte.» Argallo griff wieder zum Federhalter.

Ich stand auf und trat geschwind hinter die Platane – leider nicht geschwind genug; er hatte mich gesehen und erkannt. Darauf entfernte ich mich eilig, ohne ein einziges Mal zurückzuschauen. Mir war schwer ums Herz, wie Sie sich denken können. Ich hatte mit der Frau Mitleid gehabt, doch jetzt dachte ich kaum noch an sie...

«Das gefällt mir gar nicht», bemerkte mein Schreiber leise.

«Wieso? Es verrät doch nur, wie sehr Ihnen Ledgett am Herzen lag. Ausserdem hat es die Frau ja gar nie gegeben – sie ist eine erfundene Gestalt, verstehen Sie. Ledgett dagegen ist ein Mensch aus Fleisch und Blut.»

«Hm. Sie reden sich immer heraus. Also?»

... dachte kaum noch an sie, höchstens insofern, als sie meinem Freund Ungelegenheiten bereiten konnte. Das bleiche Antlitz wirkte ebenso energisch wie schön. Es war das Gesicht einer Frau, die, verschmäht, vielleicht alles daran setzte, meinen Freund an seiner schöpferischen Arbeit zu hindern. Sie selber kommen oft mit Ledgett zusammen und geniessen sein Vertrauen. Vielleicht haben Sie von diesem Verhältnis gehört? Aus einer Nebenbemerkung, die Sie einst fallenliessen, habe ich allerdings den Eindruck, dass es nur eines von vielen war. Es würde sehr zu meiner Beruhigung beitragen, wenn Sie mir versichern könnten, dass wir nicht um ihn und seine Kunst zu bangen brauchen.

Immer Ihr sehr ergebener

Felix Argallo

«Das unterschreibe ich nur sehr ungern», knurrte Argallo.

«Schön, dann setzen wir noch eine Nachschrift darunter.»

PS. Ich bin nicht so herzlos, wie es den Anschein haben mag. Dieses zerquälte junge Antlitz wird mich ewig verfolgen.

«Noch einen letzten Brief, Mr. Argallo. Am besten, wir geben ihm ein neueres Datum, um zu zeigen, dass Sie in Ihrer Überzeugung nie wankend wurden.»

Wimbledon, Dezember 1911

Mein lieber Max,

Argallo warf mir einen fragenden Blick zu. «Nehme ich mir da nicht zuviel heraus?»

«Ich bin es, der sich etwas herausnimmt, Mr. Argallo. Es geschieht in meinem eigenen Interesse. Immer kann ich schliesslich auch nicht bloss an Ledgett denken.»

«Meinetwegen.»

Mein lieber Max,

Ich hätte Dir früher für Deinen reizenden Brief danken sollen; bitte verzeih meine Saumseligkeit, ich lag mit einer schweren Erkältung im Bett. Allerdings kann ich die erzwungene Ruhe nicht unbedingt bedauern, gab sie mir doch Gelegenheit, Ledgetts Werke vom ersten bis zum letzten wieder einmal durchzulesen - nebst dem ganzen Album (Du kennst es ja), das alle seine nicht in Buchform gesammelten Artikel enthält, soweit sie mir zugänglich waren. Diese Beschäftigung erwies sich als höchst schmerzlindernd. Du weisst ja, wie ich zu Ledgett stehe, und die Zeit hat meine Bewunderung für ihn womöglich noch gesteigert, genau wie die Zeit sein Dichtertum gesteigert hat. Seine neueren Arbeiten scheinen nicht nur, sie sind seine besten. Und doch - nein! Wer will behaupten, dass die breite Mündung des Flusses besser sei als seine Quelle?

«Halt!» rief Argallo und las mir den letzten Satz laut vor. «Zwei Zeilen reiner Blankvers! Das behagt mir gar nicht.»

«Mir auch nicht, Mr. Argallo. Aber da steht es nun einmal. Sie glauben doch nicht etwa, es sei nur ein Versehen? Ich wollte damit zeigen, wie sehr Sie, als Sie das schrieben, ausser sich waren vor Begeisterung. Die Seele führte Ihnen die Feder, und das ist bekanntlich nie von gutem. Indessen handelt es sich da um eine Kleinigkeit; ich komme Ihnen gerne entgegen. Setzen Sie statt ‹Mündung des Flusses› meinetwegen ‹Flussmündung› ein, streichen Sie das ‹dass› und stellen Sie die Wörter im Nebensatz um... So! Der Brief ist aber noch nicht zu Ende... Kein Absatz bitte. Sie waren allzu erregt, um auf dergleichen zu achten.»

Und nun noch eine Frage. Besteht die Möglichkeit, etwas Handschriftliches von Ledgett zu erhalten, und wenn es nur ein Fetzen Manuskript wäre. Ich habe stets darauf verzichtet, ihm zu schreiben, oder vielmehr, ich habe keinen der vielen Briefe, die ich ihm schrieb, je eingeworfen. Andern beschwerlich zu fallen, liegt mir nicht; sonst wäre ich jetzt zweifellos im Besitz vieler Ledgett-Briefe. Ich besitze allerdings drei Schreiben von ihm, aber es sind maschinengeschriebene unpersönliche Rundschreiben, wie er sie wohl an viele versandt hat. Zwar tragen auch sie sein unverwechselbares Gepräge und sind stilistisch keineswegs zu verachten. (Namentlich einer davon – eine Einladung zu einem Mittagessen im Holborn-Restaurant zu Ehren der Witwe eines namhaften schwedischen Schriftstellers – ist in seiner Art ein Meisterwerk.) Aber das genügt mir nicht! Ich muss unbedingt einen handgeschriebenen Brief von ihm haben, an wen immer gerichtet, und bin bereit, jeden Preis dafür zu bezahlen.

Verzeih mir, lieber Max, dass ich Dich mit dergleichen behellige.

In alter Freundschaft
Dein
F. A.

«Oder vielmehr», setzte ich lächelnd hinzu, «verzeihen Sie *mir,* dass ich *Sie* behelligt habe, Mr. Argallo. Und recht schönen Dank auch.»

Er stand vom Schreibtisch auf. «Glauben Sie mir», sagte er, «dass ich in der Lage bin, diesem armen Menschen dienlich zu sein - falls diese Briefe ihm wirklich etwas nützen -, das ist das einzig Gute, das mir meine leidige Berühmtheit eingetragen hat.»

«Ach, sagen Sie doch das nicht!» widersprach ich, während ich die Entwürfe, die ich mitgebracht hatte, zerriss. «Falls Ihnen aber daran liegt, ein gutes Werk zu tun, könnten Sie mir ja von Zeit zu Zeit aus freien Stücken über Ledgett schreiben.»

Er wiederholte die Worte «von Zeit zu Zeit», während er dastand und nachdenklich ins Kaminfeuer schaute. Ich nahm die bereits geschriebenen Briefe, faltete sie zusammen und steckte sie in die Tasche, ohne dass weiter ein Wort fiel. Plötzlich brach er das Schweigen, indem er leise bemerkte: «Das gäbe vielleicht eine ganze Menge Briefe.» Unverwandt starrte er ins Feuer und setzte dann noch leiser hinzu: «Da müsste Ihr Freund wohl lange warten. Ich bin kerngesund.» Ich wollte etwas darauf erwidern, als er mich plötzlich auf die seltsamste Art anschaute. In seinen Augen leuchtete etwas auf, das ich noch nie gesehen hatte. Wie verjüngt sah er auf einmal aus. Ich brachte kein Wort hervor, während er bolzengerade dastand, in strammer Haltung, verjüngt. Schweigend brach ich auf.

«Tragisch», ein Wort, das auf Argallos Leben zutraf, war auch das Wort, das am nächsten Morgen alle Zeitungen im Zusammenhang mit seinem Tod verwendeten. Ich, der ich das Leuchten in seinen Augen gesehen hatte, wusste es anders. Doch die Leute von der Presse meinten es gut. Rückhaltlos anerkannten sie Argallos literarische Leistung, und was die ethische Frage betraf, machten sie geltend, Selbstmord verstosse zwar gegen die Anschauungen der Kirche, doch sei zu bedenken, dass Argallo in dieser Beziehung seine eigenen, zwar falschen, aber tief in seinem Wesen verwurzelten Anschauungen gehabt habe. Eine der neueren und bemühenden Zeitschriften verstieg sich zu der Behauptung, falls Argallo bei der Leichenschau, wie in solchen Fällen üblich, als unzurechnungsfähig erklärt werde, könne man landauf, landab mit einem solchen Entrüstungssturm rechnen, dass die britische Institution der Leichenschaukommission, seit den Tagen des ersten Totengräbers im «Hamlet» ein Gegenstand des Spottes, ein für allemal hinweggefegt würde; auch würde ein solcher Wahrspruch in Spanien sehr übel aufgenommen werden, und das in einem Augenblick, wo es mehr als je darauf ankomme, dass Spanien und England zur Erhaltung des Friedens in Europa näher zusammenrückten. Selbstverständlich musste ich bei der Leichenschau zugegen sein und aussagen, und auch ich suchte den üblichen Wahrspruch abzuwenden, wenn auch mehr um der Wahrheit als um Europas willen. Auf die Frage, ob meiner Meinung nach Argallo etwas auf der Seele gelegen habe, erwiderte ich, er sei ein Mensch gewesen, dem immer viel auf der Seele lag, und mein letzter Eindruck von ihm sei der eines ganz besonders sorgenfreien Menschen gewesen. Es kam aber doch zu dem üblichen Wahrspruch. Ich tröstete mich mit dem Gedanken darüber hinweg, damit werde es wenigstens dem Dekan von Westminster um so leichter fallen, dem Gesuch, das in aller Eile an ihn gerichtet worden war, zu entsprechen. Dieser konnte allerdings nicht aus seiner Haut heraus. Argallo wurde kein Staatsbegräbnis zuteil. Er hätte es auch nicht gewünscht.

Ein Testament hatte er nicht hinterlassen. George Batford war natürlich der nächste Blutsverwandte, und er erklärte mir gegenüber, er werde auch weiterhin sein Leben in den Dienst seines Onkels stellen. Es war vorauszusehen, dass er bald alle Hände voll zu tun hatte.

Selbst der natürliche Tod eines namhaften Schriftstellers lässt eine Zeitlang die Nachfrage nach seinen Werken ansteigen. Eine Neuausgabe drängte sich auf. Batford sagte zu mir, von Argallos Übersetzungen werde «demnächst» eine Folioausgabe veranstaltet, Wimbledon-Ausgabe genannt. «Und dann gilt es, eine Lebensbeschreibung herauszubringen. Das behalte ich mir selber vor», betonte er, tüchtiger Wirtschafter, der er war. «Zwar habe ich darin keine Erfahrung, aber ich kann es doch nicht irgendeinem wildfremden Menschen überlassen, das Leben des lieben Verstorbenen zu beschreiben. Übrigens, Sie besitzen doch sicher auch Briefe von ihm?» Ich sagte, ich besässe einige.

Binnen Monatsfrist hatten die Zeitungen einen Leserbrief erhalten und abgedruckt, in welchem der Biograph schrieb, er wäre jedem, der Briefe von Felix Argallo besitze, sehr zu Dank verpflichtet, wenn er, etc. etc. Bevor ich ihm die Briefe in meinem Besitz zur Verfügung stellen konnte, musste ich natürlich zuerst Ledgett dementsprechend bearbeiten. Knifflige Unterredungen schiebt man gerne hinaus, und obwohl Ledgett von einer schönen Arglosigkeit und ich mit einem medizinischen Fachausdruck gewappnet war, auf den ich baute, hatte ich doch das Gefühl, was ich mir da eingebrockt habe, sei nicht ganz leicht zu bewerkstelligen. Schliesslich raffte ich mich doch dazu auf. Entgegen meiner lange gehegten Vermutung, Ledgett halte sich immer gleichzeitig in allen vier seiner Klubs auf, war er im Savage nicht zu finden. Doch im nächsten Klub, den ich aufsuchte, traf ich ihn, und - ein gutes Vorzeichen - er schenkte meiner Behauptung, ich sei eigens seinetwegen gekommen, ohne weiteres Glauben. Nachdem wir uns eine Weile unterhalten und unseren Whisky-Soda halbwegs geleert hatten, sagte ich: «Traurig, nicht, die Sache mit Felix Argallo?»

«Schrecklich. Der grösste Verlust unserer Zeit. Ich gäbe viel darum, ihn wieder unter den Lebenden zu wissen.»

«Aha, Sie haben das Gefühl, ihn vernachlässigt zu haben?»

«Nein, das nicht. Ich habe doch jede Zeile - fast jede Zeile - gelesen, die er je geschrieben hat. Finden Sie, ich hätte versuchen sollen, eine Feier für ihn zu organisieren, oder...»

«Nein. Ich finde bloss, Sie hätten ihn eigentlich ab und zu besuchen können. Er war vereinsamt. Und dieser eine Besuch, den Sie ihm vor Jahren in Penge abstatteten...»

«Ich? Vor wieviel Jahren? Einen Besuch?»

«Na ja, Ihre Tage sind ja immer ausgefüllt. Und damals war Argallo noch so gut wie unbekannt. Immerhin - merkwürdig, dass Sie es vergessen haben. Er hatte es nicht vergessen, er nicht. Und auch W. E. Henley bestimmt nicht. Wissen Sie denn nicht mehr, dass Henley damals dabei war?»

«Ausgeschlossen. Das heisst, *ich* kann unmöglich dabeigewesen sein. Henley habe ich überhaupt nie gesehen. Einmal, als er in Muswell Hill wohnte, wollte ich ihn aufsuchen, aber er war nicht zuhause.»

«Nun, vielleicht haben Sie den Namen nicht mitbekommen, als Argallo Sie Henley vorstellte?»

«Aber ich sage Ihnen doch», rief Ledgett ungehalten, «ich kannte Argallo persönlich überhaupt nicht.»

«Seltsam. Höchst seltsam. Am Ende erinnern Sie sich auch nicht mehr, dass Sie mit mir in diesem kleinen Restaurant, im Solferino, speisten, als ich Sie mit Argallo bekanntmachte? Das genaue Datum weiss ich selber nicht mehr. Es muss anfangs Februar '98 gewesen sein. Sie und ich und er - sonst niemand. Wir sassen an diesem Ecktisch - Sie wissen doch - linker Hand. Sie bestritten die Unterhaltung. Ja, Sie waren damals in grosser Form, aber soviel ich weiss, waren Sie es dann, als Sie nach Penge fuhren, noch viel mehr.»

«Also - hören Sie mal! Das ist ja geradezu eine Wahnvorstellung, was Sie da haben.»

«Merkwürdig, dass Argallo den Wahn mit mir teilte, Ledgett.» Ich hatte meine Brieftasche hervorgeholt und entnahm ihr nun den ersten von Argallos Briefen. «Das hier», sagte ich, «dürfte Ihrem Gedächtnis nachhelfen.»

Es war ihm anzusehen, wie er fieberhaft nach einer Erklärung suchte, während er das verwirrende Schreiben las. «Hören Sie mal», sagte er schliesslich, «jemand muss da in meinem Namen aufgetreten sein.»

«Wollen Sie damit behaupten, es sei undenkbar, dass Sie jemals sagten, Sie fänden meine Arbeiten höchst vielversprechend?»

«Nein - ich finde sie ja vielversprechend - das heisst, sie gefallen mir ungemein, nur...»

«Falls jemand sich Ihren Namen aneignete, Ledgett - und offen gestanden, ich sehe nicht ein, warum jemand das tun sollte -, dann muss es ein Doppelgänger von Ihnen gewesen sein. Argallo besass verschiedene Photos von Ihnen - Repros, heisst das. Er schnitt sie aus Zeitungen aus und bewahrte sie mitsamt Ihren Artikeln in einem Album auf. Ihr Gesicht kannte er auswendig - Stirn und Kinn und alles. Er hat mir das Album oft gezeigt und erwähnt es einmal in einem seiner Briefe an mich.»

«Er hat Ihnen noch andere Briefe über mich geschrieben? Ich meine, über...»

«Der zweite handelt mehr von Ihren Werken als von Ihnen selber.» Ich überreichte ihm den Brief.

«Sieh mal an», sagte er nach einer Weile mit belegter Stimme, «ich hätte nie gedacht - dass ein Mann wie Argallo - dass mein Zeug...»

«Nun, so stellte er sich eben dazu. Warten Sie, der dritte Brief ist mehr persönlich. Aber auf der letzten Seite kommt er, glaube ich, auf Ihre Werke zu sprechen - doch, hier.»

Während Ledgett las, schwollen die Adern an seinen Schläfen an. Er war so verdattert, dass ich geradezu ein schlechtes Gewissen hatte. Doch es gab kein Zurück. Ich musste die gute Tat - Argallos und die meine - zu einem guten Ende führen.

«Nun?» sagte ich und hielt seinen Blick spöttisch aus. «Der unheimliche Nachäffer hat wieder zugeschlagen, wie?»

«Sie haben doch nicht etwa geglaubt», stiess er hervor, «als Sie diesen Brief bekamen, dass ich derjenige sei, der...»

«Mensch, das ging mich ja nichts an. Ich habe mir da weiter gar keine Gedanken gemacht.»

«Aber Sie glauben doch nicht im Ernst, dass ich das war?»

Lachend steckte ich eine Zigarette an. Ledgett bestand auf einer Antwort.

«Ich bin da gar nicht im Bild, mein Bester. Ich glaube lediglich, dass Sie es vergessen haben.»

«Wie könnte ich dergleichen vergessen?»

«Nun, es kommt drauf an, wie oft Sie dergleichen erlebt haben. Ein ausgepichter Frauenfeind sind Sie ja wohl nicht. Alle die entzükkenden Frauengestalten in Ihren Romanen wären Ihnen bestimmt nicht so gut geraten, wenn Sie nicht Erfahrung hätten auf diesem Gebiet. Denken Sie zurück! 4. Mai 1904. Was haben Sie damals am Nachmittag getan?»

«Woher sollte ich das wissen?»

«Haben Sie denn kein Tagebuch geführt?»

«Nein, nie.»

«Na, das ist an sich schon verdächtig. Los, Ledgett, strengen Sie Ihr mangelhaftes Gedächtnis an und reden Sie offen mit mir! Ein Nachmittag im Mai - eine Ulme - zwei grüne Stühle darunter. Sagt Ihnen das gar nichts?»

«Ach, ich behaupte ja nicht, dass ich noch nie mit einer Freundin eine Verabredung im Park hatte. Allerdings nicht mit - mit dieser Art von Freundin.»

«Sie hätten eine Verabredung mit dieser Art von Freundin nicht *eingehalten?*»

«Das habe ich nicht gesagt.»

«Ah, Ledgett, Ledgett!»

«Ich sage bloss, ich müsste mich doch daran erinnern.»

«So deutlich wie an jenen Abend im Solferino und an den ganzen langen Tag in Penge, wie?»

Er schaute mich belemmert an.

«Seien Sie unbesorgt», sagte ich. «Ihrem Verstand fehlt nichts - sonst nichts, davon bin ich überzeugt. Sie leiden lediglich an partieller Amnesie.»

«Wie bitte?»

«Ach, das ist eine weitverbreitete Erscheinung. Ich selber kenne Dutzende von Fällen. Der Fachausdruck bedeutet ‹vereinzelter Gedächtnisschwund›. Genau wie manchen Leuten etwas Einzelnes immer wieder in den Sinn kommt, so gibt es viele, die etwas Einzelnes ein für allemal vergessen. Die Fachleute behaupten, es rühre von einer unendlich kleinen Verletzung der grauen Gehirnrinde her.»

«Dann ist es wohl besser, ich suche einen tüchtigen Arzt auf.»

«Bloss nicht. Reine Zeitverschwendung. Gehirnschäden dieser Art lassen sich ebensowenig heilen wie erklären. Und im übrigen beeinträchtigen sie die Gehirntätigkeit nicht; sie sind sezerniert.»

«Sezerniert?»

«Gewiss, in jeder Hinsicht. Allerdings», setzte ich vorsichtshalber hinzu, «sie sind, was man periaktiv nennt.»

«Was heisst denn das wieder?»

«Das heisst, dass der Patient, ich meine der Betreffende, nicht nur dieses eine vergisst, sondern auch das ganze Drum und Dran. Sie zum Beispiel erinnern sich an nichts, was mit Argallo zusammenhängt.»

«Na, na», erwiderte Ledgett mit einem bedrohlich schlauen Funkeln in den Augen, «seine Bücher stehen doch mit ihm im Zusammenhang? An die erinnere ich mich aber durchaus.»

«So. Ja, natürlich. Klar... Seine Bücher gehören aber nicht in den Zusammenhang seiner persönlichen Anwesenheit, und diese ist es, die sie verdrängt haben. Alles, was Sie erlebten, während er dabei war, ist aus Ihrem Gedächtnis gelöscht. Sie erinnern sich, bei dieser und jener Gelegenheit im Solferino gewesen zu sein, doch das Restaurant mit Argallo unter den Anwesenden, das ist Ihnen entfallen - und ich, Ihr Gastgeber, damit. Das Haus in Penge, der gebannt lauschende Henley, die alte Ulme im Park, die bedauernswerte Frau - alles unwiderruflich entschwunden, Ledgett, alles periaktiv getilgt.»

Doch mein Freund hatte eine zweite Erleuchtung. «Wenn ich wirklich diese Verabredung hatte», wandte er ein, «muss ich die Betreffende doch vorher schon irgendwo gesprochen haben. Warum sollte mir das entfallen sein?»

«Ist es Ihnen denn entfallen? Wirklich? Schön, ich will es Ihnen glauben. Periaktivität löscht oft auch vorausgegangene Ereignisse aus. Spätere übrigens auch. Sie erinnern sich wohl nicht mehr, ob die Frau Ihnen Ungelegenheiten bereitet hat? Merkwürdig, nicht? Merkwürdiger als alles in Ihren Romanen.»

«Ja, das ist merkwürdiger als alles, was ich mir hätte ausdenken können.»

«Und in gewisser Beziehung auch lächerlich. Ich würde niemandem davon erzählen, wenn ich Sie wäre. Sehen Sie, wenn diese Briefe Argallos herauskommen, werden sie einen beträchtlichen Eindruck machen. Und wenn Sie nun herumgehen und sagen, Sie erinnern sich seiner nicht, dann würde das Befremden auslösen. Dass Sie an partieller Amnesie leiden, werden Sie ja den Leuten nicht auf die Nase binden wollen. Und ohne diese Erklärung würden Sie als herzloser Mensch dastehen. Übrigens, da wir schon von Ihrer angeblichen Herzlosigkeit sprechen, wäre es Ihnen lieber, wenn ich Batford diesen dritten Brief nicht zur Verfügung stellte?»

Ledgett, den einen Ellbogen auf die Armlehne des Klubsessels gestützt, langte mit der Hand nach der Stirn. Das hatte er sonst noch nie getan, ausser beim Photographen. «An sich ist es ein sehr schöner Brief», sagte er mit Bedacht. «Schön empfunden und schön ausgedrückt. Ihn der Allgemeinheit vorzuenthalten, wäre kaum angängig, Beerbohm.»

Ich fragte ihn, ob sein Name durch zwei Gedankenstriche ersetzt werden solle, aber er beharrte darauf, es gehe nicht an, irgend etwas am Wortlaut zu ändern. Dann nahm er die Hand von der Stirn herunter und streckte sie mir hin. «Und der vierte Brief? Ist der auch so persönlich?»

«Nein, leider nicht. Es ist aber ein sehr netter Brief, schön empfunden und schön ausgedrückt. Und ich glaube, es ist der letzte, den er in seinem Leben schrieb.»

«Das ist die höchste Anerkennung», bemerkte Ledgett bald darauf, «die höchste Anerkennung, die meinem Werk je gezollt wurde.» Und er schmiegte das Kinn in die Hand.

Auch stand er nicht auf, als ich mich zum Gehen anschickte, und machte keinerlei Anstalten, mich zum Ausgang zu begleiten. Von seinem Sessel aus reichte er mir die Hand.

Noch am selben Abend brachte ich die Briefe zu George Batford auf den Weg.

Am nächsten Tag begab ich mich, einem glücklichen Einfall folgend, in ein Antiquariat an der Charing Cross Road. Der Fimmel mit den Erstausgaben moderner Autoren war damals bereits aufgekommen, und ich ahnte, dass er im Zunehmen begriffen war - in welch ungeheurem Ausmass, das sah ich freilich ebensowenig voraus wie den Weltkrieg, der ihn eine Zeitlang abbremste. Als ich damals dem Antiquar meine Bestellung aufgab, erwartete ich zwar, letzten Endes einen ansehnlichen Gewinn einzustreichen, aber nichts Umwerfendes.

Inzwischen lieferten sich die grossen Londoner Verleger einen erbitterten Kampf um die Rechte auf die Argallo-Biographie, und der Vorschuss, den George Batford schliesslich vom Meistbietenden erhielt, entsprach ganz dem wilden Gerangel. Das schöne zweibändige Werk lag anfangs November vor, angekündigt als eine der grössten Biographien der englischen Literatur, ein ideales Weihnachtsgeschenk. Ich meinerseits fand, die neffenhafte Pietät des Verfassers wiege gewisse Unzulänglichkeiten des Buches nicht auf. Es fehlte ihm an Einsicht, Stil und klarer Ordnung. Allerdings hatte es der Verfasser von Anfang an mit einem widerspenstigen Stoff zu tun. Von Argallos Heldentaten in Spanien war sehr wenig bekannt; in Penge, ehe er berühmt wurde, hatte er sehr wenig erlebt, und in Wimbledon sozusagen gar nichts. Als Füllsel verwendete Batford unzählige lange Zitate aus Tuckmans «Geschichte der Karlistenkriege» und aus Pfarrer J. F. Copleys lokalgeschichtlichem Werk über Penge sowie aus mehreren Schriften über Wimbledon. Alles das, an sich schon nicht sehr lesenswert, war schlecht ausgewählt, und die Schilderung der Glanzzeit, mit einigen achtzig wörtlich wiedergegebenen Besprechungen der «Letzten Schatten», war ein furchtbares Durcheinander. Auch da, wo er einen persönlichen Ton anschlug, las sich das Buch nicht besser. Das letzte Kapitel war ihm ganz besonders missraten, von den Eingangsworten («Ich will nun versuchen, ein Bild meines Onkels zu entwerfen, wie ich ihn zuerst kannte. Er war sehr gross gewachsen, hatte eine dunkle Hautfarbe, die den Einschlag spanischen Blutes väterlicherseits verriet, und sprach immer sehr leise.») bis zum letzten Satz («Doch sein Andenken lebt in der ganzen englischsprechenden Welt ungemindert fort.»). Argallos eigene Briefe stachen vorteilhaft davon ab. Zwar hatte er in den späteren Jahren nur wenig Briefe geschrieben, und von den frühen waren nur wenige erhalten. Doch die Kritik war einhellig der Meinung, Argallo gehöre zu den bedeutendsten englischen Briefschreibern. Auch ich vertrat diese Ansicht; ich fand Argallos Briefe grossartig. Um so mehr überraschte mich deshalb, dass verschiedene Kritiker die vier an mich gerichteten als besonders kennzeichnend und meisterhaft hervorhoben.

Und dann war da noch etwas, das mich verblüffte. Ich hatte angenommen, es werde in den literarischen Kreisen Aufsehen erregen, dass Argallo so grosse Stücke auf Ledgett gehalten habe. Nichts dergleichen trat ein. Man nahm die Tatsache äusserst gelassen hin: «Es ist erfreulich, dass er zu den ersten gehörte, die Walter Ledgett nach seinem wahren Wert einschätzten.» - «Sein literarisches Urteil verrät den handwerklich geschulten Meister. Was er über den jungen Browning schrieb, ist ebenso kompetent wie später seine Würdigung Joseph Conrads, d'Annunzios und Walter Ledgetts.» - «Die dunklen Glasperlen seiner späteren Jahre sind auf den roten Faden einer leidenschaftlichen Vorliebe für Walter Ledgett aufgereiht.» Ja, so widersinnig es auch scheint, selbst ich, der ich doch Bescheid wusste, liess mich vom Wohlklang dieses vielstimmigen Chors betören und war weiter nicht erstaunt, dass Ledgett mich, sooft ich ihm begegnete, mehr als nur herablassend behandelte. Von verschiedener Seite wurde Argallos «Max» eine ungewohnte Hochachtung entgegengebracht. Doch dazu fühlte Argallos Abgott sich begreiflicherweise nicht veranlasst.

Gewissen Leuten gegenüber war Ledgetts Verhalten, wie ich hörte, recht herzlich, so zum Beispiel dem Bischof gegenüber, der seine Aufnahme in den Athenäum-Klub beantragte, und dem Feldmarschall gegenüber, der diesen Antrag unterstützte. Doch als er dann im Frühling in den Klub aufgenommen wurde, pflegte er nur wenig Verkehr mit den andern literarischen Mitgliedern. Seine Mitgliedschaft in den bisherigen Klubs hatte er bald nach meiner letzten Unterredung mit ihm aufgegeben. Es kränkte ihn, dass seine alten Freunde sich ihm gegenüber wie früher verhielten, und namentlich im Savage-Klub war es zu unerfreulichen Auftritten gekommen. Selbst im Athenäum benahm er sich oft daneben. Es hiess, er sei einem hervorragenden alten Naturwissenschaftler höchst ruppig gekommen, als dieser bemerkte, es gewähre ihm sicher hohe Genugtuung, dass ein Mann wie Felix Argallo so grosse Stücke auf ihn gehalten habe. Obwohl der Absatz seiner Bücher jetzt ins Ungemessene stieg und sein Rang auch von den jungen Rotznasen unangefochten blieb, machte er nicht den Eindruck eines zufriedenen Menschen. Oxford, immer etwas schwer von Begriff, versäumte es, ihm damals im Sommer den Ehrendoktor zu verleihen, was er - unbegreiflicherweise - als persönliche Verunglimpfung empfand. Argallos Brief an Lord Curzon (Mai 1907), worin er diesen hohen Ehrentitel ausschlägt, ist ein hochsinniges und ergreifendes Dokument, ein wahrhaft klassischer Brief. Doch ich gäbe sein Vorhandensein jederzeit dafür hin, miterlebt zu haben, wie Ledgett sich eines Tages im Herbst 1913 im Athenäum-Klub auf dem Absatz umdrehte, als Lord Curzon mit ausgestreckter Hand auf ihn zutrat. Im Jahr darauf hat Oxford dann getan, was sich gehörte; doch wird von denen, die damals am *dies academicus* teilnahmen, übereinstimmend berichtet, Valterius Ledgett habe in seiner scharlachroten Tracht äusserst mürrisch und verdrossen ausgesehen.

Ich habe Oxford immer geliebt. Dass seine Geltung andauert, wurde durch die Tatsache belegt, dass nach der Verleihung des Ehrendoktors an Ledgett die Preise der Erstausgaben seiner Werke beträchtlich anzogen. Ich fragte mich, ob damit der Zeitpunkt gekommen sei, sie abzustossen. Die Versuchung war gross. Ungeachtet seines Ruhmes war auch ein einziges seiner Bücher mehr, als ich zu besitzen begehrte. Es war schrecklich, von allem, was er je hervorgebracht hatte, zwei «einwandfreie Exemplare» auf Lager zu haben. Der Antiquar an der Charing Cross Road hatte meine Bestellung mit entsetzlicher Gründlichkeit ausgeführt. Ich besass zwei einwandfreie Exemplare jeder Broschüre, die Ledgett in jungen Jahren für private Eisenbahngesellschaften, für Kurorte, für Landhotels und dergleichen geschrieben hatte. Ich besass zwei einwandfreie Exemplare jedes Schlagers, dessen Text von ihm stammte. Texte waren das! Sollte ich alles das nicht abstossen? «Noch nicht», raunte mir eine innere Stimme zu. «Erstausgaben werden bald noch bedeutend höhere Preise erzielen. Solange Ledgett lebt, wird er im Werte steigen.» Zwei Monate darauf brach der Krieg aus, und man vergass darob alles andere.

Selbst Ledgett geriet in Vergessenheit. Das Sonett, in welchem er sein Bedauern darüber ausdrückt, nicht mit der Jugend ins Feld ziehen zu können, «um den verfluchten Kaiser zu bekämpfen», blieb so gut wie unbeachtet. Dass der Krieg kein Ende nehmen wollte, machte ihm schwer zu schaffen. Zwar verstieg er sich nicht dazu, ihn beenden zu wollen, doch wie er mir einmal mitteilte, als ich ihn auf der Strasse traf, betrachtete er es als eine Landesgefahr, «dass das geistige Leben dermassen brachliegt». Die Luftangriffe empfand er wohl als persönliche Beleidigung. Jedenfalls zog er sich schon 1915 in Wordsworths Seengebiet zurück, vermutlich um dort unbehelligt seine eigenen Werke zu lesen. Als der Krieg aus war, begann sich das geistige Leben wieder zu regen. Mit der Gier eines Ausgehungerten machte sich John Bull über die literarische Kost her. Jetzt erstrahlte Ledgetts Name, so lange verdunkelt, in um so hellerem Glanz. Die Erstausgaben seiner Werke wurden zu Preisen gehandelt, die weit über ihrem Vorkriegswert lagen. Sollte ich sie jetzt veräussern? Doch wiederum riet mir die innere Stimme davon ab.

Nicht lange nach dem Waffenstillstand fuhr ich nach Italien, wo ich schon vor dem Krieg eine Zeitlang gewohnt hatte; und dort liess ich mich nun nieder. Ein paar Tage vor meiner Abreise bekam ich Ledgett zum letztenmal zu Gesicht. Er steuerte dem Athenäum zu, sehr gemächlich, auf einen Stock gestützt, war er doch trotz der Lebensmittelrationierung äusserst beleibt geworden. Unmässige geistige Nabelbeschauung hatte offenbar seine Gesundheit untergraben. Sein Gesicht war aufgeschwemmt, seine Augen waren glanzlos. Nur seiner robusten Veranlagung hatte er es zu verdanken, dass er wider Erwarten noch acht Jahre lang vorhielt.

Da ich zufällig vor vierzehn Tagen vorübergehend wieder nach England gekommen bin, so wohnte ich selbstverständlich vergangenen Dienstag der Totenfeier in der Westminster-Abtei bei. Es freute mich, meinem Freund diese letzte Huldigung erweisen zu können. Ebenso erfreut war ich tags darauf, als ich vernahm, dass sich Nat Heinz, der berühmte New Yorker Antiquar, gegenwärtig wieder einmal in London aufhielt und im Ritz abgestiegen war. Ich schrieb dem auf Erstausgaben spezialisierten Grosskaufmann sogleich ein ehrerbietiges Briefchen, worin ich ihm mitteilte, falls er sich dazu herbeilasse, mich im Charing-Cross-Hotel aufzusuchen, könnte ich ihm einiges zeigen, was ihn interessieren dürfte. Dann fuhr ich zu dem Ort, wo meine Kiste voller Ledgett-Erstausgaben eingelagert war. Diese verbrachte ich in mein Hotel und nahm dort ein Privatwohnzimmer, in welchem ich meine Köder auf zwei Tischen, drei Stühlen und einem Sofa ausbreitete. Dann harrte ich der Stunde, zu der Mr. Heinz sich angesagt hatte. Das war gestern vormittag. Ich war auf einen kaltschnäuzigen Geschäftsmann gefasst, der gewohnheitsmässig alles herabsetzt. Doch in den schmalen Augenschlitzen des Grosskaufmanns funkelte es einmal übers andere auf, als er die ausgelegten Kostbarkeiten musterte.

Zwischen den Seiten einiger der Bücher steckten Briefe, die ich im Laufe der Jahre von Ledgett erhalten hatte; Speisekarten, die nach einem Bankett herumgingen und von den Teilnehmern, darunter auch Ledgett, mit ihrer Unterschrift versehen wurden; mehrere Bleistiftzeichnungen, die Phil May von Ledgett entworfen hatte. Besonders machte ich Mr. Heinz auf die Bücher aufmerksam, in die ich meine vier Briefe von Felix Argallo eingelegt hatte. Doch hier hatte ich mich verrechnet.

«Felix wie?» fragte Nat Heinz. «Ach so, Argallo. Ja, richtig. Der Schriftsteller, der sich das Leben nahm. War einst sehr gefragt, ist aber stark zurückgegangen.»

Sonst hatte er indessen nichts zu bemängeln. Ohne mit der Wimper zu zucken, stellte er mir einen Scheck auf den Betrag aus, den ich gefordert hatte. Sobald ich den Scheck in der Tasche hatte, genehmigte ich ein ausgiebiges Mittagessen und verliess dann das Hotel, um den Scheck einzulösen, nicht ohne vorher das Wohnzimmer aufgegeben zu haben. Der Bankangestellte, welcher den Scheck entgegennahm und meine Verhältnisse kannte, durchschaute mein betont lässiges Auftreten und bedachte mich mit einem überaus menschlichen Lächeln, als wolle er mich beglückwünschen.

Auf dem Rückweg ins Hotel traf ich auf einen Kollegen, der für seinen Geschäftssinn bekannt ist, und um ihm Eindruck zu machen, erzählte ich ihm brühwarm von meinem Handel.

Er pfiff durch die Zähne. «Mensch», rief er, «da hast du Nat Heinz glatt zu neunhundert Pfund verholfen.»

«Wenn schon», erwiderte ich, «das ist genau der Betrag, zu dem er mir auch verholfen hat. Wir sind also quitt. Es liegt mir nicht, jemanden übervorteilen zu wollen. Jedenfalls hat Europa sich in diesem Fall behauptet!»

«Eben nicht!» widersprach mein Kollege. «Amerika hat jetzt die Bücher.»

Daran hatte ich allerdings nicht gedacht. Vielleicht werden aber die amerikanischen Erstausgaben-Sammler, wenn einmal diese Seiten im Druck erschienen sind, nicht mehr ganz so stolz sein auf ihre Erwerbung.

Und immer wieder: London

Ein grosser Engländer, einer der grössten, hat behauptet, wer Londons müde sei, sei lebensmüde.

Nun, Dr. Johnson hatte ja meistens recht. Manchmal hatte er allerdings auch unrecht – sonst wäre er uns nicht so lieb. Und ich finde, wer Londons müde ist, ist vielleicht lediglich des Londoner Lebens müde. Gewiss, solche Ermüdungserscheinungen werden sich nicht einstellen, falls einer weit draussen auf dem Land aufgewachsen ist und London erst in vorgerückten Jahren kennenlernte. Fast alle leidenschaftlichen Liebhaber Londons haben ihre Jugend, wie Dr. Johnson, auf dem Land verbracht. Bei mir war das anders. Ich kam in Hörweite des Glockengeläuts von St. Mary le Bow zur Welt und bin somit ein waschechter Cockney, wie meinem Akzent anzumerken ist. Noch bevor ich sprechen oder denken konnte, muss mir der Anblick endloser Strassenzüge bereits vertraut gewesen sein, ebenso wie die zahllosen Vorübergehenden, welche das süsse Kerlchen im Kinderwagen keines Blickes würdigten, und ebenso all die Pferdefuhrwerke, die Kutschen und Droschken in der mehr oder weniger rauchgeschwängerten Umwelt. Ich war schon geräuchert, ehe ich vernünftig denken und plaudern konnte. Für mich gab es den überwältigenden Augenblick der Einweihung in die sagenhafte Grossstadt nie. Ich konnte nie sagen: «Das ist nun also London!»

Jahre vergingen: ich wuchs zu einem kleinen Jungen heran. Und vermutlich rief ich damals aus: «Das ist nun also der Kensington-Park!» Das Gras und die Bäume hatten es mir angetan. Doch die waren mit einem Geländer eingehegt, und ausserhalb des Geländers gab es die Gehsteige und Fahrdämme, die für mich keinen Reiz hatten. Es war die Landschaft - die wirkliche, nicht die nachgeahmte -, die ich liebte.

Dann wurde ich ein junger Mann. London war für mich der gegebene Ort, um meinen Lebensunterhalt zu verdienen. Bis 1910 blieb ich in meiner Heimatstadt, das heisst, bis ich siebenunddreissig war. Dann ergriff ich die Flucht. Teilstücke des unabsehbaren Ganzen hatte ich gründlich kennengelernt. Ich wollte, ich hätte ihre Schönheit lebhafter zu würdigen verstanden, solange sie vorhielt, eine Schönheit, die es nicht mehr gibt, oder fast nicht mehr. Ich habe Unerfreuliches zu vermelden.

London ist, was man eine Kathedralstadt nennt. Und man glaube mir, noch in meiner Jugend, in den achtziger und neunziger Jahren, wirkte London trotz all seiner Unzulänglichkeiten ganz wie eine Kathedralstadt, wie ein schlichtes Gedicht. Gewiss, in der Gegend der Hafenanlagen, im Ostviertel, im unerspriesslichen Wohngebiet von South Kensington, und so weiter, war London schon damals höchst prosaisch, vom Nützlichkeitsdenken und Tüchtigkeitsfimmel des ausgehenden 19. Jahrhunderts geprägt, voller Vorzeichen dessen, was das 20. Jahrhundert uns bescheren sollte. Doch die Stadtteile, in denen es mir gefiel und die ich aufsuchte, wann immer ich konnte, hatten sich noch den Anstrich des 18. Jahrhunderts bewahrt. Hampstead auf seinem Hügel war noch ein altes, abgelegenes Dörfchen, und von Chelsea drunten am Flussufer liess sich dasselbe sagen. Mayfair und Westminster und St. James waren natürlich in ihrer unaufdringlichen Art prunkvoll und sehr städtisch. Da und dort gab es in ihrer Architektur viktorianische Einsprengsel, doch das 18. Jahrhundert herrschte noch wohltuend vor. Diese Stadtteile zeugten von Musse und waren, obwohl sehr städtisch, nicht unvereinbar mit ländlichem Wesen. Der St.-James-Park wirkte als ein natürliches Anhängsel der gleichnamigen Strasse; und die beiden Milchmädchen, die dort zwei Kühe melkten, kamen einem nicht übertrieben romantisch vor. Der Green-Park passte gut zu den Häusern des Piccadilly. Auch der Piccadilly-Ziegenbock fiel nicht übermässig aus dem Rahmen.

Ich weiss nicht viel von ihm, obwohl ich ihn oft sah und eine Vorliebe für ihn hatte. Er wohnte in einer Nebenstrasse, dem Gloucester-Haus gegenüber, in einer dieser zu Wohnungen umgebauten Stallungen, die dem Herzog von Cambridge gehörte. Ungefähr um zehn Uhr vormittags kam er jeweils die Nebenstrasse heruntergezuckelt, sehr gemächlich, als habe er die Hoffnung nicht ganz aufgegeben, zwischen den Pflastersteinen doch noch etwas Gras zu finden. An der Ecke zum Piccadilly blieb er jeweils stehen und warf sich dann gegen den Zaun des nächsten Hauses nieder. Dort blieb er jeweils bis um die Mittagszeit und kehrte dann am frühen Nachmittag wieder nach Hause zurück. Es war ein grosses schönes Tier mit klugen Bernsteinaugen. Geschlafen hat er nie, interessierte sich immer für alles, was auf der Strasse vorging, und liess sich nichts davon entgehen. Hätte er doch seine Lebenserinnerungen schreiben können, als er schliesslich in den Ruhestand trat! Er hatte Tag für Tag viel Sehenswertes erblickt.

Ständig hatte er die bestgebauten Wagen der Welt an sich vorüberrollen sehen, gezogen von schön gezüchteten und schön hergerichteten und schön angeschirrten Pferden, und in den Wagen drin höchst ansehnliche Leute. Wagen der verschiedensten Art. Schwungvolle Kaleschen mit grossartigen Wappen am Wagenschlag, gelenkt von beleibten Kutschern mit weisser Perücke, und hinten drauf gepuderte Lakaien; herrschaftliche Phaetons; kühne Tandems; diskrete kleine Coupés, braun und gelb; kecke Einspänner für zwei oder vier Personen; frivole Kabrioletts, die von den nüchternen öffentlichen Droschken abstachen. Und alle diese Wagen zogen in forschem Tempo fröhlich vorüber - Verkehrsstockungen gab es kaum je. Und die Benützer der Wagen waren gut sichtbar und wirkten vorteilhaft. Die Benützer der Wagen mit niedrigem Dach, die heutzutage so stockend vorwärtskommen, würden vielleicht auch vorteilhaft wirken, lassen sich aber nicht sehen. Wer die Menschen beobachten will, muss mit den Fussgängern vorliebnehmen.

Ich fürchte nur, mein alter Freund, der Ziegenbock, wäre von ihnen peinlich berührt. Er war es gewohnt, etwas zu sehen, was man damals Lebemann nannte - eine jetzt ausgestorbene Gattung, ein verschollenes Überbleibsel des 18. Jahrhunderts und der Zeit vor der Reformakte von 1832. Dieser Lebemann war ein Mensch, der noch viel Zeit zur Verfügung hatte, immer makellos gekleidet einherkam und meistens unterwegs zu einem seiner vielen Klubs war; ein Mensch, an sich nicht unbedingt bemerkenswert, der aber äusserlich etwas hergab und deshalb denjenigen, die sich an die sichtbare Welt halten, Genugtuung bereitete. Von einem soziologischen Gesichtspunkt aus gesehen, war er vielleicht ganz verkehrt, im Gegensatz zu seinem Nachfolger, dem beflissenen Hornbrillenträger mit Filzhut und Regenmantel, immer auf dem Weg zur Arbeit oder auf der Suche nach Arbeit. Wenn doch bloss dieser Nachfolger den Eindruck erweckte, als habe wenigstens er selber das Gefühl, auf dem rechten Weg zu sein! Beflissen mag er meinetwegen sein. Aber muss er denn so verängstigt aussehen? Doch, er muss. Schliesslich will er nicht an der nächsten Strassenkreuzung ums Leben kommen, er will nicht einmal zum Krüppel gefahren werden. Fortwährend muss er auf der Hut sein. Ich empfehle ihm, schleunigst mit mir in eine der U-Bahnen unterzutauchen. Dort ist er leidlich seines Lebens sicher, wie einst die Urchristen in den Katakomben.

Schön sind sie nicht, diese U-Bahnen; überhaupt geben sie äusserlich nicht viel her, ausser vielleicht für Wagenführer. Aber sind denn etwa die Strassen über ihnen heutzutage schön oder auch nur bemerkenswert für jemanden meines Alters und meines Schlages? In einem augenfälligen Sinn schön wie Paris war London ohnehin nie, auch geht ihm die überwältigende Grösse einer Stadt wie Rom durchaus ab. Doch den Stadtteilen, um derentwillen ich London liebte, eignete eine besondere Schönheit und ein ganz bestimmtes Gepräge - sie waren unverkennbar londonerisch. Was würde man einem gebildeten Ausländer, der zum erstenmal nach London kommt, zunächst einmal zeigen? Abgesehen von gewissen Überbleibseln der Vergangenheit da und dort und ein paar abseits gelegenen Winkeln ist nichts vorhanden, was er bestaunen könnte. Gebäude, wie sie in den letzten Jahren entstanden, sind nicht so wirkungsvoll, dass der gebildete Ausländer nicht Ähnliches schon an mancherlei andern Orten gesehen hätte - in Chicago beispielsweise, oder in Berlin, oder in Pittsburgh. London ist zu einer Allerweltsstadt geworden, demokratisiert, kommerzialisiert, mechanisiert, standardisiert, vulgarisiert, und zwar in solchem Masse, dass der Stolz, mit dem man die Stadt einst einem Ausländer zeigte, einer heilsamen Demut gewichen ist. Es ist einem dabei zumute, wie es Vergil zumute gewesen sein mag, als er Dante in der Hölle umherführte.

Gewiss, es ist eine bunte und frischfröhliche Hölle. Aber doch eine Hölle, finde ich. In mancherlei Hinsicht ist zwar vieles besser geworden, als es zu meiner Zeit und vor meiner Zeit war. Heinrich Heine war entsetzt über die Armut, den Schmutz und das Elend inmitten all des glanzvollen Wohlstands. Ein paar Jahre später war Gavarni darüber zutiefst erschrokken, und nach ihm Dostojewskij, und dann Ludovic Halévy, und schliesslich noch Henry James. Ich bin auch nur ein Mensch. Deshalb bin ich froh, dass Elendsquartiere wie Seven Dials und andere, denen ich geflissentlich aus dem Wege ging, verschwunden sind. Hätte ich den genannten namhaften Fremden als Führer gedient, wäre es mir ein Herzensanliegen gewesen, sie davon zu überzeugen, dass es diese Quartiere höchstens in der Phantasie von Ausländern gebe. Ich frage mich indessen, was ich anfangen würde, wenn diese berühmten Fremden aus ihrem Grab auferstünden und mich bäten, ihnen die Sehenswürdigkeiten Londons zu zeigen, die geeignet wären, ihren künstlerischen Sinn zu befriedigen. Ich würde ihnen wohl stockend und mit verlegener Handbewegung bedeuten, lieber wieder ihre Gräber aufzusuchen.

Ich könnte sie jedenfalls nicht auffordern, mit mir einen Streifzug durch Piccadilly oder Park Lane zu unternehmen, um die Auswüchse der zeitgenössischen Baukunst zu bewundern. Ich könnte ihnen nicht sagen: «Lasst es euch nicht anfechten, dass gewisse unaufdringliche Häuser, die zu eurer - und zu meiner - Zeit ‹grosse Häuser› hiessen, niedergerissen wurden. Schaut in die Höhe - höher, noch höher, noch viel höher! - zu dem hinauf, was an ihre Stelle getreten ist. Sucht die schmalen gleichförmigen Schlitze zu zählen, die als Fenster in die Betonfassade eingelassen sind. Bewundert die strenge Enthaltsamkeit des unabsehbaren Ganzen! Bedenkt, wie anregend all das in hundert Jahren oder so auf ein für Geschichte empfängliches Gemüt wirken wird!» Ich könnte nicht so reden, schon deshalb nicht, weil ich mir nicht vorstellen kann, dass in diesen trostlosen, wenn auch farbenpatzigen Behausungen jemals Geschichte gemacht wird. Jedenfalls sträubt sich alles in mir gegen den Gedanken, dass dergleichen Monstrositäten jemals geschichtlich wirken könnten. Sie werden weiterhin aussehen wie - was soll ich sagen? - wie sehen sie eigentlich aus? -, wie wildgewordene Armenhäuser.

Obwohl an sich hassenswert - sie wären einem nicht so verhasst, wenn man ihnen in einem kahlen Flachland begegnete, sagen wir, im Mittelwesten Amerikas, auf einem Stück Land, ebenso kahl und bedeutungslos wie sie selber. Denkt man aber an die bedeutungsvollen und durchaus wohnlichen Häuser, die diesen Emporkömmlingen weichen mussten, und bedenkt man ferner, wie das, was an menschlich anständiger Bauweise noch übrig ist, im heutigen Stadtbild zu kaum noch wahrnehmbaren Bruchbuden zusammenschrumpft, dann wird einem weh ums Herz, und man verwünscht das Zeitalter, das man noch erleben muss. Vor ein paar Jahren zeigte mir Laurence Binyon in der Graphischen Sammlung des Britischen Museums ein uraltes kleines Aquarell. Den Vordergrund bildete ein ziemlich steiler, mit Gras bewachsener Hang. An dessen Fuss stand ein einziges Gebäude, das ich sogleich als den St.-James-Palast erkannte. Dahinter erstreckten sich grüne Wiesen, und in weiter Ferne stand wiederum vereinzelt ein Gebäude - die Westminster-Abtei. Dabei kam mir der Gedanke, wie betrübt der Künstler gewesen wäre, wenn er die künftige St. James's Street vorausgeahnt hätte. Ich war überzeugt, die Landschaft war auch ihm lieber als irgendeine Stadt. Und doch brachte ich es nicht über mich, die Entstehung dieser kurzen steilen Strasse zu beklagen, die ein so ausgeprägtes Gesicht hatte und im Laufe ihrer Geschichte so viel erleben sollte. Ich konnte höchstens bedauern, dass meine Lieblingsstrasse Jahr für Jahr von den Hochbauvandalen immer mehr entwertet wird. Eigentliche Wolkenkratzer gibt es zwar vorläufig noch nicht. Doch der Palast macht bereits eine armselige Figur. Und Boodles Club mit seiner schönen Fassade wirkt wie plattgedrückt. Ein gewisser kleiner, alter, aber unverwüstlich junger Laden, der zwischen den beiden steht, ist von blossem Auge kaum noch wahrzunehmen. Gerne würde ich ihn beim Namen nennen, wenn Schleichwerbung nicht streng verpönt wäre.

An der Regent Street, Nashs Meisterwerk, dem viele nachtrauern, habe ich nie sehr gehangen, auch früher nicht, bevor das Ebenmass ihres Quadrants und alles übrige von Norman Shaws pseudo-florentinischer Kasematte zerstört wurde. Regent Street hatte schon immer einen etwas vulgären Anstrich und ist nie etwas anderes als ein Tummelplatz für kauflustige Kunden gewesen. Sie diente dem Einkaufsrummel, sonst nichts. Doch die Anlage der ganzen Strasse war edel. Und wenn der Fahrdamm und die breiten Gehsteige in der Morgenfrühe menschenleer waren und die gleich hohen Mauerkrönungen sich blass vom klaren Himmel abhoben, dann bot die schön geschwungene Häuserfront einen Anblick, an den ich gerne zurückdenke. Ich kann mir jedoch vorstellen, dass das aufdringliche Durcheinander, das gegenwärtig dort herrscht, in der flaumenleichten Frühe besonders übel wirken muss.

Am meisten hatten es mir die unvergleichlichen Londoner Squares angetan, diese im Häusermeer ausgesparten Rechtecke mit einer Gartenanlage in der Mitte, die bisher aus irgendeinem Grund noch nicht überbaut worden sind. Mit Vergnügen betrachte ich das noch vorhandene Grün. Dabei suche ich geflissentlich zu vermeiden, aus dem Augenwinkel wahrzunehmen, was mit den Bauten ringsum geschehen ist. St. James's Square, der schönste von allen, ist völlig zugrunde gerichtet worden. Auch Berkeley Square, der für mich an zweiter Stelle kam, hat dasselbe Schicksal erlitten. Ebenso Portman Square. Der kleine Kensington Square dagegen ist erhalten geblieben, dank der Hartnäckigkeit einsichtiger Hausbesitzer. Auch der Bedford Square ist dem Mammon vorläufig noch nicht zum Opfer gefallen. Seien wir überhaupt dankbar dafür, dass Bloomsbury zum grossen Teil noch unangetastet ist; lange wird es wohl nicht dauern, bis die Londoner Universität da übel hausen wird. Die Advokaten-Innungen, diese vier Zufluchtsstätten der Kultur, sind wohl in den Händen der Juristen gut aufgehoben. Ihnen kann das Parlament nichts anhaben, im Gegensatz zu jener andern Zufluchtsstätte, dem Adelphi-Komplex.

Alle zwei oder drei Jahre pflege ich England und London wieder zu besuchen, und jedesmal stelle ich fest, dass die Zerstörung, die während meiner Abwesenheit stattgefunden hat, ein immer grösseres Ausmass annimmt. Wie stelle ich es an, dass ich das überhaupt ertrage? Ich habe da ein Geheimverfahren, das ich hiermit preisgeben will. Wenn ich mich in den Strassen ergehe, stelle ich mir vor, die Gegenwart sei die Vergangenheit. Ich stelle mir vor, ich sei ein Zeitgenosse des 21. Jahrhunderts, ein Mensch mit Sinn für Geschichte, dessen Wunsch, London so zu sehen, wie es vor hundert Jahren war, in Erfüllung gegangen ist. Und da erlebe ich manch innige Freude. Schau doch, dort ist ein Pferd, das ein Fuhrwerk zieht! Und dort - ein ganz kleines Haus, ein wunderhübsches Ding, das aussieht, als sei es von Menschenhand erbaut, damit ein Mensch sich darin wohnlich einrichten könne. Es weist einen Kamin auf, aus dem Rauch aufsteigt. Und dort ist ein Kohlenschaufler. Und dort drüben, wahrhaftig, da ist ja ein Muffin-Verkäufer!

Mit solchem Tun-als-ob tröste ich mich einigermassen über die trübe Wirklichkeit hinweg. Dabei ist meine Betrübnis im Grunde egoistisch. Eigentlich sollte ich mein Bedauern für die jungen Leute aufsparen, die nie gesehen haben, was ich sah, und die erleben werden, womit ich verschont bleiben werde - Zeugnisse eines immer mehr überhandnehmenden Krämergeistes, immer mehr Technik, immer mehr Gleichförmigkeit, immer mehr Nichtswürdigkeit. Ich habe ja gesagt, ich hätte nur Unerfreuliches zu vermelden.

Der Zylinderhut

«Was ist das?» werden die ganz Jungen fragen, und ihre Eltern werden ihnen, wie immer, über den Mund fahren und sie korrigieren: «Du meinst, was *war* das?» Der Zylinder ist nämlich entschieden ein Ding der Vergangenheit, beinahe ein Museumsstück. Vielleicht gibt es sogar Eltern, die so jung sind, dass sie selber noch nie etwas davon gehört haben. Ich mache kein Hehl daraus, dass die Vergangenheit für mich einen Reiz hat, den ich an der Gegenwart vermisse. Indessen gebe ich ohne weiteres zu, dass dieser Reiz geringfügig ist, verglichen mit dem, den die Zukunft für mich hätte, wenn ich jünger wäre; zeitgenössischen Veröffentlichungen ist nämlich zu entnehmen, dass die Zukunft, die Nachkriegszeit, höchst grossartig zu werden verspricht: neue Menschen, neue Ideen, neue Täler und Höhen, neue Altmeister, neue Väter und Mütter, neuer Wein - alles neu. Leider werde ich nicht viel davon erleben, falls überhaupt etwas. Und so strenge ich lieber mein mit den Jahren trüb gewordenes Augenlicht an, um etwas von dem weit zurückliegenden Horizont zu sehen, von dem sich der Zylinder als altes Wahrzeichen schwarz, aber glanzvoll abhebt.

Wie alt er ist, genau gesprochen, vermag ich

nicht zu sagen. Nur das weiss ich, dass es ihn zur Zeit des alten Charles James Fox bereits gab. Auf dem schönen Porträt, das ihn zeigt, wie er - ungeheuer beleibt, aber immer noch voller Energie - in seinem Garten sitzt, trägt er bekanntlich einen Zylinder, etwas ins Genick geschoben, und dieser nimmt sich neben den Kniehosen etwas ungereimt aus - eine merkwürdige Mischung des alten und des neuen Jahrhunderts. Der Hut besteht natürlich aus Bibertuch; die Hüte aus Seide kamen erst im 19. Jahrhundert auf. Wäre ich damals, als das Porträt entstand, zugegen gewesen, hätte ich mich wohl darüber aufgehalten, dass Fox nicht einen goldverbrämten Dreispitz trug; selbst damals wäre ich nämlich nicht unbedingt für das Neue gewesen. Fox selber war zweifellos sehr stolz auf seine neumodische Kopfbedekkung. Hatte er sie womöglich selber erfunden? Schliesslich hatte er ein paar Jahre zuvor einem Freund über die Erstürmung der Bastille geschrieben: «Unbedingt das grösste geschichtliche Ereignis und bei weitem das beste!» Seltsam, dass ein Hut, der nachmals zum Inbegriff alles Unwandelbaren und Wohlanständigen werden sollte, vielleicht auf einen so gefährlichen Menschen zurückging!

Es lässt sich denken, dass die Liberalen, die ihrem geliebten Charles in allem wie Schafe nachtrotteten, bald begeisterte Zylinderträger waren, während die Konservativen nur entsetzt zuschauten und sich dagegen verwahrten.

Doch es dauerte nicht lange, nicht einmal bis zu der schrecklichen Reformakte von 1832, und sie trugen den Zylinder selber, missmutig vielleicht, doch ohne Widerspruch. Er hatte sich ihnen aufgedrängt, mit der rätselhaften und unerbittlichen Macht, die ihm innewohnte. Längst war er kein Zeichen der Zeit mehr, er war zu einer natürlichen Erscheinung geworden, ja beinahe zu einem Körperteil des Menschen. Man ging damit nicht nur auf die Jagd, wie bekanntlich heute noch, nein, man ging damit auch angeln, Schlittschuh laufen, Kricket spielen. Man behielt ihn während der Debatten im Parlament auf, wobei man ihn nur abnahm (mit einem gewaltsamen Ruck), wenn man sich erhob, um eine Rede zu halten, und sobald man seine Sache vorgebracht hatte, setzte man ihn (mit einem Seufzer der Erleichterung) wieder auf. Bei Zusammenkünften und Empfängen trug man ihn die ganze Zeit über in der Hand, auch beim grössten Gedränge, und sicher war man froh, als jemand im Laufe der sechziger Jahre den Klappzylinder erfand, den sogenannten mechanischen oder Gibushut, den man unter den Arm klemmen konnte, womit die Situation unauffällig gerettet war. Selbst beim Mittagessen im Klub behielt man ihn auf. Ich glaube nicht, dass es heute noch Klubs gibt, in denen sich diese Gepflogenheit erhalten hat. Erhalten hat sie sich bis vor kurzem im Theater, wo man den Hut jeweils mitnahm, wenn man sich ins Foyer begab, um dort zu rauchen.

Und wenn man jemandem einen Nachmittagsbesuch abstattete (solange es das noch gab), wäre man lieber gestorben, als ohne Hut vor seiner Gastgeberin zu erscheinen - mitsamt den Handschuhen, versteht sich. Man stellte dann den Hut, mit den Handschuhen darin, verkehrt herum neben dem Sessel auf den Boden, gut sichtbar, woraus die Gastgeberin beruhigt schliessen konnte, dass man nur auf einen Sprung gekommen war und keineswegs gedachte, sich bei ihr einzuquartieren.

Sonntags war der Zylinder sogar zu einer geheiligten Bedeutung gekommen. Wenn eine Familie in der Kirche den ihr zustehenden Platz einnahm, kniete der Vater mit seinen Angehörigen nicht etwa nieder, er neigte sich lediglich nach vorne und verrichtete sein Gebet still in seinen Hut hinein. Das kam mir als Kind immer rätselhaft vor. Ich hatte eben noch nicht erfasst, dass ein auf diesem Umweg zum Himmel gesandtes Gebet offenbar als besonders wirksam galt.

In Oxford gab es - fast hätte ich wiederum gesagt «bis vor kurzem», weil es mir vorkommt, als sei es erst gestern gewesen, dass ich noch ein junges Semester war, dabei ist das jetzt ein halbes Jahrhundert her -, in Oxford also gab es damals immer noch junge Studenten, die am Sonntag Zylinder und Gehrock trugen. Und kein Student, der in Verletzung der Vorschriften einen Abstecher nach London unternahm, hätte es gewagt, ohne diese zivilen Ausstattungsstücke zu reisen, obwohl er sich damit auf dem Weg zum Bahnhof der Gefahr der Entdeckung aussetzte. Man bestellte jeweils am Vorabend des Abenteuers eine Kutsche, und am Morgen schärfte man dann dem Kutscher ein, möglichst rasch zum Bahnhof zu fahren, und falls man auf dem Bahnsteig einer professoral wirkenden Gestalt begegnete, suchte man sich ein möglichst gesetztes und gediegenes Ansehen zu geben. Ein Auto wäre einem da sehr zustatten gekommen, aber das gab es damals noch nicht. Und der Zylinder, der dann späterhin vom Auto gewissermassen eingedrückt wurde, und die Rockschösse, die gleichzeitig unter die Räder kamen, beide waren lebenswichtig für jeden, der etwas auf sich gab und wusste, was sich für London gehörte.

Oder, was das anbetrifft, für jeden wohlanständigen jungen Mann, der nicht auffallen wollte. In London trugen selbst Strassenkehrer meistens Zylinder. Die Altkleiderhändler auf der Strasse, die heiseren Schreihälse, gingen sogar noch weiter: sie trugen deren drei, einen über den andern gestülpt, womit sie sich wohl als Grosskaufleute kennzeichnen wollten. Die Polizisten waren allerdings schon längst zum Helm übergegangen - sicher nicht aus freien Stücken, sondern weil irgendein Innenminister sich gedacht hatte, sie würden auf diese Art mehr Furcht und Schrecken einflössen. Nur eine einzige Berufsgattung gab es, die der herrschenden Mode nicht folgte: fast alle Schauspieler trugen den «Melone» genannten steifen Filzhut, die Komiker einen braunen, die Tragöden einen schwarzen; diejenigen Tragöden allerdings, die ein Zigeunerleben führten, zogen meist den Sombrero vor. Falls ein Schauspieler gleichzeitig Theaterdirektor war, trug er bei den Proben einen Zylinder auf dem Kopf; auch der Schauspieler, der in einem andern Theater Hauptrollen gespielt hatte, war befugt, einen Zylinder zu tragen, und von diesem Recht machte er auch gewissenhaft Gebrauch, beneidet von allen, die weniger prominent waren. Ich hätte es gar zu gerne erlebt, die Darsteller von Nebenrollen sich zusammenrotten und, den Zylinder kühn auf dem Kopf, gegen das Herkommen aufbegehren zu sehen; leider war mir das nie vergönnt. Heute erscheint wohl auch der berühmteste Schauspieler zur Probe nie mit etwas anderem als einem weichen Filzhut. Der Zeitgeist mit seiner Gleichmacherei ist dem, was aus der Masse hervorsticht, nicht günstig gesinnt.

Nur Bankboten, Westminster-Schüler, die Türsteher an Orten wie dem Albany oder der Palace Gardens Terrace gehören noch zu den wenigen, die dem Zylinder die Treue bewahrt haben. Und gelegentlich auch andere, wenn sie an eine Hochzeit oder an ein Begräbnis gehen, oder ans Pferderennen in Ascot, oder ans Wettspiel Eton-Harrow. Ob mir bei ihrem Anblick das Herz im Leibe lacht? Auf die Gefahr hin, als Nörgler dazustehen, muss ich mich dagegen verwahren. In südeuropäischen Ländern sind die Männer viel weniger befangen, viel anpassungsfähiger, was Kostümierung anbetrifft. Da ist der Fasching jeweils ein grosses Fest. Es herrscht ein ausgelassenes Treiben, als erhöhe die phantastische Verkleidung von vornherein die Stimmung. Die Maskenbälle dagegen, die früher im Covent-Garden-Opernhaus abgehalten wurden, gehören zu meinen trostlosesten Erinnerungen. Den Frauen schien es dabei leidlich wohl zu sein, doch die Männer – wie trübselig, wie ganz gegen ihre Überzeugung machten sie mit! In meiner Jugend waren die Gaukler in ihrem rosaroten Trikot und dem Flitterschmuck recht übermütig, solange sie auf der Strasse ihre gekonnten Purzelbäume und andere Kunststücke vorführten. Sobald sie aber auf dem Gehsteig an den Ort der nächsten Vorstellung zogen, wie kleinlaut und verlegen schlurften sie da dahin! Nicht weniger bedrückt in ihrem Aufzug sind die Herren, die unterwegs zu einer Hochzeit sind, oder von einer solchen kommen, oder sonst von einer Veranstaltung, zu der das gehört, was heute ganz offensichtlich als Mummenschanz gilt.

Vielleicht wird nach dem jetzigen Krieg der Zylinder überhaupt nicht mehr auftauchen, auch nicht auf dem Kopf der älteren Generation. Möglicherweise wird er zuhause als Blumentopf verwendet, mit Erde gefüllt, von der sich eine Hyazinthenzwiebel nährt. Ich hoffe nur, gutherzig wie ich bin, die Dienstmädchen werden behutsam mit ihm umgehen und ihn nicht gegen den Strich bürsten. So ein Zylinderhut ist sehr empfindsam. Seine Empfindsamkeit gehörte schon immer zu seinen grossen Vorzügen. Von allen Hüten hatte er allein eine Seele. Behandelte man ihn liebevoll, hatte man geradezu das Gefühl, er erwidere die Gefühle, die ihm entgegengebracht wurden. Nicht so demonstrativ wie ein Hund, gewiss, aber doch treu ergeben und auf seine bescheidene Art kameradschaftlich. Auch besass er, wie die Hauskatze, eine ihm eigene Würde. Ausserdem war er mancherlei Stimmungen unterworfen. An trüben, bewölkten Tagen wirkte er selber betrübt, doch bei strahlender Sonne strahlte er ebenfalls. Geriet er in einen Platzregen, ohne Schirm, litt er beträchtlich darunter: er bekam einen schwarzblauen Ausschlag, höchst traurig anzusehen, und musste mit zarter und unermüdlicher Fürsorge wieder gesundgepflegt werden. Doch war da die Natur, in den Anfangsstadien des Übels, die beste Pflegerin. Man liess den Patienten mit Vorteil an der Luft trocknen, bevor man daranging, ihn mit der weichsten aller Bürsten vorsichtig zu behandeln. Allmählich erholte er sich dann wieder und schien einem zuzulächeln, während man ihn mit einem seidenen Lappen behutsam abrieb. Und nach einer Weile war er dann wieder in der Verfassung, dass man ihn bügeln konnte. In jungen Jahren liess ich ihn von Zeit zu Zeit bei meinem Hutmacher bügeln, wie allgemein üblich. Es war faszinierend, dem Mann dabei zuzuschauen - die fachmännische Sicherheit, mit der in kürzester Zeit eine ungemeine Veränderung bewirkt wurde, und zwar mit einer Heftigkeit, die unheildrohend aussah, aber nie Unheil anrichtete. Später vertraute ich dann meinen stummen Freund nicht mehr fremden Händen an, mochten sie noch so vertrauenswürdig sein; und seine Dankbarkeit war ihm förmlich anzumerken, als ich ein entsprechendes Bügeleisen erstand - oder vielmehr deren zwei, ein breites für die Röhre und ein schmales für den Rand - und ihn versuchsweise selber bügelte. Zuerst war meine ungeübte Hand plump und mangelhaft; ich brachte es überhaupt nie zu der richtigen Fertigkeit, das Bügeleisen schön gleichmässig um die Rundungen wirbeln zu lassen. Auch muss ich gestehen, dass ich anfangs mehr als einmal die Temperatur des Eisens falsch einschätzte und meinem Freund Schaden zufügte - einen Schaden, den er zwar nicht wahrhaben wollte, um mich davon abzubringen, ihn durch einen neuen zu ersetzen, was ich dann aber doch tun musste.

Indessen, wenn ich Rückschau halte über den Abgrund hinweg, der mich vom Viktorianischen und Eduardischen Zeitalter trennt, finde ich doch, dass ich Anspruch hatte auf die Liebe, die meine Hüte mir entgegenbrachten. Hoffentlich verlachen mich meine jungen Leser nicht allzusehr, wenn ich ihnen versichere, dass diese Liebe auf Gegenseitigkeit beruhte.

Reklame

Ich fürchte, das Thema hat etwas Aufregendes, und da ich Aufregung nicht schätze, werde ich mich behutsam und auf Umwegen an es heranpirschen. Ich lege Wert auf ein geruhsames Leben. Ein bedauernswertes Geständnis, gewiss. Ich weiss noch, wie verärgert und vorwurfsvoll mich viele Leute zur Rede stellten, als ich einmal in jungen Jahren in einer Zeitung oder in einem Buch erklärte, der Inbegriff des Glücks wäre für mich «ein Himmelbett auf einer Wiese, inmitten von Mohn und Mandragora». London war damals noch nicht eine so grosse Stadt wie heute, aber für meinen Geschmack doch allzu gross und allzu städtisch, und mit innigem Vergnügen bin ich der Stadt immer wieder eine Zeitlang entflohen, hinweg von dem emsigen Betrieb, der mir so wesensgemäss hätte sein sollen.

1910, als ich siebenunddreissig war, machte ich mich gänzlich davon los und bezog ein kleines Haus an einer Küstenstrasse am Golf von Genua. Eine äusserst ruhige Strasse war das, hauptsächlich von ländlichen Pferdefuhrwerken benutzt, eine Strasse, auf der ein Auto Aufsehen erregte, eine Strasse, auf welcher sich tagsüber zumeist kleine Kinder tummelten.

Doch in Kriegszeiten ist es trostlos, sich im Ausland aufzuhalten - mag das betreffende Land der eigenen Sache noch so freundlich gegenüberstehen. Da will einer wieder dort wohnen, wo er seine Muttersprache hört, wo seine angestammten Gedanken und Gefühle ausgesprochen werden. Anfangs 1915 war ich wieder in England und blieb dort noch einige Zeit nach dem Krieg, den man naiverweise den Grossen Krieg nannte. In den darauffolgenden Jahren machte die Zivilisation an der genannten Küstenstrasse beträchtliche Fortschritte. Sie wurde in ihrer ganzen Breite asphaltiert; die Pferdefuhrwerke wurden nun seltener, was durch die zunehmende Zahl der Autos und Motorräder mehr als wettgemacht wurde, und deren herzhaftes Gehupe sowie ihr freigebiger Auspuff stellten eine grosse Verbesserung gegenüber dem Geschrei der kleinen Jungen und Mädchen dar, die sich früher dort getummelt hatten... Wenn ich mir doch nur die leidige Ironie abgewöhnen könnte! Ich würde ja gerne alles rundheraus sagen. Vielleicht ist es aber doch gut, dass ich das nicht kann; meine Sprache würde wohl für zarte Gemüter zu stark ausfallen.

Es ist jetzt vier Jahre her, seit die bedrohlichen Vorzeichen eines neuen Kriegs mich wiederum nach England geführt haben. Seither ist London bei Tag und bei Nacht viel ruhiger geworden, als die Stadt in meiner Jugend jemals war, und unendlich viel ruhiger als schon ein paar Jahre danach; und wenn ich jetzt vom Land draussen nach London komme, überfällt es mich nicht mehr mit dieser befremdlichen Wucht wie früher. Wenn die Ursache nicht so traurig wäre, müsste man eigentlich dankbar sein für diesen Wandel der Dinge. Oder am Ende doch nicht? Eine ruhige Grossstadt ist eine *contradictio in adjecto* - etwas Unheimliches, Gespenstisches. Zum erstenmal in seiner Geschichte ist London still. Ich kann mir vorstellen, dass es nie lärmiger war als in der aufgewühlten Zeit der Elisabethaner. Im 18. Jahrhundert verlief dann das Leben in mehr oder weniger geregelten Bahnen; das Gesellschaftsgefüge hatte nun feste Formen angenommen. Doch Horace Walpole und die Gestalten in Sheridans «Lästerschule» waren nicht kennzeichnend für ihre Zeit - mit einer Ausnahme: Charles Surface. Es war eine herzhafte und laute Zeit, und Charles war es, eher als Joseph oder Horace, der ihr das Gepräge verlieh. Es ging unter dem Prinzregenten lärmig zu und her, und der Lärm gab nicht sofort nach, als Viktoria den Thron bestieg. Erst später trat ein Wandel ein, als das Bürgertum dazukam, eine neue Gesellschaftsschicht, der es, im Gegensatz zum Adel und zum Pöbel, an Selbstsicherheit gebrach. Diese verhältnismässige Stille endete im Eduardischen Zeitalter - einem Zeitalter, das viele Jahre vor Königin Viktorias Tod begann und den Tod Eduards II. um vier Jahre überdauerte, einem Zeitalter, das mit seinem gesellschaftlichen Drum und Dran dem Zweiten französischen Kaiserreich glich. Vielleicht gibt es unter meinen Zuhörern junge Leute, die wollten, sie hätten zu der Zeit Eduards VII., in der sogenannten Belle Epoque, gelebt. Ich für mein Teil sehnte mich damals immer nach dem Zweiten Kaiserreich. Nie wurde mir bewusst, dass ich mich ja mittendrin befand - und nicht besonders wohl. Sehnsucht taucht doch alles in einen goldenen Schimmer, nicht?

In der Zwischenkriegszeit habe ich nicht viel von London gesehen; nach allem, was ich von wohlmeinenden, keineswegs nörglerisch veranlagten Leuten darüber gehört habe, war es keine Epoche, auf die man besonders stolz sein darf. Was ich selber davon erlebte, kam mir als entschieden minderwertige Nachahmung der Zeit vor 1914 vor. Diese konnte sich sehen lassen, sie hatte Stil und entbehrte jedenfalls nicht der Lebensfreude. Ich weiss nicht, ob sich das von dem Abklatsch behaupten lässt. Jedenfalls wurde mehr Lärm gemacht. Und der Lärm, der mehr als jeder andere zugenommen hatte, war von der sichtbaren Art, die mir besonders unsympathisch ist. Was damals wie eine Sturzflut über uns hereinbrach, war die Reklame.

Zwar hat diese Flut sich gegenwärtig fast ganz verlaufen; verglichen mit früher bildet sie nur noch ein kärgliches Rinnsal. Vermutlich wird sie aber nach dem Krieg, wenn die wirtschaftlichen Verhältnisse es gestatten, wieder anschwellen und alles von neuem überschwemmen. Selbst jetzt ist sie kein blosses Rinnsal, wenn man bedenkt, was sie in meiner Jugend war. Und ich muss gestehen, die Erinnerung an die Zeitungsanzeigen, die den Weg ins Kinderzimmer fanden, ist mir nicht unlieb. Da gab es ein Fruchtsalz, dessen Hersteller, wie mir seither von Fachleuten versichert wurde, der Vater der modernen Werbung war. Wenn er das wirklich war, hat der gute Mann mehr zu verantworten, als er ahnte. An seinen Texten war nichts Aufsehenerregendes, nichts besonders Fesselndes. Sie waren nicht einmal kurz und bündig, im Gegenteil, sie zeichneten sich durch grossen Wortreichtum aus, waren mit Bibelzitaten und Anspielungen auf alles mögliche durchsetzt, was ihm gerade in den Sinn kam. Ausserdem waren sie in überaus kleiner Schrift eng gedruckt. Ich las sie aber stets gewissenhaft durch, mit dem ganzen Stolz dessen, der erst kurz vorher lesen gelernt hat. Auch beschäftigte mich jeweils der etwas verschmierte Holzschnitt über dem Text. Und ich weiss noch gut, wie das Gesicht des Grossvaters, der Grossmutter, der Mutter, des Vaters und der Kinder ein Wohlbefinden ausstrahlte, das nicht einmal der schmuddlige Druck beeinträchtigen konnte; sie sassen um einen Tisch herum, auf dem unter der Lampe ein Truthahnbraten oder ein Plumpudding stand - oder am Ende gar beides? Ein ähnliches Bild zeigte eine andere Familie, die ihr Weihnachtsessen im

Freien, von der Sonne beschienen, genehmigte, in Australien. Die erstaunliche Gegenüberstellung wirkte geographisch sehr anregend.

Etwas später tauchte eine wunderbare Seife in meinem Gesichtskreis auf. Sir John Millais hatte ein grossartiges Bild von einem kleinen Jungen mit goldenen Locken gemalt, der einen grünen Manchesteranzug trug und mit verzücktem Augenaufschlag Seifenblasen steigen liess; dieses Bild war von dem Hersteller der Seife angekauft und zu Werbezwecken verwendet worden. Die Erwachsenen wunderten sich damals darüber, dass Sir John sein grosses Talent solchermassen missbrauchen liess. Auch waren sie entsetzt, dass die schöne junge Mrs. Langtry sich dazu herbeigelassen hatte, eine Photographie von ihr zur Verfügung zu stellen, um damit in allen Zeitungen für diese Seife zu werben, mit der Schlagzeile: «Seht nur, sie ist schön wie eine Lilie!» Mrs. Weldon, berühmt durch ihre vielen Prozesse, war noch weitergegangen. Ihr Bildnis erschien mit der Legende: «Ich bin siebenundvierzig, doch mein Teint ist siebzehn.» Was würden meine Altvorderen erst von den wohlerzogenen und keineswegs prozesssüchtigen jungen Damen der Gesellschaft halten, die heutzutage ihr Bildnis zur Anpreisung irgendwelcher kosmetischer Mittel hergeben, mit einem Diagramm ihrer Gesichtszüge daneben und einer lobenden Beschreibung jedes einzelnen Gesichtszugs durch die Benützerin des betreffenden Mittels selber?

Nur Einfaltspinsel würden diesen jungen Damen unterschieben, sie machten für sich selber Reklame. Sie glauben vielmehr leidenschaftlich an dieses oder jenes kosmetische Mittel, und es drängt sie, sich öffentlich zu ihrem Glauben zu bekennen. Aber Einfaltspinsel gibt es auf dieser Welt nicht wenige, und es wäre zu wünschen, die jungen Damen gehörten einem Verband an, der es seinen Mitgliedern verbietet, irgend etwas zu tun, was als Selbstanpreisung ausgelegt werden könnte. Für die Ärzte gibt es bekanntlich einen solchen Verband, wie auch für Rechtsanwälte und Börsenmakler. Vielleicht werden diese Verbände im Laufe der Zeit aufgeschlossener und nachsichtiger - wer weiss? Vorläufig ist es ihren Mitgliedern strengstens untersagt, in den Zeitungen zu inserieren, und es geschieht auch nicht. Und doch, halt, während ich dies hinschreibe, da kommt mir eine Annonce in den Sinn, eine kurzgefasste und deshalb nicht kostspielige Anzeige, die ein Arzt in der «Church Times» aufgegeben hatte: «Mediziner in Cheltenham kann eine Patientin bei sich aufnehmen. Fromme Epileptikerin bevorzugt.» Das fand ich sehr hübsch; und es stand ja auch nichts darin, was der Ärzteverband hätte beanstanden können. Der betreffende Arzt gab seinen Namen nicht an, nur eine Chiffre, und er stellte auch keine Heilung in Aussicht. Indessen, war damit nicht doch ein Anfang gemacht?

Gegen solche Suchanzeigen, wie man sie

wohl nennt, gegen diese spontanen Äusserungen suchender Seelen habe ich durchaus nichts einzuwenden. Anzeigen dagegen, die einem aufschwatzen wollen, dass man etwas unbedingt brauche («und wehe, wenn du es nicht anschaffst!») - solche Anzeigen finde ich sterbenslangweilig. Man will uns weismachen, dass diejenigen, die sie einrücken, völlig selbstlos handeln. Vor ein paar Jahren wurde in Wembley ein internationaler Kongress der Werbefachleute abgehalten, der drei Tage dauerte. Ich habe ihm nicht beigewohnt, aber die dabei gehaltenen Reden wurden in der Tagespresse ausführlich wiedergegeben. Aus dem Gesagten konnte man entnehmen, dass es sich bei den Werbefachleuten um äusserst edle Menschen handelt, die sich in einem sogenannten Dienstleistungsberuf abrackern. Der Saal, in dem sie sich versammelten, war mit höchst erbaulichen Sprüchen ausgeschmückt. «Alle für einen, und einer für alle», ist derjenige, der sich mir am nachhaltigsten eingeprägt hat. Man musste den Eindruck gewinnen, die Werbeagenten und ihre Auftraggeber seien keineswegs darauf aus, viel zu verdienen. Ihr Ziel und Zweck war vielmehr, uns allen dienlich zu sein, etwas Licht in unser Dunkel zu bringen und unser Leben sinnvoll zu gestalten. Sie redeten nicht als Gewerbetreibende, sondern als Weltverbesserer und wahre Kreuzzugsritter. Es fehlte nur noch ein mitreissendes Marschlied. Eigentlich hätten sie in Viererreihe von Wembley nach London hineinmarschieren sollen, ein Lied auf den Lippen, mit dem Kehrreim: «Alle für einen, einer für alle.» Leider muss ich gestehen, dass ich damals einen Misston in die Sache brachte. In der Leicester-Galerie fand eine Ausstellung neuer Karikaturen von mir statt, und eine davon, schön in der Mitte einer Wand placiert, stellte eine Gruppe beleibter Geschäftsleute mit energischer Gesichtsbildung dar, die Hände fromm verschränkt, einen Heiligenschein aus Katzengold am Kopf befestigt, und darunter eine sehr unschmeichelhafte Legende von mir. Ich habe mich oft gefragt, wer wohl die schmähliche Zeichnung gekauft hat. Es war eines der ersten Stücke, die am Eröffnungstag weggingen. Der «Manchester Guardian» und die «Saturday Review» brachten eine Beschreibung davon; die andern Zeitungen und Zeitschriften übergingen sie mit betroffenem Schweigen.

Wer war es doch - Lord Macaulay, glaube ich -, der die Presse den vierten Stand nannte? Die Werbeagenturen sind jetzt bestimmt der fünfte. «Da ihr stark seid», wage ich ihnen zu sagen, «lasst Gnade walten. Strebt nicht danach, so stark zu werden, wie ihr es beispielsweise in Amerika bereits seid.» Ich habe schon amerikanische Zeitschriften gesehen, in denen es schwerfällt, ausser den Anzeigen noch etwas anderes zu finden. Was es da an Text gibt, ist in kleine Stücke auseinandergerissen. Ein Aufsatz oder eine Erzählung beginnt kurz auf, sagen wir, Seite 20, worauf man Seite 33 aufschlagen muss, und dann Seite 47, mitten unter all dem Trara des zu Verkaufenden. Und in den Londoner Tageszeitungen, wie sehr ist da der Platz zusammengeschrumpft, der für kulturelle Dinge - Literatur, Theater, Kunst, Musik - zur Verfügung steht, ja selbst für das, was Politiker von sich geben. Selbstverständlich sind nicht die Werbeagenturen daran schuld, auch nicht die Redaktionen. Das Leidige an der Sache sind die gewaltig angestiegenen Kosten der Zeitungsherstellung. Zwar sind wohl auch bei der Bücherproduktion die Kosten nicht weniger grässlich gestiegen, ohne dass bisher in die Seiten eines Romans oder Gedichtbandes, einer Biographie oder eines Sammelbandes von Aufsätzen vom Verlag Anpreisungen der verschiedensten Whiskymarken, Modeartikel oder Zigaretten eingeschaltet wurden. Vielleicht wird uns, wenn wir den Krieg gewonnen haben, nicht einmal das erspart bleiben. Wenn ich nicht wüsste, wohin mit meinem Geld, würde ich einen gewaltigen Werbefeldzug in allen grossen Tageszeitungen unternehmen. Die Anzeigen würden aus einem einzigen Satz bestehen, in riesigen Grossbuchstaben gedruckt - einem Satz, den einmal in meiner Gegenwart ein Ehemann zu seiner Frau gesprochen hat: «Liebling, nichts auf dieser Welt ist wert, dass man es kauft.» Selbstverständlich würde ich «Liebling» durch «liebe Leute» ersetzen.

Und nun noch etwas, das mich weit mehr beschäftigt als die Auswirkung des Reklamewesens auf die Zeitungen. Obwohl sich Zeitungen heute ohne Inserate nicht mehr halten könnten, sehe ich keinen Grund zur Annahme, dass ohne diese Unterstützung die Strassen und Plätze unserer Städte sowie die Strassen und Hügel und Täler draussen auf dem Land über kurz oder lang verschwinden würden. Im Gegenteil, sie laufen schon jetzt Gefahr, hinter all den aufdringlichen Angeboten zu verschwinden. Schöne Bauten und schöne Landschaften sind aber viel wichtiger für die Seele des Menschen als eine noch so gute Zeitung. Auch der Himmel gehört sicher zu den Lebensnotwendigkeiten, namentlich der Nachthimmel. Nun sind aber die Werbefachleute Geschöpfe sowohl der Nacht als auch des Tages. Vor ein paar Jahren kam ein ganz Schlauer auf die Idee, wie man des Nachts eine Leuchtschrift an den Himmel zaubern kann, die sich dort längere Zeit hält. Für die Verwirklichung war allerdings die Genehmigung des Parlaments erforderlich. Von verschiedener Seite, und sicher nicht der schlechtesten, wurde heftig dagegen Einspruch erhoben, doch die Gesetzesvorlage ging mit geringfügigen Abänderungen durch, sowohl im Unterhaus wie auch im Oberhaus. Nicht lange vorher war das schöne Londoner Wohnviertel Adelphi vom Parlament der Zerstörung und der Ersetzung durch Wolkenkratzer überantwortet worden. Nun, warum sollte man am Himmel nicht kratzen dürfen? Und warum sollte man nicht Werbetexte daran kritzeln dürfen? Schliesslich leben wir in einem freiheitlichen Land, nicht? Mit welchem Recht will es die Obrigkeit irgend jemandem verwehren, Geld zu verdienen, wo immer er eine Gelegenheit dazu erspäht? Ihn daran zu hindern, fand eine Mehrheit der Parlamentsmitglieder, wäre doch offenbar unenglisch. Manche gingen vielleicht noch weiter und fanden, es wäre geradezu unsportlich.

Doch die Erfindung hielt offenbar nicht, was sie versprochen hatte. Soviel ich weiss, blieb der Raum zwischen uns und den Sternen unbehelligt, und alles war gut. Ausserdem können wir uns jetzt während dieses Krieges noch über etwas anderes freuen. Des Nachts wird London nicht mehr durch diese geschmacklose rote Lichtreklame verschandelt, die an den Häuserfassaden buchstabenweise auftaucht – und wieder verlöscht und von neuem auftaucht. Wenn es dergleichen unbedingt geben muss, soll es wenigstens mit einem Anflug von Geschmack und Phantasie geschehen. Im Ausland sieht man da und dort in den Städten den Namen von Geschäften in Leuchtschrift erstrahlen – in einer anmutig beschwingten Schrift und angenehmen Farbtönen – hellrot oder blassgelb oder lila. In den meisten Ländern gibt es eben ein Kultusministerium, dem solche öffentlichen Reklameschriften zur Genehmigung vorgelegt werden müssen. Wir Engländer haben Ministerien für alles mögliche; vielleicht bekommen wir eines Tages auch ein Kultusministerium. Wahrscheinlich ist es nicht, und falls wir eines hätten, würde es wohl vor den Interesseverbänden schlottern und beben.

«Die Mutter Siseras sah zum Fenster hinaus und heulte durchs Gitter: ‹Warum verzieht sein Wagen, dass er nicht kommt? Wie bleiben die Räder des Wagens so dahinter?›»

Eine anschauliche Szene, nicht? Man sieht sie vor sich, man hört sie, und man ist angerührt von der Ironie des Schicksals, weil man weiss, was die Mutter nicht weiss: man weiss, was Jael getan hat.

«Und da Jehu gen Jesreel kam und Isebel das erfuhr, schminkte sie ihr Angesicht und schmückte ihr Haupt und guckte zum Fenster hinaus. Und da Jehu unter das Tor kam, sprach sie: ‹Ist's Simri wohl gegangen, der seinen Herrn erwürgte?› Und er hob sein Angesicht auf zum Fenster und sprach: ‹Wer hält's hier mit mir?› Da sahen zwei oder drei Kämmerer zu ihm heraus.»

Auch hier waltet eine gewisse Ironie des Schicksals. Im Gegensatz zu uns ahnt Isebel nicht, was ihr bevorsteht. Allerdings berührt uns die Ironie weniger, weil Isebel keine sympathische Erscheinung ist. Wir können mit dem besten Willen kein Bedauern aufbringen. Immerhin, ihre Worte gehen uns nach, wie diejenigen der Mutter Siseras. Dank dem Übersetzer - Coverdale, Tyndale? Zum Teil, gewiss. Anderseits aber auch, weil die Worte beidemal von einem Fenster aus gesprochen wurden.

Hätten die beiden Frauen in einem Zimmer gesessen, hätten sie sich in einem Garten ergangen oder über ein Mäuerchen geschaut, wäre die Wirkung auf uns bedeutend geringer. Menschen, die man im Haus drin oder im Freien sieht, und Dinge, die im Haus drin oder im Freien gesagt werden, nehmen uns nicht im selben Masse gefangen wie derselbe Vorfall, wenn er sich halb drinnen, halb draussen abspielt. Ein Fenster bringt viel zustande. Es bedeutet für einen Menschen, was der Rahmen für ein Bild, der Bühnenrahmen für ein Theaterstück, die literarische Form für den Gehalt. Es hebt das, was es umschliesst, hervor, und schliesst alles aus, was es nicht umrahmt. Kurz, es fesselt unsere Aufmerksamkeit auf magische Art.

Ich habe im Laufe der Jahre mancherlei grosse Zeitgenossen zu Gesicht bekommen, und bei einigen war es mir vergönnt, sie kennenzulernen (nicht gründlich, dazu muss man nämlich selber Grösse haben). Von allen Zeitgenossen, die ich lediglich zu Gesicht bekam, war Degas derjenige, der mir am meisten Eindruck machte. Vor rund vierzig Jahren ging ich einmal mit einem Freund durch die Place Pigalle; dabei zeigte er mit dem Spazierstock auf ein hohes Gebäude, zu einem offenen Fenster im fünften Stock hinauf - oder war es im sechsten? -, und sagte: «Dort ist Degas.» Und dort oben, weit weg, waren am Fenstersims Kopf und Schultern eines Graubarts mit rotem Béret zu sehen. Dort war also Degas, und hinter ihm, dort drin, befand sich sein Atelier, und hinter ihm, in seinem hohen Alter, lag sein Lebenswerk; und mit Augen, welche nie älter wurden, nahm er wohl die «Farbwerte» und dergleichen des Menschengewimmels unter ihm wahr, wobei er vielleicht bedauerte (sein Stoffkreis war ja beschränkt), dass da die Spitzentänzerinnen fehlten, die Jockeys, die hübschen Wäscherinnen und die Frauen, die sich in der Sitzbadewanne mit dem Schwamm abtupfen. Dort oben war er, zweifellos immer noch ein leidenschaftlicher Beobachter, und dort ist er für mich geblieben, für immer eingerahmt.

Vielleicht keiner der Grossen, aber bestimmt ein begabter und bemerkenswerter Mann war Dr. Jowett; ihn zu sehen - zum ersten und letzten Mal -, wie er in einem Landauer durch eine Strasse in Oxford fuhr, bedeutete für mich ein Erlebnis, wenn auch nicht unbedingt ein überwältigendes. Grösser muss das Erlebnis gewesen sein, das einer Schar von Touristen beschieden war, die einst von C. S. Calverley im Balliol-College umhergeführt wurden. «Dort oben», sagte Calverley, «ist Dr. Jowetts Fenster. Und dort», setzte er hinzu, nachdem er einen Kiesel aufgehoben und zum Fenster hinaufgeschleudert hatte, «dort ist Dr. Jowett.» Nur so kommt ein Mann am vorteilhaftesten zur Geltung – oder eine Frau. Von den zahllosen Frauengestalten, die Robert Browning geschaffen hat, steht mir keine so deutlich vor Augen wie Riccardis Braut, und noch nie bin ich am Palazzo Riccardi vorbeigekommen, ohne mich zu fragen, ob wohl «Die Statue und die Büste» je geschrieben worden wäre, wenn Herzog Ferdinand diese Braut nicht zuerst zu Gesicht bekommen hätte, wie sie von einem dieser Fenster eingerahmt war, dem Fenster, an dem sie zu sehen ihm genügte, Tag für Tag, während er drunten vorbeiritt.

Sie ihrerseits hat dann, wie man weiss, im Alter Luca della Robbia kommen lassen und ihm aufgetragen, eine Porträtbüste von ihr anzufertigen, wie sie an ihrem gewohnten Fenster sitzt, so dass sie auch nach ihrem Tod noch dort sein würde. Vielleicht war es ihr Vorbild, auf das die später so beliebten *finte* zurückgingen, die bis vor kurzem so oft die blinden Mauern italienischer Häuser zierten. Freilich, an Robbias Kunstfertigkeit kamen sie nicht heran. Sie waren sogar, wenn man will, ziemlich vulgär. Diejenige, die da zum nicht vorhandenen Fenster hinauslehnte, war zumeist aufgedonnert, nach der Mode der siebziger Jahre des letzten Jahrhunderts, mit viel zuviel Kinkerlitzchen, viel zuviel Schmuck; und ihre blonden Zöpfe (dem Geschmack der Italiener entsprechend, musste es immer eine Blondine sein) – ihre Zöpfe waren viel zu blond. Die Fenstervorhänge waren entweder knallrot oder himmelblau, und man konnte damit rechnen, dass neben ihr in einem Käfig ein äusserst gelber Kanarienvogel abgebildet war. Sie selber, mit einem Ellbogen auf dem Simskissen und einem Zeigefinger an der Wange, lächelte jeweils fade auf die Strasse herab. Es liess sich viel gegen sie einwenden, und doch vermisst man sie, jetzt, da es sie nicht mehr gibt. Ihr eignete die Macht der Fensternis.

Die Frau am Fenster: ich habe mich oft gewundert, dass (abgesehen von den kunstlosen Herstellern jener *finte*) so wenig Maler sich dieses einprägsame Motiv zunutze gemacht haben. Von Dante Gabriel Rossetti, einem der wenigen, hätte man erwarten können, dass er eine Vorliebe für Fenster gehabt hätte, legte er doch grossen Wert auf Intensität. Doch selbst er hat sich nur ein einziges Mal des Rahmens innerhalb des Rahmens bedient. Nur einmal; und von all seinen Frauenbildnissen, unvergesslich, wie sie dank seiner eigenartigen Auffassung sind, ist das unvergesslichste sicher das eines einfach gekleideten Mädchens an einem Gitterfenster, das einen karierten Vorhang zur Seite zieht, in die Morgenfrühe hinausschaut und sich (vermutlich) am Duft der Blumen in einem Vorgärtchen (das wir nicht sehen) erlabt. Hinter Kopf und Schultern des Mädchens, ebenfalls bloss zu ahnen, ist seine Kammer mit dem, was es an Habseligkeiten besitzen mag; und gerade weil die Kammer bloss zu erahnen ist, bildet sie einen viel wirksameren Hintergrund als jene kunstvoll ausgeführte Umwelt, bestehend aus kostbaren Stoffen, mittelalterlichen Nippsachen und exotischen Blumen in sonderbaren Schalen oder Vasen, wie sie Rossetti sonst seinen Modellen beigab.

Der Reiz der Fenster beruht zu einem grossen Teil darauf, dass man sehr wenig von dem sehen kann, was sich dahinter verbirgt, falls überhaupt etwas, es sei denn, es handle sich um Fenster im Erdgeschoss und man drücke die Nase daran platt. Sonst lassen sie der Phantasie freies Spiel. Man kennt vielleicht jene Wachsfigürchen - Kopf und Oberkörper - im Hertford-Haus, jene spanischen Edelleute und Edelfrauen aus dem 17. Jahrhundert in ihren aussen und innen schwarzen Schachteln, bei denen eine Seite aus Glas besteht, so dass die Insassen finsteren und verachtungsvollen Blikkes zu uns herausschauen können, gewissermassen aus einem Gemach ihres Palastes. Ich habe sie oft eingehend betrachtet und nie, ohne mich um drei Jahrhunderte zurückversetzt zu fühlen, nach Madrid oder Sevilla, als hätte ich diese oder jene namhafte Gestalt leibhaft vor mir, wie sie hochmütig an einem Fenster steht. Als Henry James vor rund fünfzig Jahren einmal durch den Boboli-Park streifte, hielt er plötzlich inne und heftete den Blick auf eines der Fenster hoch oben an dem gewaltigen Palast; von diesem Fenster aus, sagte er sich, habe ein Medici nach dem andern in die Welt hinausgeschaut. «Und die Medici waren aussergewöhnliche Menschen», dachte er bei sich, wie er uns in dem Essay mitteilt, der danach entstand; und «das geschichtliche Gefühl hatte etwas Verzehrendes». Dieses verzehrende Gefühl hätte er im Hertford-Haus nicht gehabt, im Erdgeschoss, wo ich so oft vor den Fenstern jener Wachsfigürchen stand. Bei seinem Geschichtssinn wären sie für ihn eine Augenweide gewesen.

Auch Dramatiker scheinen, wie die Maler, vom Fenster nur sparsam Gebrauch gemacht zu haben. Shakespeare tat es, wie Rossetti, nur einmal, soweit ich mich erinnere. Es scheint ihm nicht bewusst gewesen zu sein, dass von einem Fenster aus gesprochene Worte viel wirksamer sind, genau wie die am Fenster stehende Person für das Auge. Vom Theaterfimmel befallene junge Damen haben das gefühlsmässig erfasst; daher ihr sehnlicher Wunsch, in der Rolle der Julia zu debütieren: das Fenster, hoffen sie, werde ihre Unzulänglichkeit vertuschen. Wenn ich an Mrs. Patrick Campbell denke, sehe ich sie eingerahmt vom Fenster in «Mélisande» vor mir. Und das erinnert mich daran, dass Mélisandes Fenster nicht das einzige war, das Maurice Maeterlinck uns gönnte, und dass von all seinen Stücken «Intérieur» weitaus das rührendste und einprägsamste war. Der Vordergrund der Bühne wird von einem Garten in der Abenddämmerung eingenommen. Im Hintergrund sieht man die Fenster eines erleuchteten Zimmers, in welchem sich, deutlich sichtbar, Vater und Mutter und

Schwestern eines Mädchens aufhalten, das ertrunken ist und dessen Leiche, wie wir aus dem leisen und bruchstückhaften Gespräch der Personen im Garten erfahren, vom Fluss heraufgetragen wird. Mutter und Vater und die Schwestern werden bald wissen, was uns bereits bekannt ist. Die Handlung des Stückes dauert höchstens eine halbe Stunde, doch nach deren Verlauf hat man das Gefühl, eine lange Zeitspanne durchlitten zu haben.

Gehen wir zu einem andern Schauspiel über, das an sich weniger bemerkenswert ist als «Intérieur», dafür aber viel berühmter und volkstümlicher. Sein Verfasser ist namenlos, seine Handlung krass und primitiv, sein Dialog nichts als schrilles, unzusammenhängendes Zeug. Und doch übt es auf uns alle, wenn wir ihm begegnen, eine nie erlahmende Anziehungskraft aus. Wie erklärt sich das? Ganz einfach. Das ganze Stück spielt sich innerhalb eines Fensterrahmens ab, im Rahmen des einzigen Fensters des transportablen Kasperletheaters.

Politiker, aufgemerkt! Beredsamkeit ist wenigen von euch gegeben, auch versteht ihr es meistens nicht, euch flüssig, genau und ohne betrübliche Banalität auszudrücken. Bedenkt, wie viel geduldiger die Zuhörer wären, wenn ihr durch ein Fenster zu ihnen sprächet! Ich war schon immer, schon von jung auf, konservativ veranlagt. Ausserdem bin ich geistig seit Jahren verkalkt und verabscheue jede Veränderung. Doch um euretwillen hoffe ich, ihr werdet darauf dringen, dass im Sitzungssaal des Parlaments beim Wiederaufbau ein kleines Gehäuse angebracht wird, sei es nun einfach oder prunkvoll, mit einem Fenster, von dem aus dann alle Reden gehalten werden. Auch auf dem Podium von Rathäusern wäre etwas dergleichen sicher empfehlenswert. Selbst die wenigen, denen es gegeben ist, mit Engelszungen zu reden und die Zuhörer in ihren Bann zu schlagen, könnten solchermassen ihre Triumphe noch steigern. Der grösste englische Volksredner im 19. Jahrhundert war wohl Gladstone, und seine Glanzleistung vollbrachte er, als er an einem bitterkalten Nachmittag, noch dazu auf der Blackheath-Allmende, zur Zeit der bulgarischen Kriegsgreuel anderthalb Stunden lang eine Menschenmenge von gut und gern sechstausend Köpfen bei der Stange hielt und zu seiner Auffassung bekehrte, obwohl ihn zu Anfang die meisten ausgepfiffen hatten. Das war tatsächlich ein Mann, der auf Fenster verzichten konnte. Und doch hat er später oft genug davon Gebrauch gemacht. Ich bin sicher, am meisten Erfolg hat er jeweils gehabt, wenn er in einem Bahnhof nach dem andern vom Fenster eines Eisenbahnwagens aus zu einer dichtgedrängten Menschenmenge sprach. Ich sehe sein wächsernes Gesicht, sein Silberhaar und die dunkel funkelnden Augen vor mir und wollte, ich wäre dabeigewesen, um auch den Orgelton seiner Stimme zu hören!

Gladstones Gegenspieler war kein Volksredner und glänzte nur, wenn er im Unterhaus auftrat. Doch einmal, ein einziges Mal, hatte er grossen Erfolg, als er zu einer Menschenmenge sprach. Ich wollte, ich wäre alt genug gewesen, um mich unter die Leute zu mischen, als er von einem Fenster im ersten Stock von Downing Street Nr. 10 herab einen ehrenvollen Frieden verkündete. Natürlich hätte ich ihn auch gerne im Parlament sprechen hören. Von einem älteren Zeitgenossen, der als Konservativer im Unterhaus gesessen hatte, als Disraeli dessen Führer war, habe ich mir sagen lassen, sein Gesichtsausdruck sei zwar unergründlich gewesen, sein Rücken dagegen - die Bewegungen der Schultern, Ellbogen und Hüften - sehr sprechend. Auch unbewegt kann ein Rücken, wenn er von der richtigen Art ist, äusserst beredt sein - wie zum Beispiel derjenige Goethes. Kennt man die Skizze, die Heinrich Wilhelm Tischbein in der Kammer eines römischen Gasthofs anfertigte, währenddem Goethe, aufs Fenstersims gestützt, auf die Strasse hinunterschaute? Es ist ein anmutiger, kraftvoller und edler Rücken, den wir da in dieser Schlafkammer sehen. Wäre Napoleon dabeigewesen, hätte er - wie nachmals in Weimar - leise vor sich hin gesagt: *«Voilà un homme!»* Ausserdem ist es der Rücken eines Menschen, der in Betrachtung versunken ist, übermannt von der Freude, zu guter Letzt doch noch in der Stadt seiner Träume zu weilen, eines Menschen also, der alles begierig in sich aufnimmt und aufspeichert. Er trägt Hausschuhe, die Weste hat er noch nicht an, der Kniebund steht offen. Das alles kann warten, nur seine leidenschaftliche Wissbegier nicht. Es ist ein Bildnis, wie es so aufschlussreich noch nie ein Mensch von einem andern gemacht hat.

Ich gefalle mir in dem Gedanken, das Bild sei an Goethes allererstem Morgen in Rom entstanden, nachdem er im Laufe der Nacht angekommen war. Wenn man eine Stadt besucht, die man noch nie gesehen, ist es gut, man kommt nachts an, damit man am nächsten Morgen das eigenartig erregende Gefühl, an einem neuen Ort zu erwachen, erleben kann – den unwiederholbar ersten Ausblick auf die Strasse oder den Platz unter dem Fenster, der alles ahnen lässt, was einem noch bevorsteht. Ein Platz ist einer Strasse vorzuziehen, am besten gleich ein weiträumiger, belebter alter Platz irgendwo in Italien, mit Standbildern und Brunnen. Ein solcher Platz ist ein guter Ausgangspunkt für künftige Rundgänge, und man wird immer mit einem zärtlichen Gefühl zu ihm zurückkehren und gern manch eine Stunde an diesem Fenster verbringen. Verzeihung, wenn ich unzulässig verallgemeinere - mit «man» meinte ich natürlich mich selber. Vielleicht gehört der Leser zu denen, die gewissenhaft die Sehenswürdigkeiten einer Stadt abklopfen und sich kein Kirchenschiff, keine Sakristei und Nebenkapelle entgehen lassen, die unermüdlich die Drehkreuze von Museen und Gemäldegalerien in Bewegung erhalten. Was mich anbetrifft, ich bin Alfrescoist. Das Leben auf den Strassen, und der bauliche Hintergrund, auf dem sich dieses Leben abspielt, genügt mir, während ich umherstreife oder auch bloss zu dem Fenster hinausschaue, das vorübergehend mir gehört. Bloss? Ich nehme das Wort zurück. Man beobachtet von dieser Warte aus schärfer, als wenn man sich drunten ergeht; alles, was zu sehen ist, hebt sich deutlicher ab und prägt sich nachhaltiger ein.

«Das letztemal, da ich Paris sah» - anders als von der Ringbahn aus - steht mir lebhafter und angenehmer vor Augen als irgendein früherer Aufenthalt. Dabei habe ich damals nur einen kleinen Ausschnitt aus dem Leben der Stadt gesehen. Die grossmächtige graue Fassade der Gare du Nord ist bekanntlich mit Reihen von entsprechend grossen Statuen verziert (oder jedenfalls beschwert), je eine beiderseits jedes Fensters, und zwar versinnbildlichen sie die Kontinente, die hauptsächlichsten französischen Provinzen und Städte und auch die Freiheit, wenn ich mich recht erinnere, die Gerechtigkeit und noch vieles andere von nationalem und internationalem Belang. Weniger bekannt ist, dass alle Fenster im ersten Stock zu einem Hotel gehören, einem Hotel, das nur dieses erste Stockwerk einnimmt und aus nichts anderem besteht als aus zwölf mächtigen Schlafzimmern, jedes mit einem kleinen Vorraum und einem Badezimmer. Hinter den Schlafzimmern verläuft ein Gang, mit Fenstern auf die gegenüberliegende Seite, durch die man - weit unten - die vielen Bahnsteige und die Dampfwolken ankommender und abfahrender Züge sieht. Es sind Doppelfenster aus dickem Glas, und auf dem Gang ist es still. Kleine Lokomotiven sieht man, hört sie aber nicht. Doch die Schlafzimmer...! Sie waren offenbar für Riesen und Riesinnen gedacht, so gewaltig sind die uralten Kleiderschränke, Toilettentische und Betten; und die Grösse der beiden Fenster entspricht derjenigen der Statuen, die rechts und links davon je einen kolossalen Fuss aufs Sims stellen. Ich glaube, es geschah zwischen einem männlichen Afrika und einem weiblichen Marseilles, dass ich damals in der Frühe hinausschaute, auf ein Gewimmel junger Menschenrücken hinunter, welche über den Platz strömten und drüben in die gerade, breite Rue Lafayette hinein. Masse mal Geschwindigkeit verschlug mir den Atem - immer von neuem, während hinter mir in der Bahnhofshalle unablässig, anderthalb Stunden lang, eine Zugsladung junger Vorstädter nach der andern sich ins Stadtinnere ergoss. Dabei kamen auf jeden jungen Mann mindestens drei oder vier junge Frauen, schien es mir, und doch wirkten sie wie eine einzige, so völlig gleich sahen sie alle aus mit ihren Cloches und kniefreien Jupes und fleischfarbenen Strümpfen, und auch infolge der aufrechten Haltung und des Trippelschritts, der in Paris, im Gegensatz zu dem lässigeren London, Vorschrift zu sein scheint. Ein einziges weibliches Wesen, und doch deren Hunderte und Tausende, jedes mit einer eigenen Seele, einem eigenen Zuhause, einem eigenen Zahltag. Sinnverwirrend! Nachdem ich diese Sehenswürdigkeit genossen hatte, verlangte es mich nach keiner andern mehr. Während der drei oder vier Tage meines Aufenthalts raffte ich mich überhaupt nie auf, um irgendwohin zu gehen, ausser zum Essen in ein kleines Lokal um die Ecke, das für seine Austern und seine Bouillabaisse berühmt war. Ich verbrachte die paar Tage damit, Zeitungen und Bücher zu lesen und mich darauf zu freuen, des Morgens in der Frühe abermals der wild dahinströmenden Menschenmenge ansichtig zu werden.

Es gibt Fenster, zu denen man tagsüber jederzeit andächtig hinausschauen kann, auch wenn weit und breit kein Mensch zu sehen ist. Das gilt beispielsweise für jedes Fenster, das aufs Meer hinausgeht. Jahrelang wohnte ich in einem kleinen Haus, von dem aus man auf das hinuntersah, was von einem grossen Dichter, in Sichtweite northumbrischer Brandung aufgewachsen, als «das schmerzenreiche Mittelmeer, dem Flut und Ebbe fremd» bezeichnet worden ist. Ebbe und Flut sind ihm nicht völlig fremd (wenn sie auch nicht besonders auffallend sind), und sein Aussehen ist immer wieder ein anderes, so dass man davon nie genug bekommt, es in allen seinen Stimmungen zu beobachten. Auch erinnere ich mich gerne an die Schlafkammer in einem alten Bauernhaus in Pagham, wo ich nach dem letzten Krieg ein paar Wochen lang wohnte. Es ging ein paar Stufen zur Schlafkammer hinauf, doch das Fenster war so angebracht, dass sein Sims höchstens anderthalb Meter über dem Erdboden lang. Durch das Fenster war nichts als ein grosses Feld reifender Gerste zu sehen. Das Meer, unweit davon, blieb unsichtbar. Man war ganz allein mit der Gerste, die zutraulich bis dicht an die Hausmauer herankam und einen lockte, hinauszulangen und die Ähren zu streicheln.

Mit solchen Erinnerungen sollen nun aber die ganz gewöhnlichen Fenster beileibe nicht schlechtgemacht werden - die Fenster auf eine Strasse hinaus, mit Sicht auf die Nachbarn von gegenüber. Ich bin froh, durch die Fenster meines Kinderzimmers in einer viktorianischen Sackgasse verschiedene Altersgenossen samt ihren Kindermädchen und Eltern wenigstens vom Sehen kennengelernt zu haben. Sie ausserhalb dieses Rahmens kennenzulernen, dazu verspürte ich keine grosse Lust. Ich hegte wohl den begründeten Verdacht, sie wären bei näherer Bekanntschaft nicht halb so interessant und aufregend, wie ich sie mir vorstellte. Als Heranreifender hatte ich dann keine Aussicht auf Nachbarn mehr. Trotzdem war mir mein Schlafzimmerfenster lieb, von dem aus ich philosophisch über die Menge der Grabsteine hinwegschauen konnte - den einstigen Friedhof der St.-Georgs-Kirche am Hanover Square, und noch lieber war mir das Wohnzimmerfenster, durch das man Jahr für Jahr das Laub im Hyde-Park knospen, ergrünen und wieder vergehen und abfallen sah. Bäume sind ohnehin das Beste, was die Natur zu bieten hat, und in London schätzt man sie weit mehr als sonstwo. Ich vermisste sie sehr, als ich in späteren Jahren wiederum an einer Strasse wohnte. Die Gesichter an den Fenstern gegenüber waren keinem Wandel unterworfen, und die Abfolge der Jahreszeiten konnte ihnen nichts anhaben. Auch war meine Vorstellungskraft leider nicht mehr, was sie früher gewesen war. Immerhin - ich stand oft am Fenster, namentlich am Donnerstag. Berufsschriftsteller geworden, hatte ich wöchentlich einen Artikel für die «Saturday Review» zu schreiben, und Donnerstag war der Tag, an dem er fällig war. Es ging mir nie so leicht von der Hand, wie ich zu hoffen gewagt hatte - nie brachte ich armer Teufel es zu berufsmässiger Schreibfertigkeit. Oft zweifelte ich daran, ob ich überhaupt genug Stoff für die zwei Spalten habe, die man von mir erwartete. Manchmal stellte sich heraus, dass ich meinem Gedankengang vorgriff oder gar in Widerspruch zu dem geriet, was ich anfangs behauptet hatte, oder dass mir selber schleierhaft war, was ich da vorbrachte. Das waren kritische Momente; ich stand dann gewöhnlich vom Schreibtisch auf und nahm meine Zuflucht zum Fenster, mit gefurchter Stirn, das Kinn zwischen Daumen und Zeigefinger geklemmt. Dann beneidete ich jeweils die Kutscher, die da unten vorbeiflitzten. Ich beneidete irgendeine alte Dame, die ihren Hund spazierenführte. Ja, ich beneidete sogar den Hund.

Und wenn das in meinen besten Jahren so war, brauche ich hinzuzufügen, dass das, was man soeben gelesen oder überflogen hat, nicht ohne häufige Zuhilfenahme eines Fensters entstanden ist?

Theaterbesuch

Die Überschrift, die ich für diesen Monolog gewählt habe, klingt etwas altväterisch. Ich selber bin eben ein Überbleibsel eines früheren, eines leichteren und angenehmeren und doch auch förmlicheren Zeitalters. Ich hätte sagen können, «ins Theater gehen» - ein geläufiger, aber wunderlicher Ausdruck. Die Verwendung des bestimmten Artikels ist dabei so unbestimmt. In welches Theater denn? Es hat schon immer mehr als eines gegeben, wenn es auch früher weniger Theater und weniger Theaterstücke gab und wir höchstens zwei oder drei Dramatiker hatten - zwei oder drei lebende, meine ich, die erwähnenswert waren. Auf jeden Fall verhielt sich vieles anders, ob es nun besser oder schlechter war. Über einige der Unterschiede will ich mich hier zwanglos auslassen.

Schauspieler und Schauspielerinnen erweckten zu meiner Zeit entschieden grösseres Interesse, als das heute der Fall ist. Ja, die hervorragenden unter ihnen erweckten weit mehr als nur Interesse. Man bestaunte und vergötterte sie, man geriet geradezu ausser sich, wenn sie auftraten. Soll das heissen, wird man einwerfen, dass sie auf die ältere Generation wirkten wie Filmstars auf eine jüngere? Freilich, nur wurden unsere Abgötter damals noch viel inbrünstiger verehrt, als sich das von den heutigen sagen lässt. Heute handelt es sich ja lediglich um Abbilder und blosse Schatten der Herrlichkeit. Die unsern dagegen waren in Person vorhanden, standen als Wesen von Fleisch und Blut vor uns. Wir waren zugegen, wenn sie spielten. Und sie waren sich unseres Zugegenseins bewusst. Auf unsere bescheidene Art wirkten wir als Anreiz; die Wirkung, die von ihnen ausging, brachten wir gewissermassen selber hervor. Der Kinobesucher dagegen hat selber keinen Anteil an dem Geschehen. Die schauspielerische Leistung oder vielmehr die endlosen Proben haben schon Monate vorher weit weg in einem kahlen Atelier in Hollywood oder sonstwo stattgefunden. Die Schatten, die sich da bewegen, werden bei der nächsten Vorführung genau dieselben Bewegungen machen, und am Tonfall der aufgezeichneten und verstärkten Stimme wird sich nicht das geringste ändern. Das Theater hat da dem Kino gegenüber einiges voraus und wird sich deshalb weiterhin halten. Doch das Theatererlebnis ist nicht mehr ganz, was es zu meiner Zeit war.

Ins Theater zu gehen, war in meiner Jugend noch etwas Abenteuerliches, etwas Gewagtes. Das Theater war damals noch weitherum verpönt. Die nonkonformistischen Kirchen waren ohne Ausnahme streng dagegen. Selbst anglikanische Geistliche waren voller Bedenken und enthielten sich des Theaterbesuchs. Zwar wurden in den achtziger und neunziger Jahren des letzten Jahrhunderts die Schauspieler nicht mehr als heimatloses Gesindel betrachtet, aber das alte puritanische Vorurteil gegen sie war immer noch lebendig. Unlängst kam mir ein vorzügliches Büchlein in die Hände, ein «Handbuch für Schachspieler», das in den sechziger Jahren erschienen war. Als Einleitung enthielt es eine höchst aufschlussreiche Geschichte des Schachspiels, und darin fand sich folgender Satz: «Seit Jahrhunderten ist das Schachspiel ein beliebter Zeitvertreib von Menschen jeden Standes, von Päpsten und Kaisern bis hinunter zu den Schauspielern und Müllkutschern.» Noch in den achtziger Jahren pfiff der Wind aus diesem Loch. Als der Sohn der grossen Schauspielerin Mrs. Kendal am ersten Schultag von einem älteren Mitschüler gefragt wurde: «Deine Mutter ist doch Schauspielerin, nicht?», antwortete er heftig: «Sag das nochmal, und ich schlage dich zu Boden.» Mein älterer Bruder, Herbert Beerbohm Tree, hatte sich als Schauspieler bereits einen Namen gemacht, als ich 1885 an eine höhere Schule kam, aber ich kann mich nicht entsinnen, dass jemals einer meiner Mitschüler eine Bemerkung darüber hätte fallenlassen, dass wir verwandt waren. Erst 1887, als Herbert gleichzeitig Theaterdirektor wurde, änderte sich das, erst da war die Sache nicht mehr so heikel. Ein Theaterdirektor, auch wenn er nebenher als

Schauspieler auftrat, darüber konnte man ruhig reden, sogar mit einer gewissen Hochachtung.

Nun, die Tage des Schauspielers, der ein Theater leitet, gehören der Vergangenheit an. Er war sicher nicht immer eine fehlerlose Erscheinung, aber eine eindrucksvolle und erregende, das war er. Da stand er in seinem eigenen Theater und gab ihm ein persönliches Gepräge. Es war deshalb mehr als nur ein Gebäude, es war gewissermassen eine Kultstätte, mit der ihr eigentümlichen Art von Gemeinde. Uraufführungen waren immer ein grosses Erlebnis. Man war nicht nur gekommen, um ein Stück zu sehen, man war gekommen, um seinen Abgott in einem neuen Stück zu sehen. Um seinetwillen hoffte man, das Stück werde Erfolg haben. Wenn das Publikum auf den billigen Plätzen fand, das Stück tauge nichts, dann wurde der Verfasser ausgepfiffen, weil er den Abgott im Stich gelassen hatte. Die Leute waren nicht gelaunt, sich dergleichen von einem Schriftsteller bieten zu lassen. Viele hatten stundenlang auf Klappstühlen oder stehend vor dem Theater ausgeharrt, geduldig und treu ergeben. Manche nahmen es sogar übel, wenn eine Person der Handlung dem Hauptdarsteller gegenüber nicht die richtige Einstellung hatte. Ich erinnere mich an die Uraufführung eines Stücks, das Lewis Waller auf den Leib geschrieben worden war; er spielte einen angloindischen Offizier, in weisser Uniform, Statthalter einer Provinz. Im zweiten Akt kam ein schlechter Kerl von einem Eingeborenen zu ihm mit einem Bittgesuch, dem Mr. Waller nicht stattgeben konnte. Der Eingeborene zog eine Pistole und schoss auf ihn. Ich sass hinten im Parkett, und es sprengte mir fast das Trommelfell, als eine Frauenstimme von der Estrade hinter mir rief: «Was untersteht der sich?»

Ich erinnere mich auch an eine Premiere, bei welcher dieser ausgezeichnete romantische Darsteller in seiner Ansprache vor dem Vorhang dem Publikum für seine «Loyalität» dankte. Der Ausdruck war tatsächlich nicht unangebracht. Der Schauspieler als Theaterdirektor war gewissermassen ein Monarch - von der englischen, konstitutionellen Art, nicht ein Despot, der um sein Leben bangen musste. Tagsüber fuhr er in offener Kutsche ohne Leibwache umher - oder ging auch zu Fuss, wobei er sich auf dem Strassenpflaster mit ebenso selbstverständlicher Sicherheit bewegte wie auf den Brettern der Bühne.

Es gibt ihn nicht mehr. An seine Stelle sind Aktiengesellschaften getreten. Gilt es als Erlebnis, eine Aktiengesellschaft durch die Strassen Londons schlendern oder in Autocars spazierenfahren zu sehen? Und wünscht man sich sehnlich, dass ihre Theaterkasse ständig umlagert ist? Ich fürchte, die Frage, die einen beschäftigt, ist höchstens die, ob das neue Stück beachtenswert ist. Auch wenn die Aktionäre selber darin aufträten, würde einem bei ihrem

Anblick draussen auf der Strasse das Herz nicht höher schlagen. Auf das Stück kommt es heute an, viel mehr als auf die Darsteller.

Und im grossen ganzen sind die Stücke heute besser als früher. Zu meiner Zeit handelte es sich meistens um Bearbeitungen französischer Bühnenwerke, denen die Verfrachtung über den Kanal nicht gut bekommen war. Henry Arthur Jones und Arthur Wing Pinero waren fast die einzigen, die sowohl Sinn für Bühnenwirksamkeit als auch für Wirklichkeitsnähe hatten. Aus Amerika kam keine Hilfe. Schwankhafte Lustspiele wie diejenigen Augustin Dalys waren damals sein einziger Export, und damit war kein Staat zu machen. Die Amerikaner waren im Gegenteil dankbar für das, was sie aus England importieren konnten. Mittlerweile sass in Norwegen ein grosser Dramatiker jeden Vormittag mit verbissenem Ernst an seinem Schreibtisch, ohne Eile, aber unermüdlich, und lieferte seinen Landsleuten alle zwei Jahre ein neues Stück. Und in England lebte ein Schotte, der Norwegisch konnte und das Zweijahresereignis jeweils ins Englische übersetzte. Gegen Ende der achtziger Jahre gelang es ihm sogar, mit Ach und Krach die Aufführung des neuesten dieser Ereignisse in einem kleinen Londoner Theater durchzusetzen. Die Theaterkritiker waren damals noch nicht so anspruchsvoll wie heute; zumeist waren sie frohgemute Zeilenschinder. Sie teilten die Ansicht ihres scharfsinnigen schottischen Kollegen William

Archer nicht, was den Wert des Stücks «Ein Puppenheim» betraf. A. B. Walkley erkannte zwar Ibsens Format, aber dieser ging ihm doch gegen den Strich; und Bernard Shaw, dem Ibsen sofort einleuchtete, war damals noch nicht Theaterkritiker. Die Ibsen-Bewegung kam erst in Gang, als ein höchst unternehmungslustiger und begeisterungsfähiger kleiner Holländer, J.T. Grein, dem es nicht genügte, in der Geschäftswelt etwas zu gelten und nebenbei bolivianischer Konsul zu sein, das Unabhängige Theater gründete und «Gespenster» inszenierte. Und siehe da, es erhob sich ein lautes Geschrei gegen Ibsen. Es wurden aber auch Stimmen laut, die sich für ihn einsetzten, und zwar von Leuten, die für das Theater nicht viel übrig gehabt hatten. Ibsen hatte ja viel für sich - die Bühne als ein Zimmer, bei dem man die vierte Wand herausgenommen hatte, mit Menschen darin, die ganz natürlich miteinander redeten, ohne viel Handlung, aber mit ernsthaften Gedanken und Gefühlen, wobei irgendeine zeitgemässe Frage behandelt wurde, ohne dass das Ganze auf ein glückliches Ende hinauslief, wie man das sonst gewohnt war.

Es dauerte nicht lange, und Arthur Pinero, von Ibsen beeinflusst, schrieb «Die zweite Mrs. Tanqueray». Ich habe mir sagen lassen, das Stück wirke heute äusserst künstlich; damals aber schien es erstaunlich naturgetreu. Und dann trat die Bühnengesellschaft auf den Plan, mit Aufführungen früherer und neuer

Stücke von Ibsen, von Werken anderer todernster Ausländer und gelegentlich auch schon von Stücken Bernard Shaws. Und junge Leute, höchst kluge Köpfe, denen es bisher nie eingefallen war, für die Bühne zu schreiben, verfielen plötzlich darauf und heimsten sogar einen gewissen Erfolg ein. Und im Laufe der Zeit kam es dazu, dass Shaw tatsächlich beliebt wurde. Harley Granville-Barker, im Verein mit Mister Vedrenne, hatte sich im Court-Theater eine Wirkungsstätte geschaffen. Und dort geschah es dann, dass Shaws «Mensch und Übermensch» aufgeführt wurde. Irgend jemand brachte König Eduard bei, das sei ein Stück, das er sehen sollte. Eines Abends kam er und sah es sich an. Darauf kamen alle, die sich zur guten Gesellschaft zählten. Und die Kleinbürger kamen, um die gute Gesellschaft zu sehen. Sowohl diejenigen, die sehen, als auch diejenigen, die gesehen werden wollten, entdeckten dabei, dass Shaw eigentlich ein höchst unterhaltsamer Mensch war.

Ich wirkte damals als Theaterkritiker und war sehr erbost, dass nicht alle Londoner Theater Problemstücke spielten. Das war immer noch meine Einstellung, als ich vor fünfunddreissig Jahren den Beruf eines Theaterkritikers an den Nagel hängte, London den Rükken kehrte und aufhörte, ins Theater zu gehen. Im Laufe der Zeit wurde ich dann verträglicher und vermochte mich über das, was sich hinter meinem Rücken abspielte, nicht mehr aufzuregen. Den Zeitungen entnahm ich indessen, dass meine früheren Kollegen, namentlich die jüngeren unter ihnen, immer ungehaltener wurden über die Londoner Theaterverhältnisse.

Wer einmal Theaterkritiker gewesen ist, der geht mit einem besonderen, ganz eigentümlichen Vergnügen ins Theater, selbst wenn das Stück schlecht ist und das Haus zu diesen strengen, kahlen, graugetönten Tabernakeln aus armiertem Beton gehört, wie moderne Architekten und Innenarchitekten sie lieben, ja selbst, wenn die Darsteller anscheinend vergessen, dass der Raum, in dem sie sich befinden, nur drei Wände hat und dass Zuschauer da sind, die auch gerne etwas hören möchten von dem, was sie zu sagen haben. Was den ehemaligen Theaterkritiker beseligt, ist der Gedanke, dass er über das, was da stattfindet, keine einzige Zeile zu schreiben braucht, dass er nicht auf der Lauer nach einem Gesichtspunkt zu liegen braucht, von dem aus er einen Artikel verfassen könnte, um sich als Fachmann auszuweisen und den Lesern seinerseits Vergnügen zu bereiten.

Ach ja, man mag mir glauben, ich bin ein sehr verträglicher Mensch geworden. Wenn die schlechte alte Zeit und mit ihr die schlechten alten Mätzchen (der Monolog, das Beiseitesprechen usw.) wiederkämen, würde ich sie als gute alte Bekannte freudig begrüssen. Und falls die Problemstücke von der Bühne verschwänden, ich weiss nicht, ob mir darob das

Herz brechen würde. Ich habe sogar das Gefühl, man sei empfänglicher für Ideen und könne sich besser mit ihnen auseinandersetzen, wenn sie in einem Buch vorgetragen werden, das man am Kaminfeuer liest, als wenn sie vor einem Saal voller Leute ausgebreitet werden. Als Leser kann man innehalten, bei etwas verweilen, darüber nachdenken. Meines Erachtens ist das Drama seinem Wesen nach genau das, was das griechische Wort ursprünglich besagte, nämlich Handlung, etwas, das eher dazu bestimmt ist, im Zuschauer Gefühle aufzuregen - Mitleid und ehrfürchtiges Staunen oder Schrecken oder Gelächter -, als sein Denkvermögen anzuregen. Im Theater will man etwas erleben. Gewiss, eine philosophische Abhandlung oder ein Geschichtswerk, am Kaminfeuer gelesen, kann auch zum Erlebnis werden, von der schönen Literatur ganz zu schweigen. Doch die Gestalten eines Romans sind nicht sichtbar vorhanden, sie handeln nicht, während man selber zugegen ist. Die Fähigkeit des Romanschriftstellers, einen aufzuschrecken oder in atemloser Spannung zu halten, ist gering, verglichen mit der des Dramatikers. Die lebhaftesten meiner Theatererinnerungen sind ausschliesslich solche an krasse Situationen - das Auftauchen des Geistes auf der Rampe vor Schloss Elsinor; das Pochen am Tor, während Duncan ermordet wird, und die Wiederholung dieses Pochens; der Wandschirm, hinter dem Lady Teazle steckt, und wie dieser Wandschirm umfällt; oder, in Stücken aus neuerer Zeit: «Wer sind Sie?» - «Hawkshaw, der Detektiv!» - Vorhang. Oder: «Verkleidung nützt nichts. Sie sind Macari!» Oder, in Oscar Wildes klassischem Lustspiel, der Auftritt Jack Worthings in Trauerkleidung, um den Tod seines erfundenen Bruders anzuzeigen. Ist das ein spiessbürgerlicher Standpunkt? Nun, mir fehlt die Zeit, ihn zu rechtfertigen, und man ist vermutlich froh, damit verschont zu bleiben.

Ein Vorfall

Ich glaube, es war im Jahre 1906, als ich eines schönen Nachmittags im Vorfrühling zusammen mit Henry James an einem Vorfall beteiligt war, der mir hinterher erstaunlich genau wie der Stoff zu einer Erzählung vorkam, wie er sie selber schrieb - einer der vielen Erzählungen, die von einem namhaften älteren Schriftsteller und seinem Verhältnis zu einem ernsthaften, ihm nacheifernden jungen Verehrer handeln.

Ich hatte an einem Mittagessen teilgenommen, das Somerset Maugham im Carlton-Hotel gab, und war auf dem Weg in meinen Klub, den Savile, der sich damals am Piccadilly befand. Die erste Nummer einer neuen Monatszeitschrift war herausgekommen, mit einer Erzählung von Henry James darin, betitelt «Der Samthandschuh», und ich war unterwegs in meinen Klub, um dort diese Geschichte zu lesen. Es wehte ein frischer Nordostwind, und da ich einen ziemlich leichten Mantel trug, schritt ich forsch aus. Allerdings hätte ich mich auf jeden Fall beeilt, lag mir doch sehr daran, die genannte Geschichte kennenzulernen. Und dann, auf halbem Wege, begegnete ich einer gemächlich die ansteigende Strasse heraufkommenden

Gestalt, die mir bekannt vorkam. Ich muss zur Erklärung beifügen, dass ich Henry James bisher nur in Wohnzimmern und Esszimmern gesehen hatte und dass es vor allem seine wuchtige Stirn war, die mir Eindruck gemacht hatte. Deshalb erkannte ich ihn unter dem grossen alten Zylinder zunächst nicht, da ihm dieser bis fast auf die Augenbrauen ging. Er hingegen hatte mich erkannt und auf seine brummige Art angesprochen. Wie er mir sagte, war er soeben in London eingetroffen; im Grunde sei er nämlich ein Provinzonkel, behauptete er und fragte mich, ob es für ihn irgendwo eine neue Gemäldeausstellung zu sehen gäbe. Ich konnte ihm mitteilen, in der Grafton-Galerie sei gegenwärtig eine sehr gute zu sehen. Auf seine umständliche Art erkundigte er sich, ob ich nicht Lust hätte, ihm als Führer zu dienen. Ich fühlte mich sehr geehrt - und doch hörte ich mich zu meinem eigenen Erstaunen ohne weiteres sagen: «Das geht leider nicht. Ich muss um halb vier in Kensington sein.» - «Ach ja, ihr jungen Leute», sagte er, «immer in ein Gespinst von Verabredungen verwickelt, ja, ja...», und damit zog er seines Weges.

Was mochte mich veranlasst haben, eine solche Ausrede vorzubringen? Es war nicht nur der Nordostwind und mein leichter Mantel und die Aussicht, langsam die Strasse hinaufgehen zu müssen. Es war auch nicht bloss Schüchternheit und die Befürchtung, was ich zu sagen hätte, käme Henry James, diesem äusserst mäkligen Menschenkenner, wohl alles billig und abgedroschen vor. Auch war es nicht nur die Vorahnung, er würde meine Bewunderung für das meistbeachtete Bild teilen - die «Lächelnde Frau» des jungen Augustus John. Nein, es war zur Hauptsache mein ungeduldiges Verlangen, den «Samthandschuh» zu lesen.

Und da sass ich nun im Savile-Klub und las. Es war natürlich eine sehr gute Geschichte, und doch geschah es von Zeit zu Zeit, dass ich in Gedanken davon abschweifte. Es war nicht eine so charakteristische, nicht eine so durchdringend Jamesische Geschichte, wie James sie aus dem eben zwischen uns Vorgefallenen gemacht hätte - aus dem Motiv des Jüngers, der in Treue - oder Untreue? - das Werk des Meisters dem Meister vorzieht.

Hier spricht Hethway

Als ganz junger Mensch machte ich 1895 die Bekanntschaft Sylvester Hethways, der beträchtlich älter war. Er wohnte in einem schönen alten Haus in Chelsea; Cheyne Walk hiess das Gässchen. Hethway war ein feingebildeter Mann, der Literatur und Kunst zugewandt, und in den sechziger und siebziger Jahren des 19. Jahrhunderts war er mit vielen berühmten Zeitgenossen befreundet gewesen, deren Namen für mich einen zauberhaften Klang hatten. Er war gerne bereit, mir von seinen Erlebnissen mit ihnen zu erzählen, und nachher schrieb ich jeweils möglichst wortgetreu auf, was er mir erzählt hatte.

Vor ein paar Wochen stiess ich in einem Schrank auf ein paar dieser Aufzeichnungen; und es ist mir nahegelegt worden, sie der Allgemeinheit zugänglich zu machen.

So sei denn als erstes wiedergegeben, wie Hethway sich über Swinburne geäussert hat, als dieser zusammen mit George Meredith in Dante Gabriel Rossettis Haus wohnte, nicht weit entfernt, an der Cheyne Row.

«Ach ja, Swinburne. Seltsamer kleiner Kauz. Hatte höchst komische Angewohnheiten, war aber trotzdem erstaunlich sympathisch. Von seiner dichterischen Begabung abgesehen, war er wie ein kleines Kind. Man hatte das Bedürfnis, ihn vor Schaden zu bewahren. Und er selber gab sich furchtbar Mühe, brav und gehorsam zu sein, brachte aber die nötige Willenskraft nicht auf. Wir standen seinetwegen alle eine Heidenangst aus. Was sollten wir anfangen? Es lag nicht so sehr daran, dass er trank, vielmehr, dass ihm schon so wenig davon in den Kopf stieg - und dass er immer ein wenig Wein brauchte. Körperlich bekam er ihm nicht gut, aber schliesslich war sein Körper ja nur ein unendlich kleiner Teil von ihm - alles übrige war Geist, und der Geist bedurfte wohl einer besondern Kost. Es war alles sehr seltsam. Alles an Swinburne war seltsam. Meredith nannte ihn nur Algernon den Unberechenbaren. ‹Es ist zum Verrücktwerden›, sagte er jeweils, ‹da kommt einer und macht dermassen viel - aus nichts. Wie schafft er das nur? Wir andern müssen zunächst handeln und etwas sein - ein langwieriger Prozess -, und dann müssen wir uns über unser Handeln und Sein Gedanken machen. Von überallher müssen wir uns Brennstoff zusammentragen, müssen ihn mühsam und ausgeklügelt aufschichten, und am Ende stellt sich womöglich heraus, dass er gar nicht brennt. Swinburne hingegen kann jederzeit ohne den geringsten Brennstoff ein loderndes Feuer entfachen. Es steckt nichts in ihm als Inspiration. Für uns besteht die Schwierigkeit darin, einen Anfang zu machen; für ihn ist die Frage nur, wie zu einem Abschluss kommen.›

Und ein andermal sagte Meredith: ‹Natürlich kann man behaupten, Algernon beziehe seine Anregung aus Büchern, nicht aus dem Leben. Das stimmt, aber damit ist noch nicht alles gesagt. Auch wenn sämtliche Bücher auf der Welt verbrannt würden und nichts als der angesengte Fetzen einer Seite aus einer alten französischen Chronik übrig bliebe, würde Algernon damit genügend Stoff finden, um in alle Ewigkeit weiterschaffen zu können.›»

Rossetti, sagte mir Hethway, habe sich darüber beklagt, Meredith habe gar kein Sitzleder, bei jedem Wind und Wetter wolle er nach draussen. «Immer kommt er am frühen Nachmittag zu mir ins Atelier - beschwerte sich Rossetti -, gerade wenn mir die Arbeit allmählich gerät. - ‹Ein herrliches Wetter, Rossetti!› ruft er. ‹Komm doch mit hinaus, dir etwas die Beine vertreten - das wird dir mächtig gut tun!› Dauernd ist er unterwegs nach Hendon, und er spricht den Ortsnamen aus, als wär's der Himmel weiss was - ein Zauberwort, völlig unwiderstehlich, das verheissene Land. - Ich sage ihm jeweils: ‹Meredith, selbst wenn du mir Hendon in der hohlen Hand hierher brächtest, ich würde nicht einmal hinschauen.› - Oder ich sage: ‹Hör mal, mein Lieber, das hier ist eine Staffelei, das ist eine Leinwand, das ist eine Palette, und hier bin ich - und ich bin drauf und dran, in Schwung zu kommen. Geh nur, dir die Beine vertreten. Ich verlange ja auch nicht, dass du hier Platz nimmst, um mir beim Malen zu helfen. Warum willst du unbedingt, dass ich dir bei deinen Ausflügen nach Hendon Gesellschaft leiste? Ein für allemal, Meredith, dein Hendon hole der Teufel!› - Einen Augenblick lang schaut er verdutzt drein, dann wirft er den Kopf zurück, bricht in ein schallendes Gelächter aus und stiefelt davon, wobei er die Tür hinter sich zuknallt. Ich habe noch nie gewagt, ihn zu bitten, die Tür nicht zuzuknallen, er würde bloss entgegnen, wenn ich mir mehr Bewegung verschaffte, wäre ich nicht ein solches Nervenbündel. Und ich müsste ihm dann auseinandersetzen, dass ich viel lieber einen Fingerbreit vom Stuhl emporschnelle, als fünfzehn Kilometer zu Fuss zu gehen, oder wie weit es nach dem verwünschten Hendon sein mag.»

Auch mit Thomas Carlyle war Hethway gelegentlich zusammengekommen. «Einmal, als ich gerade von einer Auslandsreise zurückgekehrt war», sagte er, «suchte ich Carlyle auf. Er erzählte mir, er sei von einem jungen Menschen namens James Whistler gemalt worden. Eine seltsame Konstellation. Ich fragte ihn, wie es dazu gekommen sei, und er erklärte, Madame Venturi habe die Verbindung hergestellt. Von ihr haben Sie wohl noch nie gehört. Sie wohnte damals schon seit Jahren in Chelsea, war mit Carlyles Frau befreundet. Beide hielten sie grosse Stücke auf Mazzini, den Carlyle als einen armseligen Wicht bezeichnete - nicht weil Mazzini das gewesen wäre, aber Carlyle fand ja fast jeden Mitmenschen armselig... Seit dem Tod seiner Frau hatte er die Gewohnheit angenommen, zu Madame Venturi auf Besuch zu gehen. Vermutlich hielt er sie ebenfalls für ein armseliges Wesen, aber sie bewahrte Janie ein treues Andenken, und das genügte. ‹Und eines Tages›, erzählte er mir, ‹war da ein junger Mensch mit schwarzem Wuschelhaar und einem Monokel im Auge - dem Aussehen nach eine Art Taschenausgabe von Benjamin Disraeli, aber sobald er den Mund aufmachte, unverkennbar Amerikaner, und er machte ihn sehr oft auf. Nachdem er gegangen war, fragte mich Madame Venturi, was ich von ihm halte, und ich sagte es ihr ohne Umschweife. ‚Er wird aber einmal ein sehr berühmter Maler sein', sagte sie darauf, ‚und er will Sie malen, und er ist sehr arm, und ausserdem ist er sehr gut zu seiner Mutter.' Eine hartnäckige Frau, Madame Venturi. Ich weiss kaum, wie ich dazu kam, aber am nächsten Tag waren wir beide in einem Haus am Themse-Ufer, um die Gemälde dieses Mr. Whistler zu besichtigen. Empfangen wurden wir von der Mutter - einer zierlichtraurigen, kleinen, silberhaarigen alten Dame mit sanfter Stimme und einem schüchtern-bestimmten Wesen. Dann kommt der Sohn herein, und wir begeben uns allesamt in sein Arbeitszimmer, und da steht auf einem Holzgestell ein Bildnis seiner Mutter, schön gerahmt. Im Profil war sie da zu sehen, wie sie ganz in

Schwarz gekleidet dasitzt, eine etwas traurige, verlorene Gestalt von schüchtern-bestimmtem Wesen, vor einer neutralen grauen Zimmerwand. Ich weiss nicht mehr, wieviel Sitzungen ich dem langsam arbeitenden Sohn gewährte. Eines Tages erklärte er das Bild für beendet und zeigte mir seine Arbeit. Und da war ich nun zu sehen, im Profil, ganz in Schwarz, wie ich etwas verloren und mild-verklärt vor einer neutralen grauen Wand sitze. Erwartungsvoll stand der Maler neben mir. ‚Nun, junger Mann', sagte ich schliesslich, ‚Sie sind durch und durch Sohn, wirklich durch und durch Sohn.'›»

Von William Morris, wie er damals war, als er mit seinem Freund Faulkner die berühmte Firma für Wohnbedarf gegründet hatte, erzählte mir Hethway ebenfalls einen denkwürdigen Vorfall: «Eines Vormittags kam Pringle, mein Diener, ins Studierzimmer herauf und sagte, ein Mr. Faulkner und noch ein anderer Herr erwarteten mich im Wohnzimmer. ‹Ich habe Faulkner gesagt, Sie seien nicht zuhause›, beteuerte er, ‹aber der andere Herr meinte, dann würden sie eben hereinkommen und warten.› Ich fragte Pringle, wer dieser andere sei. ‹Das weiss ich nicht›, antwortete er, ‹ein Fahrensmann, glaube ich.› Ich fragte mich, was in aller Welt Morris wohl von mir wollte.

Während ich nach unten ging, hörte ich, wie er sich mit grosser Begeisterung über etwas ausliess, und als ich ins Zimmer trat, stürzte der stämmige, rotbackige Mensch auf mich zu und klopfte mir auf die Schulter. ‹Grossartig›, rief er und trat einen Schritt zurück, ‹fabelhaft, toll.›

‹Was denn?› fragte ich.

‹Alles das›, erwiderte er mit ausladender Gebärde, während er sich auf dem Absatz umdrehte, und strahlte mich dann wieder an.

‹Das Zimmer gefällt Ihnen?›

‹Und ob es mir gefällt. Das ist doch das schönste Zimmer in ganz London.›

Ich wandte mich nach Faulkner um, der sich im Hintergrund hielt; offensichtlich war es ihm nicht ganz wohl bei der Sache. ‹Ein grosses Lob›, sagte ich. ‹Ich fürchtete, Morris werde meinen Geschmack nicht billigen. Dieses Sofa zum Beispiel - so ganz anders als seine berühmte Ruhebank am Red Lion Square.›

‹Sofa?› rief Morris. ‹Das soll ein Sofa sein? Das taugt ja höchstens als Landeplatz für Kanarienvögel. Das Zimmer dagegen - Mensch!›, und er drehte sich von neuem verzückt auf dem Absatz um, wobei er diesmal einen schlanken Sheraton-Ständer umstiess, auf dem eine Silbervase stand, mit einer Rose darin. ‹Verzeihung›, rief er, stellte den Ständer wieder auf die Beine, die Vase darauf, mitsamt der Rose, und trocknete dann, praktisch veranlagt wie er war, mit seinem mächtigen Taschentuch den nassen Boden auf, alles im Handumdrehn. ‹Verzeihung›, sagte er nochmals, ‹aber da sind diese Nippsachen selber daran schuld, wissen Sie. Und es bestärkt uns vollends in unserem Plan, finden Sie nicht?›

‹In welchem Plan?› erkundigte ich mich.

‹Ach ja, ich habe vergessen, Sie waren ja noch gar nicht im Zimmer. Der grosse Plan, mit all dem Krimskrams da ratzekahl aufzuräumen und den Raum wirklich auszustatten. Sobald ich hereinkam, habe ich mir geschworen, dass wir das für Sie tun – stimmt doch, Faulkner, nicht? Wir waren eben bei Gabriel Rossetti, geschäftehalber. Auf dem Rückweg machte mich Faulkner auf das Haus hier aufmerksam – sagte mir, Sie wohnten darin. Muss gestehen, ich hatte Sie ganz vergessen, mein Freund. Aber das Haus gefiel mir. Dachte, Sie brauchten vielleicht dies oder das. Ausserdem: eine Freude, Sie wieder einmal zu sehen. Auf das Zimmer hier war ich allerdings nicht gefasst. Empfand es sofort als Aufgabe. Die Entwürfe zur Umgestaltung habe ich halbwegs schon im Kopf – werde sie noch heute zu Papier bringen. Sie haben dabei weiter nichts zu tun, als Ihre Sachen zu einem Auktionar schaffen zu lassen und den Erlös einzustecken. Alles übrige wird von mir und Faulkner besorgt.›

‹Heisst das›, fragte ich, ‹dass ich all meinen Besitz verkaufen und Ihnen nachfolgen soll?›

‹Jawohl, genau das›, rief er. ‹Und wir verrechnen Ihnen lediglich die Selbstkosten plus zwei Prozent, jawohl, weil wir blutige Anfänger und Sie ein Freund von uns sind. Hurra, jetzt habe ich schon die ganze Umgestaltung im Kopf›, rief er und schlug sich vor die Stirn. ‹Ich sehe Ihr ganzes Zimmer neu gestaltet vor mir. Einen grossen Sessel aus Zedernholz sollen Sie bekommen - hier, mitten im Raum, wie ein Götterthron; und eine Ruhebank - hier, der ganzen Wand entlang - da hat dann ein ganzes Regiment darauf Platz; und Burne-Jones wird die Glasmalerei für Ihre Fenster übernehmen - das Leben der Isolde Weisshand darstellend; und Ford Madox Brown wird bei der Ruhebank die Füllungen bemalen - Chaucers Jugend; und...›, er schritt auf und ab und fuchtelte mit den Armen, ‹da gibt es einen jungen Mann namens William De Morgan, der die Kacheln für den Kamin ausführen wird; und meine Frau wird den Saum der Fenstervorhänge besticken - du weisst doch, Faulkner, den grünen Stoff, den wir haben - herrlich. Und dann, jawohl...›, doch hier glitt er aus und kam - bums - aufs Parkett zu sitzen. ‹Davon wollte ich gerade sprechen›, fuhr er fort, ohne erst aufzustehen, ‹das ist ja kein Boden, das ist Glatteis; so etwas geht auf keinen Fall; da müssen ehrliche, rauhe Eichenbohlen her - mit Binsen›, rief er und sprang auf, ‹mit Binsen darüber gestreut. Und dann werden wir noch...›

‹Moment mal, Morris›, flehte ich. ‹Wenn Sie *wir* sagen, meinen Sie da einfach sich selber und Faulkner & Co., oder bin ich da inbegriffen?›

‹Natürlich sind Sie inbegriffen›, versicherte er. ‹Klar, versteht sich, das Zimmer gehört doch Ihnen.›

‹Gerade daran begann ich allmählich zu zweifeln›, bemerkte ich.

Er sah mich fest an, und ich ihn. Wie Hund und Katze standen wir uns gegenüber. Es dauerte mehrere Sekunden. Dann erkannte Morris, dass ich nicht klein beigab. Er pflegte keine Zeit zu vergeuden, das musste man ihm lassen; seine geballte Energie war stets auf Dinge gerichtet, die sich verwirklichen liessen; war etwas nicht ausführbar, trauerte er ihm nicht nach. Hier war etwas, das sich nicht durchsetzen liess. Er schaute auf die Uhr, stiess einen pfeifenden Ton aus, wie immer, wenn er auf die Uhr sah, griff nach dem Hut – ‹Komm schon, Faulkner!› rief er. ‹Nichts für ungut, Hethway!› –, und weg war er.

Morris war auch ein seltsamer Kauz, etwas ganz für sich allein. Und goldecht. Aber ich hatte nicht viel mit ihm gemein.»

Natürlich gehörten nicht alle Freunde und Bekannten Hethways zum Rossetti-Kreis in Chelsea. Es war ihm beispielsweise vergönnt gewesen, mit Tennyson zu verkehren, und er war mehrmals mit Robert Browning, einem äusserst geselligen Menschen, zusammengetroffen. Hier der Vergleich, den er zwischen den beiden gegensätzlichen Zeitgenossen anstellte:

«Sie waren ebenso verschieden von ihrem Werk wie voneinander. Wenn ich an sie denke, bin ich versucht zu sagen, das Werk eines Dichters sei eher die ihm notwendige Ergänzung als ein Abbild seines Wesens – oder jedenfalls steht die Ausgeglichenheit des Werks im umgekehrten Verhältnis zu der des Verfassers. Je ausgeglichener Tennysons Verse wurden, um so mehr sah er selber zerrissen und verknäuelt aus. Je mehr Browning seinen Gedichten etwas Verknäueltes und Zerrissenes gab, um so mehr wirkte er auf Unbekannte wie ein Bankier oder ein Modearzt. Je mehr er der Fassungskraft und Geduld seiner Leser zumutete, um so leichter war das, was er im Tischgespräch von sich gab, zu verstehen, ja sogar vorauszusagen. Und Tennysons Manieren - ach, die waren damals, als er zu guter Letzt seine Dichtung von allem gesäubert hatte, was der verstorbene Prinzgemahl hätte beanstanden können, am allerwenigsten für Hofkreise geeignet.»

Und hier sei schliesslich noch wiedergegeben, was Hethway eines Tages über Walter Pater zu sagen hatte:

«Er kam mich manchmal besuchen. Mit seiner Schwester zusammen bewohnte er ein Haus an der Earl's Terrace - Kensington, Sie wissen ja. Von Kensington hielt er allerdings nicht viel. ‹Die High Street ist so voller Sturm und Drang›, pflegte er zu sagen. Cheyne Walk dagegen gefiel ihm. Ich weiss noch, wie er einst an einem schönen Frühlingstag hier neben mir am Fenster stand und wortlos hinausschaute. Ein Schlepper zog vorüber, mit zwei Lastkähnen hinter sich. ‹Am liebsten wäre es mir›, meinte er, ‹der Fluss könnte für jeden Verkehr gesperrt werden. Es beeinträchtigt doch die weltliche Stille hier ein bisschen.› Ich lachte laut heraus, und ich glaube, meine Heiterkeit befremdete Miss Pater, die mitgekommen war, Nicht jedoch Pater; er hatte es nicht ungern, wenn er in aller Freundschaft etwas verulkt wurde. Ich habe ihn ein paar Tage darauf irgendwo getroffen und sagte, ich hätte seine Bemerkung an die Flusspolizei weitergeleitet, und da es sich bei dieser um gebildete Leute und grosse Bewunderer seiner Prosa handle, habe man mir gesagt, ich solle sie davon verständigen, wenn Mr. Pater mich wieder einmal besuche; man werde dann den Verkehr auf der Themse anhalten.

Für dergleichen Geplänkel war er immer zu haben. Wird er eigentlich von den jungen Leuten heute noch gelesen? In Oxford hatte er in den siebziger und achtziger Jahren und vielleicht noch zu Ihrer Zeit eine beträchtliche Anhängerschaft und wurde als Dozent durchaus ernst genommen. Ich selber habe Lehrer und Prediger nie besonders ernst nehmen können. Gewiss, ich habe oft die geniale Veranlagung des einen oder andern bewundert, seine Sprachgewalt, seinen Stil. Doch ihre Heilslehre – wissen Sie, die ist immer so typisch für den betreffenden Lehrer. Die eingebildeten unter ihnen wollen, dass wir genau gleich sind wie sie; die bescheidenen möchten uns so haben, wie sie selber nicht sind. Ich habe schon viele Verkünder von Heilslehren gekannt, und alle gehören sie zu der einen der beiden Kategorien. Carlyle, ungeachtet seines aufbrausenden Wesens, gehörte zu den bescheidenen, und Ruskin - grosszügig und mild-verklärt wie er war - zu den eingebildeten. Carlyle, höchst beredt, von bäuerlichem Schlag und stets kränklich, entwarf ein Wunschbild eines gesunden, wortkargen, hochwohlgeborenen Menschengeschlechts; und der gute Ruskin verzweifelte an einer Welt, in der nicht jedermann Giotto und Turner und Kate Greenaway ebensosehr bewunderte wie er. Beide waren sie bedeutend, aber nicht in dem, was sie zu sagen hatten, sondern in dem, wie sie es sagten. Der gute Matthew Arnold - Matt Arnold nannten wir ihn - kam nicht ganz an sie heran, versteht sich, stand aber in den siebziger Jahren hoch im Kurs, und man hörte auf ihn. Für ihn hing das Seelenheil aller Bevölkerungsschichten davon ab, ob man sie dazu bringen konnte, Sophokles und Goethe zu lesen. Ich fürchte, er gehörte wie kein zweiter zu den Eingebildeten. Unter den Bescheidenen gab es keinen, dessen Licht heller leuchtete, als Pater. Er schärfte den jungen Leuten ein - wie hiess es doch gleich? -, ‹immer an dem Punkt zu stehen, wo die Lebenskraft in ihrer grössten Vielfalt sich mit der reinsten Energie vereint›. Dabei vermochte er selber nicht einmal Kensington High Street auszuhalten. Er warnte die Jugend, wer in Gewohnheiten festfahre, sei verloren. Ich bemerkte einmal, er solle in der nächsten Auflage des Buches eine Fussnote hinzusetzen: ‹Indessen gibt es Schlimmeres im Leben, als zu verlieren, zum Beispiel, nicht pünktlich um fünf Uhr seine Tasse Tee mit einer dünnen Scheibe Butterbrot zu bekommen.› Er lachte nachsichtig und sagte: ‹Damit treffen Sie meine Person, Hethway, nicht aber die Aufrichtigkeit meiner Lehre.› Und damit hatte er natürlich recht. Keiner meinte es ehrlicher in seinem Bestreben, die Menschen ihm selber so unähnlich als möglich zu machen. Nur einmal fiel er dabei aus der Rolle, nämlich als er seine Zuhörer aufforderte, ‹immer mit einer harten, kristallartigen Flamme zu brennen›. Um so zu brennen, musste man sich vor jeder Zugluft hüten, wie er es tat. Man musste in einer kleinen, verschlossenen Laterne drin brennen, wie er es tat... und wie ich es wohl heutzutage tue», fügte Hethway lächelnd hinzu. «Aber ich betrachte mich keineswegs als Vorbild und habe auch keine Heilslehre für die Menschheit auf Lager.»

Und die hatte er tatsächlich nicht, aus dem einfachen Grund, weil es ihn gar nie gab, wie ich nachträglich eingestehen will. Es hat ihn nur in meiner Phantasie gegeben, hegte ich doch einst die Absicht, ihn zum Mittelpunkt eines Buches zu machen - eines Buches, das «Spiegel der Vergangenheit» heissen sollte, was sich auf einen Spiegel bezog, der allmählich nicht mehr die gegenwärtigen Dinge abbildete, vielmehr längst vergangene Dinge. Ich hatte mir viele Notizen für ein solches Buch gemacht, und darunter befanden sich auch welche zu Hethways Gesprächen, wie man sie eben gehört hat. Man nehme es mir nicht übel, dass ich Sylvester als wirklichen Bekannten von mir einführte. Ich fand, er werde sich solchermassen eher die Gunst der Leser erschleichen, als wenn ich die erdachten Gespräche von vornherein als solche bezeichnet hätte.

Nachwort

Wie kommt ein Engländer dazu, Beerbohm zu heissen? Max Beerbohm war, wie so viele namhafte Engländer, nur halbwegs englischer Herkunft. Sein Vater stammte aus Memel, hatte sich aber 1833 in London niedergelassen; nach dem Tode seiner ersten Frau, einer Engländerin, heiratete er deren Schwester. Von den vier Kindern aus erster Ehe nannte sich der zweitälteste Sohn, Herbert, später als Schauspieler Beerbohm Tree, weil das Publikum, wie er sagte, am Schluss einer Vorstellung doch unmöglich «Beerbohm, Beerbohm!» rufen könne. Max Beerbohm, geboren am 24. August 1872, war das jüngste der fünf Kinder aus zweiter Ehe - neunzehn Jahre jünger als sein berühmter Halbbruder Herbert (später Sir Herbert) Beerbohm Tree.

Max Beerbohm besuchte die Charterhouse-Schule in London und studierte von 1890 bis 1894 am Merton-College, Oxford, alte Sprachen. Er ging von der Universität ab, ohne ein Examen gemacht zu haben, hatte aber schon als Student angefangen, Beiträge an die Vierteljahresschrift «The Yellow Book» zu liefern - das Manifest der Londoner Dekadenz, von Aubrey Beardsley künstlerisch gestaltet, ein

Bürgerschreck –, und das «Strand Magazine» brachte damals sechsunddreissig Karikaturen («Klub-Typen») von der Hand des Studenten; auch hatte er sich bereits einen Namen als geistreicher junger Mann und als Dandy, als feiner Pinkel, gemacht. Karikaturen, Essays und betonte Eleganz – dabei ist Max Beerbohm zeit seines Lebens geblieben.

Vorerst begleitete er seinen Bruder Herbert auf dessen erste Amerika-Tournee, als bezahlter Privatsekretär. Allerdings musste er schon nach drei Wochen durch einen pflichtbewussteren Mann ersetzt werden. Statt sich um Werbung und Pressedienst zu kümmern, schrieb er 1895 in Chicago einen Essay mit dem Titel «Diminuendo», ein höchst erstaunliches Dokument, erklärt er doch darin als Dreiundzwanzigjähriger: «Schreiben werde ich nichts mehr; ich finde, ich bin bereits etwas aus der Mode gekommen. Ich gehöre der Beardsley-Zeit an. Jüngere Leute, mit Monaten eines tätigen Lebens vor sich, mit neuen Plänen und Ideen, mit einer frischeren Begeisterung, haben sich inzwischen in den Vordergrund gedrängt. *Cedo junioribus.* Und zwar trete ich ohne Bedauern zur Seite. Aus der Mode gekommen sein, heisst nämlich, ein Klassiker zu sein, sofern man gut geschrieben hat. Ich habe meinen Platz in der Rangordnung guter Schriftsteller, und es gefällt mir nicht schlecht in meiner Nische.»

Nicht ernst gemeint, aber durchaus wahr –

das ist das Erstaunliche daran. Als es hingeschrieben wurde, war es wohl nur eine der Hyperbeln, mit denen ein junger Mensch sein Leben wegwirft (um es dann in aller Unschuld weiterzuführen). Man muss sich bei Beerbohm immer doppelt vorsehen, bevor man etwas wörtlich nimmt; er liebte es, den Leser zum besten zu halten, und die Wendung von den jungen Leuten mit «Monaten» eines tätigen Lebens vor sich - so charakteristisch für Beerbohm - legt es nahe, die Stelle nicht allzu wörtlich zu nehmen. Vorher hatte er aber in diesem Essay das Bild eines beschaulichen Liebhaberdaseins entworfen, wie er es dann tatsächlich sein Leben lang geführt hat, wenn man die zwölf Jahre, die er als Londoner Theaterkritiker hinbrachte, lediglich als ein seltsames Zwischenspiel betrachtet, was sie seiner Meinung nach auch waren.

Nach seiner Rückkehr aus Amerika hatte er eine Zeitlang am «Daily Mail» mitgearbeitet und war dann 1898 als Nachfolger Bernard Shaws Theaterkritiker an der «Saturday Review», einer Wochenschrift, geworden; das heisst, dass er bis 1910 Woche für Woche seine Theaterbesprechung zu liefern hatte. Wenn er am Donnerstag, an dem jeweils das Manuskript fällig war, zum Fenster hinausschaute, beneidete er nicht nur die Vorübergehenden, sondern auch deren Hunde...

Als Bernard Shaw ihn den Lesern als Nachfolger vorstellte, versah er ihn mit dem Beiwort, das an ihm haften geblieben ist; er nannte ihn den «unvergleichlichen Max» - Max, weil Beerbohm seine Karikaturen so zu signieren pflegte, und «unvergleichlich» hatte ihn schon Oscar Wilde genannt, als Beerbohm 1893 in der «Anglo-American Times» einen Artikel über ihn veröffentlichte: «Oscar Wilde - by an American». Es war sein Erstlingswerk, und Oscar Wilde fand es «unvergleichlich glanzvoll». Dass Beerbohm sich bei dieser Gelegenheit als Amerikaner ausgab, war bezeichnend - ein Vorgeschmack der Mystifikationen, auf die man bei ihm gefasst sein muss.

«The Incomparable Max» ist übrigens auch der Titel eines Theaterstücks von Jerome Lawrence und Robert E. Lee, das 1971 in New York uraufgeführt wurde; es stellt eine Dramatisierung der beiden Erzählungen «Enoch Soames» und «A. V. Laider» dar, in denen Max Beerbohm ja selber eine Rolle spielt, hier angereichert mit Zitaten aus seinen Theaterbesprechungen. Ein Erfolg war das Stück allerdings nicht; Max Beerbohms abgefeimt manierlicher Ton ist höchstens auf Zimmerlautstärke berechnet, nicht auf die Erfordernisse der Bühne. Seine zwölf Jahre als Theaterkritiker betrachtete Beerbohm ohnehin nur als Purgatorium.

1910 heiratete er Florence Kahn, eine amerikanische Schauspielerin, nachdem er mit einer Reihe von Schauspielerinnen mehr oder weniger verlobt gewesen war, und liess sich in Rapallo nieder, in einem kleinen Haus, Villino

Chiaro genannt, welches er auf der Hochzeitsreise gefunden hatte und bis zu seinem Tod am 20. Mai 1956 bewohnte; nur während der Kriegsjahre kehrte er jeweils vorübergehend nach London zurück.

In Rapallo führte er nun tatsächlich das retrospektive Leben, wie es ihm damals in Chicago vorgeschwebt hatte. Ihm gelang, was Tommy, die Hauptgestalt in seinem Einakter «Ein geselliger Mensch» (1913), nicht fertigbrachte - vom Karussell des geselligen Verkehrs abzuspringen. «Wie konnten Sie bloss der geliebten Grossstadt den Rücken kehren, dieser Stadt so voll aufregender Möglichkeiten, so voller Leute, von denen Sie vergöttert wurden?» fragte ihn einst Sir Carol Reed, der Filmregisseur. «Wieviel Einwohner hatte London damals?» erwiderte Beerbohm mit seiner treuherzigsten Miene. «Acht Millionen? Neun Millionen? Nun, die habe ich *alle* gekannt.» Um von Erinnerungen zehren zu können, muss man zuerst welche haben, und zwar solche an leidenschaftlich erlebte Jahre, aber daran fehlte es Beerbohm nicht. Obwohl er rund vierzig Jahre in Rapallo wohnte (ohne je Italienisch zu lernen), war er innerlich nie weit vom London der Jahrhundertwende entfernt. S. N. Behrman, der Beerbohm erst 1952 kennenlernte, als dieser schon achtzig war, stellte mit einiger Verwunderung fest, dass er immer noch im Stil von 1910 gekleidet einherkam und dass die Karikaturen, die er nach wie vor schuf, sich immer noch um die Persönlichkeiten drehten, die er in jungen Jahren gekannt hatte - Eduard VII. (gest. 1910), George Moore (gest. 1933), Arthur Balfour (gest. 1930), Henry James (gest. 1916).

Selbstverständlich hatte Beerbohm, der in London Gott und die Welt gekannt hatte, sehr oft Besuch. Jeder, der an der französischen Riviera Somerset Maugham aufgesucht hatte und unterwegs zu Bernard Berenson in Florenz war, legte in Rapallo einen Zwischenhalt ein. Gerhart Hauptmann hielt in seiner Villa in Rapallo Gastgelage ab; dabei lernte Beerbohm Hauptmanns Sekretärin, Elisabeth Jungmann, kennen, die nach dem Tode von Beerbohms Frau im Villino Chiaro den Haushalt führte und die er auf dem Totenbett ehelichte.

Ehrendoktor zweier Universitäten, wurde Max Beerbohm 1939 auch in den Adelsstand erhoben. Warum erst 1939? Das ist nicht verwunderlich, wenn man an seine Karikaturen der königlichen Familie denkt; einst mussten welche aus einer Ausstellung entfernt werden, weil sie unliebsames Aufsehen erregten. Ausserdem hatte er in seinem Essay «Diminuendo» 1895, also zur Zeit der Königin Viktoria, geschrieben: «Wenn man aufgefordert würde, verbürgte Intelligenzbeweise seitens unserer königlichen Lieblinge anzuführen, liesse sich damit wohl knapp eine halbe Spalte im ‹Spectator› füllen.» Veröffentlicht wurden diese Zeilen 1896 im ersten Sammelband seiner Essays, dem er bezeichnenderweise den Titel «The

Works of Max Beerbohm» gab; der Band enthält ausser dem Aufsatz über «Dandies and Dandies» auch den über «The Pervasion of Rouge», die ironische Rechtfertigung der damals aufkommenden Kosmetik; dieser Essay, 1894 in der ersten Nummer des «Yellow Book» abgedruckt, war mancherorts missverstanden worden und hatte den Studenten Max Beerbohm mit einem Schlag berühmt gemacht. Die «Works» stellten allerdings nicht lange seine gesammelten Werke dar. Schon drei Jahre später erschien ein weiterer Sammelband, «More», dem im Laufe der Jahre noch mehrere folgten: «Yet Again» (1909), «A Christmas Garland» (1912), «Seven Men» (1919), «And Even Now» (1920), «Around Theatres» (1924), «A Variety of Things» (1928), «Mainly on the Air» (1946), dazwischen sein einziger Roman, «Zuleika Dobson» (1911).

In seinen Briefen ist allerdings weniger von diesen schriftstellerischen Arbeiten die Rede, sehr viel dagegen von seinen Karikaturen, von den Ausstellungen in London, sogar von den Preisen, die seine Blätter erzielten. Beerbohm hat immer versichert, das Zeichnen gehe ihm leicht von der Hand, das Schreiben dagegen falle ihm schwer. Seine Ausstellungen waren jeweils ein Ereignis, und die Veröffentlichungen seiner Karikaturen in Buchform sind heute, gelinde ausgedrückt, «selten und gesucht».

In einem Brief an Reggie Turner, der ihm Londoner Zeitschriften nach Rapallo geschickt hatte, schrieb Beerbohm 1911, er komme sich bei der Lektüre als ein Rip van Winkle vor, das heisst als einer, der nach jahrelangem Schlaf in eine ihm unverständliche Welt zurückkehrt. Beerbohm kam sich als ein Überbleibsel einer glorreicheren Zeit vor und war es zufrieden, als ein solches zu gelten. Wie Aldous Huxley, der mit fünfunddreissig fand, es habe keinen Sinn, mit der Zeit zu gehen und die wechselnden literarischen Moden mitzumachen, aus Angst, als rückständig zu gelten, legte auch Beerbohm keinen Wert darauf, «mit der Zeit zu gehen». In einer Rundfunkansprache erklärte er 1942 ganz nebenbei: «Die Zeit zwischen dem letzten und dem gegenwärtigen Krieg ist im grossen ganzen nicht eine Epoche, auf die man besonders stolz sein kann.» Diese Epoche, die ihm nur «ein Abklatsch der Zeit Eduards VII.» zu sein schien, schliesst aber die tollen zwanziger Jahre mit ein, die an Max Beerbohm völlig spurlos vorübergingen. Ebensowenig wie eine Schreibmaschine besass er je ein Grammophon, bis er 1954 eines geschenkt erhielt; doch die einzigen Platten im Villino Chiaro waren damals solche seiner eigenen Rundfunkansprachen, ein Geschenk der B.B.C. Immerhin darf nicht unerwähnt bleiben, dass ein Radio schon seit längerer Zeit vorhanden war und eifrig benützt wurde; ja, «Sir Max Beerbohm» war es zu verdanken, dass Evelyn Waugh sich

1947 ein Radio anschaffte, nachdem er sich jahrzehntelang dagegen gesträubt hatte (sein Vater besass nämlich schon 1924 eines, deshalb kam es für den Sohn nicht in Frage).

Und womit unterhielt Beerbohm die Rundfunkhörer während der Kriegsjahre? Nun, unter anderem damit, dass er liebevoll die Welt der Music Halls seiner Jugend heraufbeschwor, eine Welt, von der sich mit gutem Gewissen sagen liess, sie sei nicht mehr, was sie einst gewesen - die meisten der geliebten und auch von Intellektuellen oft besuchten Music Halls waren längst in Kinos verwandelt, und diejenigen, die es noch gab, waren so, wie man sie aus Tony Richardsons «The Entertainer» kennt - schmuddlige Tingeltangel letzter Güte. Von dieser Rundfunkansprache Beerbohms schreibt übrigens Siegfried Sassoon, er habe abwechselnd laut gelacht und heimlich Tränen zerdrückt - «für mich ist und bleibt es die einzige denkwürdige halbe Stunde B.B.C. des Jahres 1942. Was sie mir bedeutet, lässt sich gar nicht in Worte fassen.» Dabei können die Varieté-Komiker, die Beerbohm wiederauferstehen liess, den wenigsten Zuhörern mehr als nur dem Namen nach bekannt gewesen sein. In Beerbohms Erinnerung aber lebten sie fort und bevölkerten seine Gegenwart.

Seine Liebe galt den Music Halls; für das Theater konnte er sich weniger begeistern. Max Beerbohm ist wohl der einzige Theaterkritiker, der in seinem Antrittsartikel rundweg erklärte, für das Theater habe er eigentlich nicht viel übrig - Gemälde, ja; Musik, ja; Literatur, o ja; «das Theater dagegen bereitet mir leider in keiner Weise Vergnügen». Am bemerkenswertesten fand er - im Rückblick - die Begleitmusik, welche damals im Theater eine grosse Rolle spielte. «Niemand konnte sich ihrer Wirkung entziehen», versicherte er später einmal, «auch ich nicht.» Das Kino - damals noch auf der Stufe des Kientopps - war ihm natürlich ein Greuel; es war krasse Gegenwart, noch nicht ein Fenster (*das* Fenster) auf die Vergangenheit hinaus - dafür hätte er Verwendung gehabt, schrieb er doch schon 1904: «Zweifellos wird man eines Tages Phonograph und Bioskop so aufeinander abstimmen, dass wir die Schauspieler einer vergangenen Zeit sehen und hören werden, als träten sie lebend vor uns auf.» Nur einmal, als er sich überlegte, wie man der Fassade der Markuskirche in Venedig von einem sich verschiebenden Standpunkt aus gerecht werden könnte, drängte sich ihm der Gedanke an den «Kinematographen» auf, ein Gedanke, vor dem er sogleich «wie vor einem Abgrund zurückwich».

Nur was an vergangene Pracht erinnerte, ging ihm zu Herzen. In dem bereits erwähnten Essay über Venedig, einem seiner schönsten, bemerkt er, die Stadt hätte ihn in den Tagen ihrer Grösse wohl nicht dermassen in ihren Bann geschlagen. Als Überbleibsel verzauberte sie ihn. «Nichts hat nach Venedig noch Wirklichkeit», schrieb er 1906 an Reggie Turner. Selbst wenn er durch die Strassen Londons ging, suchte er sich in die Rolle eines Touristen des 21. Jahrhunderts zu versetzen, der die Überbleibsel aus dem 20. Jahrhundert besichtigt; nur so vermochte er der Stadt, wie sie sich in den dreissiger Jahren darbot, etwas abzugewinnen. Das Motiv taucht übrigens schon in seiner Erzählung «Enoch Soames» (1916) auf; es ist kennzeichnend für Beerbohms Art, die Dinge zu sehen, und findet sich überall in seinen Prosastücken. Am ergreifendsten wohl dort, wo das Ertönen der Türklingel drinnen in einem verlassenen Haus ihn an das silberhelle Frauenlachen gemahnt, das einst in dem Haus erklang und längst erstorben ist («William und Mary»). Selbstverständlich war sich Beerbohm nicht im unklaren über seine nostalgische Veranlagung; bisweilen macht er sich sogar darüber lustig. So, wenn er die Dampfboote auf den Kanälen Venedigs beanstandet und sich dann vorstellt, wie er sich in kommenden Jahren nach dem Zischen des Dampfes zurücksehnen werde, sobald man die Dampfer durch geräuschlose Elektromotorboote ersetzt habe.

Sein lockeres Verhältnis zu der Gegenwart bringt es mit sich, dass er auch zu erstaunlichen Abstechern in die Zukunft fähig ist. So, wenn er 1916 die Stellung des Schriftstellers in der total verwalteten Welt des Jahres 1997 schildert; wenn er 1923 in einer Karikatur die Verheiratung Eduards VIII. mit einer Bürgerlichen und seine Abdankung vorwegnimmt; wenn er sich 1906 fragt, wie die Leute auf den Strassen Londons wohl aussähen, wenn sie den Gedanken an ihre Weltherrschaft nicht mehr hätten, der ihnen seelischen Halt verleiht. Eine Frage, auf die wir inzwischen die Antwort wissen.

Man sollte meinen, es sei ein leichtes, die Prosa eines Schriftstellers, der als unvergleichlich gilt, zu charakterisieren. Lord David Cecil hat es versucht: alles was er sagt, ist wahr, aber die einzelnen Züge wollen sich ebensowenig zu einem anschaubaren Bild zusammenfügen wie die eines Steckbriefs. Das Wesen dessen, was er *«the Max Beerbohm entertainment»* nennt, bleibt so unfassbar wie zuvor. Wenn Max Beerbohm ein *«entertainer»,* eine Art Variété-Künstler, war, dann gilt von ihm, was er selber in seinem Nachruf auf den Variété-Künstler Dan Leno sagt: aussichtslos, dergleichen mit Worten wiederbeleben zu wollen, man muss sich mit dem uralten Stossseufzer begnügen: *«Si ipsum audissetis!»* Man muss ihn selber erlebt haben. Um einen Schmetterling beschreiben zu können, muss man seiner zuerst habhaft werden, und Beerbohms Prosa hat etwas schmetterlinghaft Unberechenbares und Verantwortungsloses. S. N. Behrman kam der Sache einmal nahe, als er sagte, er habe noch nie jemanden gesehen, der sich über etwas, das ihn ärgerte, «mit so olympischer Gelassenheit ereifert» habe.

Beerbohm selber hielt sich nicht für unvergleichbar. Im Gegenteil, er hat uns die Arbeit, ihn mit andern zu vergleichen, zuvorkommenderweise abgenommen. «Vergleichen Sie mich», riet er einem Amerikaner, der ein Buch über ihn schreiben wollte. «Vergleichen Sie mich als Essayisten, zum Beispiel, mit andern Essayisten. Weisen Sie darauf hin, wieviel weniger human ich bin als Lamb, wieviel weniger intellektuell als Hazlitt, als welch ein Nichtwisser ich neben Belloc dastehe, und wie Chestertons Übermut und verschwenderische Fülle mich in den Schatten stellen; wie unausgewogen ich G. S. Street vorkommen muss, wie E. V. Lucas seine Stücke mit viel leichterer Hand hinwirft, und so weiter, und so fort. Wenden Sie das vergleichende Verfahren auch auf mich als Karikaturisten an...»

Unvermeidlich ist vor allem der Vergleich mit den Zeitgenossen Belloc und Chesterton. In seiner «Analysis of Max Beerbohm» (1948) fand Edmund Wilson, Chesterton und Belloc wirkten heute lediglich noch als literarische Journalisten, die ihre Vorurteile grobschlächtig-geistreich an den Mann bringen. «Ihre Prosa ist heute unlesbar, während diejenige Max Beerbohms sich noch besser ausnimmt als seinerzeit. Obwohl ich sonst kaum dazu komme, etwas wiederholt zu lesen, habe ich doch Max Beerbohm immer wieder gelesen, und er ist in meiner Achtung mit der Zeit ungemein gestiegen.»

Soll man ihn mit deutschen Meistern der kurzen Form vergleichen? Etwa mit Sigismund von Radecki? Dem steht entgegen, dass Beerbohm so ausgesprochen und unverkennbar englisch ist. Es mag zwar widersinnig scheinen, an einem Schriftsteller holländisch-deutsch-litauischer Abstammung das Englische als auffälligstes Merkmal hervorzuheben, aber dieses Englisch-Allzuenglische ist es, was dem Nicht-Engländer an Beerbohm zuerst auffällt. «Ich kenne keinen Menschen, der so unverbesserlich englisch wäre wie Max», fand der Amerikaner Behrman. Je länger Beerbohm ausserhalb Englands lebte, um so englischer wurde er. Während des letzten Weltkriegs, als so viele englische Schriftsteller nach Amerika auswanderten, flüchtete Beerbohm nach England zurück. Er dachte stets englisch, das heisst pragmatisch. Seine Abneigung gegen jede Theorie und Ideologie, gegen abstraktes Denken überhaupt, ist ein höchst englischer Zug an ihm. So machte er zum Beispiel kein Hehl daraus, dass er mit Bergsons Theorie des Lachens nichts anfangen konnte. Nur einmal handelte er aus einer grundsätzlichen Erwägung heraus – dass man vom Tisch aufstehen soll, bevor man satt ist: er reiste vorzeitig von Venedig ab und hatte sogleich Grund, es zu bereuen.

Beerbohm bezeichnete sich einmal als «konservativen Anarchisten», der an England viel auszusetzen finde, mit der Begründung, *«on se moque de ce qu'on aime».* Im Grunde war er ein so eingefleischter Engländer, *varietas Oxoniensis,* dass er jederzeit fand, andere - Goethe zum Beispiel - seien doch sehr unenglisch. Seine Prosa gehört deshalb, wie alles Englisch-Allzuenglische, zu den Dingen, an denen man sich den Geschmack erst einmal erwerben muss.

Nur Edmund Wilson hat die Ansicht vertreten, der fremdländische Einschlag sei bei Max Beerbohm ebenso bemerkenswert wie sein Engländertum; er fand, das Unvergleichliche bestehe gerade in der vertrackten Mischung aus gegensätzlichen Elementen; seine Prosa habe in ihrer Kostbarkeit und Künstlichkeit beinahe etwas Byzantinisches; der Widerstreit zwischen den beiden Richtungen sei überall festzustellen und mache recht eigentlich ihr so schwer fassbares Wesen aus.

Will man Beerbohm mit deutschen Essayisten vergleichen, stösst man auf die Tatsache, dass das Wort «Essay» im Deutschen etwas anders gebraucht wird als im Englischen, wo es auch bloss einen Schulaufsatz bedeuten kann. Im Deutschen hat das Wort mehr Gewicht, es schliesst die wissenschaftliche Abhandlung ein, nicht aber das Prosastück leichten Gewichts (englisch auch *«light essay»* genannt), für das es bei uns eine eigene Bezeichnung gibt: das Feuilleton. Worin besteht - genauer genommen - der Unterschied? Der Essay ist nach dem Sprachbrockhaus eine «Abhandlung in gemeinverständlicher Darstellung und gepflegtem Stil», das Feuilleton dagegen nur «unterhaltend, geistreich plaudernd». In seiner Betrachtung über «Das Hauspersonal» (1918) macht Beerbohm eine in diesem Zusammenhang aufschlussreiche Bemerkung. «Wir haben es hier nicht mit einer soziologischen Abhandlung zu tun», schreibt er da, «es ist ja nur ein Essay; und ich nehme das Vorrecht eines Essayisten in Anspruch, mich nicht im Lesesaal des Britischen Museums durch die einschlägige Literatur durchackern zu müssen, um mich der Sache in allen Einzelheiten zu bemächtigen.» Wenn aber Beerbohm betont, er sei nicht verpflichtet, etwas auf der Bibliothek nachschlagen zu gehen, bevor er sich darüber äussere, dann ist das etwas, das - im Deutschen - ein Feuilletonist von sich sagen könnte, nicht aber ein Essayist.

Als Feuilletonist braucht einer nicht nachzuprüfen,

> wo sich Tischbeins Gemälde «Goethe in der Campagna» heute befindet und ob es wirklich unvollendet blieb («Quia imperfectum»: es hängt seit 1887 im Städelschen Kunstinstitut in Frankfurt und wird nirgends als unvollendet bezeichnet);
>
> ob Rossetti tatsächlich nur ein einziges Bild einer Frau am Fenster gemalt hat («Fenestralia»: es gibt deren mindestens zwei);
>
> ob der Name des Geistlichen, den Boswell vergessen hatte, unbekannt geblieben ist

(«Ein Geistlicher»: er ist inzwischen als ein Edward Embry identifiziert worden, der keineswegs das klägliche Ende nahm, das Beerbohm ihm zudachte; er wurde zuletzt Pfarrer an der St.-Pauls-Kirche, Covent Garden);

ob die «Prozession mit der Reliquie» in der Kunstakademie von Venedig von Giovanni oder von Gentile Bellini stammt («Fremdling in Venedig»: sie stammt nicht von Giovanni);

ob es in Oscar Wildes «Bunbury» wirklich Algernon Moncrieff ist, der im zweiten Akt in Trauerkleidung auftritt («Theaterbesuch»: es ist natürlich Jack Worthing).

Dergleichen braucht der Feuilletonist nicht umständlich nachzuschlagen (und der Übersetzer darf es stillschweigend berichtigen). Man wird Beerbohms Prosastücke dennoch nicht als Feuilletons einstufen wollen; dagegen spricht schon ihr «gepflegter Stil». Sie wurden nicht für den Tag und die Stunde geschrieben; sprachlich sind sie so sorgfältig gearbeitet, dass sie ohne weiteres Anspruch auf die Bezeichnung Essays erheben können. Prosastücke höchst erlesener Art sind sie auf jeden Fall. Das literarische Stutzertum, das ihnen anfänglich anhaftete, hat Beerbohm bald abgestreift; das Streben nach Genauigkeit ist geblieben. Er verwendete unendlich viel Zeit auf die Ausarbeitung seiner Karikaturen und Prosastücke, bis sie ihm gut genug schienen. Umfangreich ist sein Werk deshalb nie geworden. Seinen Freunden bereitete es oft Kummer, wenn er lukrative Aufträge ausschlug und es überhaupt ablehnte, mit seinem Talent zu wuchern. Auf Massenauflagen legte er keinen Wert. «Es gibt ohnehin nur fünfzehnhundert Leser in England und tausend in Amerika, die eine Ahnung davon haben, worum es mir geht», schrieb er einem Verleger. Gelegentlich machte er sich eine monatelange Arbeit daraus, ein einzelnes Exemplar eines Buches mit Zeichnungen zu verzieren – für einen einzigen Leser.

Schwer vergleichbar sind seine Prosastücke auch deshalb, weil sie so vieles miteinander sind. Meistens ist Erzählerisches, Dramatisches, Parodistisches, Kritisches und Autobiographisches ineinandergemischt – immer aber ist es ein unverwechselbares Stück Max. «Enoch Soames» zum Beispiel nennt Beerbohm selber *«an essayish story»;* der Arbeitstitel lautete aber «Enoch Soames: A Memory of the Nineties», was zum Essay und zur erzählerischen Handlung sogleich Autobiographie und Literaturkritik hinzufügt, und selbstverständlich wird darin der Geist der dekadenten neunziger Jahre nicht nur heraufbeschworen, er wird aufs ergötzlichste karikiert. «Enoch Soames» (geschrieben 1914/15) wurde 1916 erstmals veröffentlicht; ähnlich verhält es sich aber auch mit dem 1927 entstandenen Essay «Argallo und Ledgett», und noch «Hethway

Speaking», eine Rundfunksendung aus dem Jahre 1955, ist ein solches Konglomerat aus erzählerischer Phantasie (die erfundene Gestalt Sylvester Hethways), Literaturkritik (parodistische Auftritte Swinburnes, Merediths, Rossettis, Carlyles, William Morris', Walter Paters) und Widerspiegelung selbsterlebter Geistesgeschichte. S. N. Behrman konnte aus seinen Gesprächen mit Beerbohm ein Buch machen, indem er Stellen aus den Essays in grosser Zahl hineinverarbeitete; desselben Verfahrens bediente sich David Cecil in seiner Beerbohm-Biographie. Das zeigt, wieviel an diesen Essays autobiographisch ist; es zeigt aber auch, in welchem Masse sie Gespräch sind, ein Gespräch mit dem Leser, der oft angeredet und mit Wendungen wie «du und ich» ins Vertrauen gezogen wird. Liest man sich in Beerbohm hinein, hat man deshalb das Gefühl, ihn persönlich kennenzulernen mit all seinen Eigenheiten, seiner unbestechlichen Selbstbeobachtung und Selbstironie, seinem kritischen Verstand, seinem hinterlistigen Humor. Was der Essayist an den Mann bringt, ist letzten Endes seine Persönlichkeit.

Da in jedem Essay so viel Verschiedenes zusammenkommt, musste Beerbohm jeweils einen Sammeltitel finden, und diese Titel sind bisweilen etwas bizarr ausgefallen, im Gegensatz zu den vielleicht ganz alltäglichen Dingen, von denen das betreffende Stück handelt. «Ikabod» zum Beispiel, einer der längsten Essays, bringt nicht nur sehr Lesenswertes über den Reiz des Reisens bei, hat nicht nur viel über den Reiz des Sammelns zu sagen, was jedem Sammler aus dem Herzen gesprochen ist; er kommt auch noch auf die Geltungssucht als Urtrieb zu sprechen; er versteigt sich sogar zu einer Rechtfertigung des Geizes, und ausserdem könnte der Essay überschrieben sein: Die Wut um die verlorene Sammlung. Wie brächte man das alles unter einen Hut? Auf den Verlust der Sammlung bezieht sich der Titel «Ikabod»: «Und sie hiess den Knaben Ikabod und sprach: *‹Die Herrlichkeit ist dahin* von Israel, denn die Lade Gottes ist genommen›» (1. Sam. 4, 21). Auch «Porro Unum», wie ein Essay über die schmähliche Vernachlässigung der Schweiz durch den britischen Monarchen heisst, ist ein Bibelzitat: *«Porro unum est necessarium»* («Eins aber ist not» - Luk. 10, 42).

Dass die Entstehung dieser Essays zum Teil weit zurückliegt, ist dem Vergnügen daran keineswegs abträglich, im Gegenteil, was sich inzwischen ereignet hat, verleiht ihnen oft einen zusätzlichen Reiz. So, wenn Beerbohm sich als Bücherverbrenner feiert («Das Verbrechen»; es war ein Roman, «The Florentine Frame» von Elizabeth Robins, den er ins Feuer warf); wenn er die Taschenausgaben schmäht («Der Briefsteller», «Das Verbrechen»); wenn er sich auf den Standpunkt stellt, es gehe nicht an, Sarah Bernhardt die Verfasserschaft an ihrer Autobiographie aberkennen zu wollen, bloss weil das Buch so gut geschrieben sei. «Gewiss», sagt er da, «es hat für uns, die wir die Kunst des Schreibens mit Müh und Not erlernt haben und gerne uns allein vorbehalten wähnen, etwas Beunruhigendes, wenn plötzlich ein Laie sich darin hervortut.» Man denkt unwillkürlich an den geschenkten Gaul.

Nein, die Zeit hat diesen Essays nichts anhaben können. Vielleicht hängt das mit der Auffassung zusammen, die Max Beerbohm vom Verhältnis des Schriftstellers zu seinen Lesern hatte. In «Dulcedo judiciorum» stellt er fest: «Es ist der natürliche Wunsch jedes Schriftstellers, dem Leser zu gefallen.» Das ist heutzutage längst nicht mehr so selbstverständlich.

Fritz Güttinger

Inhalt